BASTEI
LÜBBE

FRAUEN

Elizabeth Forsythe Hailey

Das Winterhaus

Aus dem Amerikanischen
von Lilli Freese

BASTEI LÜBBE

BASTEI-LÜBBE-TASCHENBUCH
Band 16105

1.–2. Auflage 1992
3. Auflage 1993

Titel der amerikanischen Originalausgabe: HOME FREE

Lizenzausgabe mit Genehmigung des Schneekluth Verlages:
Gustav Lübbe Verlag GmbH, Bergisch Gladbach
Printed in Germany
Einbandgestaltung: Manfred Peters
Titelbild: Bildagentur Mauritius
Satz: hanseatenSatz-bremen, Bremen
Druck und Bindung: Ebner Ulm
ISBN 3-404-16105-x

Für Carol Baron,
die dafür sorgte, daß dieses Buch entstand
und mir und meinen Büchern ein Heim schuf.

1

Versprich mir, Kate, daß wir uns dadurch nicht Weihnachten verpatzen lassen.«

Cliffs Stimme klang, als ob sie von ganz weit her käme. Am Telefon hätte Kate ihn gebeten, aufzulegen und noch einmal anzurufen, um vielleicht eine bessere Verbindung zu bekommen. Er stand aber vorn in der Diele. »Bitte, Kate, glaub mir doch, ich wollte es dir wirklich nicht ausgerechnet jetzt sagen, wo Nina gleich nach Hause kommt.«

Kate trat ans Fenster. Draußen auf der sanft geschwungenen Allee blieb ein zerbeulter, mindestens zehn Jahre alter Kombi stotternd stehen. Er sah genau so aus, wie sie sich fühlte.

»Sag doch was.« Cliff stand wie angewurzelt auf der Schwelle und bettelte um ein erlösendes Wort von ihr. Kate griff sich an die Kehle. Die Muskeln fühlten sich wie gelähmt an – wie in dem Traum, den sie mindestens einmal im Monat hatte, in dem sie um Hilfe schrie, aber keinen Ton herausbrachte. Sie drehte sich wieder um. Cliff beobachtete sie jetzt wie eine Schauspielerin in einem seiner Filme, die gleich unter seiner Regie die entscheidende Szene spielen sollte. Sie schaute weg. Es verunsicherte sie schrecklich, wenn sie plötzlich die Art von Aufmerksamkeit abbekam, die er sich sonst für seinen Beruf aufhob. Das Geräusch eines heftig, aber vergeblich leiernden Anlassers ließ sie wieder auf die Straße blicken. Ein großer, hagerer Mann, dem Aussehen nach jünger als Kate, öffnete schwerfällig die Tür des alten Kombis.

»Der Arme«, murmelte sie, als er die Haube aufmachte und sich besorgt über den Motor beugte. Aus irgendeinem

Grund hing sein Schicksal davon ab, daß er sein Auto wieder flott bekam, das spürte sie selbst aus dieser Entfernung.

»Wie?« fragte Cliff, der ihren versöhnlichen Tonfall auf sich bezogen hatte.

»Du mußt los zum Flughafen«, sagte Kate, ohne ihn anzusehen. Früher hätte sie sich bemüht, Cliff zu erwidern, was er hören wollte, aber jetzt hatte sie keinen Grund mehr, etwas zu sagen, was sie nicht meinte. Überrascht stellte sie fest, wie sehr ihn ihre neu gewonnene Fähigkeit zum Schweigen aus der Fassung bringen konnte. Schließlich hörte sie, daß er die Haustür zuknallte und ging.

Kate sah zu, wie er zur Garage stapfte und seinen dunkelgrünen Jaguar rückwärts aus der Einfahrt fuhr. Der Wagen war die ganze Zeit nicht aus der Garage gekommen – bis sie Cliff gestern abend damit vom Flughafen abgeholt hatte. Einmal in der Woche hatte sie den Motor ein paar Minuten laufenlassen, damit sich die Batterie nicht entlud, aber ansonsten war Cliff dieses Auto zu wichtig, als daß sie damit zu fahren gewagt hätte.

Cliff gab Gas und schaltete schnell in den zweiten Gang. Er hatte damals einen Jaguar gekauft, als sich sein erster Film als Kassenschlager entpuppte, und bei jedem Folgehit tauschte er dann das alte Modell gegen ein neues aus. Dieses Exemplar hatte inzwischen zehn Jahre auf dem Buckel, aber hinter dem Steuer fühlte sich Cliff immer noch als der Erfolgsmensch von einst. Kate hatte sich oft gewünscht, daß er ihn bis ins Wohnzimmer fahren könnte oder gleich bis ins Bett. Dann wäre vielleicht alles anders gekommen.

Immer noch wie betäubt von dem Gespräch vorhin, blickte sich Kate in ihrem Wohnzimmer um wie in einer unbekannten Hotelhalle. Die Möbel, die ihr seit Jahr und Tag vertraut waren, kamen ihr auf einmal fremd vor. Reglos wartete sie am Fenster darauf, daß man sie auf ihr Zimmer bringen möge.

Ein Donnerschlag unterbrach ihre Gedanken. Als der Regen losging, flüchtete sich der Besitzer des alten Kombis in sein Auto. Kate hätte schwören können, daß er die Hände gefaltet hatte, bevor er den Zündschlüssel drehte. »Komm, spring schon an«, flüsterte sie vor sich hin. Sie verspürte so etwas wie dankbare Erleichterung, als der Motor schließlich aufheulte – als ob ihr Wille immerhin noch einige Kraft besäße. Aber bevor sie diesem tröstlichen Gedanken nachhängen konnte, röchelte der Wagen ein letztes Mal und gab endgültig den Geist auf.

Der Mann ließ den Kopf aufs Steuer sinken. »Schau nicht hin«, hatte Cliff immer gesagt, wenn sie auf dem Highway an einem Unfall vorbeikamen. Aber Kate mußte meistens doch ergründen, was passiert war. »Warum machst du das bloß?« sagte Cliff dann hinterher, wenn sie die Bilder nicht mehr aus dem Kopf brachte. »Du kannst sowieso nicht helfen, wieso quälst du dich dann dadurch, daß du hinschaust?«

Sie wartete darauf, daß der Mann den Kopf heben und es von neuem probieren würde, aber anscheinend hatte ihn der Mut verlassen. Sie kam sich vor wie von einem Standbild ausgetrickst. Diesmal war es kein Verkehrsunfall, an dem man vorbeirauschen konnte.

Kate betete zum Himmel, daß der Mann gleich irgend etwas unternahm, so daß sie nicht mehr für sein Schicksal verantwortlich wäre. Aber er hatte immer noch den Kopf aufs Steuer gesenkt – ein Bild der stillen Verzweiflung. Schließlich fügte sich Kate ins scheinbar Unvermeidliche und öffnete die Haustür. Immer noch keine Bewegung von dem Mann im Auto.

Vorsichtig ging sie zwischen den Blumenbeeten zur Straße hinunter. Erst als sie vor dem Auto stand, merkte sie, daß sie tropfnaß war. Sie hatte überhaupt nicht daran gedacht, einen Schirm mitzunehmen oder einen Regenmantel überzuziehen.

So kann es gehen, überlegte sie, während sie ans Wagenfenster klopfte, um den Mann auf sich aufmerksam zu machen. Da sitzt man in seinem Haus und kommt sich unantastbar vor. Und man vergißt, daß man, sobald man vor die Tür tritt, genauso naß wird wie alle anderen Menschen auch.

Der Mann wandte den Kopf. Sein Gesichtsausdruck traf sie bis ins Mark. Mit jedem Zug in seiner Miene schien er sich entschuldigen zu wollen, daß er seine Gegenwart einer Straße aufbürdete, in der er sich das Recht zum Stehenbleiben nicht erworben hatte. »Würden Sie freundlicherweise die Tür aufmachen?« rief sie durchs Fenster, das einen breiten Sprung hatte, wie ihr jetzt auffiel. »Ich werde langsam tropfnaß.«

Widerstrebend öffnete der Mann die Beifahrertür und winkte sie herein. Was tue ich da bloß, fragte sie sich, während sie sich auf das abgewetzte Polster setzte. Ihr Leben lang war sie brav gewesen – hatte ihrer Mutter gehorcht, ihren Mann geehrt –, und jetzt setzte sie sich plötzlich zu einem fremden Mann ins Auto, zu einem Mann obendrein, an dem sie in jeder anderen Lebenslage möglichst schnell vorbeigegangen wäre.

»Steig nie zu einem fremden Mann ins Auto«, hatte ihre Mutter ihr immer wieder eingeschärft, bevor sie ihr mit zehn schließlich erlaubte, allein zur Schule zu gehen. Und jetzt, mit fünfundvierzig, vergaß Kate auf einmal jegliches Mißtrauen, mit dem sie die erste Hälfte ihres Lebens gemeistert hatte. Aber was hatte sie schon vorzuweisen, mit ihren fünfundvierzig Jahren auf Nummer Sicher?

Kate schrie plötzlich auf, als ein zotteliges Wesen von hinten auf sie lossprang. »Schluß, Homer«, rief der Mann energisch. »Zurück auf deinen Platz.«

Kate drehte sich um und sah einen riesengroßen irischen Setter, der sich wieder auf die Ladefläche des Kombis verfügte und gehorsam auf einer Decke niederließ, die er eindeutig als seinen Platz anerkannte.

»Ich habe gar nicht gemerkt, daß es regnet«, sagte Kate, während sie sich mit ihrem Seidenschal die Haare rubbelte. »Das hier ist übrigens mein einziges Dach über dem Kopf«, murmelte der Mann. »Es ist zwar nicht besonders luxuriös – aber zumindest war es hier drin trocken, bevor Sie eingestiegen sind.«

»Wohnen Sie denn in diesem Auto?« fragte Kate entgeistert.

»Wissen Sie etwas Besseres?«

Kate wünschte sich in ihr Haus zurück, aber sie konnte jetzt nicht einfach ohne eine Erklärung wieder aussteigen. »Ich habe von meinem Haus aus gesehen, wie Sie versucht haben, Ihr Auto anzulassen. Ich dachte, ich könnte Ihnen vielleicht irgendwie helfen.«

»Höchstens, wenn Sie noch so einen Jaguar übrig haben wie den grünen, der eben aus Ihrer Einfahrt geschossen kam. Wer saß denn da am Steuer?«

»Mein Mann.«

»Er hätte fast meine Stoßstange mitgenommen. Ich habe noch keinen gesehen, der es so eilig hatte, von zu Hause wegzukommen.«

Kate schlug sich dic Hände vor den Mund, konnte aber ein leises Aufstöhnen nicht verhindern.

Der Mann drehte sich erschrocken zu ihr. »Sie sind doch nicht hergekommen, um sich in meinem Auto zu übergeben? Das geht mir gerade noch ab.«

Kate machte die Autotür auf. »Ich hätte überhaupt nicht herkommen sollen. Entschuldigen Sie.«

Ohne sie zu beachten, schloß der Mann die Augen und lehnte sich zurück. Homer begann winselnd, ihm das Gesicht abzulecken.

Kate bemerkte, wie gut er eigentlich aussah. Das dunkle Haar fiel ihm in struppigen Locken in die hohe Stirn, und der Stoppelbart konnte die hohen Wangenknochen und das markante Kinn nicht verbergen.

»Ist alles in Ordnung?« fragte sie, als er keine Anstalten machte, sich zu rühren oder die Augen aufzuschlagen.

»Ich glaube, ich werde gleich ohnmächtig«, erwiderte er.

»Kommen Sie mit ins Haus«, bot Kate ihm an, bevor ihr klar wurde, was sie da sagte. »Da ist es wenigstens warm. Und ich kann Ihnen etwas zu essen machen.«

Jetzt sah er sie zum ersten Mal richtig an – und zwar, um etwaige Hintergedanken an ihrer Miene abzulesen. »Wenn ich in dieser Straße irgendwo geklingelt und um Hilfe gebeten hätte, dann hätte man mir doch die Tür vor der Nase zugeknallt – falls jemand überhaupt den Mut zum Öffnen aufgebracht hätte.«

»Vielleicht liegt es daran, daß Sie eben nicht geklingelt haben«, sagte Kate langsam. »Meine Tochter wird fuchsteufelswild, wenn sie mitkriegt, daß ich einem Fremden die Tür aufmache. Ich würde in der Vergangenheit leben, sagt sie dann, und einfach nicht begreifen wollen, wie gefährlich die Welt geworden ist.«

»Da hat sie recht«, pflichtete er bei. »Warum wollen Sie mich dann in Ihr Haus lassen?«

»Was würden Sie denn sonst machen?« fragte Kate.

»Ich weiß es nicht.«

»Dann haben wir doch keine andere Wahl.«

Inzwischen goß es in Strömen. »Wir rennen wohl am besten«, sagte Kate und lief los. Erst als sie Homer verzweifelt bellen hörte, drehte sie sich um. Der Mann war neben der Wagentür zusammengesackt. Er klammerte sich an den Türgriff und versuchte, wieder auf die Beine zu kommen, während der Hund um ihn herumsprang und Alarm schlug.

Kate rannte zum Wagen zurück. »Stützen Sie sich auf

meine Schultern«, sagte sie. »Ich bringe Sie ins Haus.« Dann beruhigte sie den knurrenden Hund: »Schon gut, Homer. Du darfst ja mitkommen.«

Bis sie durch die Tür waren, drängte sich der Hund an seinen Herrn, als ob auch er ihn stützen wollte. Erst dann legte er sich auf den Teppich vor dem Kamin.

Kate führte den Mann an die Couch. »Machen Sie sich's bitte hier bequem, bis ich uns eine Suppe aufgewärmt habe.«

Mit einem Blick auf seine abgewetzten, fleckigen Jeans schüttelte der Mann den Kopf. Er ging zum Kamin und kniete sich neben seinen Hund auf den Teppich. »Das Feuer tut gut. Wenn ich darf, setze ich mich einfach hier hin.«

Plötzlich bemerkte Kate, daß er zitterte. »Sie müssen aus diesen nassen Sachen raus«, sagte sie. »Ich will Sie wirklich nicht beleidigen, aber möchten Sie vielleicht unter die Dusche, während ich etwas zu essen mache?«

»Mich beleidigen? Allein der Gedanke an eine warme Dusche jagt mir Wonneschauer über den Rücken.«

Während Kate ihn die Treppe hinauf und durch Cliffs und ihr Schlafzimmer geleitete, schossen ihr Schlagzeilen durch den Kopf. »Obdachloser belästigt Hausfrau.« Aber der Mann hatte so etwas Verletzliches an sich – man spürte irgendwie noch das Kind in ihm. »Das ist das Bad meines Mannes«, sagte sie und öffnete die Tür. »Bitte nehmen Sie alles, was Sie brauchen – Shampoo, Rasierschaum, Rasierer . . .«

Der Mann starrte sie ungläubig an. »Macht ihm das auch bestimmt nichts aus?«

Kate lächelte strahlend zurück. »Doch.«

Er zuckte die Achseln. »Ich weiß gar nicht, wie ich Ihnen danken soll. Das ist schließlich weit mehr als eine freundliche Geste.« Und dann machte er die Badtür hinter sich zu.

Kate ertappte sich, wie sie vor sich hinsummte, als sie

in den riesigen Wandschrank zwischen den beiden Bädern trat. »Wir brauchen hoffentlich nie getrennte Schlafzimmer«, hatte Cliff damals gesagt, als er sie vor fünfundzwanzig Jahren über die Schwelle getragen hatte, »aber es ist für diese Ehe bestimmt besser, wenn wir getrennte Bäder haben.« Kate schnitt eine Grimasse. Getrennte Bäder hatten zur Rettung ihrer Ehe offenbar auch nicht besonders viel getaugt.

Während Kate ihre eigenen nassen Sachen auszog, gab ihr das Wasserrauschen ein sonderbar heimeliges Gefühl. Nachdem Nina jetzt auf dem College war und Cliff wieder bei Dreharbeiten in Kanada, hatte seit Wochen, ja sogar seit Monaten keiner außer ihr die Dusche angedreht. Als sie die Hand nach der bequemen Haushose und einem Pulli ausstreckte, dachte sie plötzlich, jemand hätte sie gerufen. Sie horchte, bis ihr klar wurde, daß der Mann bloß unter der Dusche sang.

Sie stellte sich vor, wie er unter dem Wasserstrahl stand und sich zum ersten Mal seit Wochen wieder sauber fühlte. Dann wurde es still; das Wasser wurde abgedreht, und das Singen hörte auf. Kate sah vor sich, wie ihm das Wasser von den Schultern tropfte und er sich plötzlich in dem mannshohen Spiegel gegenüber der Dusche entdeckte. Ohne die schäbigen Kleider kam wieder der Mann zum Vorschein, der er eigentlich war.

Kleider – natürlich! Sie mußte ihm etwas zum Anziehen suchen. Kate fing an, Cliffs Schrankseite zu durchwühlen und riß Hosen, Hemden und Pullover aus den säuberlich aufgehängten, nach Farben sortierten Reihen.

Als sie schwer beladen aus dem Wandschrank auftauchte, ging die Badtür auf. In eine Dampfwolke gehüllt und nur mit einem Handtuch um die Hüften, trat der Mann heraus. Er war größer, als ihr vorher vorgekommen war, und er hatte einen schlanken, muskulösen

Körper. Das war nicht der Mann, den sie in ihr Wohnzimmer halb tragen hatte müssen.

»Ich wollte meine Sachen einfach noch nicht wieder anziehen«, sagte er. »Sie sind so naß.«

»Natürlich«, sagte Kate, die keinesfalls wollte, daß dieser neue Mann sich in sein altes Ich zurückverwandelte. »Hinter der Tür hängt ein Bademantel.«

»Muß ich übersehen haben«, sagte er und verschwand wieder im Bad.

Kate sank aufs Bett und warf den Kleiderstapel neben sich auf die Decke, als der Mann wieder auftauchte, diesmal in Cliffs dickem, weißen Frotteebademantel. Sie konzentrierte sich auf seine bloßen Füße, die in den Teppich einsanken.

»Entschuldigung. Meine Füße sind wohl noch naß«, sagte er, als er ihren Blick auf seine Fußabdrücke bemerkte.

»Mein Mann ist ungefähr genauso groß wie Sie«, sagte sie schnell. »Nehmen Sie von diesen Sachen, was Ihnen paßt.«

»Wird er die Kleider nicht vermissen?«

»Kaum. Diese Sachen liegen mindestens seit einem Jahr im Schrank. Er hat bloß keine Lust zum Aussortieren.« Sie stand auf. »Ich koche uns inzwischen was zu Mittag, bis Sie sich angezogen haben.«

Als Kate am Herd stand und einen Topf Gemüsesuppe aufwärmte, mußte sie daran denken, wie fröhlich sie an dem Tag aufgewacht war.

Sie hatte in der Küche gerade den Truthahn für Heiligabend eingeölt, als Cliff endlich heruntergekommen war. »Fröhliche Weihnachten, mein Schatz«, sagte sie und schlang ihm die Arme um den Hals. »Ich freu mich so, daß du wieder da bist.«

»Es ist doch erst Heiligabend«, sagte Cliff, während er

sich aus ihrer Umarmung befreite. »Kannst du es denn gar nicht mehr erwarten mit dem Weihnachtsrummel?« Kate starrte auf den Gummiballon in ihrer Hand, den sie zum Einölen des Bratens benutzte. An der Spitze bildete sich gerade ein riesiger Tropfen. Sie wandte sich schnell wieder dem Truthahn zu und drückte den Ballon fieberhaft darüber aus. »Ich habe mit dem Feiern angefangen, als du gestern abend heimgekommen bist«, sagte sie, immer noch über den Braten gebeugt.

»Ich weiß.« Cliff schenkte sich eine Tasse Kaffee ein. »Tut mir auch leid, daß ich zu müde war zum Feiern. Du hattest so ein schönes Abendessen hingestellt.«

Kate sehnte sich nach einer Umarmung. Einen ganzen Monat war er fort gewesen, und dann hatte er ihr gestern abend am Flugplatz nur flüchtig die Wange hingehalten. Zuhause war er sofort nach oben gegangen. Als sie die Champagnerflasche, den geräucherten Lachs und den Kaviar wieder fortgeräumt hatte, war er bereits in ihrem gemeinsamen Bett eingeschlafen. Sein Koffer lag offen auf dem Boden, und eine Kleiderspur zog sich vom Bad zum Bett. Im Zimmer war es dunkel – bis auf ein flackerndes, stummes Bild von Ingrid Bergman auf dem Fernsehschirm. Ein dünner Draht übermittelte Cliff den Ton direkt ins Ohr. Wie an so vielen Abenden in ihrer Ehe hatte gestern abend die letzte Stimme, die er vor dem Einschlafen hörte, einen leichten schwedischen Akzent gehabt.

»Wie war es denn – wieder in Kanada zu sein?« fragte Kate schließlich, nachdem sie die Hoffnung auf eine Umarmung aufgegeben hatte.

Cliff sah von der Post auf, die sie in seiner Abwesenheit sorgfältig für ihn gestapelt hatte. »Wenn sie mich vor dreißig Jahren so behandelt hätten, wäre ich vielleicht nie weggegangen – ein offizieller Empfang beim Bürgermeister, jeden Tag Interviews beim Mittagessen, Talkshows im Fernsehen, Autogrammjäger in den Restaurants . . .«

»Ein Hoch dem siegreichen Helden«, sagte Kate. »Kein Wunder, daß du keine Zeit zum Schreiben hattest.«

»Beim Drehen habe ich nie Zeit zum Briefeschreiben. Du weißt doch, wie das ist.«

Kate stellte sich hinter ihn, damit er ihr Gesicht nicht sah, falls er wider Erwarten von seiner Post aufblickte – was allerdings höchst unwahrscheinlich war. Sie hätte sich zu gern nichts anmerken lassen – das war der einzige Grund, warum sie je hatte schauspielern lernen wollen. Cliff sagte immer, Kate sei sein erstes Regieopfer gewesen. Er brachte ihr das Tanzen bei, zeigte ihr, wie man sich mit der Grazie einer Tänzerin bewegt, wie man spricht und vor allem, wie man zuhört und Fragen stellt.

Für Außenstehende, für Freunde und sogar für ihre eigene Mutter, hatte sich Kate durch die Ehe in eine strahlend selbstbewußte Frau verwandelt, die mit ihrer herzlichen Art schnell Freunde gewann und von ihrem Mann allem Anschein nach vergöttert wurde.

Warum stand sie jetzt also hinter ihm, massierte ihm nervös die Schultern und hatte so ein mulmiges Gefühl?

»Bitte, Kate, ich bin beim Kaffeetrinken«, sagte Cliff gereizt und stöberte in den Briefumschlägen herum. »Und ich muß diese Post erledigen, bevor ich wieder fahre.«

»Wann kommst du endlich heim zu mir?« Die Frage war ihr herausgerutscht. »Ist dir eigentlich klar, daß du mich noch nicht mal richtig geküßt hast?«

»Entschuldige.« Er nahm ihre Hand und führte sie an seine Lippen. »Ich habe so etwas noch nie gemacht, weißt du, daß ich mitten unter den Dreharbeiten nach Hause fahre. Noch dazu bei so einem Film, bei dem sie mich sowieso ins kalte Wasser geschmissen haben – so ohne Vorbereitungszeit. Vielleicht war es ein Fehler, aber ich wollte eben Weihnachten zu Hause mit dir und Nina feiern.«

»Ich habe mich ja auch so gefreut, daß du kommst. Vergiß, was ich vorhin gesagt habe. Ich habe dich einfach so vermißt. Wäre ich doch bloß mit nach Toronto geflogen – aber es ist ja alles so schnell gegangen.« Sie schmiegte sich plötzlich in seine Arme ohne abzuwägen, ob sie willkommen sei und drückte ihm einen Kuß auf den Mund. Die Augen machte sie zu, damit sie seinen Blick nicht sehen mußte.

Er stand unvermittelt auf. »Verdammt, Kate, ich bin doch ein Schuft.«

Mit klopfendem Herzen ging ihm Kate ins Wohnzimmer nach. Er stand mit dem Rücken zu ihr vor dem Kamin und starrte auf die drei handgenähten Weihnachtsstrümpfe, die am Kaminsims hingen. »Ich habe noch nicht mal Zeit gehabt, dir ein Weihnachtsgeschenk zu kaufen.«

»Da bin ich froh«, sagte Kate erleichtert. »Ich weiß nämlich genau, was ich will.«

»Na, wunderbar«, sagte Cliff. »Wo kriege ich es? Ich fahre auf dem Weg zum Flughafen dort vorbei.«

»Du brauchst nirgends vorbeizufahren. Ich habe schon reserviert. Du mußt das Ticket am Flughafen nur noch bezahlen.«

»Welches Ticket?«

»Nach Toronto. Morgen. Mit demselben Flug wie du.«

»Setz mich nicht unter Druck, Kate. Können wir nicht noch in Frieden Weihnachten feiern – Nina zuliebe?«

»Nina zuliebe? Willst du damit sagen, daß du nur wegen Nina nach Hause gekommen bist? Was ist mit mir? Und was ist mit uns?« Plötzlich streckte Kate die Hand aus und riß die Strümpfe vom Sims. »Es ist doch lächerlich, einen Weihnachtsstrumpf für ein Kind aufzuhängen, das schon das erste Semester Jura hinter sich hat. Und ich habe auch keine Lust mehr, die Überraschte zu spielen, obwohl ich mir alle Geschenke selber gekauft habe.«

Cliff ging auf sie zu und nahm sie in die Arme. Die ganze Nacht hatte sie sich nach seiner Zärtlichkeit gesehnt, doch jetzt empfand sie überhaupt nichts. »Wir müssen miteinander reden, Kate. Eigentlich wollte ich bis nach Weihnachten warten – ich weiß doch, wie gern du die Feiertage hast.«

Also war tatsächlich etwas nicht in Ordnung. Kate bildete sich diese Distanz nicht nur ein, die dauernd zwischen ihnen stand. »Egal, was es ist, Cliff, du mußt es mir erzählen«, sagte sie, plötzlich ganz ruhig. »Du warst noch nie besonders geschickt im Verheimlichen. Gott sei Dank«, fügte sie hinzu.

Er setzte sich schwerfällig auf die Couch und stützte den Kopf in die Hände. »Ich weiß nicht, ob ich das fertigbringe«, flüsterte er. »Damit leben ist eine Sache, aber darüber reden . . .«

Mit zitternden Knien setzte sie sich neben ihn. Welches furchtbare Geheimnis machte ihm so zu schaffen? Doch nicht Krebs! Bei dem Gedanken blieb ihr das Herz stehen. Bitte nicht, lieber Gott. Sie faßte seine Hand. »Was es auch ist, mein Schatz, wir werden damit fertig. Aber nur, wenn du dir von mir helfen läßt. Du brauchst mich nicht zu schonen, ich bin stärker, als du denkst. Und jetzt erzähl mir, was los ist. Warst du beim Arzt?«

Das war die letzte Frage, an die sie sich erinnerte. Er sprudelte einen Wortschwall hervor, aber nichts davon ergab einen Sinn für sie. Wenn er doch bloß nicht nach Kanada gegangen wäre, wiederholte er ständig. Sie hörte genauer hin und versuchte zu begreifen. Wenn Cliff irgendeine furchtbare Krankheit hatte, was hatte dann Kanada damit zu tun?

»Du sollst bloß wissen, daß ich nicht den ersten Schritt gemacht habe«, sagte er schließlich. Seiner Miene nach zu urteilen, hatte er wohl gerade einen wichtigen Punkt betonen wollen, aber bei Kate kam alles, was er sagte, nur als verzerrtes Rauschen an. Sie hielt sich die Ohren zu. »Ich gehe nach oben«, sagte sie und stand unvermittelt auf. »Ich habe gestern nacht nicht besonders gut geschlafen.

Die ganze Zeit habe ich geträumt, daß du doch nicht heimgekommen bist. Ich habe sämtliche Flüge abgeklappert, aber . . .«

»Verdammt noch mal, Kate«, sagte Cliff. »Ich wollte bis nach Weihnachten überhaupt nicht darüber reden. Aber du hast mich ja gezwungen. Jetzt kannst du nicht einfach wegrennen. Setzt dich hin und hör mir zu.«

Während er weiterredete, konzentrierte sich Kate auf die einzige Erklärung, die sie für möglich halten konnte – daß Cliff Krebs hatte. Sie wollte sich für ihn aufopfern, alle eigenen Verpflichtungen zurückstellen und rund um die Uhr bei ihm bleiben. Endlich konnte sie wenigstens ansatzweise wiedergutmachen, was er für sie getan hatte, indem er sie heiratete und ihr ein Leben bot, das alle ihre Jungmädchenträume in den Schatten stellte. »Ich kümmere mich um dich, mein Schatz. Das versprech ich dir«, flüsterte sie starr vor Angst, ihn zu verlieren. »Ich laß dich nicht sterben.«

»Jetzt siehst du also, warum du nicht mit nach Kanada kannst.« Seine Stimme drang von fern durch ihren Kummer.

»Natürlich«, sagte sie schnell. »Wir müssen ja hierbleiben, damit du wieder gesund wirst.«

»Sie wollte nicht mit mir zusammenziehen, bevor ich es dir nicht erzählt habe. Bevor nicht alles offen und ehrlich auf dem Tisch liegt«, fuhr er fort. Wie der Blitz schlugen diese Worte bei ihr ein und rissen sie aus ihren Hirngespinsten.

»Sie?« Kate spürte, wie sich der Druck aus der Magengrube nach oben verlagerte und ihr die Kehle zuschnürte. »Welche *sie*?«

»Der Name würde dir überhaupt nichts sagen.«

»Das Ganze sagt mir überhaupt nichts.« In ihr begann es zu brodeln. »Aber ich brauche einen Namen.« Kate kochte vor Wut. Bevor sie daran erstickte, mußte sie diesen Zorn herauslassen und auf irgendein Ziel lenken – auf irgend etwas Greifbareres und Angreifbareres als diese »sie«, mit der jede andere Frau der Welt gemeint sein konnte und die all das verkörperte, was Kate nicht war. Cliff war jetzt sehr geduldig und erzählte ihr die Geschichte wie einem kleinen Kind. Und Kate ertappte sich dabei, daß sie zunächst fasziniert zuhörte.

Wenda Stone. Sie hieß Wenda Stone. Kate murmelte den Namen vor sich hin, versuchte, daraus etwas Faßbares zu formen – etwas mit Substanz und Gewicht, um diese nicht greifbare »sie« zu verdrängen, die sie mit allen ihren Fehlern zum Gespött machte.

Cliff hatte Wenda vor dreißig Jahren kennengelernt – und zwar in Toronto auf dem College. Kate kapitulierte innerlich, als sie das Wort »College« hörte. Das College stand für eine verklärte Zeit im Leben derer, die es sich leisten konnten – eine vierjährige Schonfrist vor dem unbarmherzigen Alltag des Erwachsenenlebens.

Kate hatte noch in der Woche nach ihrer Highschool-Abschlußfeier eine Stelle als Bedienung in der Cafeteria bei den Universal Studios angenommen. Ihre Mutter konnte es sich nicht leisten, sie aufs College zu schicken, und ihren Vater hatte sie nie gekannt. Er war im letzten Jahr des Zweiten Weltkriegs, noch vor ihrer Geburt, gefallen.

Ihre Mutter hatte er während seiner Stationierung in Long Beach kennengelernt, und kurz nach der Trauung wurde er in den Südpazifik versetzt. Der Brief, in dem sie ihm von ihrer Schwangerschaft erzählte, kam ungeöffnet zurück, zusammen mit dem Foto von ihr, das er bei sich hatte, sowie seiner übrigen Habe. Aber dadurch, daß sie ihren Vater nie wirklich gekannt hatte, konnte Kate sich ein Wunschbild von ihm zurechtlegen. Wenn sie einen Vater gehabt hätte, bevor sie Cliff traf, pflegte sie sich zu sagen, wäre alles anders gekommen. Dann hätte sie mit ihren Freundinnen aufs College gehen können. »Schau, für mich ist es doch auch nicht leichter als für dich.« Cliffs Stimme unterbrach ihre Gedanken, und Kate merkte auf einmal, daß sie weinte.

»O doch.« Sie lachte bitter. Dann entstand eine lange Pause, und ihr wurde klar, daß Cliff jetzt gleich aus dem Zimmer, aus dem Haus, ja aus ihrem Leben verschwinden würde, wenn sie ihn nicht mit Fragen aufhielt. »Und was ging dann schief mit dir und Wenda Stone? Am Anfang, meine ich?«

»Ich dachte, sie versteht, was für ein Leben ich damals wollte – am Theater. Aber als ich dann an meiner ersten Bühne engagiert war, hat sie einen anderen geheiratet. Einen Bankier.«

»Ach so. Du warst Wenda nicht gut genug, also bist du nach Hollywood und hast dir eine gesucht, die Angst hatte, sie wäre nicht gut genug für dich.«

»Das stimmt doch nicht.«

»Allerdings nicht, verdammt noch mal. Du bist nämlich nicht gut für mich. Aber du und Wenda, ihr paßt genau zusammen. Wie hat sie's denn angestellt? Hat sie dein Foto in der Zeitung gesehen und ist in dein Hotel gekommen, um dir mitzuteilen, was für ein Fehler es war, daß sie den Bankier geheiratet und nicht auf dich gewartet hat? Vor allem jetzt, wo du ein berühmter Hollywood-Regisseur bist.«

»Ich habe eben gedacht, es kann doch nichts schaden, wenn ich sie einmal treffe. Sie hat schließlich zu meiner Vergangenheit gehört.«

»Und jetzt hat deine Vergangenheit mir die Zukunft verbaut. Was wird jetzt aus mir?«

Der warme Ton in Cliffs Stimme nahm Kate allen Wind aus den Segeln. So zärtlich hatte er schon lang nichts mehr zu ihr gesagt. »Du hast ja das Haus, und für deine laufenden Ausgaben überweise ich dir immer genug auf dein Konto. Mehr geht im Moment leider nicht. Ich habe einfach zu wenig.«

»Ich will dein Geld nicht. Nicht ohne dich.«

Um sich irgendwie aus der Affäre zu ziehen, sah Cliff auf die Uhr. »In einer Stunde landet Ninas Flugzeug. Ich muß jetzt fahren, sonst verpasse ich sie noch.«

Kate stand unschlüssig auf der Treppe. »Wenn du zurückkommst, bin ich womöglich nicht mehr da.«

Cliff machte die Haustür auf. »Ich habe kein Recht mehr, dich um irgendeinen Gefallen zu bitten. Aber denk doch an Nina. Sie wäre beinahe überhaupt nicht nach Hause gekommen, weil sie so viel arbeiten muß. Können wir nicht unsere Probleme vergessen und ihr zuliebe fröhliche Weihnachten feiern?«

»Bringst du das fertig? Alles zu vergessen, was du mir gerade erzählt hast, und die heile Familie zu spielen?«

»Bloß für einen Abend. Nina fliegt doch morgen nachmittag schon wieder ab. Denk auch mal daran, unter welchem Druck sie steht. Bitte, Kate, ich habe das alles wirklich nicht absichtlich getan. Müssen wir Nina denn mit hineinziehen? Es geht doch wirklich nur uns beide etwas an. Du hast zwar eine fürchterliche Wut auf mich, aber ich weiß, wie sehr du unsere Tochter liebst. Du möchtest ihr genauso wenig weh tun wie ich. Wir haben vielleicht alle möglichen Fehler in unserem Leben gemacht, aber als Eltern haben wir unser Bestes gegeben. Mach das nicht kaputt.«

»Was fällt dir eigentlich ein? Der einzige Fehler in meinem Leben war, dich allein nach Toronto fliegen zu lassen.«

Die Zeitverschwendung. Die beschäftigte sie jetzt, als sie sich in der geräumigen, rustikalen Küche zu schaffen machte, die sie sich am Anfang ihrer Ehe mit so viel Liebe eingerichtet hatten. Sie starrte auf die hochglanzpolierten Geräte, um die herum sich ihr häusliches Leben abspielte; alle einwandfrei in Ordnung. Nur ihr Ehe war heillos kaputt.

Was untersteht sich Cliff, in diesem Haus mit mir nicht glücklich zu sein, dachte sie. Sie schloß die Augen, während sich Bilder aus ihrem gemeinsamen Leben in ihrem Kopf abspulten. Cliff hatte die Psychologie der Charaktere in seinen Filmen immer so gut im Griff gehabt. Wenn man ihm ihre Ehe als Drehbuch zur Regie vorgelegt hätte, dann hätte er sich sicher einen anderen Schluß einfallen lassen.

Plötzlich spürte sie an den Kniekehlen ein Fell vorbeistreichen. Das holte sie wieder in die Wirklichkeit zurück. »Homer«, sagte sie und streichelte den seidigen Rücken. »Du hast bestimmt auch Hunger.« Sie holte eine Packung Hackfleisch aus dem Kühlschrank, zerkrümelte es auf einen Aluteller und stellte es auf den Boden. Homer machte sich begeistert darüber her.

Dann nahm sie das Tablett, auf dem sie zwei Suppentassen und eine Käseplatte hergerichtet hatte, und wollte es ins Wohnzimmer bringen.

»Moment. Das kann ich doch tragen.« Ein Mann, den sie kaum wiedererkannte, kam die Treppe herunter. Er hatte Cliffs Sachen an, aber damit hörte jede Ähnlichkeit auch schon auf. Dieser Mann war in seinem Körper zu Hause, während man bei Cliff den Eindruck hatte, er hätte den seinen nur geliehen wie einen Smoking, den auch der beste Schneider nicht auf den richtigen Sitz bringen kann. Dusche und Rasur hatten ihm wieder etwas Farbe auf die Wangen gebracht. Kate sah ihm an, daß er jünger war als sie, trotzdem hatte er bereits Falten im Gesicht. Sie bemerkte seine großen, geschickten Hände, als er ihr das Tablett aus der Hand nahm; die rauhe Haut daran verriet jedoch, daß sie ein Leben lang Wind und Wetter ausgesetzt waren.

»Wo soll ich es hinstellen?« fragte er mit einer tiefen, warmen Stimme.

»Vielleicht ins Wohnzimmer vor den Kamin?« schlug Kate vor. »Ich habe heute früh vor dem Frühstück ein Feuer gemacht, und das soll man schließlich nicht verkommen lassen.«

Der Mann stellte das Tablett auf den Boden und ließ sich auf dem Teppich nieder. Sie reichte ihm eine Suppentasse, kniete sich hin und nahm sich selbst die andere. Als sie den ersten Löffel in den Mund schob, fiel ihr auf, daß er sie unschlüssig ansah. »Möchten Sie lieber allein sein?« fragte sie. »Mein Mann aß nämlich am liebsten allein. Und ich habe Jahre gebraucht, bis ich das kapiert habe.« Der Mann lächelte ihr zu. »Sie wissen gar nicht, wie viel es mir bedeutet, daß Sie dieses Tablett für zwei gedeckt haben«, sagte er leise, »daß Sie mit mir zusammen essen und nicht einfach ein Almosen für einen Bedürftigen hinstellen – obwohl ich das weiß Gott bin. Ich habe nur gerade überlegt, ob es Ihnen etwas ausmacht, wenn ich kurz bete.«

Kate stellte ihre Suppentasse auf das Tablett zurück, faltete die Hände und senkte den Kopf.

Mit ruhiger Stimme sprach jetzt der Mann, der vorhin auf der Straße vor Entkräftung zusammengebrochen war, zu Gott wie zu einem engen Freund. Er dankte ihm dafür, daß er ihm durch ein so deutliches Zeichen seiner Liebe wieder Kraft gegeben habe. Die Worte schienen ihm spontan von den Lippen zu kommen.

Kate bewunderte, wie selbstverständlich und gewandt er sich ausdrückte. Sie fühlte sich plötzlich in ihre Kindheit zurückversetzt. »Meine Großmutter hat immer vor dem Essen gebetet. Aber immer mit denselben Worten. Die kann ich heute noch.«

»Damit kam man in meiner Familie nicht davon.« Endlich taute der Mann anscheinend ein bißchen auf. »Mein Vater hat uns beigebracht, mit Gott zu reden, als wäre er mitten im Zimmer. Wir waren vier Kinder. Wenn wir uns an den Tisch setzten, wurde immer eines zum Vorbeten aufgerufen, aber nie in einer bestimmten Reihenfolge, so daß man nie wußte, wer drankam. Wir beschwerten uns natürlich, vor allem wenn man zwei Abende hintereinander aufgerufen wurde, aber dann lehnte sich Daddy nur zurück und lachte. Er bereite uns auf das Leben vor, hieß es dann, wir müßten eben lernen, daß man sich nicht darauf verlassen kann, daß irgend etwas in einer bestimmten Reihenfolge geschieht. Wir seien alle überall und immerzu der Gnade Gottes unterworfen.«

»Amen«, sagte Kate, überrascht von ihrer eigenen Inbrunst. »Möchten Sie vielleicht noch etwas Suppe?« fragte sie dann, da alles aufgegessen war, was sie ihm vorgesetzt hatte.

»Danke, gern.« Er folgte ihr mit seiner Suppentasse in der Hand in die Küche. Kate war beeindruckt, mit welcher Würde er alles annahm, was sie ihm anbot.

Sie war nie gut im Annehmen gewesen – ganz besonders von Cliff. Sie war ihm immer so dankbar dafür gewesen, wie er ihr Leben verändert hatte – und im Grunde ihres Herzens fühlte sie sich seiner Liebe nicht würdig. Vom ersten Tag an, als er ihr den Antrag machte, hatte sie sich vor dem Moment gefürchtet, an dem er sie verlassen würde. Jetzt war er schließlich gekommen. Fast war sie erleichtert.

»Wissen Sie eigentlich, daß Sie mir noch nicht einmal Ihren Namen verraten haben?« sagte Kate, während sie ihm nachschöpfte.

»Ich wollte warten, bis Sie mich danach fragen. Sobald man etwas mit Namen kennt, ist einem nämlich nicht mehr egal, was damit geschieht.«

»Ich heiße Kate«, sagte sie, indem sie auf seine Herausforderung einging. Das war der einzige Name, dessen sie sich im Augenblick wirklich sicher war. Der Nachname gehörte zu ihrem Mann.

»Mich können Sie Ford nennen«, erwiderte er. »Ich bin

nämlich in einem geboren. Mein Vater fuhr meine Mutter gerade ins Krankenhaus, aber sie kamen nicht mehr rechtzeitig an. Meine Eltern haben allen Kindern biblische Namen gegeben. Ich war der Älteste und sollte eigentlich Peter heißen, ›der Fels‹, verstehen Sie. Auf meiner Geburtsurkunde steht auch tatsächlich Peter, aber alle haben mich immer nur Ford genannt, und schließlich habe ich den Namen liebgewonnen. In meiner Familie hat auch keiner je ein anderes Auto als einen Ford besessen. Ich habe den meinen an dem Tag gekauft, als mein Sohn geboren wurde – um ihn vom Krankenhaus abzuholen.«

»Ein Auto gehört in Ihrer Familie bei einer Entbindung anscheinend dazu«, kommentierte Kate lächelnd.

»Von einem Ford ist unsere Familie noch nie im Stich gelassen worden«, sagte er. »Ich habe diesen Wagen da draußen jetzt seit zehn Jahren. Wenn er mir zusammenbricht, weiß ich wirklich nicht mehr weiter.«

»Wo ist denn Ihre Familie?« fragte Kate vorsichtig.

»In der City. In einem Asyl für Frauen und Kinder, die im Stich gelassen worden sind.«

»Sie haben sie im Stich gelassen?« Kate konnte ihren Schrecken nicht verbergen. Sie vertraute eigentlich auf ihre Menschenkenntnis, aber bei diesem Mann hatte sie sich offenbar getäuscht.

»Wir wußten uns nicht mehr zu helfen. Die Obdachlosenheime, in denen sie Familien aufnehmen – und das sind nicht so viele –, waren voll. Also mußte meine Frau so tun, als hätte ich sie verlassen – was eigentlich auch nicht mehr viel ausmachen würde, denn ich nütze ihnen sowieso nicht viel.« Er blickte auf seine Tasse hinunter, nahm eine Brotrinde und tunkte den letzten Rest Suppe auf. »Sie fragen sich bestimmt, wie ich in diesen ganzen Schlamassel geraten bin«, sagte er, während er die Tasse in die Küche trug und sorgfältig abspülte.

»Das brauchen Sie mir nicht zu erzählen«, beeilte sich

Kate ihm zu versichern. »Es fällt Ihnen sicher schwer, darüber zu reden.«

»Darüber zu reden ist halb so schlimm. Aber es durchzumachen ist verdammt hart.«

An der Geschichte, die Ford dann erzählte, war nichts Ungewöhnliches. Kein Punkt, an dem Kate sich von dem, was ihm widerfahren war, hätte absetzen können und sagen: »Genau da hat er eben einen Fehler gemacht. So etwas würde ich nie tun, und deshalb könnte mir dasselbe nie passieren.«

Er wurde auf einer Farm in Iowa geboren, in einem Haus, das sein Großvater gebaut hatte, und zwar auf einem Stück Land, das dessen Großvater ihm vermacht hatte. Fünf Generationen lang hatte das Land die Familie ernährt – aber in den letzten fünf Jahren hatten sich plötzlich die Schulden getürmt. Ford war von fünf Kindern das einzige, das auf der Farm blieb. Als sie nicht mehr zu halten war, verloren er und seine Familie nicht nur die Einkommensquelle, sondern auch das Dach über dem Kopf.

Verwandte sprangen ein, während er auf Arbeitssuche ging. Aber seinen Nachbarn erging es nicht besser und jedesmal, wenn er von einer offenen Stelle erfuhr, waren schon zehn andere vor ihm da gewesen. Schließlich packte er seine Frau Sunny, seinen Sohn Joe Wayne und seine Tochter Marvella in die einzige Bleibe, die er noch besaß: seinen Ford-Kombi, und fuhr gen Westen auf Arbeitssuche.

»Seit wann sind Sie denn hier?«

»Seit Anfang Juli, genauer gesagt seit dem Unabhängigkeitstag. Wir kamen gerade am Ozean an, als das Feuerwerk losging. Wir dachten, wir seien im Paradies gelandet.« Er seufzte, holte tief Luft und erzählte weiter. Die Reise durch Amerika war ein Abenteuer gewesen. Sie hatten unterwegs auf Campingplätzen gezeltet und jeden

Abend am Lagerfeuer gekocht. In Los Angeles schliefen sie dann zunächst unter freiem Himmel am Strand. Aber als der Sommer zu Ende ging, ohne daß Ford eine feste Stelle gefunden hätte, verwandelte sich das Abenteuer langsam in einen Alptraum. Mit Gelegenheitsjobs verdiente er genug, daß sie sich zu essen kaufen konnten, aber jede Woche kamen unvorhergesehene Ausgaben dazu, die Löcher in ihre mageren Ersparnisse rissen: Mal streikte das Auto, mal wurde eines der Kinder krank. Alle hatten erzählt, daß es in Südkalifornien Arbeit gebe, aber er fand keinen, der einen Mann ohne Zeugnisse, ohne Ausbildung und vor allem ohne Adresse einstellen wollte.

Als die Schule wieder anfing, sprach Sunny ein Machtwort: Sie könnten es aus eigener Kraft nicht schaffen, sie müßten um Hilfe bitten. Joe Wayne und Marvella brauchten eine Adresse, damit man sie für die Schule einschreiben konnte. Er fuhr mit der Familie zum Fürsorgeamt, und sie bewarben sich um ein Zimmer in einer Unterkunft, aber man erklärte ihnen klipp und klar, daß es für Familien keinen Platz gebe. Schließlich hatte die Frau ein Erbarmen, durchforstete noch einmal ihre Karteien und fand einen freien Platz in einem Heim für Frauen und Kinder. »Gehen Sie nicht mit hin«, warnte sie Ford. »Das ist ein Asyl für Frauen, die der Mann im Stich gelassen hat.«

»Und vielleicht hätte ich das auch tun sollen«, flüsterte er heiser. »Ich muß mich einschleichen, wenn ich sie besuchen will – und dabei riskiere ich jedesmal, daß sie rausfliegen. Ich weiß ja, daß ich nicht hingehen sollte, aber sie sind doch das einzige, was ich habe. Wenn der gute Homer hier nicht wäre – wenigstens ein Lebewesen, das ich beim Namen rufen kann –, dann wäre ich längst verrückt geworden.«

Er holte tief Luft, riß sich zusammen und sah aus dem Fenster. »Ich probiere am besten nochmal mein Glück mit dem Motor, der Regen hat ja wieder aufgehört.«

»Wo wollen Sie jetzt hin?« fragte Kate, während sie ihn zum Auto begleitete. Homer lief bei Fuß nebenher.

»Ich war vorhin auf dem Weg zum Einkaufszentrum. Manchmal, wenn man vor dem Supermarkt steht . . .«

»Ja, ich weiß«, unterbrach ihn Kate, der die Frage schon wieder leid tat. »Man kann schlecht einen vollen Einkaufswagen aus dieser Tür schieben, ohne an die Familien zu denken, die nicht genügend zu essen haben. Die wissen schon, was sie tun, diese Leute mit ihren Schildern ›Bitte ein kleine Spende für die Obdachlosen‹.«

»Ich bin kein Bettler«, versetzte er aufbrausend. Kate gab es bei diesem Temperamentsausbruch einen Stich, und sie dachte zum ersten Mal an seine Frau. Die hatte es bestimmt nicht einfach, nicht einmal in den besseren Zeiten, mit diesem Mann, dessen Stimmung so schnell umschlagen konnte.

»Ich habe das nicht böse gemeint«, sagte sie schnell. »Ich wollte nur erklären, daß es viele Menschen wie mich gibt, die Mitleid mit Menschen wie Ihnen haben – mit solchen, die obdachlos geworden sind. Wir wissen bloß nicht, wie wir helfen können.«

»Herrgott«, sagte er, stieg in seinen Wagen und knallte die Tür zu. Leise vor sich hinschimpfend, probierte er vergeblich, den Motor anzulassen. Kate stand hilflos auf dem Bürgersteig und bemühte sich zu verstehen, was er sagte. Sie wünschte sich in ihr Haus zurück, stand aber wie angewurzelt da. Sie kannte ihn jetzt mit Namen – ob es ihr paßte oder nicht.

Es stand fest, daß das Auto nicht anspringen wollte, aber Ford blieb hinter dem Steuer sitzen, die Tür verriegelt und das Fenster hochgekurbelt.

Ohne sich umzuschauen, ging Kate ins Haus zurück. Plötzlich hörte sie die Wagentür zuknallen. Sie drehte sich um und sah, wie Ford einen Stock mit einem Schild daran aus dem Kofferraum holte. Das Schild trotzig gegen die Schulter gestützt, kam er auf sie zu. Die Aufschrift lautete: »Meine Kinder haben Hunger. Bitte geben Sie mir Arbeit.«

Kate schossen die Tränen in die Augen. Sie stellte sich vor, wie er mit diesem Schild vor dem Supermarkt stand. Wortlos hielt sie ihm die Tür auf.

»Tut mir leid, was ich vorhin gesagt habe«, sagte er knapp. »Ich wollte Sie nicht vertreiben.«

»Ich bin nicht vor Ihnen davongerannt«, erklärte sie. »Ich wollte ins Haus, um den Automobilclub anzurufen.«

»Den Automobilclub?« Er blickte verwirrt.

»Natürlich. Damit sich einer Ihren Wagen ansieht und probiert, ihn wieder flottzukriegen.«

»Das würden Sie für mich tun?«

Sie zuckte die Achseln. »Das ist doch keine Affäre.«

»Warten Sie nur, bis Ihr Leben einmal von Ihrem Auto abhängt.«

Während Kate die Nummer wählte, ging Ford ans Fenster und fing an, es unter die Lupe zu nehmen. »Eine Stunde?« fragte Kate in den Hörer und sah Ford hilflos an. »Natürlich verstehe ich das«, fuhr sie fort, »was bleibt mir auch anderes übrig?« Mit einem bedauernden Blick zu Ford legte sie auf. »Das macht der Regen. Da bricht in Kalifornien immer das Chaos aus. Es tut mir leid. Ich weiß ja, daß Sie so schnell wie möglich weg möchten.«

»Es gibt Schlimmeres als die Vorstellung, noch eine Stunde in diesem Haus verbringen zu müssen«, sagte Ford lächelnd. »Wenn meine Frau und die Kinder nicht warten würden, könnte ich es hier noch eine Ewigkeit aushalten. Aber ich muß unbedingt für ein paar Stunden einen Job finden, damit ich ihnen heute abend etwas mitbringen kann. Sie freuen sich doch auf Weihnachten. Und ich eigentlich auch.« Er hielt inne. »Diese Fenster könnten einen neuen Anstrich vertragen. Ich habe Sandpapier im Auto. Meinetwegen könnte ich sofort anfangen.«

»Da weiß ich etwas Besseres«, sagte Kate und ging auf die Treppe zu. »Kommen Sie.«

In der Diele öffnete sie einen Wandschrank, in dem sie Schachteln mit alten Kleidern aufbewahrte. »Früher stand immer eine Tonne für Altkleider hinter dem Supermarkt«, sagte sie. »Aber dann bekam eine Frau einmal einen Herzinfarkt, als sie Kleider abgeben wollte und ihr ein Augenpaar entgegenstarrte. Ein Mann hatte in der Tonne übernachtet. Sie meldete den Vorfall bei Goodwill, und die haben die Tonne wieder abgeholt. Seitdem stopfe ich die Sachen einfach hier hinein.«

»Sie würden sich wundern, wo die Leute überall einen Schlafplatz finden«, sagte Ford. »Sie kennen doch diese Abfallcontainer auf dem Parkplatz vor dem Supermarkt? Spät abends, wenn man einigermaßen sicher sein kann, daß die Müllabfuhr für den Tag fertig ist, klettern manche dort hinein. Das ist immer noch besser als auf dem Gehsteig zu übernachten: Wenigstens hat man ein Dach über dem Kopf. Morgens muß man natürlich rechtzeitig wieder draußen sein. Von einem habe ich mal gehört, der verschlafen hat und dann fast von einer Ladung Müll lebendig begraben wurde.«

Um das Bild zu verscheuchen, das sie jetzt lebhaft vor Augen hatte, machte Kate eine Schachtel nach der anderen auf, so daß Ford sie inspizieren konnte. »Nehmen Sie alles, was Ihre Familie brauchen könnte.«

Er lächelte. »Nichts von diesen Sachen müßte im Asyl lang auf einen Abnehmer warten.« Er nahm ein Paar Handschuhe aus einem der Kartons und probierte sie an. »Wenigstens haben unsere beiden Kinder noch einen guten Start ins Leben gehabt. Sie sind gesund und kräftig. Die überstehen das schon. Aber manche von den kleinen Würmern werden einen bleibenden Schaden davontragen. In diesem Haus gibt es Babys, die mit Zeitungen statt Windeln gewickelt werden, weil ihre Mütter sich entscheiden müssen, ob sie ihnen etwas zu essen oder zum Anziehen kaufen.«

Kate verzog das Gesicht. »Ich glaube, ich selber könnte alles mögliche aushalten. Aber die eigenen Kinder leiden zu sehen und nichts dagegen unternehmen zu können, muß unerträglich sein.«

Ford nickte; seiner Stimme traute er im Augenblick nicht.

Kate bemerkte, daß sein Daumen durch ein Loch in dem Handschuh heraussah. Beschämt griff sie hin und zog ihm den Handschuh aus. »Das flicke ich Ihnen schnell«, sagte sie. »Tragen Sie doch schon mal die Schachteln in Ihr Auto«, sagte sie und steckte die Handschuhe in die Rocktasche, »dann gehe ich hinauf und schaue, ob ich noch etwas für Ihre Frau finde.«

»Da wäre ich Ihnen sehr dankbar«, sagte er. »Sie denkt ja nie an sich. Es wäre das Schönste für mich, wenn ich ihr zu Weihnachten etwas Gutes tun könnte.«

Er nahm zwei Kartons unter den Arm und ging hinaus. Als Kate sich zur Treppe umwandte, fiel ihr der Weihnachtsbaum ins Auge mit den Geschenken darunter, die sie noch so liebevoll verpackt hatte. Eines nach dem anderen hob sie auf und riß Cliffs Namensschild ab. Dann holte sic aus einer Schublade ein Schächtelchen mit neuen Schildern. Mit einem Armvoll bunt verpackter Päckchen empfing sie Ford an der Haustür.

»Für mich?« fragte er überrascht, als sie ihm die Geschenke hinhielt.

»Lesen Sie, was draufsteht.«

Er sah sie ungläubig an. »Auf allen steht mein Name. Wo kommen die denn her?«

»Unter dem Weihnachtsbaum. Fröhliche Weihnachten.«

»Das verstehe ich nicht«, sagte er langsam. »Die können Sie doch nicht für mich gekauft haben.«

»Als ich die Geschenke gekauft habe, kannte ich Sie noch gar nicht.« Kate lächelte. »Aber wie der Zufall so will, haben Sie dieselbe Größe wie mein Mann – und im Moment kann ich Sie viel besser leiden.«

»Sie sind eine großartige Frau«, sagte er und warf ihr einen innigen Blick zu.

»Danke. Dieses Kompliment ist wahrscheinlich das schönste Weihnachtsgeschenk, das ich dieses Jahr bekomme.«

Er stand unschlüssig in der Tür, nicht sicher, was von ihm jetzt erwartet wurde. »Dann bringe ich jetzt wohl am besten die Päckchen gleich ins Auto, bevor Sie sich's noch anders überlegen«, sagte er mit einem verlegenen Lachen.

»Wäre es zu viel verlangt, wenn ich Sie bitten würde, jetzt gleich Weihnachten zu feiern – mit mir?« Das war Kate einfach herausgerutscht. »Ich würde nämlich so gern sehen, wie Ihnen die Sachen stehen.« Sie lief schnell ins Wohnzimmer zurück. »Lassen Sie mich nur schnell die Lichter am Weihnachtsbaum anzünden.«

Als der Wagen vom Automobilclub ankam, stand Ford schon an der Eingangstür – in einem neuen Tweedmantel, einer Flanellhose und einem gestreiften Hemd mit Paisley-Schlips.

»Was wollen Sie denn mit dieser Rostlaube?« fragte der Mechaniker, als er die Motorhaube hochhob.

»An manchen Dingen hängt man einfach«, sagte Ford und lächelte.

Kate kümmerte sich gerade wieder um den Truthahn, als Ford hereinkam, um sich zu verabschieden. »Jetzt hat er ihn endlich angekriegt«, sagte er. »Deshalb mache ich mich lieber mal auf die Socken, bevor mir der Motor wieder abstirbt.« Er zog seinen Autoschlüssel aus der Tasche, nestelte daran herum und hielt Kate schließlich eine Kaninchenpfote hin. »Ich weiß nicht, wie ich Ihnen danken soll«, sagte er. »Die hat mir mein Vater geschenkt, als ich noch ganz klein war. Ich dachte, sie hätte alle Zauberkraft längst verloren, aber heute hat sie mich zu Ihnen vor die Tür geleitet, also bringt sie Ihnen vielleicht auch einmal Glück. Fröhliche Weihnachten.«

»Danke«, sagte Kate. »Ich hänge sie an meinen Schlüsselring und werde jedesmal an Sie denken, wenn ich mein Auto anlasse.« Sie griff in die Tasche und holte die geflickten Handschuhe heraus. »Hier«, sagte sie, »die habe ich Ihnen geflickt. Ich wußte nicht, daß sie ein Loch haben, als ich sie Ihnen gegeben habe.«

»Sie brauchen sich doch wirklich nicht zu entschuldigen. Nach allem, was Sie für uns getan haben«, sagte Ford und streckte ihr die Hand hin.

Während Kate einschlug, sprudelte sie hervor: »Wegen Ihrer Frau . . .«

»Was?« Verwirrt ließ Ford ihre Hand los.

»Ich habe gerade meinen Schrank durchforstet. An der Tür stehen noch einmal zwei Kleiderkisten – Sachen, die ich seit Jahren nicht mehr getragen habe – und ein Kostüm, das ich überhaupt noch nie anhatte. Vielleicht passen sie ihr.«

Ford lächelte. »Wenn nicht, dann ändert sie sie einfach. Sunny kann phantastisch nähen.« Er stand immer noch da und lächelte sie an, als ob er die Verbindung ungern abbrechen würde.

»Ich könnte jederzeit mit dem Fensterstreichen anfangen. Wann Sie möchten«, sagte er schließlich.

Kate schüttelte den Kopf. »Mir ist egal, was mit diesem Haus passiert. Das geht mich nichts mehr an.« Sie stellte den Truthahn wieder in den Backofen, hielt dann plötzlich inne und schluckte einen wütenden Schluchzer hinunter. »Ich weiß nicht, warum ich mir das heute abend überhaupt antue.« Sie griff in den Schrank, holte einen Deckel heraus, setzte ihn auf den Schmortopf mit dem Truthahn und sagte zu Ford. »Bringen Sie den Ihrer Familie. Ich freue mich bei dem Gedanken, daß Sie, Sunny und die Kinder einen Weihnachtsbraten haben.«

»Aber was essen Sie dann? Sie und Ihre Familie?« protestierte er, während sie Gläser mit Preiselbeeren, Kastanienfüllung und eingemachten Süßkartoffeln in einen Picknickkorb packte.

»Das ist eine Frage, vor der wir alle noch nie gestanden haben«, sagte Kate. »Es wird also höchste Zeit.«

2

Kate sah vom Wohnzimmerfenster aus zu, wie Fords Wagen die Straße hinunterruckelte. Hätte ich ihm doch auch den Christbaum mitgegeben, dachte Kate. Der hätte gut mitsamt dem Schmuck und allem Drum und Dran aufs Autodach gepaßt. Beim Gedanken, wie ein komplett aufgeputzter Weihnachtsbaum auf dem Dach dieses Vehikels durch die Stadt kurvte, mußte sie lachen; und dann trällerte sie auf einmal Weihnachtslieder vor sich hin, während sie die wenigen noch übriggebliebenen Geschenke – alle mit Ninas Namen auf dem Schildchen – unter dem Baum verteilte.

Cliff hatte nun am Weihnachtsmorgen überhaupt nichts mehr zum Auspacken. Geschah ihm recht, er hatte schließlich schon gestanden, daß er ihr nichts mitgebracht habe – außer der Eröffnung, er liebe sie nicht mehr.

Beim Nachdenken über die Motive für alles, was sie in der letzten Stunde unternommen hatte, mußte sich Kate fragen, wieviel sie aus Mitgefühl für Ford und seine Notlage getan hatte und wieviel aus verletztem Stolz und einem Rachebedürfnis gegenüber Cliff.

Als Cliff mit Nina vom Flughafen zurückkam, aalte sich Kate gerade genüßlich in seiner Badewanne. »Was tust du hier drin?« fragte er entgeistert angesichts dieses groben Grenzverstoßes. »Du willst mir doch nicht erzählen, daß bei dir kein Wasser kommt?«

»Keineswegs«, erwiderte Kate und fuhr sich mit einem großen Schwamm über die Schultern.

»Warum badest du dann bei mir?«

»Das habe ich mir angewöhnt, während du weg warst«, log Kate und blickte sich schnell um, ob auch nichts verriet, daß ein fremder Mann das Bad benutzt hatte. »Man spürt dich hier drin irgendwie. Da habe ich dich dann nicht so vermißt.« Sie stieg aus der Wanne. »Soll ich dir ein Bad einlassen?«

»Hör doch auf, Kate«, sagte er unwirsch, während er ihr ein Handtuch reichte. »Ich wollte nie von dir bedient werden. Hast du denn gar keinen Sinn dafür, wer du bist?«

»Tja, Cliff, wer bin ich – wenn nicht mehr deine Frau?«

»Die Frage hättest du dir längst einmal stellen sollen«, gab er zur Antwort. »Jetzt komm aber Nina begrüßen.«

Als Kate den Korridor entlang auf Ninas Zimmer zuging, versuchte sie sich zu erinnern, wann genau sich die Rollen vertauscht und ihre Tochter in ihrer Beziehung das Sagen übernommen hatte.

Vor fünf Jahren, als Nina in die Oberstufe kam, hatte sich ihr Geschmack auseinander entwickelt – ob es sich um Kleidung, Essen oder Menschen handelte. Zum ersten Mal war Kate das an Weihnachten aufgefallen, als Nina ein Geschenk nach dem anderen auspackte, sich höflich bedankte, aber nichts aus der Schachtel nahm. Am nächsten Tag gab sie alles zurück und ließ sich Einkaufsgutscheine dafür ausstellen.

Das wiederholte sich – mit ein paar Ausnahmen – jedes Jahr. Zum neuen Jahr faßte Kate regelmäßig den Vorsatz, keine Geschenke für Nina mehr zu kaufen, da man es ihr ohnehin nicht rechtmachen konnte. Bis zu ihrem Geburtstag Ende Juni hielt sie das auch durch, da führten Cliff und sie ihre Tochter dann zum Essen in ein Restaurant ihrer Wahl aus, und beim Nachtisch – natürlich bloß keinen Geburtstagskuchen! – überreichten sie ihr dann in irgendeiner netten Kleinigkeit wie einem Portemonnaie oder einem Fotorahmen einen Scheck. Kate war bei Ninas Geburt nicht dabeigewesen – sie und Cliff hatten sie als

Säugling adoptiert –, also wollte sie es auch Nina überlassen, wie sie den Jahrestag ihrer Ankunft auf dieser Welt begehen wollte.

Aber Weihnachten war etwas anderes. Das war ein Fest der Familie. Wenn Kate dann durch die Geschäfte bummelte und bei den Weihnachtsliedern aus dem Lautsprecher mitsummte, konnte sie einfach nicht widerstehen und kaufte Nina eben die Sachen, die sie so gern an ihr gesehen hätte. Auch dieses Jahr lagen unter dem Baum lauter Geschenke, die sie nach dem Weihnachtsmorgen höchstwahrscheinlich nie wieder zu Gesicht bekommen würde. Aber irgendwie wollte sie ihre Liebe wenigstens zeigen, wenn sie sie schon immer schwerer in Worte fassen und schon gar nicht durch körperliche Gesten ausdrücken konnte.

»Herein«, rief Nina, als Kate schüchtern an ihre Zimmertür klopfte. Kate schämte sich vor sich selbst, weil sie erleichtert war, daß Nina gerade telefonierte. Sonst spürte Kate nämlich immer, wie Nina bei ihrem Anblick steif wurde, weil sie befürchtete, gleich eine Umarmung über sich ergehen lassen zu müssen. Heute abend warf ihr Kate nur aus der Entfernung eine Kußhand zu und schloß wieder die Tür, damit Nina ungestört weitertelefonieren konnte.

Ob sie wohl mit Adam sprach? Vermutlich – da offenbar die meiste Zeit Nina redete. Kate staunte über Adams Hingabe. Er hatte sich in der letzten Highschool-Klasse in Nina verliebt und war untröstlich gewesen, als seine Eltern darauf bestanden, daß er auf eines der renommierten Colleges an der Ostküste geht.

Für Cliff und Kate waren das magere Jahre gewesen. Seine Karriere als Spielfilmregisseur schien vorbei, und für die laufenden Kosten war er inzwischen auf Fernsehserien angewiesen. Nina hatte aber Verständnis für ihre finanzielle Situation gezeigt und sich nicht dagegen gewehrt, zu Hause zu wohnen und auf die University of California in Los Angeles zu gehen. Es sah sogar fast so aus, als käme ihr die erzwungene Trennung von Adam gelegen, damit sie sich auf ihr Studium konzentrieren konnte.

Sie hatte beschlossen, Rechtsanwältin zu werden – damit sie einen Machtposten hätte, wie sie ihrer Mutter unverblümt erklärte, und kein Mensch sie je ausnutzen könnte. Zwischen den Zeilen hieß das, daß sie nicht die Absicht hatte, es ihrer Mutter gleichzutun und einen Mann nötig zu haben – weder als Ernährer, noch als Lebensinhalt. Kate mußte den grimmigen Ehrgeiz ihrer Tochter unwillkürlich bewundern, selbst wenn er als Reaktion auf ihr eigenes Leben entstanden war.

Nina hatte ständig irgendeinen Teilzeitjob, und in den Sommerferien half sie in einem Anwaltsbüro bei der Twentieth Century Fox aus. Sie war wild entschlossen, genügend Geld zu verdienen, um sich das Jurastudium finanzieren zu können und ihre Eltern nie wieder um etwas bitten zu müssen, aber zur freudigen Überraschung aller bekam sie ein Stipendium für Harvard. Also hatten sich ihre Wege diesen Herbst überschnitten: Adam kehrte als frischgebackener Journalist nach Los Angeles zurück, und Nina flog genau ans andere Ende von Amerika.

Kate fragte sich, wie lange sich Adam wohl noch gefallen ließ, daß Nina in dieser Beziehung das Heft in der Hand hielt. Sie würde sich nicht gewundert haben, wenn er Nina nach dem ersten Jahr auf dem College gestanden hätte, er wäre jetzt in ein anderes Mädchen verliebt, ein sanftes, anschmiegsames Wesen, das sich gern ein bißchen anpaßt. Aber er hing offensichtlich an Ninas starker Persönlichkeit, als ob ihr Ehrgeiz und ihre Konsequenz ihm bei der Definition seiner eigenen Persönlichkeit zugute kämen. Von ihrer erbarmungslosen Offenheit, die Kate oft vernichtend fand, war er begeistert. Sie schonte ihn nie, aber hinter der ganzen Freimütigkeit und den bissigen Bemerkungen spürte er bei ihr anscheinend ein Bedürfnis, das bis jetzt nur er erfüllen konnte.

»Ich habe Adam zum Abendessen eingeladen. Das ist dir doch hoffentlich recht«, sagte Nina, als sie mit Geschenken beladen ins Wohnzimmer kam.

»Natürlich, ich freue mich immer, wenn er kommt. Das weißt du doch. Wenn du weg bist, sehe ich ihn praktisch nie. Ich habe ihn fast so sehr vermißt wie dich.« Sie stellte sich hinter Nina und sah zu, wie sie die Päckchen um den Baum herum verteilte.

»Das ist ja alles für mich«, sagte Nina überrascht. »Gut, daß ich heimgekommen bin, sonst hättet ihr ja überhaupt kein Weihnachten gehabt.«

Nichts hätte Kate in diesem Moment lieber getan, als Nina in die Arme zu nehmen und ihr alles zu gestehen. Aber sie hielt sich zurück. Allerdings fragte sie sich insgeheim, warum. War sie edel und uneigennützig und ließ sich ihrer Tochter zuliebe ihr eigenes Unglück nicht anmerken oder traute sie sich einfach nicht, weil sie Angst vor deren Reaktion hatte? Wäre Nina wohl böse auf ihren Vater, weil er ihre Mutter betrog, oder fände sie, daß Kate irgendwie selbst daran schuld sei?

»Allerdings«, setzte Kate langsam an, während sie auf den Knien ein paar Hundehaare vom Kaminvorleger zupfte, »koche ich heute abend nichts.«

»Ach«, sagte Nina, fing sich aber gleich wieder. »Dann gehen wir eben essen. Aber was macht ihr beiden, du und Daddy? Ich hätte schwören können, daß er mir was von einem Truthahn im Bratrohr erzählt hat und von Gästen zum Essen.«

»Ich hab's mir eben anders überlegt«, sagte Kate. »Mit dem Truthahn zumindest. Ruth und Henry kommen natürlich schon, wie immer. Die würden Weihnachten ohne uns gar nicht überstehen. Ich glaube, das ist das einzige Mal im Jahr, daß sie es bedauern, keine Kinder zu haben.«

»Ich bin froh, daß du dir nicht die ganze Mühe mit so einem Truthahn machst. Ich hätte sowieso nichts davon gegessen. Ich mag nämlich kein Fleisch mehr.«

»Warum hast du mir das nicht gesagt?«

Nina zuckte die Achseln. »Das ist doch egal. Ich wohne ja nicht mehr hier, da brauchst du mit dem Essen auch keine Rücksicht auf mich zu nehmen.«

Wir machen diesen ganzen Weihnachtszirkus doch bloß wegen dir, hätte Kate am liebsten gebrüllt, aber sie riß sich zusammen. Jetzt hatte sie es so weit geschafft, dann würde sie die nächsten vierundzwanzig Stunden auch noch irgendwie überstehen. »Was möchtest du dann heute abend essen?«

»Das ist mir völlig egal. Was wolltest du denn machen?« Plötzlich fiel Kate auf, wieviele Stunden in ihrem Leben sie mit der Frage zugebracht hatte, was es zum Abendessen geben sollte. »Nichts«, hörte sie sich zu ihrer Überraschung sagen. »Ich dachte, wir setzen uns einfach mit einem Glas vor den Kamin. Ich koche nicht mehr für Leute, die mehr als genug zu essen haben. Sie wissen es nicht zu würdigen.«

»Na bravo«, sagte Nina mit einem anerkennenden Blick. »Seit zweiundzwanzig Jahren warte ich darauf, daß du mal streikst!« Und damit trat sie an den Kamin und umarmte ihre Mutter herzlich.

»Ach, mein Schatz«, sagte Kate und traute sich zum ersten Mal seit ihrer Rückkehr, ihr einen Kuß zu geben, »ich freue mich so, daß du da bist, auch wenn du bloß einen Tag lang bleibst.«

»Spätestens morgen abend freust du dich, wenn du mich wieder los bist.« Nina lachte.

Kate umarmte sie noch einmal. »Das stimmt nicht – wo ich dich doch gerade erst richtig kennenlerne. Du weißt gar nicht, wie du mir die letzten drei Monate gefehlt hast. Das hätte ich selber nicht gedacht. Komisch: Wenn du da bist, geht mir das kleine Mädchen, das du mal warst, nicht ab, aber wenn du weg bist, dann vermisse ich das Baby, das ich in den Schlaf gesungen habe, das kleine Mädchen, das mit den Hausaufgaben zu mir kam und den Teenager, der stundenlang vor dem Spiegel stand und sich überlegte, ob wohl je irgendeiner außer ihren Eltern sie schön finden würde.«

Zu Kates Überraschung ließ Nina sich plötzlich vor den Kamin nieder und legte Kate den Kopf auf den Schoß. »Und ich habe die ganze Zeit gedacht, du willst mich aus dem Haus haben – damit du mit Daddy allein sein kannst.« Nina hatte die Augen geschlossen, deshalb konnte sie nicht sehen, wie weh diese Bemerkung ihrer Mutter tat.

»Wie bist du bloß auf so etwas Dummes gekommen?« fragte Kate, streichelte ihr über den Kopf und strich ihr das Haar aus der Stirn.

»Du hast mich manchmal so komisch angeschaut, wenn wir beim Essen saßen und ich mit Daddy geredet habe. So neidisch.«

Kate mußte über die Beobachtungsgabe ihrer Tochter lächeln. »Ich bin tatsächlich neidisch auf die Art, wie du ihm widersprechen kannst«, gab sie zu. »Und auf die Art, wie er dir zuhört. Wenn ich dagegen einen Satz bloß anfange, kann er es schon nicht erwarten, bis ich fertig bin.«

»Stimmt. Er nimmt dir gern das Wort aus dem Mund«, bestätigte Nina. »Wenn du es dir gefallen läßt.«

»Du läßt es dir nie gefallen«, sagte Kate.

»Und du dir immer.« Nina machte die Augen auf und starrte ihre Mutter an, bereit, den innigen Moment zu riskieren, wenn er dieser Herausforderung nicht standhalten konnte.

»Dich hat er zu einem gleichwertigen Partner erzogen«, entgegnete Kate ruhig. »Aber von seiner Ehefrau wollte er das nicht. Zumindest habe ich das immer geglaubt.«

»Ich könnte nie einen Mann heiraten, der mich nicht als gleichwertigen Partner sieht«, sagte Nina entschlossen. »Wie hast du das denn gekonnt?«

»Du hast keine Ahnung, was es heißt, arm zu sein – und verzweifelt auf jemanden zu warten, der dein Leben verändert. Dem ist man dann auf ewig dankbar. Was mit deinem Vater auch immer passiert . . .«, Kate holte tief Luft bei dem Gedanken, was an diesem Vormittag eben geschehen war, und rang nach Worten. »Was auch passiert«, flüsterte sie mehr zu sich selbst als zu Nina, »ich werde ihn immer dafür lieben, daß er es gewagt hat, jemanden zu lieben, der ihm nichts zum Ausgleich bieten konnte.«

»Außer daß du ein Leben lang für ihn gesorgt hast.« Nina sprang plötzlich auf. »Ich kann sowas nicht mehr hören. Begreifst du denn nicht, wie ungerecht du bist – nicht nur zu dir selber, sondern auch zu ihm und vor allem zu mir? Weißt du noch, wie ich klein war und du mir gute Manieren beibringen wolltest? Du hast gesagt, ich müßte mir nicht merken, was du sagst, sondern sollte dich einfach beobachten und mir merken, was du tust. Also habe ich dich beobachtet, meine ganze Kindheit lang. Ich habe gelernt, daß man aufsteht, wenn eine ältere Person ins Zimmer kommt, habe für jedes Geburtstagsgeschenk ein Dankeskärtchen geschrieben, und schließlich habe ich sogar herausgekriegt, welchen Butterteller man zu welcher Gelegenheit nimmt. All das hast du mir beigebracht, aber das eine, was eine Mutter einer Tochter schuldig ist, hast du mir nie beigebracht – du hast mir nie gezeigt, wie man als Frau einen Mann liebt, ohne sich selbst dabei aufzugeben. Das hast du mir nie vorgelebt, und ich weiß nicht, von wem ich das sonst lernen könnte. Aber ich muß es unbedingt lernen, und wenn es mir nicht bald irgend jemand beibringt, dann werde ich eben allein bleiben – aus Angst davor, jemanden zu lieben.«

Nina begann plötzlich zu schluchzen. Als Kate sie trösten wollte, drehte sie sich jedoch um und rannte aus dem Zimmer. Kate ging ihr bis zur Treppe nach – und sah Cliff herunterkommen. Nina rannte an ihm vorbei und schlug ihre Zimmertür zu.

»Verdammt, warum mußtest du es ihr denn unbedingt erzählen?« Cliff sah sie wütend an. »Kannst du denn immer bloß an dich denken?«

»Nina hat mir gerade genau das Gegenteil vorgeworfen.«

»Wie hat sie es denn aufgenommen?«

»Ich habe ihr nichts erzählt«, sagte Kate müde. »Ich plaudere dein Geheimnis nicht aus.«

»Warum war sie dann so durcheinander?«

»Unerledigte Geschichten. Zwischen Mutter und Tochter.«

»Zwei Frauen unter einem Dach – das kann ja nicht gutgehen, was?« Vor lauter Erleichterung wurde Cliff übermütig.

»Nicht mit einem Mann dazwischen«, erwiderte Kate.

»Aber ich glaube, wenn du erst mal weg bist, verstehen sich Nina und ich viel besser.«

»Das hoffe ich, Kate. Das Schlimmste wäre schließlich, wenn mein Glück dich unglücklich machen würde. Und am besten wäre, wenn du mich einfach loslassen könntest.«

»Das versuche ich, Cliff. Ganz ehrlich.«

»So ist es recht. Du bist doch meine Kleine«, sagte Cliff und gab ihr einen theatralischen Kuß, so wie er es unzählige Male mit kapriziösen Schauspielerinnen getan hatte, damit sie wieder brav waren.

»Nein, Cliff, ich bin nicht deine Kleine. Nicht mehr.«

»Ich wollte ja nur ... Es spricht doch eigentlich nichts dagegen, daß wir Freunde bleiben, oder?«

»Nicht das Geringste.«

»Gut.« Er sank in einen Sessel am Kamin. »Du kannst dir nicht vorstellen, was ich für einen Bammel hatte, dir das zu erzählen. Seit Tagen bringe ich keinen Bissen mehr hinunter. Ich hatte einen richtigen Knoten im Magen. Aber jetzt, wo du es so gut aufnimmst, kriege ich auch wieder Appetit. Richtig Hunger sogar. Wann gibt es Abendessen?«

»Keine Ahnung«, sagte Kate.

3

Fünf Meilen vor der Unterkunft ging Ford das Benzin aus. Vor lauter Begeisterung, daß sein Auto wieder angesprungen war, hatte er vergessen, auf die Benzinuhr zu sehen. Fluchend schob er den Wagen in eine Parklücke, stellte den Truthahn vor dem Vordersitz auf den Boden und band Homer in sicherer Entfernung hinten fest. Die Fenster ließ er einen Spalt offen und wünschte insgeheim jedem viel Vergnügen, der so am Ende war, daß er diese Rostlaube stehlen wollte.

Dann ging er einen Block weiter, um sich zu orientieren. Eine Tankstelle war nicht in Sicht, aber in der Ferne sah er ein Gebäude, das ihm bekannt vorkam. Er ging darauf zu. Es war eine Klinik, in der er schon öfter Blut gespendet hatte. Er faßte sich in die Taschen: Es reichte keineswegs, um den Tank vollzumachen.

Entschlossen betrat er die Klinik. Als Kind hatte er Spritzen gehaßt, und als man ihm das erste Mal Blut abgenommen hatte, war er in Ohnmacht gefallen. Aber jetzt, da er nichts anderes zu Bargeld machen konnte, hatte die Nadel ihren Schrecken verloren. Er lächelte bei dem Gedanken daran, wo seine Zellen überall herumgeisterten. Ein Teil von mir ist sicher inzwischen Bankdirektor, sinnierte er, während er sich den Ärmel aufkrempelte. Vielleicht sogar Filmstar.

Als er bei diesem Gedanken laut auflachte, sah er sich plötzlich in einem Spiegel und erkannte kaum das Bild, das ihm entgegenstarrte – bloß der Haarschnitt unterschied ihn noch von einem der dynamischen, erfolgreichen Männer auf den Werbeanzeigen der Hochglanzmagazine. Auf der Farm hatte er nie einen Gedanken an sein Aussehen verschwendet; sein Wert bemaß sich nach seiner Arbeit. Doch als er jetzt den breitschultrigen Mann mit den strahlenden Augen im Spiegel bewunderte, fiel ihm wieder ein, wie die Mädchen in der Highschool ihn umschwärmt hatten. Sogar die Krankenschwester, die ihm jetzt den Gummischlauch um den Oberarm band, schien ihn ungewohnt wohlwollend zu behandeln. »Schöne Krawatte«, sagte sie und strich anerkennend über den paisleygemusterten Seidenstoff.

»Danke«, erwiderte Ford, während er sie mit der freien Hand lockerte und den obersten Knopf an dem weißen Hemd öffnete, das Kate ihm geschenkt hatte. Er wußte überhaupt nicht mehr, wann er zum letzten Mal eine Krawatte getragen hatte. Vermutlich auf der Beerdigung seines Vaters. Wenn man sich vorstellte, daß manche sich jeden Tag so herausputzen mußten, um zur Arbeit zu gehen! Bei dem Gedanken verzog er das Gesicht. Aber es tat schon gut, Kleider zu besitzen, die einem automatisch Respekt eintragen. Nur durch die alten Schuhe, die abgestoßen und an den Nähten aufgerissen waren, verriet er sich noch. Die Schwester schaute aber nicht auf seine Füße.

Sonst kam er immer vollkommen verzweifelt, erschöpft und schwach vor Hunger in der Klinik an. Nach dem Blutspenden fühlte er sich dann schwindlig und benommen. Er trank soviel Orangensaft, wie er bekommen konnte und legte sich hin, bis man ihn hinauswarf. Oft schlief er ein, und man mußte ihn wecken, um ihn wieder auf die Straße zu setzen.

Heute wollte er jedoch möglichst schnell wieder weg. Wenn doch das Arbeitsamt offen hätte! Ford war sich sicher, daß er heute einen Job bekommen würde. Aber es war Heiligabend und er hatte einen gebratenen Truthahn im Auto, den er möglichst schnell zu seiner Frau und seinen Kindern bringen mußte. Er freute sich schon unbändig auf die überraschten Gesichter.

Er hielt eine hübsche Krankenschwester auf und fragte sie nach der nächsten Tankstelle. Sie lächelte ihm zu und bestand darauf, es ihm aufzuzeichnen. Zu seinem Erstaunen merkte er, daß sie mit ihm flirtete. Es war lang her, daß ihm eine Frau solche Blicke zugeworfen hatte, und plötzlich spürte er, wie sich etwas in ihm regte. Er konnte sich überhaupt nicht erinnern, wann er das letzte Mal mit seiner Frau geschlafen hatte.

Nein, das war gelogen. Er wußte es genau. Da war ein heimliches Gebalge auf dem Badezimmerboden gewesen – an Thanksgiving, also vor einem Monat. Aber was sie an dem Abend veranstaltet hatten, hatte mit Liebe wenig zu tun. Bei dem Gedanken daran zuckte er zusammen.

Seit Sunny mit den Kindern in die Unterkunft gezogen war, fühlte er sich weder als Mann noch als Vater. Die Male, die er übernachtet und damit den Rausschmiß für alle riskiert hatte, schliefen er und Sunny mit den beiden Kindern im selben Bett, aneinandergekuschelt wie Geschwister. Selbst wenn er seine Frau hätte lieben wollen, wäre kein Platz, keine Zeit und keine Möglichkeit zum Alleinsein gewesen. Aber im Grunde seines Herzens war er erleichtert. Er fühlte sich in diesem Haus nicht als Mann – und zumindest in diesem letzten Bereich blieb ihm das Versagen erspart.

Aber heute, als er sich bei der Krankenschwester bedankte, merkte er plötzlich, daß er ihre runden Brüste unter der Tracht bewunderte. Er sehnte sich nach der Zärtlichkeit seiner Frau, wollte ihren nackten Körper spüren und sich in ihrer Wärme geborgen fühlen. Irgendwie mußte er heute nacht einen Weg finden, wie sie zusammen sein könnten, das schwor er sich.

Er merkte zunächst gar nicht, daß der Mann neben

ihm ihn angesprochen hatte. »Soll ich Sie zur Tankstelle mitnehmen? Sie liegt auf dem Weg.«

»Gern«, Ford dankte ihm mit einem Kopfnicken. Der Arme. Er schien schlimmer dran zu sein als Ford. Unrasiert, mit abgewetzten Jeans und einer schmuddeligen Jeansjacke. Aber vor allem an den Augen konnte man seine Verzweiflung ablesen. Ford erinnerte sich, daß er ihn hier schon einmal gesehen hatte. Noch einer, der sein letztes Eigentum verkaufte. »Also, wenn Sie Hunger haben«, sagte Ford, »dann können Sie heute abend bei der Mission im Zentrum eine warme Mahlzeit bekommen.«

Der Mann klopfte Ford auf die Schulter. Ford ertappte sich dabei, daß er zurückwich, er schämte sich für die Erkenntnis, wie sehr ein Bad und frische Kleider einen von anderen Menschen trennen konnten. »Danke, Kumpel«, sagte der Mann, »aber auf mich wartet jemand zu Hause.«

Plötzlich vergrößerte sich die Kluft zwischen ihnen, aber die Positionen kehrten sich um. Zu Hause. Dieser Mann, der mehr nach einem Penner aussah, als Ford das je getan hatte, war auf dem Weg nach Hause – wo jemand auf ihn wartete. »Entschuldigen Sie«, sagte Ford. »Ich wollte Sie bestimmt nicht beleidigen. Aber normalerweise komme ich nämlich selber hungrig hier an.«

»Und jetzt? Haben Sie jetzt Hunger?« fragte der Mann und sah Ford brüderlich an.

Ford schüttelte den Kopf. »Nein nein, keine Sorge.« Als sie über die Straße zum Parkplatz gingen, sah er, wie der Mann in die Tasche greifen wollte, es sich dann aber anders überlegte und offensichtlich Mühe hatte, Fords äußere Erscheinung mit dem eben Gehörten in Einklang zu bringen.

»Ich freue mich, daß Ihnen das Glück anscheinend wieder hold ist«, sagte er schließlich, während er dem Parkwächter einen Zettel in die Hand gab.

Ford sah entgeistert zu, wie der Parkwächter einen

blitzblanken Rolls-Royce vorsichtig heranfuhr. »Danke, Sam«, sagte der Mann, den Ford irrtümlich für einen halbverhungerten Obdachlosen gehalten hatte, und gab dem Parkwächter einen Zwanzigdollarschein. »Machen Sie sich ein schönes Weihnachtsfest.«

»Es wird schöner, als ich gedacht habe«, erwiderte Sam strahlend. »Und ich wünsche Ihnen auch das beste, Mister Goodman. Was macht der neue Film?«

»Gestern abend habe ich mir den Rohschnitt angeschaut, und er sieht gar nicht übel aus. Sobald wir die Musik haben, lade ich Sie zu einer Vorführung ein.«

»Das freut mich aber, Mister Goodman. Vielen Dank. Und ein gutes neues Jahr!«

Ford öffnete die Beifahrertür und starrte auf die teure Lederausstattung. Wenn er nicht die neuen Kleider angehabt hätte, dann wäre er nicht so ohne weiteres eingestiegen. »Ich bin noch nie mit einem Rolls gefahren«, sagte er.

»Ich bis zum letzten Jahr auch nicht, bis ich mir den gekauft habe«, erwiderte der Mann. »Ich sage mir immer, wenn alle Stricke reißen, könnte ich ja mein Haus verkaufen und darin wohnen.« Er bemerkte den Blick, den Ford ihm zuwarf. »Das muß für Sie komisch klingen.« Ford lachte. »Ich kann es Ihnen nachfühlen. Solange ich einen fahrbaren Untersatz habe, gebe ich die Hoffnung nicht auf.«

»Die Hoffnung.« Der Mann wiederholte das Wort langsam, als ob er aus seinem Klang die Bedeutung ergründen könnte. »Ich habe gelernt, ohne Hoffnung zu leben.«

»Sieht so aus, als hätten Sie alles, was man sich wünschen kann, schon im Hier und Jetzt«, sagte Ford. »Die Hoffnung ist für solche, die auf die Zukunft bauen.«

Mr. Goodman bog in die Tankstelle ein und erklärte Ford, daß er ihn mit dem Benzin zu seinem Auto zurückbringen würde.

Als sie vor dem klapprigen Kombi anhielten, sah er

Ford ungläubig an. »Das ist der fahrbare Untersatz, aus dem Sie Ihre Hoffnung schöpfen?«

»Der einzige, den ich habe.« Ford zuckte die Achseln. »Aber was bringt den Besitzer eines Rolls-Royce dazu, die Hoffnung aufzugeben?«

»Noch vor einem Jahr hätte ich mit keinem Menschen auf der Welt tauschen mögen«, sagte er mit einem wehmütigen Lächeln. »Ich kam mir vor wie der Produzent meines eigenen Lebens – alles paßte wunderbar zusammen. Ich hatte einen Kassenschlager gelandet, meine Frau hatte gerade unser erstes Kind zur Welt gebracht – einen Jungen. Wir holten das Kind nach Hause, und zwar in unser neues Haus direkt an der Küste. Aber die Geburt war schwer gewesen, man mußte schließlich doch einen Kaiserschnitt machen. Meine Frau hatte viel Blut verloren und schien sich nicht so richtig zu erholen. Sie wurde einfach immer schwächer. Vor einem halben Jahr haben sie dann Aids diagnostiziert – von einer Bluttransfusion.« Er hielt inne und redete dann langsam weiter. »Ich werde mir nie verzeihen, daß ich ihr an dem Tag nicht mein Blut gespendet habe, aber mich hat der ganze Tag so mitgenommen, und im Krankenhaus haben sie genügend Blutkonserven da gehabt. Von meinem Film kam ziemlich viel Geld herein, und ich hatte das Gefühl, ich könnte alles kaufen, was ich brauche. Mein ganzes Leben lang habe ich geglaubt, wenn ich nur genügend Geld verdiene, dann kann ich mich um alle Menschen, die ich liebe, kümmern und sie beschützen. Aber hier stehe ich nun mit einem Rolls-Royce, einem Haus an der Küste und einer Frau, die an Aids stirbt. Für sie kann ich nicht viel tun – aber wenigstens kann ich so oft hierherkommen, wie man mich läßt, und Blut spenden, damit ihr Schicksal möglichst vielen anderen erspart bleibt.«

»Gott segne Sie«, sagte Ford, als er mit seinem Benzinkanister aus dem Rolls-Royce stieg. »Ich werde für Sie beten. Und für Ihre Frau.«

»Danke«, sagte der Mann und streckte Ford die Hand hin. »Sie heißt Amy«, rief er, als er davonfuhr.

4

Trinken wir auf Ruth und Henry«, sagte Kate, als sie mit einer Flasche Champagner wieder aus der Küche kam. »Auf euer neues Leben!«

»Wir gehen unter die Obdachlosen«, sagte Henry. »Wenn Ruth doch bloß halb so begeistert davon wäre wie ich.«

»Ich habe noch nie ohne Zuhause gelebt«, sagte Ruth. »Ich fürchte mich richtig. Und meinen Garten vermisse ich sicher schrecklich.«

Kate warf ihren Freunden einen argwöhnischen Blick zu. Waren sie sich schon immer so uneins gewesen, oder bekam ihre Ehe erst jetzt Sprünge und drohte jeden Moment auseinanderzubrechen, so wie die ihre gerade? Früher hatten sich Ruth und Henry immer bemüht, den Eindruck zu erwecken, ihre Ehe sei ein einziges Liebesabenteuer. Sie hatten sich bewußt gegen Kinder und irgendwelche Abhängigkeiten entschieden – nicht einmal ein Haustier hatten sie sich angeschafft –, damit sie sich ganz einander und ihrem gemeinsamen Leben widmen konnten.

Statt sich um Kinder zu kümmern, hatten sie die meiste Zeit und Energie in ihr Haus gesteckt. Ruth und Henry gaben sich die größte Mühe mit dem »Haushalten«, wie sie es nannten, um ihre gemeinsame Verantwortlichkeit zu unterstreichen. »Ich bin keine Hausfrau, und Henry ist kein Hausmann«, pflegte Ruth zu sagen, »wir sind Haushalter.«

In einer Stadt, in der man danach beurteilt wurde, womit man seinen Lebensunterhalt verdient, nannte sich

Henry »Schriftsteller«, aber nur weil »es so nah wie möglich ans Nichtstun herankam«, wie er Kate einmal gestand. Er schien immer an irgendeinem »Projekt in der Entwicklungsphase« zu sitzen, aber Kate konnte sich nicht erinnern, seinen Namen je in einem Nachspann auf einer Leinwand oder dem Bildschirm gesehen zu haben. Nachdem Henry und Ruth ihr Haus einmal gekauft hatten, interessierte er sich nur dafür, genügend Geld zu verdienen, um es zu unterhalten und zu verschönern und zwischendurch Reisen zu machen. Ohne Kinder, die man ernähren, kleiden und erziehen muß, konnten sie ja jederzeit und überallhin fahren.

In letzter Zeit hatte Henry des öfteren mit Grundstücksmaklern gesprochen und zu seiner Überraschung herausgefunden, daß sie mit dem Verkauf ihres Hauses mehr Geld machen konnten, als er in seiner gesamten Karriere als Hollywood-Autor verdient hatte. »Es wird Zeit, daß wir unsere Trümpfe ausspielen«, erklärte er Cliff und Kate. »Momentan diktieren die Verkäufer die Preise, aber das wird nicht ewig so weitergehen. Der Markt ist überhitzt, irgendwann muß er zusammenbrechen.«

»Aber wo wollt ihr denn wohnen, wenn ihr euer Haus verkauft?« fragte Cliff.

»Das ist ja der Clou«, erklärte Henry mit wachsender Begeisterung. »Wir brauchen nirgends zu wohnen – jedenfalls eine Zeitlang mal nicht.«

»Aber jeder braucht doch irgendwo ein Zuhause«, sagte Kate mit einem Blick auf Cliff.

»Wir nicht«, beharrte Henry. »Versteht ihr denn nicht, darauf sind wir doch die ganze Zeit zugesteuert. Wir haben uns das Leben so eingerichtet, daß wir nirgends gebunden sind. Wir haben keine Kinder, und ich habe nie einen langfristigen Vertrag mit einem Studio unterschrieben. Ich habe noch nicht einmal einen Pilotfilm geschrieben ohne klarzustellen, daß ich womöglich nicht mehr hier bin, wenn eine Serie daraus wird. Nicht daß das ein Problem gewesen wäre«, fügte er mit einem trockenen Lachen an. »Aber wir haben uns alle Verpflichtungen vom Hals gehalten, so daß wir immer genau das tun konnten, was wir wollten. Und jetzt kriegen wir unsere ganz große Chance. Das Geld vom Hausverkauf legen wir auf die Bank, und dann leben wir von den Zinsen. Wir lassen uns nirgends nieder, erst einmal jedenfalls nicht, sondern reisen einfach umher und bleiben so lange, bis es uns wieder in die Ferne zieht. Es gibt so viel auf der Welt, was wir noch nicht gesehen haben. Und ich werde bald fünfzig. Das halbe Leben habe ich also schon hinter mir.«

Ruth mußte lachen. »Henry hat mir am ersten Tag, als wir uns kennenlernten, gesagt, daß er unbedingt hundert werden will, und falls ich nicht dieselbe Art von Langlebigkeit anstreben sollte, müßte ich es gleich sagen, bevor er sich ernsthaft mit mir einläßt.«

»Und wann reist ihr ab?« fragte Cliff und schenkte sich noch ein Glas Champagner ein. Kate bemerkte seinen Seitenblick: Er fragte sich offenbar, wann das Essen fertig sei. Seit Ruth und Henry vor mehr als einer Stunde gekommen waren, war sie nur ein einziges Mal in die Küche gegangen, nämlich um eine Flasche Champagner zu holen, damit sie auf das neue Leben ihrer Freunde anstoßen konnten.

Dieses Gespräch über ein Zuhause schien Cliff nervös zu machen. Außerdem war er beschwipst. Er vertrug einfach keinen Champagner, dachte Kate. Vor allem nicht auf leeren Magen.

Aber auch mit noch so viel Champagner ließ sich die Tatsache nicht verdrängen, daß er, sobald er morgen abfuhr, genauso heimatlos wie Ruth und Henry sein würde. Allerdings ohne unverhofften Geldsegen – und ohne Ehefrau. Ob er wohl schon Bedenken hatte?

Im Hintergrund hörte sie, wie Henry seine Pläne verkündete. Sie wollten erst nach Europa gehen und dort in verschieden Ländern zu leben versuchen, wobei sie nie einen Mietvertrag für mehr als drei Monate unterschreiben wollten. Und zwischendurch würden sie herumreisen, ein Auto mieten, Nebenstraßen entlangzuckeln und morgens nie wissen, wo sie am Abend übernachten würden.

»Was ist das mit den Männern um die fünfzig?« fragte Ruth. »Warum meinen die immer, daß sie unbedingt etwas in ihrem Leben aufgeben müssen – ihr Haus, ihre Karriere, ihre Frau . . .«

»Ich kenne genügend Männer, die bei allen dreien geblieben sind«, unterbrach sie Cliff, dem bei der neuen Richtung des Gesprächs sichtlich unwohl wurde.

»Wer noch außer dir?«

»Mich habe ich nicht mitgezählt«, gab Cliff schroff zurück.

»Dann kannst du verdammt sicher sein, daß er die Agentin gewechselt hat«, warf Henry lachend ein.

»Ertappt«, sagte Cliff und riß mit einer kapitulierenden Geste die Hände hoch. »Findest du nicht, daß man langsam das Essen auf den Tisch stellen sollte?« Er wandte sich an Kate, bevor das Gespräch noch brenzliger werden konnte.

»Ich denke nicht daran, Leuten ein Essen vorzusetzen, die gar nicht richtig Hunger haben«, entgegnete sie ruhig.

»Ich habe den ganzen Tag nichts gegessen. Ich sterbe vor Hunger«, sagte er. »Und da spreche ich bestimmt allen aus der Seele. Es ist schon neun vorbei.«

»Nina ist noch nicht wieder da«, erinnerte ihn Kate. »Sie wollte mit Adam noch ein paar Sachen besorgen.«

»Dann essen wir eben ohne sie«, verkündete Cliff.

Aber Kate rührte sich nicht aus ihrem Sessel. In die folgende peinliche Stille platzte Nina, die mit einer üppig garnierten Platte aus der Küche trat. Hinter ihr kam Adam herein, ebenfalls mit Platten beladen.

»Was ist denn das?« fragte Kate überrascht.

»Heute sollen alle ihren Feiertag genießen – sogar du.« Nina ging zu ihrer Mutter hinüber und umarmte sie.

»Wir haben das beste Essen geholt, das man in Hollywood zum Mitnehmen bekommt. An Heiligabend soll niemand in der Küche stehen müssen.«

Kate stiegen die Tränen in die Augen. »Danke, mein Schatz. Das ist das schönste Weihnachtsgeschenk, das ich je gekriegt habe.«

»Worauf warten wir noch?« fragte Cliff ungeduldig. »Jeder schnappt sich einen Teller, und dann geht's los.«

»Ich möchte vorher noch etwas sagen.« Kate stellte sich ans Kopfende des Tisches.

»Hat das nicht bis nach dem Essen Zeit?« fragte Cliff mit einem unsicheren Blick auf diese Frau, deren Benehmen ihm immer unheimlicher wurde.

»Nein«, entgegnete sie fest.

»Bitte, Kate«, schienen seine Augen zu betteln. »Du hast es versprochen.«

»Wenn ihr bitte einen Moment still seid«, fuhr Kate fort. »Ich möchte das Tischgebet sprechen.«

5

Ford wartete vor dem Lift in der Lobby des alten Hotels in der City, das jetzt als Unterkunft für obdachlose Frauen mit Kindern diente. Er drückte noch einmal auf den Knopf und wollte gerade auf die Uhr sehen, wie lange er schon wartete, da fiel ihm ein, daß er sie letzte Woche versetzt hatte. »Du sollst keine irdischen Güter anhäufen«, hatte sein Vater immer gesagt. Bei dem Gedanken daran, wie gründlich er diese Anweisung befolgt hatte, mußte Ford grimmig lächeln. »Die Chance, daß der Aufzug runterkommt, ist ungefähr genauso groß wie die, daß der Weihnachtsmann heute abend durch den Kamin kommt. Der Lift steckt im obersten Stock fest«, rief ihm schließlich ein Mann zu, der schon die ganze Zeit an der Anmeldung gesessen hatte. Ford mußte sich sehr beherrschen, um dem süffisanten Kerl keinen Kinnhaken zu verpassen.

Er ging zu ihm und stellte ihn zu Rede: »Warum haben Sie mir das nicht gleich gesagt? Sie haben doch gesehen, wie lang ich schon hier stehe.«

»Ich war beschäftigt. Der Papierkram erledigt sich nicht von selber, bloß weil Heiligabend ist.«

»War jemand im Lift, als er steckenblieb?« fragte Ford besorgt. »Meine Frau – ich wollte sagen, ich kenne jemanden, der hier im obersten Stock wohnt.«

»Hier war keiner, der jemand als vermißt gemeldet hätte.« Er zuckte die Achseln. »Und über Lärm hat sich auch niemand beschwert, bis auf das übliche eben. Die Kinder der Jacksons schlagen sich wie üblich die Köpfe ein, und Mrs. Harris stand wieder mal auf der Feuerleiter, hat die

Leute unten auf dem Gehsteig beschimpft und gedroht, sich umzubringen und ein paar da unten dazu. Ach, ich hasse diesen Job.«

»Hören Sie, ich muß hier etwas abliefern«, sagte Ford und deutete auf die Kleiderkisten, den Schmortopf und den Picknickkorb.

»Sie kommen wohl von einer dieser Organisationen, die um Weihnachten herum das schlechte Gewissen kriegen – und sich dann davon loskaufen wollen, daß man sonst das ganze Jahr über wegschaut. Tja, wenn doch jeden Tag Weihnachten wäre! Aber eine gute Mahlzeit regt bloß den Appetit an, erinnert einen wieder daran, wie es sich anfühlt, wenn man richtig ißt. Sie wachen morgen früh mit einem reinen Gewissen auf, aber die Leute, die Sie heute bewirten, haben schon morgen abend noch mehr Hunger als vorher, bevor Sie mit ihrem schicken Korb hier ankamen.«

»Ich tue nur mein Bestes«, sagte Ford, während er sich eine Schachtel auf die Schulter hievte.

»Wenigstens sind Sie hier. Das muß man Ihnen lassen. Die meisten in dieser Stadt – in diesem Land eigentlich – wollen nichts damit zu tun haben.«

»Könnten Sie mir vielleicht tragen helfen?« fragte Ford mit Blick auf die Kartons vor dem Lift, als er auf die Treppe zuging.

»Sonst noch was«, sagte der Mann und machte sich wieder an seine Papiere. »Ich brauche mir kein schlechtes Gewissen abzuarbeiten. Ich stecke jeden Tag mittendrin. Außerdem schaffe ich die Treppen bis zum obersten Stock nicht lebendig. Ich habe nämlich ein schwaches Herz – vom schwachen Magen ganz zu schweigen.«

»Würden Sie dann wenigstens ein Auge auf die Schachteln haben, bis ich wieder herunterkomme?« fragte Ford müde.

»Da kann ich nichts versprechen.«

Ford hätten den Mann am liebsten am Kragen gepackt und gebeutelt, bis ihm die Luft wegblieb. Mehr als der Hunger, den er in den letzten Monaten gespürt hatte, mehr als das erniedrigende Gefühl, als Mann und Vater versagt zu haben, machte ihm die hilflose Wut zu schaffen, wenn andere seine Not vollkommen kalt ließ. Aber um der Sicherheit seiner Familie willen, die in diesem Haus ohnehin gefährdet war, mußte er wieder einmal seine Wut und seinen Stolz hinunterschlucken.

»Dann hole ich eben von draußen Hilfe«, murmelte Ford, setzte die Schachtel ab und stapfte grimmig zur Tür.

»Viel Spaß«, sagte der Mann an der Anmeldung sarkastisch. »Ihr Vertrauen in die Welt möchte ich mal haben.« Ford ging bis zu der Ecke, wo er sein Auto geparkt hatte. Es war das erste Mal, daß er so nahe an dem Hotel einen Parkplatz gefunden hatte. Er konnte es eigentlich nicht ausstehen, sein Glück an so etwas Nebensächliches wie eine Parklücke zu verschwenden, aber mit den ganzen schweren Kartons heute kam es ihm doch gelegen. Er machte die Autotür auf. »Komm, Homer«, sagte er. »Du hast genausoviel Recht, dort zu schlafen, wie ich.«

Homer warf Ford fast um vor Begeisterung, daß er mitdurfte. Er sprang fröhlich bellend wild um ihn herum. »Homer, du glaubst immer, daß es da, wo du hingehst, besser ist als da, wo du herkommst«, sagte Ford und tätschelte ihm den Kopf, während er die Tür zu dem Hotel aufstieß. »So möchte ich auch mal sein.«

»He, Haustiere sind hier verboten«, schimpfte der Mann an der Anmeldung, als Ford mit Homer auf die Treppe zuging.

»Das ist kein Haustier. Dieser Hund arbeitet für mich.«

Ohne eine Antwort abzuwarten, fing Ford an, die Schachteln in den ersten Stock zu tragen. Homer stürmte hinterher. Auf dem ersten Treppenabsatz stapelte er die Kartons in einer Ecke und nahm den Schmortopf und den

Picknickkorb. »Sitz, Homer«, befahl er. »Bleib und laß keinen hier ran, bis ich zurück bin.«

Winselnd vor Enttäuschung, daß er nicht mit seinem Herrn mitdurfte (und mit dem, was da so verlockend nach Fressen duftete), bewachte Homer wohl oder übel die Kartons, die bloß nach fremden Leuten, also nicht besonders aufregend rochen.

Als Ford endlich oben anlangte, war er vollkommen erschöpft, rang sich aber noch ein munteres »Fröhliche Weihnachten!« ab.

»Ford, bist du das?« Eine dünne, ehemals hübsche blonde Frau in Blue Jeans und einem verwaschenen Sweatshirt öffnete mit einem Seufzer der Erleichterung die Tür.

»Du wirst mich für den Weihnachtsmann halten, wenn du siehst, was ich dir mitgebracht habe«, sagte er, drückte ihr einen Kuß auf die schmalen Wangen und wünschte sich, er könnte wieder ein bißchen Farbe hineinzaubern. »Wie geht's meinem Sonnenschein?«

»Ich finde doch schon die ganze Zeit, daß es nach Truthahn riecht«, sagte Sunny, nahm ihm den Schmortopf aus der Hand und stellte ihn aufs Bett. »Aber dann habe ich mir gesagt: Du träumst ja.« Ohne seine ausgestreckten Arme zu beachten, starrte sie ihn an. »Du siehst so vornehm aus, Ford. Wo hast du bloß diese neuen Sachen her?«

»Von derselben Quelle wie den Truthahn«, antwortete er. »Das erzähle ich dir alles beim Essen.«

»Was ist denn da drin?« fragte Joe Wayne und beäugte den Picknickkorb. Der ernste Zehnjährige hatte im letzten Jahr gelernt, nicht zu viele Fragen zu stellen – aus Furcht vor Antworten, die er nicht hören wollte. Aber die ausgelassene Stimmung, die sein Vater ins Zimmer gebracht hatte, machte ihn kühn.

»Wart's ab«, sagte Ford und umarmte ihn.

Marvella, ein sechsjähriges kleines Ebenbild ihrer Mutter, allerdings mit rosigen Wangen und vertrauensvollen Augen, hängte sich ihm an den Hals und küßte ihn ab. »Mami hat gesagt, daß uns der Weihnachtsmann hier wahrscheinlich nicht findet.«

»Sie wollte bloß nicht, daß ihr euch zu viele Hoffnungen macht, mein Engel. Aber manchmal geschehen eben Wunder.«

Sunny nahm vier oft benutzte Plastikteller aus einem rostigen Metallspind und stellte sie neben dem Truthahn aufs Bett. »Wißt ihr, was unser Essen für Heiligabend hätte werden sollen?« Sie hielt eine Dose mit gepökeltem Schweinefleisch und Bohnen in Tomatensoße hoch. »Das ist unsere letzte Dose.«

»Es kommt noch viel besser«, sagte Ford und klappte den Deckel des Picknickkorbes hoch. »Stell die Plastikteller weg, Sunny.« Während die Kinder mit großen Augen zusahen, nahm er vier Porzellanteller, Silberbesteck und Stoffservietten aus eigens dafür eingerichteten Fächern in dem Korb.

Sunny nahm ganz vorsichtig einen Teller in die Hand und ließ die Finger über den glatten Rand gleiten. »Ich hätte nie gedacht, daß ich je wieder von einem richtigen Teller essen würde.«

»Was ist da noch drin?« fragte Joe Wayne möglichst lässig. Da sein Vater die meiste Zeit weg war, mußte er den Mann in der Familie spielen. Manchmal konnte er sich überhaupt nicht mehr daran erinnern, wieviel Spaß er letztes Jahr gehabt hatte, als er einfach noch ein neunjähriger Junge sein durfte.

»Das weiß ich auch nicht so genau. Pack doch einfach eines nach dem anderen aus und laß uns raten.«

»Oh, Mann«, rief Joe Wayne, als er die erste Plastikdose öffnete. »Mein Lieblingsessen.«

»Dann müssen es Süßkartoffeln sein«, sagte Sunny.

»Letzte Weihnachten hast du die ganze Pfanne leergegessen, als ich im Keller nach den Preiselbeeren gesucht habe.«

»Iß sie bloß nicht wieder allein, Joe Wayne«, bettelte Marvella. »Ich mag Süßkartoffeln genauso gern wie du.« Von unten hörte man Gebell. »Homer hätte ich beinahe vergessen«, sagte Ford. »Er bewacht ein paar Kisten unten an der Treppe. Joe Wayne, geh doch mal runter und schau, was er hat.«

Aber Marvella war schon aus der Tür und auf dem Weg zur Treppe. »Homer, wir haben dich gehört. Wir kommen schon!«

»Sie darf da nicht allein runter«, rief Sunny entsetzt. »Hol sie zurück, Ford. Du weißt nicht, wie es in diesem Haus zugeht!«

So panisch hatte er Sunny noch nie erlebt. »Komm sofort wieder rein, Marvella«, rief er. »Du hilfst deiner Mutter beim Essen herrichten. Joe Wayne und ich gehen runter und holen die Kisten.«

Er streichelte Sunny über die Wange. »Das ist das erste und letzte Mal, daß wir Weihnachten in so einem Asyl feiern müssen. Ehrenwort.«

Seine Frau starrte ihn nur an. »Hol sie zurück, Ford. Bitte.«

Als Joe Wayne vor ihm aus der Tür rannte, kam Marvella mit einer Hand an Homers Halsband die Treppe heraufgehüpft. Homer wedelte fröhlich mit dem Schwanz, als ob er Ford erklären wollte, daß er die Kisten nur für eine höhere Pflicht im Stich gelassen habe: um seine Tochter zu beschützen. Ford kraulte ihm den Kopf. »Ist ja gut, Junge. Ich wollte dich gar nicht so lang da unten lassen.« Das Doppelbett sah aus wie eine Festtafel, als Ford und Joe Wayne schließlich mit den Kartons zurückkamen. Marvella hatte die Girlanden, die sie in der Schule gebastelt hatte, um die verschiedenen Beilagen gewunden.

»Nie wieder halte ich Stühle für eine Selbstverständlichkeit«, sagte Sunny, während sie den einen Stuhl, den es im Zimmer gab, ans Bett schob. »Hier sitzt du, Ford.«

»Nein, den nimmst du«, beharrte Ford, legte sorgfältig sein neues Jackett auf eine der Kisten und streckte sich am Kopfende des Bettes aus. Vorsichtig, um die gedeckte Tafel nicht zu gefährden, stopfte er sich ein Kissen unter den Ellbogen. »Nach dieser Bergtour hab ich ein bißchen Liegen verdient.«

Wie üblich, wenn sie gemeinsam aßen, sprachen alle nacheinander ein kurzes Gebet. »Danke, daß du uns wieder zusammengebracht hast«, begann Marvella. »Vor allem Homer.«

Ford lachte und wollte seiner Frau zuwinkern, aber Sunny hatte das Gesicht in den Händen vergraben und schluchzte leise. Joe Wayne sagte ein ungeduldiges Gebet auf, dann war es still. »Komm schon, Mama«, drängte er, »du bist dran.«

»Ich kann nicht«, sagte Sunny, stand plötzlich auf und lief zur Toilette. »Fangt ohne mich an. Mir ist ein bißchen komisch.«

Die Kinder sahen erwartungsvoll zu Ford und warteten auf seine Erlaubnis. »Wir danken dir für diesen Tag, lieber Gott«, sagte er schnell. »Und für die Gaben, die er gebracht hat.« Er nickte den Kindern zu, daß sie anfangen dürften, und ging zur Toilette hinüber.

»Komm, mein Schatz, es ist Heiligabend«, flüsterte er. Er drehte den Knopf, aber die Tür war abgeschlossen. »Versuch nicht dran zu denken, was wir alles durchgemacht haben oder was noch kommt. Gott hat sich heute unserer angenommen und dafür müssen wir dankbar sein.« Aber zur Antwort drang nur ein trockenes Würgen aus der Toilette. »Ist alles in Ordnung?« rief er besorgt. Endlich wurde die Spülung gezogen, und die Tür ging auf. Sunny stand über das Waschbecken gebeugt und wusch sich das Gesicht. Er stellte sich hinter sie und faßte sie um die Taille.

»Seit wir aus Iowa weg sind, habe ich nicht mehr so viel Essen vor der Nase gehabt.« Sie lächelte schwach. »Mich kann eigentlich nichts mehr erschüttern – weder daß wir im obersten Stock eines Hauses gestrandet sind, das so dreckig und gefährlich ist, daß man seine Kinder nicht aus dem Zimmer lassen kann, noch daß ich als Weihnachtsessen unsere letzte Dose Bohnen auftischen wollte. Aber auf so etwas war ich einfach nicht gefaßt. Auf so was Wunderbares, das ganz plötzlich auftaucht. Die ganzen Gefühle, die ich schon für tot gehalten habe, werden wieder lebendig – und ich weiß nicht, was ich mit ihnen anfangen soll.«

Ford drehte sie zu sich um und nahm ihren Kopf in die Hände. »Du warst zu lang auf dich allein gestellt, mein Schatz. Heute nacht bleibe ich bei dir. Ich habe so meine Pläne für dieses Bett«, flüsterte er. Ford faßte Sunny an der Hand und führte sie zu ihrem Stuhl zurück.

»Ist dir nicht gut, Mami?« fragte Joe Wayne besorgt, während er mit dem Löffel in die Süßkartoffeln stach.

»Sie hat bloß Hunger«, sagte Ford. »Aber wer hat den nicht?«

»Ich will Truthahn«, sagte Marvella und fuchtelte mit ihrer Gabel.

Ford legte die Krawatte ab und krempelte sich die Ärmel auf. »Na dann, auf in den Kampf. Habt ihr schon mal gesehen, wie einer mit bloßen Händen einen Truthahn zerlegt?« Er löste einen Flügel ab und hielt ihn Sunny hin. »Hier, mein Engel, einen Extraflügel kannst du sicher gut gebrauchen.«

Während sie sich immer wieder nachnahmen, ließ Sunny ihn nicht aus den Augen. »Wo warst du den ganzen Tag?« fragte sie schließlich. »Das Essen könntest du irgendwo in der Kirche gekriegt haben, aber bestimmt nicht diese schönen Kleider. Du siehst aus wie einer, der noch nie im Leben Geldsorgen gehabt hat.«

»Ich trage das Weihnachtsgeschenk eines anderen Mannes«, sagte Ford. »Ich weiß nicht, was er angestellt hat, daß seine Frau so wütend auf ihn war, aber sie hat sämtliche Geschenke, die er kriegen sollte, unter dem Baum hervorgeholt und mir gegeben.«

»Und was hast du dafür tun müssen?« Sunny warf Ford einen Blick zu, den er an ihr nicht kannte.

»Nichts, was du an meiner Stelle nicht auch getan hättest.«

»Wie hast du sie kennengelernt?«

»Mein Auto hat vor ihrem Haus den Geist aufgegeben – genau in dem Moment, als ihr Mann aus der Einfahrt geschossen kam. Sie hat den Autoclub für mich angerufen. Und während wir auf den Mechaniker gewartet haben, hat sie mir eine Suppe gegeben und mich duschen lassen.«

»Dann wart ihr beiden allein in dem Haus?«

»Nicht ganz.« Er machte eine Pause, um zu sehen, wie Sunny darauf reagierte und fügte dann grinsend hinzu: »Homer war die ganze Zeit mit dabei.«

»Wann siehst du sie wieder?« Sunny lächelte keineswegs.

»Sie wiedersehen? Ich weiß nicht einmal, wie sie mit Nachnamen heißt.«

»Aber du weißt, wo du sie findest.«

»Ich weiß ihre Adresse«, gab er zu, »und ich würde mich weiß Gott gern irgendwie bei ihr bedanken. Ich habe alles mögliche in dem Haus entdeckt, um das man sich einmal kümmern müßte. Ich hatte den Eindruck, daß ihr Mann schon lang keinen Gedanken mehr an das Haus – oder die Menschen darin – verschwendet hat. Wie man so ein wunderschönes Haus besitzen kann und sich nicht darum kümmert, ist mir ein Rätsel.«

»Und die Frau? War sie auch wunderschön?«

»Früher mal, würde ich sagen. Könnte es auch wieder werden. Aber sie sah aus, als wäre sie genauso vernachlässigt worden wie das Haus.«

Sunny stand auf und setzte sich neben Ford aufs Bett. Sie nahm seine Hand und legte sie sich an die Wange. »Ich bin ihr weiß Gott dankbar – aber ich bin froh, daß sie dich heute wieder weggeschickt hat.«

Ford zog sie an sich und küßte sie sanft auf die Lippen. Joe Wayne unterbrach jedoch den innigen Moment. »Kommt schon, ihr beiden. Kein Geschmuse, bis wir wissen, was in diesen Schachteln ist.«

Widerwillig lösten sich Ford und Sunny voneinander, richteten sich auf und lehnten sich an die Wand.

»Wir machen die Kisten auf, sobald ihr beiden aufgeräumt habt, was von unserem Abendessen noch übrig ist«, sagte er.

»Immer müssen wir die ganze Arbeit machen«, maulte Joe Wayne, während er den Schmortopf mit den Truthahnresten in die Zimmerecke trug, die als Küche diente.

»Keiner in der Familie macht die ganze Arbeit, aber wir müssen alle unseren Beitrag leisten«, sagte Ford. »Marvella, du spülst im Bad das Geschirr und stellst es wieder in den Korb zurück, damit es sauber ist, falls wir um Mitternacht wieder Hunger kriegen.«

»Ein Mitternachtsmahl! Ich träume wohl tatsächlich«, sagte Sunny lachend. »Zwick mich mal, Ford.«

Während die Kinder das Bett abräumten, zwickte Ford sie zuerst, dann fing er an, sie zu kitzeln. Hilflos japsend zog sie seine Hand an den Mund und biß ihn in den Finger.

»Euch kann man doch keine Minute allein lassen«, schimpfte Marvella, als sie mit dem Geschirr aus dem Bad kam.

»Wenn ihr zuviel Energie habt, dann könnt ihr mir ruhig helfen«, rief Joe Wayne, während er den Truthahn in den kleinen und jetzt übervollen Kühlschrank stopfte.

»O je, jetzt macht ihr mich nach«, seufzte Sunny. »Wenn meine Mutter früher so was zu mir gesagt hat, habe ich mir immer geschworen, nie im Leben mit meinen Kindern in so einem Ton zu reden. Ach Ford, ich will nicht so werden wie sie. Den ganzen Tag so schwer arbeiten und nichts dafür kriegen. Ich muß mir einen Job suchen!«

»Sobald wir eine Wohnung gefunden haben, mein Schatz. Das ist der erste Schritt.«

»So wie ich aussehe, wird mich keiner einstellen.«

»Du bist wunderschön«, sagte Ford und zog das Gummiband von ihrem Pferdeschwanz, so daß ihr die weichen, blonden Locken ins Gesicht fielen. Er begann leise zu singen. *»You are my sunshine, my only sunshine . . .«*

»Wenn du mir vorsingst, wird alles wieder gut«, flüsterte sie. »Früher hast du mir immer Gitarre vorgespielt und mich in den Schlaf gesungen. Schade, daß du heute die Gitarre nicht dabei hast«, sagte sie wehmütig. »Ich höre dich so gern spielen.«

»Ich hatte alle Hände voll«, sagte Ford schnell, während er in die Tasche griff, ob er auch den Zettel vom Leihhaus nicht verloren hatte. Dann stand er auf und klatschte in die Hände. »Joe Wayne, warum spielst du nicht Weihnachtsmann und verteilst die Sachen aus den Kisten?«

Joe Wayne rannte zu dem größten Karton und wühlte darin herum. »Lauter Weiberkram«, sagte er verächtlich.

»Weiberkram? Zeig her.« Marvella lief zu ihm hin. »Ui, darf ich das haben?« rief Marvella und preßte ein schulterfreies Chiffon-Partykleid in Pink an sich.

»Dafür bist du ein bißchen zu jung, mein Mäuschen«, sagte Sunny lachend, »und ein bißchen zu klein.«

»Bitte, bitte, darf ich es anprobieren?« bettelte Marvella.

»Und schau, Mami, hier sind richtige Stöckelschuhe dazu.«

»Also gut.« Lächelnd sah Sunny ihrer Tochter nach, wie sie mit den Sachen ins Bad rannte.

Ford beugte sich über die Kiste und nahm eine Jogginghose und ein Hemd heraus. »Joe Wayne, hier ist ja doch was für dich. Und diese Turnschuhe könnten dir gerade passen. Oder was hältst du von der Daunenweste – genau so eine, wie du immer wolltest, mit vielen Taschen. Du wirst dich in den Kleidern gar nicht mehr wiedererkennen.«

»Die sind aber nicht neu«, sagte Joe Wayne und nahm die Sachen lustlos in Empfang. »Die hat jemand weggeschmissen.«

»Warst du dabei?«

Joe Wayne gab nur ein beleidigtes »nein« zur Antwort. »Erstens kenne ich die Frau, die sie uns gegeben hat – so gut man jemand eben in ein paar Stunden kennenlernen kann. Aber wer seinen Besitz mit einem Fremden teilt, den betrachte ich als Freund fürs Leben. Und dein Benehmen würde sie sehr kränken.«

In dem Augenblick kam Marvella in Stöckelschuhen und schulterfreiem Kleid aus dem Bad gestakst. »Von sowas habe ich schon immer geträumt«, verkündete sie strahlend.

Ford gab ihr einen Kuß. »Mein Schatz, du erinnerst mich an deine Mutter, als ich sie zum ersten Mal zum Tanzen ausgeführt habe.«

Immer noch schmollend, durchstöberte Joe Wayne die Kiste bis in den letzten Winkel. Zwischen den Kleidern versteckt, lag ein Geschenkpäckchen. »Schaut mal, das ist für mich«, rief er, und die Stimme schnappte ihm vor Aufregung über, als er ihnen das Schild mit seinem Namen zeigte.

»Mach auf«, drängte Marvella.

»Warte«, sagte Sunny, »wenn man es vorsichtig aufmacht, kann man das Papier aufheben.« Sie nahm ein

Messer aus dem Picknickkorb, schlitzte den Tesafilm auf und faltete dann das Weihnachtspapier ordentlich zusammen, während Joe Wayne die Schachtel aufklappte und ein Walkman mit Kopfhörer zum Vorschein kam.

»Ui!« rief Joe Wayne. »So ein tolles Geschenk! Und schaut, was noch dabei ist«, fügte er begeistert hinzu, während er ein halbes Dutzend Kassetten aus der Schachtel zog.

»Wie kann sie denn sowas fertig eingepackt da liegen gehabt haben?« fragte Sunny, als Ford Joe Wayne zeigte, wie man die Kassetten einlegt.

»Sie hat es bestimmt für jemand anders gekauft«, sagte Ford, als die majestätischen ersten Takte einer Bachkantate erklangen.

»Was ist das denn für Musik?« fragte Joe Wayne angewidert. »Wir sind doch hier nicht in der Kirche.«

»Vielleicht doch.« Ford lächelte.

»Schaut mal, was ich gefunden habe!« Marvella zog plötzlich eine Handtasche aus der Kiste.

»Die sieht aus, als ob sie deine Mutter gebrauchen könnte«, sagte Ford entschieden, nahm Marvella die Tasche weg und gab sie Sunny.

»Schau doch rein«, drängte Marvella. »Vielleicht steckt eine Visitenkarte drin.«

»Die ist nicht für mich gedacht«, sagte Sunny. »Wahrscheinlich mochte sie die Tasche einfach nicht mehr. Obwohl sie eigentlich noch ganz neu aussieht.« Beinahe unwillig zog sie den Reißverschluß auf und steckte die Hand hinein. »Da ist alles mögliche drin«, flüsterte sie. »Zeig schon, Mama«, rief Marvella. »Leer sie auf dem Bett aus.«

Sunny schüttelte den Inhalt der Handtasche aufs Bett. »Was das Herz einer Frau begehrt«, sagte sie begeistert, während sie nacheinander das Schminktäschchen, das Nagelpflegeset, das Mininähzeug und einen neuen Kalender fürs kommende Jahr mit einem goldenen Kugelschreiber daran öffnete. Das lederne Portemonnaie hob sie sich bis zum Schluß auf. Als sie es schließlich aufklappte, fiel eine Karte mit ihrem Namen aus dem Kleingeldtäschchen, und aus den hinteren Fächern zog sie langsam einen Zehndollarschein nach dem anderen. Insgesamt waren es zehn. »Ich kann einfach nicht glauben, daß jemand so großzügig ist«, sagte sie. »Die Welt hat uns so lange so grausam behandelt.«

»Menschen sind großzügig, wenn man ihnen Gelegenheit dazu gibt«, sagte Ford. »Sie wissen bloß nicht, wie sie an unsereins herankommen. Wenn mein Auto nicht vor ihrem Haus stehengeblieben wäre, dann wüßte sie nichts von uns.«

»Oder würde sich nicht darum kümmern«, fügte Sunny hinzu.

»Sie hätte auch keinen Grund, sich darum zu kümmern«, sagte Ford. »Die meisten Menschen suchen nicht absichtlich nach Problemen anderer Leute. Sie haben zu Hause selber genügend. Auf die eine oder andere Art. Wir haben zwar kein Haus – noch nicht mal einen Tisch . . .«

»Oder Stühle«, fiel Marvella ein.

»Ein paar Stühle könnten wir weiß Gott gebrauchen«, stimmte Ford ihr zu. »Aber wir haben hier in diesem Zimmer eine Familie. Jeder von uns würde für die anderen drei sein Leben geben. Wieviele von den Menschen, die jetzt an Heiligabend in einem Haus mit allem Komfort wohnen, können das von sich sagen?«

»Wir haben mehr als unsere Familie«, sagte Joe Wayne ungeduldig. »Nämlich noch zwei solche Kisten.«

Ford lachte. »Dann mach schon. Sieh nach, ob es noch mehr Überraschungen gibt.«

Als Joe Wayne die nächste Kiste aufriß, packte Sunny langsam ihre Handtasche wieder ein. Sie öffnete ein Reißverschlußfach, das sie zuvor übersehen hatte, und zog einen vollgeschriebenen Zettel heraus.

»Was ist denn das?« fragte Ford. »Hat sie dir einen Brief geschrieben.«

»Nicht direkt«, antwortete Sunny schmunzelnd und las vor: »Eier, Milch, Orangensaft, Käse, Crackers, Champagner . . .« Sie unterbrach sich plötzlich. »Stellt euch vor, was das für ein Leben ist. Man schreibt einfach alles auf, worauf man gerade Lust hat, ohne ausrechnen zu müssen, was es kostet oder wie man auch ohne auskommen könnte.«

Ford nahm ihr die Liste aus der Hand und nahm sie unter die Lupe. »Verstehst du überhaupt, was das heißt?«

»Daß sie ein paar alte Kleider und sogar ein bißchen Bargeld übrig hat«, sagte Sunny plötzlich hart. »Wer Champagner auf der Einkaufsliste hat, kann sich Mildtätigkeit leisten.«

»Das war ihr Einkaufszettel für heute«, sagte Ford. »Schau, hier oben steht Heiligabend.«

»Na und?«

»Das heißt, sie hat dir ihre eigene Handtasche geschenkt.« »Den Kalender hat sie sich wahrscheinlich selber fürs neue Jahr gekauft.«

Sunny klappte die Puderdose auf und fing an, sich zu schminken. Die blauen Augen blitzten, während sie Wimperntusche und Eyliner auftrug. Als sie fertig war, drehte sie sich zu Ford. »Wie sehe ich aus?«

»Ich erkenne dich kaum wieder.«

»Ich mich auch nicht.« Sie blickte an ihren abgewetzten Jeans hinunter. »Wenn der Rest an mir doch bloß zum Gesicht passen würde.«

»Vielleicht finden wir ja noch was«, sagte Ford und öffnete die letzte Kiste. Obenauf lag ein braunes Leinenkostüm mit dazupassenden Pumps. Darunter fand sich eine Seidenbluse samt Rock in dunklen Rot- und Grüntönen. »Sieht aus wie deine Größe, mein Schatz«, sagte Ford hoffnungsvoll, als sie sich das Leinenkostüm anhielt.

»Dann muß es auch ihre Größe sein«, erwiderte Sunny und versuchte sich vorzustellen, wie das Kostüm an seiner ursprünglichen Besitzerin ausgesehen haben mochte.

»Früher vielleicht«, sagte Ford, »aber die Zeiten sind für sie vorbei.«

Ein Grinsen unterdrückend, steckte Sunny die Bluse in die Kostümjacke, um zu sehen, ob sie zusammenpaßten. »Vielleicht kann ich ja beides kombinieren.«

»So war es wohl auch gemeint.« Ford deutete auf das Jackenfutter: dasselbe dezente Muster wie beim Rock und der Bluse.

»Schaut mal, wieviel verschiedene Kombinationen man da rauskriegt.« Strahlend hielt Sunny die einzelnen Stükke nebeneinander.

»Jetzt mußt du dich auch schön machen, Mami«, rief Marvella. »So wie ich. Dann bist du die Königin und ich die Prinzessin.«

Sunny lächelte und nahm ihre neuen Sachen ins Bad, während Marvella weiter in der Kiste stöberte. »Was machst du denn da?« fragte Ford. »Zieh doch mal dieses verrückte Kleid wieder aus und probier ein paar von diesen normalen Sachen hier. Die sind zwar nicht genau deine Größe, aber die Pullover könnten gehen, und hier ist ein Rock mit Gummiband am Bund. Wenn er zu lang ist, kann ihn deine Mutter kürzer machen.«

Aber Marvella schüttelte nur eigensinnig den Kopf. »Ich will keine normalen Kleider probieren. Es ist schließlich Heiligabend, da kann ich ruhig wie eine Prinzessin angezogen bleiben.« Sie wühlte weiter in der Kiste, warf hier und da ein Kleidungsstück heraus. »Ich hab's doch gewußt!« rief sie und schwenkte triumphierend einen Teddybären mit einer Schleife um den Hals und einem Schildchen, auf dem ›Marvella‹ stand. »Ich hab doch gewußt, daß irgendwo was mit meinem Namen ist.«

»Ich beneide dich um deine Zuversicht, mein Schatz.« Ford lächelte.

»Schick dich, Mami«, rief Marvella und trommelte an die Badtür. »Ich will dir mein Geschenk zeigen.«

»Welches Geschenk?« fragte Sunny, als sie zögernd ins Zimmer trat.

»Mami, du siehst toll aus«, sagte Joe Wayne anerkennend. »Na, wenn du das sagst, dann muß es ja stimmen«, sagte Sunny lachend, drückte ihrem Sohn einen Kuß auf den Nacken, bevor er protestieren konnte und strich ihm den dicken Haarschopf aus den Augen. »Wie findest du es, Ford?« fragte sie dann schüchtern.

Er ging um sie herum und bewunderte sie von allen Seiten. »Du siehst viel zu gut aus für dieses scheußliche Obdachlosenheim. Eigentlich sehen wir alle viel zu gut aus. Uns bleibt nichts übrig, als groß auszugehen.«

»Au ja!« rief Joe Wayne. »Wohin denn?«

»Erst mal spazieren. Wir schauen uns die Weihnachtsdekorationen und die Schaufenster an, und vielleicht finden wir einen Spiegel, in dem eure Mutter sich in ihrer ganzen Pracht bewundern kann. Damit sie dieses Bild im Kopf behält.«

»Ich steige nicht diese endlose Treppe hinunter, bloß damit ich mich im Spiegel sehen kann«, sagte Sunny entschlossen.

»Tja, mir bleibt nichts anderes übrig«, sagte Ford. »Ich muß mit Homer nochmal raus – soviel Truthahn, wie der verdrückt hat.«

»Ich gehe mit«, sagte Joe Wayne. »Dann gehen wir eben aus – bloß wir Männer, o.k., Dad?«

»Ihr dürft aber nicht ohne mich gehen«, platzte Marvella heraus. »Für die Treppe ziehe ich meine Stöckelschuhe aus und Turnschuhe an. Aber ich nehme die Stöckelschuhe mit, weil ich mich nämlich damit im Spiegel sehen will.«

»Also gut, überstimmt. Allein bleibe ich auch nicht hier«, sagte Sunny schließlich.

»Das klingt schon besser.« Ford umarmte sie. »Komm, Homer«, rief er, während er die Tür zur Diele öffnete. »Wir gehen spazieren!«

6

Marvella ergriff Fords Hand, als sie aus der Eingangstür des heruntergekommenen Hotels traten. Den entgeisterten Blick des Mannes an der Anmeldung übersahen sie geflissentlich.

»Wißt ihr noch, wie wir zu Hause jedes Jahr in die Stadt gefahren sind, um uns die Weihnachtsdekorationen anzuschauen?« Ford streckte die freie Hand nach seiner Frau aus, aber Sunny ging forsch mit Joe Wayne voraus, der Homer kaum halten konnte.

Schweigend gingen sie weiter, und als die erleuchteten Fenster eines Kaufhauses in Sicht kamen, rannten Marvella und Joe Wayne voraus, um den Weihnachtsmann und das Engelskarussell zu bestaunen.

Ford beobachtete, wie sich Sunny plötzlich in einem Fenster begutachtete. »Ich sage doch schon immer, daß du wunderschön bist«, flüsterte er. »Vielleicht glaubst du es mir jetzt.«

»Es ist wie im Traum«, sagte Sunny. »Wenn ich bloß nicht aufwachen müßte, bevor ich schlafen gehe.«

»Das ergibt doch keinen Sinn.« Ford lachte.

»Nichts, was heute geschehen ist, ergibt einen Sinn«, Sunny nahm seine Hand. »Ach Ford, ich will nicht in dieses gräßliche Asyl zurück. Nicht heute abend. Überhaupt nie mehr.«

»Komm, gehen wir weiter«, sagte Ford.

Als sie gerade auf die beleuchtete Fassade eines der großen Luxushotels zusteuerten, blieb Ford plötzlich stehen. »Gehen wir doch mal rein.«

Sunny sah ihn mißtrauisch an. »Wozu?«

Ford zuckte die Achseln. »Einfach, um kurz in der Lobby zu sitzen und so zu tun, als würden wir dort wohnen.«

»Was machen wir mit Homer?« fragte Joe Wayne. »Den können wir doch nicht in ein Hotel mitnehmen.«

»Bind ihn an einer Parkuhr fest.« Ford deutete auf eine verlassene Nebenstraße. »An Heiligabend parkt hier bestimmt kein Mensch. Da kann Homer auf uns warten.«

Ford ging in die Lobby voraus. Als er auf den Lift zur Rezeption zusteuerte, blieb Sunny zögernd stehen. »Was ist, wenn sie uns erwischen?«

»Es ist kein Verbrechen, sich hier aufzuhalten«, sagte er sanft. »Man muß nichts zahlen, wenn man in einer Hotellobby sitzen will.«

Als sie aus dem Aufzug stiegen, tönte ihnen ein Weihnachtslied entgegen – gesungen von einem kleinen gemischten Chor.

»Das Lied haben wir in der Schule gelernt«, rief Marvella stolz und sang plötzlich mit.

»Pscht, Marvella«, sagte Sunny nervös, aber der Chorleiter winkte sie heran. Als das Lied vorbei war, gab er ihnen Notenblätter in die Hand.

»Sie kommen gerade rechtzeitig zu unserem Lieblingslied«, sagte er fröhlich. »Wir hatten schon befürchtet, daß uns überhaupt niemand zuhört. Eigentlich wollten wir um sechs hier sein, wenn die Geschäfte zumachen, aber wir hatten eine Panne mit dem Bus. Also los, meine Damen und Herren«, forderte er den Chor auf und blies dann in seine Stimmpfeife.

Sunny blickte hilfesuchend zu Ford, als die Sänger ihr nächstes Lied anstimmten. Er lächelte aufmunternd und sang dann mit seinem vollen Bariton mit. Zaghaft folgten Sunny und die Kinder seinem Beispiel. Mit jedem Refrain wurden sie selbstbewußter, und als das Lied zu Ende war, klatschten die Angestellten an der Rezeption spontan Beifall.

»Eine prächtige Stimme haben Sie«, sagte der Chorleiter zu Ford und klopfte ihm auf die Schulter. »Sind Sie und Ihre Familie auf Urlaub hier?«

Ford nickte.

Während die Chorsänger ihre Noten verstauten, blies der Leiter in seine Stimmpfeife. »Alle mal herhören. In fünf Minuten sind alle im Bus. Und wir halten nicht, bis wir zu Hause sind – also nutzt die einschlägigen Örtchen in diesem Hotel.«

Marvella zupfte Ford am Ärmel. »Daddy, darf ich mit?« Ford lachte. »Mit dem Bus?«

»Nein. Aufs Klo.«

»Natürlich, Mäuschen, solang deine Mutter dabei ist.« Der Chorleiter sah den beiden nach und lächelte Ford zu. »Nette Familie«, sagte er. »Es wäre schön, wenn Sie mitkommen würden. Wir könnten Ihre Stimme in unserem Kirchenchor gut gebrauchen. Heute haben wir sämtliche Hotels im Zentrum abgeklappert. Wir dachten, wer über Weihnachten nicht zu Hause ist, hat vielleicht ein bißchen Verständnis für unsere Sache. Aber da haben wir uns getäuscht.« Er hielt eine Sammelbüchse hoch, in der traurig ein paar Münzen klimperten. »Wir sammeln für die Obdachlosen. Haben Sie vielleicht etwas Kleingeld übrig?«

Um Zeit zu schinden, während er sich nach einem Fluchtweg umsah, fragte Ford: »Warum fahren Sie dazu nach Los Angeles? Haben Sie in San Bernardino keine Obdachlosen?«

»Natürlich. Für die sammeln wir ja. Aber wir haben keine solchen protzigen Hotels. Obwohl, für diese magere Ausbeute hier hätten wir uns genauso gut vor einen Supermarkt in San Bernardino stellen können.«

»Tut mir furchtbar leid, aber ich habe meine Brieftasche oben vergessen«, sagte Ford verlegen. »Ich hole sie gleich herunter. Komm, Joe Wayne, wir nehmen den Lift.«

»Aber Dad«, setzte Joe Wayne zum Protest an. Ford

packte ihn an der Hand und zog ihn zum Lift, bevor er ausreden konnte.

»Übernachten wir wirklich hier?« fragte Joe Wayne hoffnungsvoll, als sie im zehnten Stock aus dem verglasten Aufzug stiegen.

»Heute nicht, aber vielleicht später einmal«, gab Ford zur Antwort. »Jetzt schauen wir uns erst mal um, ob es uns überhaupt gefällt.«

Als Ford und Joe Wayne wieder unten in der Lobby ankamen, rannte Marvella schluchzend auf ihren Vater zu und warf sich ihm in die Arme. »Daddy, wir haben nicht gewußt, wo du bist!«

»Was habt ihr denn gemacht?« verlangte Sunny zu wissen.

»Wir haben uns bloß mal ein Zimmer angeschaut«, sagte er.

»Bist du verrückt geworden, Ford? Wir können doch hier nicht übernachten.«

»Nein, aber das Anschauen wird ja wohl erlaubt sein – und das Hoffen.«

Sie seufzte. Als sie sich schließlich widerwillig auf den Rückweg machten, bestürmte Sunny Ford, ihr das Haus zu beschreiben, in dem er den Nachmittag verbracht hatte. »Führ mich durch jedes einzelne Zimmer. Beschreib es so lebendig, daß ich so tun kann, als wohnten wir dort und nicht in diesem Obdachlosenheim.«

Und während sie durch die dunklen Straßen gingen, vorbei an Betrunkenen, die auf den Gittern über den Heißluftschächten lagen, und vorbei an Frauen, die sich bemühten, ihren Kindern unter Einkaufswagen notdürftig ein Obdach zu bereiten, beschrieb Ford ein Backsteinhaus, von dem ein Weg an Blumenbeeten vorbei auf die Straße hinunterführte. »Sogar der Briefkasten war in eine Backsteinsäule eingelassen«, sagte er, »und obendrauf stand ein Blumentopf, aus dem sich alle möglichen Pflanzen hinunterrankten. Stellt euch mal vor, ein blühender Briefkasten!«

»Sowas habe ich mir von Kalifornien eben erträumt«, sagte Sunny wehmütig.

Dann erzählte er von den efeuumrankten Gaslaternen, die den Gartenweg beleuchteten, und schließlich nahm er Sunny mit ins Haus, vorbei am Weihnachtsbaum im Erkerfenster, durch die geräumige Landhausküche, ins Wohnzimmer mit den weichen Polstermöbeln und durch die Flügeltüren auf die Terrasse hinaus.

Als sie die unzähligen Treppen zu ihrer derzeitigen Bleibe hinaufstiegen, rannten Joey Wayne und Marvella mit Homer voraus. »Ich mach die Augen zu und tue so, als würde ich den Weg durch ihren Garten hinaufgehen«, sagte Sunny. »Du führst mich bis zum Bett, und ich lasse bis morgen früh einfach die Augen zu.«

Ford hakte sie lachend unter und tat ihr den Gefallen. Den Gestank im Treppenhaus konnte man allerdings nicht ignorieren. »Beschreib die Blumen, ihren Duft«, bettelte Sunny. »Und wie sah die Haustür aus? Hing ein Adventskranz dran? Es geht doch nichts über Tannenduft.«

Plötzlich hörten sie von oben einen Schrei. Sunny riß die Augen auf, und ihre Fingernägel gruben sich in Fords Arm. »Mein Gott«, sagte sie. »Das ist Marvella.«

Ford stürzte bereits die Treppen hoch, Sunny blieb dicht hinter ihm. Joe Wayne kam ihm aus dem Zimmer entgegengerannt, während Homer bellend an allen hochsprang.

»Die haben meinen Walkman geklaut, Dad«, schrie Joe Wayne und versuchte mannhaft, sich die Tränen zu verbeißen. »Und alles, was wir sonst noch im Zimmer gelassen haben. Ich wollte ihn mitnehmen, aber du ... du«, stammelte er und erstickte fast an seiner Wut, während er seinen Vater mit der geballten Faust in die Rippen boxte, »du hast gesagt, ich soll ihn hier lassen. Du hast gesagt, wir können die Tür absperren und dann wäre alles sicher. Aber wir sind nirgends sicher. Überhaupt nirgends!« Und damit rannte er die ersten Stufen hinunter.

»Joe Wayne, du kommst sofort zurück«, befahl Ford. Dann zwang er sich mit einem Seufzer, Sunny ins Zimmer zu folgen.

Marvella hockte leise schluchzend in einer Ecke. »Ich will meinen Teddy«, weinte sie. »Er soll heute nacht bei mir schlafen.«

Ford streichelte ihr übers Haar. »Homer schläft heute nacht bei dir. Der paßt besser auf dich auf, als so ein Teddybär. Und du siehst immer noch wie eine Prinzessin aus. Das kann dir keiner nehmen.«

Sunny schlug die Kühlschranktür zu. »Sie haben sogar den Rest Truthahn mitgenommen«, sagte sie matt.

»Sie hatten eben Hunger«, sagte Ford.

»Meinen Walkman kann man aber nicht essen«, maulte Joe Wayne von der Schwelle her.

»Komm rein, Joe Wayne, und mach die Tür zu«, befahl Ford.

»Was bringt das schon? Das Schloß ist aufgebrochen.« Aber schließlich, auf einen strengen Blick von seinem Vater, gehorchte Joe Wayne.

»So, jetzt hört mir mal zu«, sagte Ford. »Morgen früh gehen wir hier weg, und dann kommen wir nie mehr wieder zurück.«

»Verdammt noch mal«, rief Sunny, »versprich doch nicht irgendwas, was du nicht halten kannst.«

»Ich schwör's euch«, sagte Ford und hob dabei feierlich die Hand. »Ich hole euch alle drei morgen früh hier raus.«

»Wo fahren wir denn hin, Daddy?« fragte Marvella hoffnungsvoll.

»Das siehst du dann schon«, sagte Ford, selbst erstaunt über seine Zuversicht. »Aber heute nacht tun wir einfach so, als ob wir irgendwo im Freien zelten würden. Denkt dran, wie wenig wir da immer mitgenommen haben.«

»Ja, aber da haben wir noch ein Haus gehabt«, protestierte Joe Wayne. »Wo man seine Sachen lassen konnte, ohne daß sie wegkamen.«

»Wir kriegen wieder ein Zuhause. Das verspreche ich euch«, sagte Ford. »Aber heute nacht sind wir unterwegs, und zwar mit wenig Gepäck. Ich weiß nicht, wie es mit euch steht, aber ich bin müde. Ich finde, wir sollten langsam das Zelt aufbauen.«

»Ich will aber nicht draußen schlafen«, protestierte Marvella heulend. »Ich habe Angst.«

»Doch nicht draußen«, sagte Ford munter, während er die Matratze vom Bett zog und auf den Boden legte. »Wir stellen unsere Zelte hier auf, mitten im Zimmer.«

»Was machst du denn, Ford?« fragte Sunny halb erschöpft, halb gespannt. »Ich schlafe bestimmt nicht auf dem Boden.«

»Das ist auch nicht dein Zelt«, sagte Ford und bugsierte die Matratze ans Fenster. Die Kinder sahen mit wachsender Begeisterung zu, wie er ein Leintuch vom Bett nahm, auf den einzigen Stuhl im Zimmer stieg und den Betttuchzipfel im Fenster festklemmte. Dann stellte er den Stuhl an die Matratze und drapierte das Leintuch darüber, so daß es ein Zelt ergab.

»Mann, ich gehe sofort ins Bett.« Joe Wayne kroch hinein; Marvella schlüpfte hinterher.

»Gute Idee«, sagte Ford, streckte die Arme aus und zog Sunny an sich. »Für eure Mutter und mich bastele ich ein Lager auf dem Bett.« Er warf eine Decke auf das nackte Gestell, breitete die Schlafsäcke darüber und winkte Sunny, daß sie mit ihm drunterkriechen solle. Sie deutete auf ihre neuen Kleider und huschte in die Toilette.

»Daddy, können wir vor dem Einschlafen noch singen,

so wie damals, als wir wirklich beim Zelten waren?« rief Marvella schläfrig aus dem Zelt.

»Klar. Aber laßt die Augen zu«, mahnte Ford. Er knipste das Licht aus. »Damit ihr richtig daran glauben könnt, daß ihr beim Zelten seid.«

Für einen Augenblick schloß Ford selber die Augen und stimmte ein Schlaflied an. Von ihrem improvisierten Zelt aus fielen die Kinder mit ein.

Als die Toilettentür aufging, wandte sich Ford um, und Sunny stand nackt vor ihm. Sie streckte ihm die Hand entgegen. »Sonst kann ich dir nichts schenken«, flüsterte sie. »Frohe Weihnachten.«

»Sing mit«, bedeutete Ford ihr tonlos, bevor er das Geschenk annahm, das er soeben bekommen hatte.

Sunny fiel mit ihrem klaren Sopran mit ein, während sie ihm zärtlich übers Gesicht streichelte.

Immer noch singend, ließ Ford seine Hände von ihren Schultern an ihren Armen entlang gleiten. Dann faßte er sie um die Taille und merkte zum ersten Mal, wie dünn sie geworden war. In dem neuen Leinenkostüm hatte sie jung und schlank gewirkt, aber ihrem nackten Körper sah man an, wie oft sie in der letzten Zeit mit leerem Magen zu Bett gegangen war. Die Rippen konnte man mit den Fingern zählen. Er preßte seinen Kopf an ihre Brust und umschloß mit zitternden Händen ihre Brüste. Deren weiche Fülle schien als einziges den Mangel unbeschadet überstanden zu haben, unter dem sie litt und für den er sich verantwortlich fühlte.

Plötzlich merkte er, daß nur noch Sunny sang. Die Kinder waren beim Singen eingeschlafen. Er schlich auf Zehenspitzen zu dem behelfsmäßigen Zelt und sah hinein. Joe Wayne und Marvella, die ihr Partykleid noch anhatte, schliefen beide mit einem Arm um Homer, der zwischen ihnen lag. Der Hund sah auf und wedelte mit dem Schwanz, doch Ford schüttelte bestimmt den Kopf und legte das Leintuch wieder um den Stuhl.

Dann zog er sich schnell aus und schlüpfte unter die Decke, wo Sunny ihn erwartete. Er streckte sich neben ihr aus, sie nahm ihn zärtlich in die Arme.

»Willkommen daheim«, murmelte sie.

7

Am Weihnachtsmorgen erwachte Kate allein in dem großen Doppelbett. Der Kopf brummte ihr von dem vielen Champagner, den sie am Abend zuvor getrunken hatte. Sie hatten so oft angestoßen – auf Ruth und Henry und deren Entschluß, das Haus zu verkaufen, auf Nina und ihr erstes Jurasemester, auf Cliff und seinen Film.

Kate preßte die Finger an die pochenden Schläfen. Hatte nicht jemand auch auf sie einen Toast ausgebracht? Adam, natürlich, der mußte es gewesen sein. Spät am Abend, als alle anderen gebührend für ihre Leistungen bewundert worden waren, hatte Adam noch eine Flasche Champagner aufgemacht und gesagt: »Aber die wichtigste Person haben wir ja vergessen. Die, die uns an Weihnachten in ihrer Herberge aufgenommen hat.« Also hatten sie alle auf Kate getrunken. Sogar Cliff. »Die Letzten werden die Ersten sein«, hatte Adam gesagt, als er erst Kate und dann sich selber nachschenkte. Aber dabei sah er Nina an, und Kate begriff, daß er diesmal nicht auf sie trank, sondern auf sich selbst.

Kate stützte sich mit den Armen im Bett auf. Ihr war so schwindelig. Wie hatte sie nur vergessen können, daß sie Champagner nicht vertrug. Nur einmal – in ihrer Hochzeitsnacht – hatte sie soviel Champagner getrunken, und da wußte sie noch nicht, wie benebelt sie davon wurde. Damals hatte sie Angst vor dem Leben mit einem Mann gehabt. Jetzt hatte sie Angst vor einem Leben ohne.

Vorsichtig stand sie auf. Von ihrem Fenster aus sah sie Adams Auto in der Einfahrt. Bei dem Gedanken, daß er im Haus war, mußte sie lächeln.

Sie freute sich, daß Nina und Adam sich schon so früh gefunden hatten. Als die beiden sich über vier Collegejahre trotz der räumlichen Entfernung treu geblieben waren, hatte auch Cliff ihr langsam rechtgegeben. Kate dankte nämlich dem Schicksal, daß ihre Tochter das Risiko nicht eingegangen war, als das sich die sexuelle Freizügigkeit plötzlich entpuppte, auf die sich ihre Generation soviel zugute hielt. Der Preis, den man jetzt für häufigen Partnerwechsel bezahlen mußte, war viel höher als die bloße moralische Verurteilung. Und sogar Cliff sah inzwischen ein, daß seine Tochter ironischerweise eben dadurch, daß sie sich vor ihrem achtzehnten Geburtstag mit einem Jungen ernsthaft eingelassen hatte, im Endeffekt auf Nummer Sicher gegangen war.

Auch wenn Kate wußte, wie dumm und altmodisch das war, wünschte sie sich von ganzem Herzen, daß Nina sie heute früh mit der Ankündigung überraschen möge, sie wolle heiraten, statt weiter Jura zu studieren. Wenn Nina sich einen Mann nahm, dann wäre es nur halb so schlimm, daß sie gerade einen verlor.

Kate genoß es, einer Liebesbeziehung sozusagen über die Schulter zu schauen, ohne selbst daran beteiligt zu sein. Sie konnte sich mit Nina und Adam freuen, ohne unter der räumlichen Trennung oder der Ungewißheit einer noch nicht besiegelten Bindung zu leiden.

Während Kate nun allein am Fenster stand, hinter dem sie so oft darauf gewartet hatte, bis Cliff von einem langen Abend im Schneideraum heimkam, verbiß sie sich die Zornestränen. Als Ehefrau hatte sie vielleicht versagt, aber immerhin war es ihr gelungen, ihre Tochter durch die tückischen Untiefen einer kalifornischen Kindheit und Jugend heil zu manövrieren. Manchmal kam es ihr wie ein Wunder vor, daß Nina auf dem Weg zum Erwachsensein nie den bequemen und leicht zugänglichen Verlockungen von Alkohol und Drogen erlegen war. Kate wollte keineswegs die Lorbeeren dafür einheimsen, sie war nur einfach dankbar.

Wenn jemand das Verdienst zukam, Nina vor den Versuchungen ihrer Generation bewahrt zu haben, dachte Kate, dann war das Adam. Sie hatte ihn sofort gemocht, als Nina ihn zum ersten Mal mit nach Hause gebracht hatte, um mit ihm für eine Schularbeit zu lernen.

Er war das einzige Kind geschiedener Eltern und pendelte dauernd zwischen ihnen hin und her. Obwohl er bei beiden ein Zimmer hatte, bewahrte er alles, woran ihm wirklich lag, im Kofferraum seines Wagens auf. Wenn er bei seinem Vater war, hatte er ein schlechtes Gewissen, weil er die Mutter allein ließ. Bei seiner Mutter wiederum machte er sich Sorgen um den Vater. Nur bei Nina zu Hause, auf halbem Weg zwischen seiner Mutter in Sherman Oaks und seinem Vater in Pacific Palisades, konnte er entspannen und sich wohlfühlen.

Es hatte sie damals sehr gerührt, daß er zu beiden hielt und so hin- und hergerissen war. Und nun fiel ihr wieder der Mann ein, dessen Kombi am Vortag vor ihrer Haustür stehengeblieben war. Der hatte ja ebenfalls seine ganze Habe im Auto bei sich.

Ford. So hatte er geheißen. Sie sah ihn jetzt genau vor sich. Sie mußte lächeln, als ihr einfiel, wie gut er in Cliffs Weihnachtsgeschenken ausgesehen hatte. Dann dachte sie an die Päckchen, die sie für seine Frau und seine Kinder verpackt und beschriftet hatte. Wie hießen die noch mal? Sie kam nicht darauf. Dieser verflixte Champagner! Gestern abend hatte sie alles vergessen wollen, aber jetzt wollte sie sich unbedingt an diese Familie genau erinnern. Sie hatte noch nie einen Mann kennengelernt, der so wenig den Helden spielte. Sein Blick war so offen, so vertrauensvoll. Was er wohl heute für ein Weihnachtsfest erleben würde? Sie versuchte sich vorzustellen, wie er sich mit seiner Familie über ihre Geschenke freuen würde.

Sunny. So hieß die Frau. Und die Kinder . . . Sie durchforstete ihr Gedächtnis nach den Namen – ungewöhnliche Namen waren es gewesen. Was hatte der Mann gleich wieder gesagt? »Sobald man etwas mit Namen kennt, ist einem nicht mehr egal, was damit geschieht.« Plötzlich hörte sie innerlich, wie Ford ihr mit seiner sonoren Stimme sagte, wie sein Sohn hieß.

Joe Wayne. Der Junge hieß Joe Wayne. Und das Mädchen? Das hatte einen schönen, ausgefallenen Namen gehabt. Miranda? Nein, eine Miranda kannte sie. Den anderen Namen hatte sie aber noch nie zuvor gehört. Marvella. Genau. Marvella. Was für ein wunderschöner Name! Aber wie furchtbar unpassend für das Leben, das dieses Kind leben mußte. Kate blutete das Herz für alle Kinder der Welt, die in Verhältnisse hineingeboren werden, für die sie nicht das geringste konnten.

Kate konnte die Tränen nicht mehr zurückhalten. Aber sie weinte nicht um die Kinder der Welt. Sie dachte daran, wie sehr sie es haßte, allein zu schlafen. Plötzlich ging sie zur Tür. Zum Teufel mit Cliff. Sie hatte den größten Teil ihres Lebens mit dem Bemühen verbracht, ihn glücklich zu machen. Wenn eine andere Frau das schaffte, woran sie gescheitert war – bitte. Es gab jemanden, dem sie es viel leichter recht machen konnte und den sie viel zu lang vernachlässigt hatte: sie selbst.

Sie ging in die Küche hinunter. Von einem Brett über der Waschmaschine holte sie ein Frühstückstablett. Damit hatte Cliff sie einmal zum Muttertag überrascht, als Nina noch ein Baby war. Damals hatte er ihr zum ersten und zum letzten Mal in ihrem Leben das Frühstück ans Bett gebracht. Kate hatte das Tablett immer benutzt, wenn jemand krank im Bett liegen mußte, aber diesen Herbst, als Nina an die Uni und Cliff zu den Dreharbeiten abreisten, hatte sie es außer Sichtweite deponiert.

Jetzt staubte sie es ab und deckte es mit ihrem Lieblingsgeschirr. Sie füllte Kaffeebohnen in die elektrische Kaffeemühle und brühte eine Kanne extra starken Kaffee auf, wie nur sie ihn mochte. Sie machte einen Topf Milch warm und goß sie in einen Krug, damit sie Milchkaffee zu den Croissants trinken konnte, die Nina gestern abend mitgebracht hatte.

Kate öffnete die Haustür, um die Zeitung hereinzuholen. Einen Augenblick lang blieb sie draußen stehen und atmete den Morgenduft aus dem Garten ein. Sie fröstelte leicht in der kühlen Luft, dann schlug sie die Tür lauter als beabsichtigt zu, steckte die Zeitung zusammengefaltet in das Seitenfach am Tablett und machte sich auf den Weg zur Treppe.

Plötzlich kam Cliff verschlafen aus seinem Arbeitszimmer gewankt und nahm ihr unsanft das Tablett aus der Hand. »In diesem Haus kann man sich den Wecker wirklich sparen, so wie du die Türen zuknallst.«

Kate starrte ihn entgeistert an, während er das Tablett auf seinen Schreibtisch stellte. »Du bist wohl nicht bei Trost!« zischte sie, als er seelenruhig ein Stück Croissant abriß und mit Butter bestrich.

»Ich weiß schon, daß ich keine Butter essen sollte«, brummte er. »Mein Cholesterinspiegel ist in den letzten Wochen wahrscheinlich auf jenseits von Gut und Böse gestiegen. Aber ich bin so nervös, daß ich einfach nicht gesund leben kann.« Er schenkte sich Kaffee ein und trank einen Schluck – schwarz. »Du willst mich wohl vergiften«, keuchte er. »Den Kaffee kann kein Mensch trinken.«

Kate nahm ihm gelassen die Tasse aus der Hand und goß heiße Milch dazu. »Ich wollte Milchkaffee machen«, sagte sie und behielt die Tasse in der Hand.

»Aber du weißt doch, daß ich ohne schwarzen Kaffee in der Früh nicht in die Gänge komme«, herrschte er sie an. »Meinetwegen brauchst du auch nie mehr in die Gänge zu kommen«, bemerkte Kate kühl, nahm das Tablett und gab der Tür zu seinem Arbeitszimmer von außen einen Tritt.

Sie ging nach oben ins Schlafzimmer, setzte das Tablett auf dem Doppelbett ab und starrte auf das angebissene Croissant. Die gute Laune war ihr vergangen. Jetzt brachte sie vor Wut keinen Bissen mehr hinunter.

Cliff kam hereingestürmt. »Komm, Kate, ich weiß ja, daß wir noch reden müssen. Aber darf ich vorher vielleicht noch meinen Kaffee austrinken?«

Kate stellte sich ans Fenster. »Es ist nicht dein Kaffee, sondern meiner. Kapier das endlich. Aber das ist wohl zuviel verlangt.«

»Ich will mich hier nicht mit dir herumstreiten. Im Moment bin ich viel zu schwach dazu. Nach dem vielen Champagner gestern abend. Ich gehe jetzt hinunter und mache mir selber ein Frühstück.«

»Ach, iß ruhig, was hier steht«, sagte Kate bleiern. »Mir ist der Appetit vergangen.« An dem Milchkaffee nippte sie allerdings weiter. »Aber deinen Kaffee mußt du dir schon selber machen.«

Cliff setzte sich betreten auf die Bettkante. »Nein, nein, ist schon gut. Ich habe eigentlich gar keine Lust, richtig wach zu werden.«

Er wirkte so elend und so deplaziert, daß Kate lachen mußte. »Frühstücken im Bett ist eigentlich dazu da, daß man es sich gemütlich macht«, sagte sie schließlich, »nicht, daß man belämmert dasitzt wie ein Schulbub. Man könnte ja meinen, du bist zum ersten Mal in diesem Schlafzimmer.« Und damit streifte sie die Pantoffeln von den Füßen und streckte sich genüßlich auf ihrer Bettseite aus. Das Frühstückstablett stand wie ein Schutzwall zwischen ihnen.

Cliff drehte sich mit einer filmreifen Geste zu ihr um. »Ich hätte dich einfach anlügen sollen«, sagte er dramatisch. »Wenigstens bis Weihnachten vorbei ist. Aber ich kann doch nicht mit dir ins Bett gehen, wenn ich in Gedanken bei einer anderen Frau bin.«

»Wieso nicht?« fragte Kate und biß von dem Croissant ab.

»Wäre doch nicht das erste Mal.«

»Wie kommst du denn darauf?« Cliff wandte sich brüsk ab und stieß dabei an das Tablett, so daß die Kaffeekanne umfiel und Kate der heiße Kaffee über die Brust lief. Sie schrie auf.

»Um Gottes Willen, entschuldige.« Cliff stürzte zu ihr. »Zieh das aus, das muß von der Haut weg.« Er zog ihr das Nachthemd über den Kopf und lief mit ihr ins Bad. »Kaltes Wasser ist das Beste bei Verbrühungen. Unter die Dusche, schnell.« Er drehte das Wasser voll auf und schob Kate unter den Strahl.

»Bist du wahnsinnig?« schrie sie. »Willst du mich umbringen? Dreh das Ding ab, sonst hole ich mir noch eine Lungenentzündung.«

»Hast du dich schlimm verbrüht?« fragte Cliff besorgt, während er ihr einen Frotteebademantel überwarf und sie trocken tupfte.

Kate blickte auf ihre Brust hinunter. »Im Moment fühlt sich alles eiskalt an. Aber es ist noch nicht mal besonders rot, oder?«

Cliff bugsierte Kate unters Licht. Dann machte er vorsichtig den Bademantel auf und drückte mit den Fingerspitzen sanft auf ihr Dekolleté.

»Tut das weh?« fragte er.

Kate schüttelte den Kopf. Ihrer Stimme traute sie nicht. Ihr Atem ging schneller, während er die verletzte Stelle weiter betastete. Nach einem langen Schweigen nahm sie seine Hand und legte sie sich auf die eine Brust.

Cliff nahm den Wink bereitwillig auf und zog sie an

sich. »Ach, Kate«, murmelte er, »du bist doch immer noch . . .«

»Sch«, machte sie. »Bitte. Sag nichts.« Und dann zog sie seinen Kopf zu sich herunter, bis sie ihm den Mund mit ihren Lippen versiegeln konnte.

Kate hatte eine Tasse schwarzen Kaffee vor sich stehen, als Cliff im Bademantel herunterkam, die Haare noch naß vom Duschen. »Fröhliche Weihnachten«, sagte sie und begrüßte ihn mit einem Kuß.

Er sah sie etwas verstört an und sagte dann betont: »Was gerade passiert ist, ändert nichts an meinem Entschluß, Kate. Das muß dir klar sein. Ich fliege trotzdem heute abend ohne dich nach Toronto.«

»Ich weiß«, erwiderte sie. »Aber das war dein Weihnachtsgeschenk für mich. Du hast doch gestern gesagt, daß du keine Zeit hattest, was zu kaufen. Das beste Geschenk ist sowieso das, was man sich nicht selbst machen kann – oder gönnen würde. Also vielen Dank. Und nachdem ich für dich auch nichts habe, kannst du den Morgen heute auch als mein Geschenk für dich ansehen.«

»Du hast nichts für mich?« fragte Cliff beleidigt wie ein kleines Kind. »Was ist mit den ganzen Geschenken unter dem Baum? Da waren doch welche, als ich heimgekommen bin.«

»Die habe ich verschenkt«, stellte Kate sachlich fest, »nachdem du gesagt hast, daß du für mich nichts hast. Du hast dieses Weihnachten schon genügend Schuldgefühle mir gegenüber. Dann sind wir jetzt quitt – und können uns ganz auf Nina konzentrieren.«

Ihre Ruhe brachte ihn ganz aus der Fassung. Gegen Tränen und Vorwürfe hatte er sich gefeit, aber nicht gegen so etwas. »Was hast du vorhin gemeint«, sagte er schließlich, »von wegen das hätte ich schon oft gemacht?« »Ach komm, Cliff«, erwiderte Kate. »Daß du diesmal zwischendurch nach Hause kommst und mir alles erzählst, heißt doch nicht, daß sonst nie etwas passiert ist.«

»Aber du hast mich doch bei den Dreharbeiten immer besucht«, protestierte Cliff.

»Das hat das Ganze ja wohl besonders spannend gemacht«, sagte Kate leise. »So zu tun, als müßtest du dich um eine Schauspielerin besonders kümmern oder bis spät in die Nacht das Drehbuch umschreiben. Und dann zu mir ins Bett kriechen, auf mich, und wehe, ich hätte dir nicht vertraut. Und selber hast du dir vorgemacht, du würdest mein Schweigen mit Sex erkaufen.« »Wenn du es gewußt hast, warum hast du dann nie was gesagt?« Cliff fiel aus allen Wolken. Kate konnte sich nicht erinnern, wann er sie das letzte Mal so interessiert betrachtet hatte wie jetzt, da er herausfinden wollte, was dahintersteckte.

»Ich habe es auch nicht gewußt – bis jetzt. Befürchtet schon, aber wahrhaben wollte ich es nicht. Ich wollte ein Zuhause. Und eine Familie. Ich wollte Nina all das geben, was ich nie gehabt habe – vor allem einen Vater. Aber Nina ist jetzt ausgeflogen. Und zwar endgültig, von Blitzbesuchen abgesehen. Also warum soll ich mir jetzt noch irgendwas vormachen? Ich muß mich eben damit abfinden, daß nicht nur meine Zukunft, sondern auch meine Vergangenheit in sich zusammenfällt wie ein Kartenhaus.«

Kate hielt es plötzlich keine Sekunde länger drinnen aus. Sie stieß die Küchentür ins Freie auf und lief auf die riesige Eiche zu, in deren Gabel immer noch das alte Baumhaus hing. Cliff hatte es in dem Sommer gebaut, als Nina sechs wurde und ihn endlich davon überzeugt hatte, daß sie jetzt alt genug zum Bäumeklettern sei.

Am Anfang war Kate immer hinter ihr hergeklettert und oben geblieben, bis Nina genug vom Spielen hatte. Wenn sie dann so in die Äste gelehnt dastand und fasziniert die ständig wechselnden Lichtmuster beobachtete, die durch das Blätterdach schimmerten, ging Kate ganz im Augenblick auf, und Vergangenheit wie Zukunft konnten ihr gestohlen bleiben.

Jetzt kletterte sie mit klopfendem Herzen den Stamm hinauf, stemmte sich in eine bequeme Lage, machte die Augen zu und wartete auf dieses altbekannte Gefühl der inneren Ruhe. Aber Cliff rief ihr von unten etwas zu. »Komm runter, Kate. Da ist doch jahrelang kein Mensch mehr raufgeklettert. Die Bretter sind bestimmt morsch, das ist zu gefährlich.«

»Ich kann in unserem Haus nicht ohne dich leben, Cliff«, sagte sie, faßte hinter sich und umschlang den Ast, an dem sie lehnte.

Trotz der unzähligen Stunden, die Kate hier den Haushalt geführt hatte, kam es ihr immer vor, als gehöre das Haus Cliff viel mehr als ihr. Mit seinem Geld hatten sie es gekauft und sein Geld steckten sie immer wieder hinein. Er entschied, wann das Dach neu gedeckt werden mußte und wann sie sich einen Umbau leisten konnten. Er zeichnete dann die Rohskizzen, ging mit dem Architekten die Pläne durch und sprach mit dem Bauleiter, sobald die Arbeiten in Gang waren. Jedes Jahr kam das Haus ihrer Traumvilla ein Stückchen näher, aber Cliff gab sich nie zufrieden, und sobald das eine Projekt abgeschlossen war, dachte er sich schon das nächste aus.

Während Cliff jedoch das Haus immer mehr an seine ganz persönlichen Vorstellungen von einem Heim anglich, spürte Kate, wie sie immer weniger seinem Bild einer perfekten Frau entsprach. Das Alter arbeitete natürlich gegen sie – aber es kam ihr immer nur dann als Feind vor, wenn Cliff in der Nähe war. Ansonsten, wenn kein Spiegel vor ihr hing und sie allein war, freute sie sich an allen Erfahrungen und Erlebnissen, die ihr das Leben bereits geschenkt hatte. Obwohl sie sich für einigermaßen attraktiv hielt, hatte sie sich um ihr Aussehen nie besonders gekümmert. Schließlich wohnte sie in einer Stadt, in der unzählige Frauen aus ihrer Schönheit eine Karriere machten. Ihre Freundinnen waren den ganzen Tag damit beschäftigt, ihren Körper zu pflegen und zu trainieren, gingen zur Gymnastik, zur Kosmetikerin, zur Maniküre, zur Massage und zum Coiffeur, aber Kate hielt das meiste davon für Zeitverschwendung. Da tat sie lieber etwas für ihre Mitmenschen.

Am Anfang bestanden die ›Mitmenschen‹ hauptsächlich aus Cliff. Von dem Tag an, als er sie geheiratet und in sein Haus geholt hatte, bestand der Sinn des Lebens für sie darin, ihm nahe zu sein. Bis Nina dazukam und versorgt werden wollte. Als Nina in die Schule kam, erwähnte Kate Cliff gegenüber, daß sie sich gern einen Job suchen würde, aber er bezog das auf den Knacks in seiner Karriere und warf ihr vor, sie sei unsensibel. Wie könne sie das gerade jetzt vorschlagen, wo er so viel durchmache. Und was sie denn wolle, was er ihr nicht bieten könne? Nichts, versicherte sie ihm sofort. Wie sie es dann mit ihrem Gewissen vereinbaren könne, jemand die Arbeit wegzunehmen, der sie womöglich nötig hatte?

Das konnte sie nicht. So ließ sie es bleiben.

Sobald Nina in der Schule war, mußte Kate sich nicht mehr ausschließlich um ihre eigene Familie kümmern. Eine Freundin lud sie zu einem Wohltätigkeits-Lunch ein, auf dem man für ein Haus für mißhandelte Kinder sammelte. Die Gesellschaft fand sie zwar gräßlich, aber die Bilder auf den Broschüren ließen sie nicht mehr los. Am nächsten Tag fuhr sie zu dem Heim. Die überarbeitete Frau im Büro war sprachlos, als Kate sich erkundigte, was sie noch tun könne – außer ihr einen Scheck zu überreichen. »Ich weiß gar nicht, wo ich anfangen soll«, sagte sie. »Am besten bleiben Sie eine Weile hier, dann sehen Sie schon selbst, wo man anpacken muß.«

Also fuhr Kate nun täglich, nachdem sie Nina in der Schule abgeliefert hatte, zu dem Heim und machte sich nützlich, wo sie konnte. Es kam ihr nie so vor, als würde sie irgend etwas Greifbares erreichen, aber sie hörte immerhin den Kindern zu, stellte ihnen Fragen und merkte sich ihre Namen, und mit jedem Mal fühlte sie sich enger mit dem Schicksal ihrer Schützlinge verbunden.

Aber das Kinderheim stellte nur eine Übergangslösung dar; nach einer Weile kamen die Kinder entweder in ihre Familien zurück oder zu Pflegeeltern, und dann sah Kate sie nie wieder. Es fiel ihr sehr schwer, sich für jemanden zu engagieren und gleichzeitig zu akzeptieren, daß derjenige bald wieder aus ihrem Einflußbereich verschwinden würde. Sie ging zwar weiterhin in das Heim, mußte aber lernen, daß sie Kinder dort nicht als Söhne und Töchter betrachten durfte und daß sie deren Leben eigentlich nichts anging.

Im Grunde hätte sie natürlich am liebsten alle zu sich genommen, ihr ganzes Haus mit Stockbetten, Luftmatratzen und Schlafsäcken vollgestopft – ein Haus vom Keller bis zum Dachboden voller Kinder. Bei dem Gedanken daran leuchteten ihre Augen immer noch auf. Ninas Stimme holte Kate in die Wirklichkeit zurück. Ihre Tochter stand in der Tür und rief: »Guten Morgen. Fröhliche Weihnachten! Was macht ihr beiden denn da draußen? Kommt rein, ich möchte sehen, was in meinen Strumpf ist.«

Cliff streckte Kate die Arme entgegen. »Komm runter. Bitte. Nina ahnt noch überhaupt nichts. Gib deinem Herzen einen Stoß. Nicht wegen mir, sondern wegen Nina. Bitte. Laß uns ein letztes Weihnachten zusammen als Familie feiern.«

Kate schaute aus ihrer sicheren Stellung im Baumhaus auf ihn herunter. »Unter einer Bedingung«, sagte sie. »Daß ich morgen dieses Haus in die Zeitung setzen kann. Ich will ohne dich hier nicht wohnen. Du mußt mir versprechen, daß du mir da freie Hand läßt.«

»Wie kannst du bloß daran denken, dieses Haus zu verkaufen?« fragte Cliff empört. »Ist dir überhaupt klar, wie viel es wert ist?«

»Deshalb will ich es ja verkaufen«, entgegnete Kate gelassen. »Ich möchte etwas Greifbares für all die Jahre, die ich in diese Ehe gesteckt habe. Schließlich habe ich kein Gehalt bekommen.«

»Ich wette, dieses Haus hat mehr Geld gemacht, als ich in meiner ganzen Karriere«, sagte Cliff mit einem trockenen Lachen. »Nur durchs Rumstehen wurde es jeden Tag mehr wert. Es heißt immer, in dieser Stadt sollte man nicht alt werden, aber das gilt nur für Menschen, nicht für Häuser. Dieses Haus war unsere allerbeste Geldanlage, Kate. Es bricht mir das Herz, wenn ich mir vorstelle, daß du es loswerden willst. Mein Gott, ich habe doch schon so ein schlechtes Gewissen wegen dieser ganzen Geschichten, da war es mir ein kleiner Trost, daß du wenigstens ein sicheres, gemütliches Zuhause hast. Ich wollte es dir sowieso voll und ganz überschreiben. Das sollst du wissen. Das bin ich dir wirklich schuldig.«

»Gut«, sagte Kate forsch und kletterte vom Baumhaus herunter, ohne Cliffs ausgestreckte Arme zu beachten. »Dann kann ich ja allein entscheiden, was ich damit machen will. Ich muß einen Mann hergeben, bekomme aber ein Haus. So mancher würde sagen, ich habe ein gutes Geschäft gemacht.«

»Aber wo willst du dann hin?« fragte Cliff besorgt, während sie auf ihre Tochter zugingen, die immer noch in der Tür stand. »Hast du eine Ahnung, wieviel ein anderes Haus kosten würde? Wahrscheinlich mußt du dann mehr hinlegen und bekommst weniger dafür.«

»Ich will mir kein anderes Haus kaufen«, sagte Kate, selbst überrascht, wie überzeugt sie plötzlich klang. »Es ist doch eine Illusion zu glauben, daß man irgend etwas besitzen kann – egal was!«

»Aber irgendwo mußt du doch wohnen«, beharrte Cliff.

»Hast du vergessen, was für ein Fest wir eigentlich gerade feiern?« fragte Kate zurück. »Wir feiern die Geburt eines Kindes, dessen Eltern nicht einmal wußten, wo sie die Nacht verbringen sollten.«

8

Ich kann das nicht«, sagte Sunny und klammerte sich an Fords Arm, als er die Autotür aufmachen wollte.

»Ich kann da nicht reingehen.«

»Aber wir können auch nicht länger hier bleiben«, sagte Ford. »Seit zehn Minuten sitzen wir in diesem parkenden Auto. Weißt du eigentlich, wie verdächtig wir uns damit machen?«

»Haben wir was ausgefressen, Dad?« erkundigte sich Joe Wayne besorgt. »Darf man denn auf so einer Straße nicht fahren?«

»Oh, doch«, sagte Ford bestimmt. »Und auch halten. Außerdem wollen wir zu jemandem. So, jetzt raus mit euch.«

»Und Homer?« fragte Marvella, während sie aus dem Wagen kletterte.

»Homer darf auch mit. Der ist hier genauso willkommen wie wir alle«, sagte Ford mit einem Seitenblick auf Sunny, die regungslos auf dem Beifahrersitz saß.

»Und wie sehr sind wir willkommen, Ford?« fragte sie leise.

Mit Homer an der Leine rannten die Kinder den gepflasterten Weg entlang. Vor dem Erkerfenster blieben sie stehen und bestaunten den Weihnachtsbaum drinnen.

»Ich läute jetzt, Sunny«, sagte Ford. »Wenn du nicht mitkommen willst, dann bleibst du eben im Auto, aber ich warte nicht länger auf dich.«

Und dann ging er mit großen Schritten auf die Haustür zu. Marvella kam ihm entgegengerannt.

»Daddy, da sitzt ein Engel auf dem Weihnachtsbaum«, flüsterte sie.

»Wir hatten doch auch immer einen Engel auf dem Baum. Weiß du nicht mehr?« fragte er sanft, drückte ihre Hand und ließ sich zu dem Erkerfenster ziehen.

»Aber nicht als Christbaumschmuck, da ist ein richtiger Engel. Ich hab doch das Gesicht gesehen, ganz oben. So hoch kommt man bloß, wenn man Flügel hat.«

Ford schaute lächelnd auf sein Töchterchen hinunter. »Also das mit den Flügeln ist so eine Sache, mein Schatz, aber ein Engel wohnt in dem Haus tatsächlich, da hast du recht.« Dann sah er in die Richtung, in die sie deutete.

»Schau, Daddy, da ist sie. Aber warum weint sie denn?«

»Sie sieht uns nicht«, sagte Ford leise. »Komm, gehen wir weg, bevor sie uns entdeckt.« Er ging zur Tür und läutete, ohne weiter zu überlegen.

Der Schlüssel drehte sich und die Tür öffnete sich einen Spalt, soweit die Kette zuließ. »Ja?« rief eine geisterhafte Stimme. »Bitte?«

Ford spürte, wie ihn der Mut verließ.

»Was ist denn?« rief die Stimme, jetzt schon ein bißchen ängstlich.

»Sie kennen mich vielleicht nicht mehr«, stammelte er und dachte zugleich, du Dummkopf, du warst doch erst gestern hier. Sag deinen Namen. Oder nein, mit dem Namen kann sie bestimmt nichts anfangen, erzähl, wie es dazu kam. »Mein Auto ist gestern vor Ihrem Haus stehengeblieben«, sagte er dann.

Plötzlich wurde die Kette ausgehakt und die Tür flog auf. »Ford!« rief Kate und breitete die Arme aus, als ob sie ihn umarmen wollte. Dann besann sie sich und streckte ihm betreten die Hand hin.

Er schüttelte sie dankbar. »Fröhliche Weihnachten«, sagte er verlegen. »Ich meine, für uns war es sehr fröhlich – dank Ihrer Großzügigkeit.«

Ihr kamen die Tränen in die Augen. »Danke«, sagte sie. »Dann habe ich wenigstens einen Menschen glücklich gemacht.«

»Mehr als einen«, versicherte er ihr. »Meine ganze Familie ist hier, um sich bei Ihnen zu bedanken.« Er wollte die Kinder vorstellen, aber Kate umarmte Marvella in ihrem rosa Ungetüm bereits lachend.

»Na, du bist bestimmt Marvella«, sagte sie. »Dein Name ist genauso hübsch wie du.«

»Sie fühlt sich seit gestern abend so schön, seit sie sich in dieses Kleid verliebt hat.« Ford lächelte seiner Tochter zu. »Und man kriegt sie so schnell nicht wieder raus.«

»Wenn ich es gestern nicht angezogen hätte, dann hätten sie es gestohlen.«

»So wie meinen Walkman«, warf Joe Wayne ein.

»Gestohlen?« Kates Miene verdüsterte sich.

Ford zuckte zusammen. »Das erzählen wir später, Joe Wayne. Du hast dich ja noch nicht einmal bedankt.«

Joe Wayne schwieg verstockt. Kate erkannte ihn sofort als Fords Sohn – er stand genauso da und trat von einem Fuß auf den anderen. Er hatte auch dieselben widerspenstigen Haare und denselben vertrauensvollen Blick. »Da hätte ich auch eine Wut, Joe Wayne. Komm doch mit rein und erzähl mir die ganze Geschichte.«

»Darf Mami auch mit rein?« erkundigte sich Marvella.

»Aber natürlich«, erwiderte Kate herzlich. »Wo ist sie denn?«

»Sie sitzt noch im Auto«, erklärte Ford. »Sie hatte Angst, daß wir uns aufdrängen.«

Kate nickte verständnisvoll. Dann machte sie die Haustür weit auf. »Kommt erst mal alle rein. Homer, du auch. Macht es euch gemütlich.« Die Kinder warten ihrem Vater einen zweifelnden Blick zu.

»Geht nur. Aber benehmt euch«, gab Ford seine Erlaubnis.

Während die Kinder ins Haus liefen, wandte Kate sich Ford zu. »Ich habe schon befürchtet, daß ich Sie nie wiedersehe. Wie nett, daß Sie noch einmal vorbeikommen.«

»Nett?« Ford konnte sich ein verächtliches Schnauben nicht verbeißen. Seine Lage war so verzweifelt, daß er auf Höflichkeitsregeln keine Rücksicht mehr nehmen konnte. Wie hatte er nur glauben können, sie würde spüren, warum er zurückgekommen war. »Ach, Sie verstehen überhaupt nichts«, platzte er heraus.

Kate schaute verletzt und betreten. »Entschuldigung. Habe ich etwas Falsches gesagt?«

»Nein, ich muß mich entschuldigen«, sagte Ford. »Für meine Unverschämtheit. Und Sunny hatte recht, wir hätten nicht herkommen sollen.« Damit trat er ins Haus und rief nach den Kindern.

Kate wollte ihm schon nach, hielt aber inne, machte kehrt und ging auf das Auto zu, in dem Sunny immer noch saß und starr geradeaus blickte. Kate war überrascht, wie jung sie war – mindestens zehn Jahre jünger als Ford und nicht viel älter als ihre eigene Tochter. Sie trug das Kostüm, das Kate sich als Anreiz zum Abnehmen gekauft und dann nie getragen hatte. Kate machte einfach die Fahrertür auf und setzte sich hinters Steuer. »Wissen Sie eigentlich, wie sehr ich Sie beneide?« fragte sie leise.

Sunny drehte sich blitzschnell um und funkelte sie an. »Tatsächlich?« erwiderte sie bitter.

Kate biß die Zähne zusammen. »Das muß natürlich zynisch für Sie klingen. Aber es stimmt. Sie haben immerhin einen Mann, der Sie liebt.«

»Das hält einen auf die Dauer auch nicht warm.«

Kate packte das Steuerrad fester. »Schauen Sie, ich habe eine Zentralheizung im Haus, aber trotzdem friert es mich den ganzen Nachmittag – seit mich mein Mann verlassen hat.«

Sunny schwieg. Kate spürte jedoch, daß sie sich ein bißchen entspannte.

»Ich habe ein Feuer im Kamin gemacht. Und etwas Gesellschaft könnte ich wirklich gut gebrauchen. Bitte kommen Sie doch herein.« Mit diesen schlichten Sätzen schien Kate langsam den richtigen Ton zu finden.

Plötzlich kam Marvella weinend aus dem Haus gerannt. Wie auf Kommando stiegen Sunny und Kate aus und liefen ihr entgegen. »Was ist denn passiert? Hast du dir weh getan?«

Marvella, die vor lauter Schluchzen kein Wort herausbrachte, schüttelte nur den Kopf.

»Jetzt kommen Sie ins Haus. Bitte!« sagte Kate.

Ford stand in der Diele, den Arm um einen schmollenden Joe Wayne gelegt, Homer bellte und zerrte wie wild an seiner Leine.

»Dad hat gesagt, wir müssen wieder fahren«, sagte Joe Wayne mit zusammengebissenen Zähnen vor Enttäuschung.

»Aber ihr seid doch gerade erst gekommen«, sagte Kate. »Es wäre ziemlich unhöflich, so mir nichts dir nichts wieder wegzufahren.« Sie warf Ford einen bittenden Blick zu. »Außerdem wollte ich die ganze Familie gerade zu Tee und Sandwiches einladen – bevor ich meinen Weihnachtsbaum wieder abschmücke.«

Ford entspannte sich sichtlich, als er Sunny mit einem zaghaften Lächeln durch die Haustür kommen sah. »Ach, deshalb steht die Leiter da«, sagte er. »Meine Tochter hat Sie schon für einen Engel gehalten, als sie Ihr Gesicht über dem Stern in der Krone sah.«

Kate lachte. »Nein, nein. Beileibe kein Engel, bloß eine Frau, die an Weihnachten nicht allein sein will.«

Im nachhinein fand Kate immer, daß sie die folgende Szene eigentlich leicht hätte vermeiden können. Erst räumte sie die Leiter weg und erklärte den Kindern, daß der Schmuck jetzt so lang am Baum blieb, wie sie wollten. Dann bat sie Sunny, mit in die Küche zu kommen und ihr bei den Sandwiches zu helfen.

Nachdem sie das Wasser für den Tee aufgesetzt hatte, nahm Kate das Toastbrot heraus, schnitt wie gewohnt die Rinde ab und wollte sie in den Abfall werfen. Aber blitzschnell fuhr Sunny dazwischen und hielt den Deckel zu. »Wie können Sie bloß etwas Eßbares wegwerfen?« herrschte Sunny sie an. Dann wurde sie rot vor Verlegenheit und drehte sich weg. »Entschuldigung.«

»Nein, ich muß mich entschuldigen.« Kate schüttelte den Kopf. »Ich komme mir furchtbar dumm vor. Und gedankenlos und verschwenderisch. Meine Mutter hat nie Brot weggeworfen, und wenn es noch so altbacken war. Da hat sie Füllung draus gemacht oder Brotauflauf oder . . .«

»Ich habe immer ein gutes Rezept für Brotauflauf gehabt«, sagte Sunny. Sie machte die Augen zu und sagte es langsam herunter. »Drei Eier, drei Tassen Milch, eine halbe Tasse Zucker, eine viertel Tasse Rosinen . . .«

»Warum machen wir nicht einfach einen?« unterbrach sie Kate. »Er kann im Ofen backen, während wir die Sandwiches belegen. Ich habe seit meiner Kindheit keinen Brotauflauf mehr gegessen.«

»Darf ich ihn machen?« fragte Sunny.

»Soll ich nicht mithelfen?«

Sunny schüttelte den Kopf. Sie wollte so gern in dieser Küche allein hantieren, zwischen all den vollen Schränken und den blitzenden Armaturen. »Vertrauen Sie mir Ihre Küche an?«

»Natürlich«, sagte Kate und wollte ihr die Hand tätscheln, aber Sunny zog sie weg. »Ich gehe mit Ford und den Kindern hinaus und zeige ihnen den Garten. Wenn Sie doch Hilfe brauchen können, rufen Sie einfach.«

Sunny nahm ein Glas Erdnußbutter aus dem Regal. »Sind Ihnen Erdnußbutter-Sandwiches recht?«

»Sogar am liebsten«, sagte Kate und dachte an die Gurke, die sie eigentlich hatte aufschneiden wollen.

Joe Wayne und Marvella standen vor der Flügeltür zum Garten, als Kate ins Wohnzimmer kam.

»Sunny wollte die Sache allein übernehmen«, sagte sie und schaute Ford an, um sich sein Einverständnis zu sichern.

»Und wenn Sunny etwas allein erledigen will, dann läßt man sie lieber. Das habe ich schon vor Jahren lernen müssen«, sagte er lächelnd.

»So, dann kommt mal alle mit nach draußen«, rief Kate. »Schade, daß der Swimmingpool nicht geheizt ist. Es ist fast warm genug zum Baden.«

»Sie haben einen eigenen Swimmingpool?« fragte Joe Wayne ungläubig.

»Hab ich dir doch gesagt«, krähte Marvella und tanzte voraus in den Garten.

Kate führte sie zum Swimmingpool und daran vorbei in den Obstgarten, in dem die Bäume nur so strotzten vor Orangen, Zitronen und Grapefruits. »Bedient euch«, sagte Kate. »Ich habe viel mehr, als ich verwerten kann, und es tut mir in der Seele weh, wenn es verkommt. Früher habe ich immer Marmelade gekocht und verschenkt, aber keiner konnte so viele Gläser brauchen. Jetzt laß ich das Obst einfach liegen – und versuche nicht daran zu denken.«

Während die Kinder von Baum zu Baum liefen und soviel pflückten, wie sie tragen konnten, drehte Ford eine Runde im Garten, bückte sich immer wieder und zerrieb die Erde in den Blumenbeeten zwischen den Fingern. »Sie könnten hier genug Gemüse anbauen, um eine ganze Familie zu ernähren.«

»So hatten wir es am Anfang auch geplant«, erinnerte sich Kate. »Mein Mann wollte, daß wir Selbstversorger werden, so daß er jedes Drehbuch ablehnen kann, das nichts taugt.«

Sie dachte an jenen ersten Sommer zurück. Jeden Nachmittag hatten sie und Cliff im Garten gearbeitet, die Zitrusbäumchen gesetzt, einen Gemüsegarten angelegt und mühsam gepflegt – allerdings wohl ohne die nötigen Kenntnisse. Bis auf die Zucchini war die Ernte ziemlich mager ausgefallen, so daß sie bald die Lust daran verloren hatten.

Dann riß sie sich wieder von ihren Erinnerungen los. Ford schwärmte ihr vom kalifornischen Klima vor – wie man hier das ganze Jahr anbauen und ernten könne im Gegensatz zu Iowa, wo der Boden zwischen Weihnachten und dem Frühjahr absolut nichts hergab. Kate sah ihn genauer an. Man merkte ihm den Sachverstand an, und dadurch strahlte er plötzlich eine Würde aus, die bei ihrer ersten Begegnung, als er so verzweifelt war, nicht zu spüren war.

Mit schlechtem Gewissen dachte Kate daran, wie selbstverständlich sie inzwischen achtlos an den Bettlern vorbeiging, die man beim Einkaufen traf, obwohl doch hinter jedem dieser Gesichter auch ein Mensch mit irgendwelchen Fähigkeiten steckte.

Plötzlich ging die Küchentür auf, und Sunny rief sie zum Essen. Sie hatte die Kostümjacke ausgezogen, die Ärmel der Seidenbluse aufgekrempelt und eine von Kates Schürzen umgebunden. Von der Hitze aus dem Ofen hatte sie rote Backen, und ein paar blonde Locken, die sich aus dem Pferdeschwanz selbständig gemacht hatten, fielen ihr ins Gesicht. Schüchtern führte sie Kate, Ford und die Kinder ins Wohnzimmer, wo sie den Tisch mit Kates Weihnachtsgeschirr festlich gedeckt hatte. Die Kinder entdeckten begeistert in der Mitte der Tafel einen kleinen Porzellanschlitten – randvoll mit Bonbons, Schokolade und Pralinen.

»Irgend etwas duftet hier köstlich«, sagte Kate und verdrehte die Augen.

»Muß der Brotauflauf sein«, entgegnete Sunny aufgeräumt. »Er ist noch im Ofen, aber ich dachte, wir könnten schon mal mit den Sandwiches anfangen.«

»Gute Idee. Ich bin am Verhungern«, sagte Kate und winkte Ford, sich zu setzen. Er stand noch verlegen in der Tür, obwohl alle anderen schon saßen. »Ich habe den ganzen Tag noch nichts gegessen«, fügte sie hinzu, während sie die Platte mit den Erdnußbutter-Sandwiches herumreichte.

»Wir auch nicht«, erklärte Marvella und türmte sich ein Sandwich nach dem anderen auf den Teller.

»Man nimmt nicht mehr, als man essen kann«, sagte Ford bestimmt und legte bis auf eines alle Brote wieder zurück.

»Hab ich doch nicht«, rief Marvella mit zitternden Mundwinkeln.

»Wenn wir alle Sandwiches aufgegessen haben, machen wir einfach welche nach«, beruhigte Kate das Mädchen. »Ich habe noch ein ganzes Brot da.«

Auf einen Wink von Ford senkten die Kinder die Köpfe. »Du darfst auch das Tischgebet sagen, Marvella«, schlug er versöhnlich vor.

»Gut«, erwiderte sie. »Aber erst müssen alle die Augen zumachen.«

Als Kate den Kopf senkte, sah sie aus den Augenwinkeln, wie Marvella die Platte mit den Sandwiches ein Stückchen näher an ihren Teller rückte.

9

Die Kinder waren mit dem Rösten von Marshmallows über dem Feuer beschäftigt, als Kate bemerkte, daß Sunny in ihrem Sessel eingeschlafen war. Sie machte Ford ein Zeichen und ging wortlos die Treppe hinauf. Ford blickte sich erst zweifelnd um, dann ging er ihr nach.

»Ich möchte Ihnen etwas zeigen«, sagte sie, machte die Badtür auf und knipste das Licht an.

»Wollen Sie mich schon wieder unter die Dusche stekken?« fragte er grinsend, als sie den Hahn aufdrehte. Blitzschnell kam ihr das Bild von gestern in den Sinn, wie er dastand, das Handtuch locker um die Hüften geschlungen und die braunen Haare noch naß. Sie setzte sich schnell auf den Badewannenrand.

»Was ist?« fragte Ford und stützte sie mit einer Hand an der Schulter.

»Da tropft etwas«, sagte Kate und deutete auf den Hahn. Das Wasser rann in einer dünnen Spur an den Kacheln entlang in die Badewanne.

»Das ist mir gestern auch aufgefallen«, sagte Ford, griff dicht an Kate vorbei und drehte das Wasser ab.

Kate stand unvermittelt auf und ging zum Spiegel hinüber. Tatsächlich, sie war rot geworden. Ein Sprung am unteren Spiegelrand fiel ihr ins Auge. Wie lang war der denn schon drin? Sie konnte sich nicht erinnern. Sie wußte nur, daß sie nicht mehr durchs Haus gehen konnte, ohne daß ihr in jedem Zimmer irgendwelche kleinen Schäden auffielen – ein morsches Brett im Parkett (geschickt unter einem Läufer versteckt), Brandflecken auf der Küchentapete (von damals, als sie den Ofen auf Grillen statt

Backen gestellt hatte und die Brownies regelrecht gebrannt hatten), klemmende Schubladen und Haushaltsgeräte mit einem ausgeprägten Eigenleben, die statt auf Knopfdruck nur nach Lust und Laune funktionierten. Als Cliff heute die massive Haustür hinter sich zugemacht hatte, war ihr sogar darin ein Riß aufgefallen, ein winzig kleiner zwar, aber man sah schon das Licht durchschimmern. Das Haus bröckelte anscheinend genauso wie ihre Ehe.

Sie hätte sich besser darum kümmern sollen und jedesmal sofort einen Handwerker rufen. Wenn die Heizung ausfiel oder irgendein Abfluß so verstopft war, daß keine Chemie mehr half, dann unternahm sie etwas. Aber über die Kleinigkeiten konnte man leicht hinwegsehen. Jede für sich genommen war unwichtig. Aber jetzt war so viel am Haus kaputt – wo man nur hinsah.

»Kann man das richten?« hörte sie sich fragen, als Ford den Wasserhahn untersuchte.

»Man kann alles richten«, sagte er. »Schlimmstenfalls brauchen Sie einen neuen Hahn.«

»Mehr nicht?« fragte Kate. »Ich hatte schon Angst, daß man die Kacheln aufhauen muß und an die Wasserrohre gehen.«

»Haben Sie einen Schraubenschlüssel?«

»Kommt sofort«, sagte Kate und lief die Treppe hinunter in die Küche. Als sie die Spülmaschine rauschen hörte, mußte sie unwillkürlich lächeln. Seit Nina ausgezogen war, hatte sie die Maschine nicht mehr benutzt. Für zwei Leute lohnte es sich einfach nicht. Als dann auch noch Cliff zu den Dreharbeiten fuhr, gab es sowieso fast kein Geschirr mehr zu spülen.

Sie warf einen Blick ins Wohnzimmer. Sunny schlief noch immer im Sessel, aber die Kinder waren nirgends zu sehen. Komisch, die Verandatür stand offen. Sie wollte sie schon zumachen, als sie von draußen aufgeregtes Gebell hörte.

Mit klopfendem Herzen rannte sie in den Garten. Homer sprang um den Swimmingpool und bellte verzweifelt. Als Kate ans Becken kam, sah sie, wie Joe Wayne eine japsende und prustende Marvella an den Rand schleppte und dabei selber Mühe hatte, den Kopf über Wasser zu halten.

»Um Gottes Willen!« schrie Kate und kniete sich hin, um den beiden aus dem Wasser zu helfen. »Ist euch was passiert?« Sie zog ihre Strickjacke aus und hängte sie Marvella um. »Kommt schnell ins Haus in die Wärme.«

Als sie die Kinder durch die Küchentür ins Haus schob, kam Ford ihnen entgegengelaufen. »Ich habe Homer gehört«, sagte er, kniete sich hin und tröstete Marvella. »Was ist denn passiert?«

»Ich bin reingefallen«, schluchzte Marvella mit klappernden Zähnen.

»Du bist reingesprungen«, verbesserte sie Joe Wayne. »Und ich mußte dir nachspringen und dich retten.«

»Kein Gestreite«, bestimmte Ford. »Ihr zieht jetzt beide die nassen Sachen aus, sonst holt ihr euch noch den Tod.«

»Wir stecken dich jetzt in ein heißes Bad, suchen dir trockene Kleider, und dann wird alles wieder gut.« Kate blickte sich zu Ford um. »Gehen Sie mit Joe Wayne in dieses Bad, und ich nehme Marvella mit in mcincs.«

»Ich nehme Marvella«, sagte ein kühle Stimme von unten an der Treppe. Die schüchterne, verschreckte Frau, die Kate dazu hatte überreden müssen, ihr Haus überhaupt zu betreten, ging nun die Treppe herauf, als ob sie hier zu Hause wäre, und nahm ihre Tochter an der Hand. »Komm mit, mein Liebes.« Sie machte die Badtür auf, stupste Marvella hinein und drehte sich dann noch einmal zu Ford um. »Wir hätten eben nicht herkommen sollen. Ich hab's dir ja gesagt.«

Kate kam sich plötzlich in ihrem eigenen Haus ausgeschlossen vor. »Ich suche trockene Sachen für die Kinder«, sagte sie schnell.

Sie stand in Ninas Zimmer auf einer Trittleiter und hievte eine Schachtel aus dem obersten Schrankfach, als Ford hereinkam. Er lief hin und nahm ihr die Kiste ab. »Das ist doch zu schwer für Sie. Warum haben Sie mich denn nicht geholt?«

Kate zuckte die Achseln. »Ich bin es nicht gewöhnt, bei so etwas jemanden um Hilfe zu bitten.« Dann lachte sie. »Normalerweise ist auch keiner da.«

Ford streckte die Hand aus, um ihr von der Leiter herunterzuhelfen. »Sind die Kinder gesund und munter?« fragte sie besorgt.

Ford nickte. »Ich habe Joe Wayne den Bademantel gegeben, der mir gestern beinahe entgangen wäre.«

Ob er sich über sie lustig machte? Kate war sich nicht ganz sicher. »Und Marvella?«

»Die habe ich mit ihrer Mutter allein gelassen. Sie hat einen ziemlichen Schrecken gekriegt.«

»Wer? Sunny oder Marvella?«

»Beide wahrscheinlich.« Ford wand sich ein bißchen. »Es tut mir leid, daß Sunny vorhin so abweisend klang. Sie sind so gut zu uns, und wir machen Ihnen nur Scherereien.«

Kate fing an, in der Kleiderschachtel, die sie heruntergeholt hatte, zu wühlen. »Ich brauche Ihre Hilfe hier im Haus«, sagte sie langsam. »Warum glauben Sie denn, daß ich Ihnen den Wasserhahn im Bad gezeigt habe? Hier gibt es tausend kleine Schäden, mit denen ich nicht zurechtkomme. Ich weiß noch nicht einmal, wo man anrufen müßte, um sie reparieren zu lassen.« Sie setzte sich niedergeschlagen auf das Bett ihrer Tochter. »Ich hasse es, hier allein zu sein«, sagte sie, nahm den Stoffhund, den Adam Nina zum Highschool-Abschluß geschenkt hatte, und streichelte ihn, als wäre er echt.

»Sie haben schon so viel für mich getan«, sagte Ford. »Zeigen Sie mir, wo es fehlt, dann kümmere ich mich darum.«

»Das Dumme ist nur, daß ich Ihnen nichts zahlen kann«, sagte Kate. »Ich habe kein Geld – kein eigenes, meine ich. Das einzige, was ich besitze, ist dieses Haus. Alle laufenden Kosten übernimmt mein Mann.« Sie machte eine Pause. »Es ist heutzutage peinlich, das zuzugeben. Ich muß mir wohl eine Arbeit suchen, aber ich weiß überhaupt nicht, wo man da anfängt.«

Ford lachte bitter. »Man fängt mit einer Wohnung an – die Sie ja haben –, dadurch sind Sie mir schon meilenweit voraus. In dieser Stadt kriegt man keine Arbeit ohne Wohnung, zu der man natürlich erst kommt, wenn man eine Arbeit hat.« Er ging zur Tür. »Haben Sie eigentlich den Schraubenschlüssel gefunden? Ich wollte mich doch um den Hahn kümmern.«

»Ach, den habe ich wohl am Pool liegen lassen. Aber das ist jetzt unwichtig. Wir müssen erst den Kindern warme Sachen bringen – dann können wir darüber reden, wie wir uns gegenseitig helfen können.«

Sie zog ein Kinderkleid von Nina aus dem Karton. »Das hat meine Tochter an ihrem ersten Schultag getragen. Es müßte Marvella ungefähr passen. Ich suche inzwischen weiter, ob ich noch mehr für sie finde.«

Als Ford hinausgegangen war, zog Kate einen Strampelanzug heraus. Sie konnte fast spüren, wie Nina als Baby auf ihrem Schoß saß.

»Warum heben wir dieses ganze alte Zeug auf?« hatte Nina letzten Sommer gefragt, bevor sie nach Harvard abreiste. Sie hatte ihr Zimmer rigoros ausgeräumt und alle Andenken, an denen sie hing, zusammengepackt und irgendwo verstaut. »Ich hätte gern den Platz. Außerdem könnte man mit den Sachen jemand anders eine Freude machen.«

»Mir machen sie Freude, wo sie sind«, hatte Kate protestiert und daran gedacht, wie oft sie diese Kleider heruntergeholt hatte – von den handgestrickten Babypullovern über die Partykleider bis zu den modischen T-Shirts aus der Zeit, in der Nina ein Mitspracherecht bei der Auswahl ihrer Anziehsachen gefordert hatte. Sie sah Nina in jedem Aufzug vor sich, und dann kamen ihr die Erinnerungen an die glücklichen Zeiten wieder, die sie gemeinsam verbracht hatten. Aber die glücklichen Zeiten waren vorbei, und Nina hatte eigentlich recht: Kate hatte wirklich nichts mehr von den Kleidern. Sie suchte noch ein paar Kombinationen zusammen und machte sich dann auf zum Bad.

»Nein«, kreischte Marvella, als Kate an die Tür klopfte. »Ich geh nicht raus.«

Eine verlegene Sunny öffnete Kate. »Sonst kriege ich sie kaum in die Wanne hinein, und jetzt will sie nicht mehr raus.«

Marvella hatte das Wasser schon ausgelassen und rutschte von einer Seite auf die andere.

»Lassen Sie sie doch spielen«, sagte Kate. »Ich habe noch Kleider für dich gefunden, Marvella«, fügte sie hinzu und gab Sunny die Sachen.

»So, Marvella«, sagte Sunny, während sie ein Handtuch aufhielt. »Jetzt komm raus und zieh dich an. Wir müssen gehen.«

»Wohin denn?« fragte Marvella erschrocken.

»Zurück, wo wir herkommen«, erwiderte Sunny. »Da, wo wir hingehören.«

»Da gehören wir aber nicht hin.« Marvella brach in Tränen aus. »Da ist es dreckig und scheußlich, und man hat nie genug warmes Wasser zum Baden. Außerdem stinkt es.« Und sie unterbrach ihr Geheul lang genug, um sich die Nase zuzuhalten.

»Würdest du denn gern hierbleiben?« fragte Kate vorsichtig, wobei sie Sunny anschaute.

»Au ja, bitte«, rief Marvella. »Dürfen wir dann nochmal Marshmallows rösten?«

»Nein«, sagte Sunny scharf. »Kein Mensch kann uns von unseren Kindern trennen.«

»Natürlich nicht.« Kate faßte Sunny beruhigend an der Schulter, spürte aber, wie sie dabei steif wurde. »Ich meine doch, daß alle hier übernachten sollen, die ganze Familie.«

»Bloß einmal übernachten?« Marvella klang enttäuscht. »Ich wohne hier ganz allein«, sagte Kate. »Ich habe genug Platz. Ihr könnt so lang bleiben, wie ihr wollt.«

Inzwischen hatte sich die Kleine fertig abgetrocknet und zog sich an, so schnell sie konnte. »Wo schlafe ich?« fragte sie und stolperte vor Aufregung fast über ein Handtuch. »Du kriegst das Zimmer meiner Tochter«, sagte Kate. »Sie ist schon erwachsen. Soll ich es dir zeigen?« Sie streckte Marvella die Hand entgegen, die sie sofort zur Tür hinaus ziehen wollte. »Aber erst müssen wir fragen, ob es deiner Mutter auch recht ist.«

Sunny nickte und bemühte sich zu lächeln. »Ich weiß nicht, warum Sie das tun, aber vielen Dank.«

Kate ließ Marvella in Ninas Zimmer beim Kleideranprobieren und machte sich auf die Suche nach Ford. Der verletzte Stolz in Sunnys Blick ging ihr nicht mehr aus dem Sinn. Seit dem Moment, als Fords Auto vor ihrer Haustür stehengeblieben war, hatte sie auf ihren Instinkt vertraut. Aber wie weit würde der sie noch bringen? Sie erschrak bei dem Gedanken daran, wie tief sie sich schon in das Schicksal dieser Familie verstrickt hatte. Wenn sie nun tatsachlich übernachteten, dann wäre ihr Leben untrennbar mit dem dieser vier Menschen verbunden. Es gäbe kein Zurück mehr. Sie holte tief Luft und hielt sich am Geländer fest, während sie die Treppe hinunterstieg. Sie mußte Ford finden. In seiner Gegenwart erschien ihr sicher alles wieder einfach, klar und richtig.

Erschrocken fiel ihr auf, daß in Cliffs Arbeitszimmer Licht brannte – als ob sie irgendwie an seine Existenz erinnert werden sollte. Was würde wohl passieren, wenn er jetzt überraschend heimkäme und in jedem Zimmer einen wildfremden Menschen antreffen würde? Der Gedanke amüsierte sie. Kate steckte den Kopf ins Arbeitszimmer.

Auf der Couch lümmelte sich Joe Wayne in Cliffs Bademantel. Der Fernseher lief, und er schaltete alle paar Sekunden mit der Fernbedienung das Programm um. Kate schlich sich lächelnd und auf Zehenspitzen wieder davon, ohne daß Joe Wayne sie bemerkt hätte.

Sie mußte daran denken, wie sich Cliff damals über den Fernseher gefreut hatte – das Studio hatte ihm das Gerät zu Weihnachten geschenkt. Cliff sah am liebsten allein fern, und deshalb kaufte er ihr einen eigenen Apparat fürs Schlafzimmer. Sie fand die meisten Sendungen aber langweilig und schaltete ihn kaum an.

Cliff dagegen zog sich jeden Abend nach dem Essen in sein Arbeitszimmer zurück, um »seine Hausaufgaben zu machen« (wie er es Kate gegenüber nannte). Meistens kam sie allerdings spät abends noch einmal herunter, und dann war er eingenickt, mit der Fernbedienung in der Hand und vor dem laufenden Gerät.

Im Rückblick fragte Kate sich jetzt, ob nicht dieser Fernseher mit Fernbedienung den Anfang vom Ende ihrer Ehe ins Haus gebracht hatte. Wenn ein Mann ein kompliziertes elektronisches Gerät per Knopfdruck kontrollieren konnte, dann verging ihm womöglich bald die Lust, auf die Verständigung mit seiner Frau mehr Mühe zu verwenden.

Aber vielleicht empfand Cliff dasselbe angesichts der vielen glitzernden Gerätschaften in ihrer Küche, dachte Kate, als sie das Licht in der Küche anknipste – Nudelmaschine, Küchenmaschine, Mikrowellenherd. Ein Knopfdruck, und man fühlte sich wie Superwoman. Die Maschinen verdarben einen tatsächlich für die Mühe, die man in Beziehungen zwischen Menschen stecken muß. Das Klimpern eines Reißverschlusses im Wäschetrockner gesellte sich friedlich zu ihren Gedanken – bis ihr auffiel, daß sie heute eigentlich überhaupt nicht gewaschen hatte. Sie machte die Trocknertür auf, und die Kleider, die Joe Wayne und Marvella heute den ganzen Tag getragen hatten, fielen zu einem kümmerlichen Häuflein zusammen.

Ford mußte die nassen Kinderkleider kurzerhand in den Trockner gesteckt haben. Daß er das einfach ohne zu fragen getan hatte, rührte Kate. Er fühlte sich also schon zu Hause.

Sie entspannte sich innerlich. Egal, was für Konsequenzen ihre Einladung seiner ganzen Familie haben mochte, es tat ihr nicht leid. Im Moment jedenfalls nicht. Sie mußte Ford jetzt suchen und ihm erklären, daß sich schon alles lösen würde. Wo war er denn hingegangen? Sie sah aus dem Fenster. Das Auto stand immer noch vor dem Briefkasten, als wollte es sagen: »Jetzt, wo ich endlich einen festen Platz habe, rühre ich mich keinen Zentimeter mehr.«

Ein Geräusch aus dem Bad oben verriet ihr, wo er war. Er hatte den Schraubenschlüssel gefunden und den Hahn repariert.

»Sie brauchen nicht einmal neue Armaturen«, sagte er stolz und drehte das Wasser zum Beweis voll auf. »Es war bloß eine Muffe locker.«

»Wissen Sie eigentlich, wieviel mich dieselbe Erkenntnis bei einem Klempner gekostet hätte?« fragte sie lächelnd. »Ich kann Ihnen auch einen neuen Spiegel einsetzen«, sagte Ford. »Dann ist Ihr Bad so gut wie neu.«

»Es ist jetzt Ihr Bad«, sagte Kate. »Ich gebe Ihnen und Sunny das große Schlafzimmer.«

Ford starrte sie an. »Das verstehe ich nicht.«

Kate erklärte es langsam und sachlich. »Es ist doch ganz einfach. Sie brauchen ein Haus, und ich brauche jemanden, der sich um dieses hier kümmert.« Und um mich, dachte sie im stillen, während sie ihn mit den Blicken anflehte, nicht aus lauter Stolz ihr Angebot auszuschlagen. »Ich kann Ihnen nichts bezahlen, aber ich kann das, was ich habe, mit Ihnen teilen – dieses Haus und alles, was dazugehört.«

»Warum tun Sie das?« fragte Ford. »Sie kennen uns doch nicht einmal.«

»Die Menschen, die ich kenne, brauchen meine Hilfe nicht«, erwiderte Kate. »Ich habe schon seit langem für niemanden mehr etwas tun können. Wenn ich Ihnen helfen könnte, dann wüßte ich wenigstens wieder, warum ich morgens aufstehe.«

»Helfen? Das Leben würden Sie uns damit retten«, sagte Ford. Er setzte sich schwer auf den Badewannenrand.

Kate wollte nichts lieber, als ihn in die Arme nehmen und ihm beteuern, daß er das Schlimmste hinter sich hätte, daß die Zukunft zwar ungewiß sei, aber auf alle Fälle rosiger als die Zeit, die er bis jetzt durchgemacht hatte. Seine Schultern bebten. Er kam ihr vor wie ein Soldat, dem die Greuel der Schlacht erst dann richtig zu Bewußtsein kamen, wenn er wieder zu Hause in Sicherheit war. »Es wird alles wieder gut«, sagte Kate sanft und legte ihm die Hand auf die Schulter. »Viel kann ich Ihnen nicht geben, aber immerhin eine Wohnung.«

Ford nahm ihre Hand und drückte sie an seine Lippen, ohne aufzuschauen. Schließlich ließ er sie wieder los und stand auf. »Die Wohnung können wir annehmen«, sagte er mit einem Lächeln, »aber nicht Ihr Schlafzimmer. Wir haben Schlafsäcke im Auto, die können wir im Wohnzimmer auf dem Boden ausbreiten, und morgens rollen wir sie dann zusammen, so daß Sie überhaupt nicht merken, daß wir da sind.«

»Ich möchte es aber merken«, sagte Kate. »Ich möchte bei jedem Zimmer in diesem Haus spüren, daß es benützt wird. Seitdem ich hier allein wohne, habe ich immer ein schlechtes Gewissen. So viel Platz für einen einzigen Menschen – das hat doch keinen Sinn. Mein ganzes Leben hier hat eigentlich keinen Sinn. Ich brauche Sie, damit es wieder einen Sinn bekommt. Vielleicht brauche ich Sie sogar mehr als Sie mich. So, und jetzt kommen Sie, ich möchte Ihnen das Zimmer zeigen.«

»Aber Sunny . . .«, bemerkte Ford besorgt, als Kate das Licht im Schlafzimmer einschaltete.

»Sunny hat bereits zu allem ja gesagt – wenn es das ist, worüber Sie sich Gedanken machen«, beruhigte ihn Kate, während sie frisches Bettzeug aus dem Schrank nahm und anfing, das Bett abzuziehen.

»Sie haben Sunny schon gefragt?« Ford schien überrascht.

»Eigentlich eher Marvella, wenn man es genau nimmt.« Kate lachte. »Sunny war bloß zufällig im selben Zimmer.«

»Wo ist sie denn jetzt? Ich bespreche lieber alles mal mit ihr.«

»Vorhin war sie noch im Bad«, sagte Kate.

Als sie allein war, nahm Kate einen Koffer aus dem Wandschrank. Sie hatte ihn in der Woche zuvor gepackt, um jederzeit sofort mit Cliff nach Kanada fliegen zu können. Als er dann ohne sie abgereist war, hatte sie es nicht fertiggebracht, ihn gleich wieder auszupacken. War das tatsachlich erst ein paar Stunden her?

Nun verstaute sie schnell ihre Kleider, klappte den leeren Koffer entschlossen zu, als würde sie damit ein Kapitel aus ihrem Leben abschließen, und steuerte auf die Diele zu, um ihn außer Sichtweite zu verstauen. An der Tür blieb sie stehen und sah sich noch einmal um, als wollte sie sich von dem Zimmer verabschieden. Plötzlich machte sie den Deckel wieder auf und stopfte Bücher und Photos vom Nachttisch, Papiere von ihrem Schreibtisch, Kleider aus dem Schrank und den Waschbeutel, den sie für die Reise gepackt hatte, in den Koffer. Dann blickte sie sich ein allerletztes Mal im Zimmer um und ging mit dem Koffer die Treppe hinunter.

Marvella kam ihr nachgerannt – in einem abenteuerlichen Aufzug, den sie sich aus Ninas alten Sachen zusammengebastelt hatte. »Wo wollen Sie denn hin?« rief sie. »Sie dürfen uns doch in diesem Haus nicht alleinlassen!«

Kate setzte den Koffer ab und nahm Marvella in die Arme. »Ich ziehe um«, sagte sie, »aber bloß in ein anderes Zimmer. Das heißt, falls Joe Wayne sich überreden läßt, aus dem Arbeitszimmer wieder rauszugehen.«

»Es ist doch Ihr Haus«, sagte Marvella. »Da müssen wir tun, was Sie sagen. Oder?« fügte sie vorsichtshalber hinzu. »Daddy hat jedenfalls gesagt, wir müssen Ihnen folgen.«

»Wenn wir hier alle zusammen wohnen wollen, dann muß jeder auf den anderen ein bißchen Rücksicht nehmen«, sagte Kate. »So, und jetzt gehen wir zu Joe Wayne. Für den habe ich nämlich eine Überraschung.«

Kate stand mit den Kindern in der Tür, die von der Küche in ein Zimmer führte, das ursprünglich als Dienstmädchenzimmer gedacht war, aber nie als solches genutzt wurde. Es war bescheiden eingerichtet: ein Bett, ein Tisch und eine Kommode. »Joe Wayne, was hältst du von einem eigenen Zimmer, ganz für dich allein?«

»Es ist ziemlich abgelegen von allen anderen«, erwiderte er mit einem sehnsüchtigen Blick in Richtung Arbeitszimmer. »Ich bin schon fast auf der Couch eingeschlafen. Die ist ja sehr bequem. Eigentlich ist mir ein Fernseher wichtiger als ein Bett.«

Kate ging an die Küchentheke und steckte den kleinen Fernseher neben dem Herd aus.

»Würde dir der genügen?« fragte sie, stellte ihn gleichzeitig auf ein Tischchen am Fußende des Bettes und steckte ihn ein.

»Heißt das, ich kriege meinen eigenen Fernseher, und dann kann ich ganz allein entscheiden, was ich anschauen will?« Joe Wayne machte große Augen.

Marvella kam ins Zimmer gelaufen. »Siehst du, Joe Wayne, ich hab dir doch gesagt, daß es uns hier gefällt.«

Joe Wayne legte sich aufs Bett und streckte den Fuß nach dem Fernseher aus.

»Was machst du denn da?« rief Marvella.

»Ich probier bloß was aus.« Grinsend schaltete er den Fernseher mit der großen Zehe ein. »Da kann man sich die Fernbedienung sparen.«

Im Bad wurde Ford langsam ungeduldig. »Erst willst du nicht aus dem Auto aussteigen, und jetzt kommst du nicht aus der Badewanne.«

Sunny lehnte sich zurück und machte die Augen zu. »Weißt du, wie lang ich schon nicht mehr in der Wanne liegen konnte – so lang ich will, ohne daß einer an die Tür trommelt, daß er jetzt an der Reihe ist? Außerdem habe ich womöglich so schnell nicht wieder die Gelegenheit.«

»Du kannst heute abend nochmal rein und morgen früh gleich wieder, wenn du Lust darauf hast«, sagte Ford aufgebracht. »Wir bleiben hier. Wir wohnen jetzt in diesem Haus. Das hat sie dir gesagt, und ich hab's dir gesagt, also glaub es endlich.«

»Ich verstehe einfach nicht, warum sie das macht«, beharrte Sunny stur.

»Sie will uns helfen.«

»Sie will einen Mann im Haus. Und zwar so dringend, daß sie sogar seine ganze Familie mit aufnimmt.«

»Deine Schwester hat uns ein halbes Jahr bei sich

wohnen lassen, bevor wir nach Kalifornien gegangen sind. Das fandst du nie so schlimm.«

»Das ist ja auch meine Schwester. Verwandte sind was anderes«, sagte Sunny, während sie sich ein Handtuch um den Kopf wickelte.

»Da, zieh den Bademantel an.« Ford nahm einen dikken, weißen Frotteebademantel vom Haken an der Tür und hielt ihn Sunny auf.

»Ist das ihrer?«

»Es ist ihr Bad, also wird das wohl nicht der von ihrer Nachbarin sein. Aber wenn sie uns schon ihr Schlafzimmer überläßt, dann hat sie wohl auch nichts dagegen, daß du ihren Bademantel anziehst.«

»Ihr Schlafzimmer?« Sunny starrte Ford ungläubig an. »Sie zieht aus ihrem Zimmer aus? Wie kommt sie denn dazu?«

»Tja . . .« Ford zögerte. Das gleiche hatte er sich nämlich auch gefragt. »Wir sind zu zweit, und sie ist allein. Vielleicht steckt gar nicht mehr dahinter.«

»Sie hat doch schon so viel getan. Ich frage mich bloß, was sie dafür von uns will«, sinnierte Sunny, schlüpfte widerwillig in den Bademantel und band sich den Gürtel um.

»Ich bin mir nicht sicher, ob sie überhaupt etwas will«, mußte Ford zugeben.

»Das macht mich ja gerade so mißtrauisch«, sagte Sunny und ging Ford zögernd ins Schlafzimmer nach.

10

Ford träumte, er sei wieder auf der alten Familienfarm. Er betrachtete sie nie als sein Eigentum – nicht einmal, nachdem sein Vater gestorben war und er sie allein bewirtschaften mußte. Für seine Begriffe verwaltete er sie nur treuhänderisch, so wie sein Vater das für ihn getan hatte und sein Großvater für seinen Vater. »Eine Bank kann pleite machen«, hatte sein Vater immer gesagt, »aber das Land läßt einen nie im Stich.«

Er spürte den Wind im Gesicht, während er mit dem Traktor über die Äcker fuhr, über Acker, die ihm gehörten, so weit das Auge reichte.

»In diesem Land braucht man kein Geld auf der Bank, um sich reich zu fühlen«, hatte sein Vater gesagt, als er noch mehr Maschinen kaufte und noch ein Darlehen aufnahm, um den Betrieb zu modernisieren. »Für das, was wir verkaufen, wird es immer Abnehmer geben. Die Zeiten können noch so schlecht sein, essen müssen die Leute immer . . .«

Ford wälzte sich unruhig im Schlaf hin und her. Ganz hinten in seinem Unterbewußtsein lauerte ein dunkler Schatten, aber den ließ er einfach nicht an sich heran. Die Sonne stand nämlich hoch am Himmel. Schützend legte er die Hand über die Augen und blinzelte in die Ferne, dann strahlte er plötzlich auf. Sunny trat gerade mit einem Korb unter dem Arm aus dem Farmhaus.

Ford fuhr an den Ackerrand und stellte seinen Traktor in einem Eichenwäldchen ab. Er sprang vom Sitz und ging auf die Trauerweiden am alten Mühlenteich zu.

Sunny kam näher, in einer karierten Bluse und einem

weiten Rock, der ihre schwellenden Konturen nicht verbergen konnte. Er legte ihr die Hand auf den Bauch. »Wie fühlst du dich, mein Schatz?«

»Fett«, erwiderte sie.

»Ich bringe eben alles gern zum Sprießen«, flüsterte er, während er ihr die Bluse von den Schultern schob. »Und von dir konnte ich noch nie die Pfoten lassen, mein Engel.«

»Weshalb wir dann auch heiraten mußten«, erinnerte sie ihn.

»Aber die Mutter meines Kindes reizt mich sogar noch mehr als meine Jugendliebe«, murmelte er und drückte sie an sich.

Ford warf sich im Schlaf herum und tastete nach Sunny, doch der Platz neben ihm war leer. Verwirrt schlug er die Augen auf. Er mußte wohl noch träumen. Über ihm wölbte sich ein Baldachin aus Frühlingsblumen, und derselbe geblümte Stoff blähte sich als Vorhang an einer Balkontür. Ford sprang aus dem Bett und lief ans Fenster. Ein Platscher vom Swimmingpool her ließ ihn erschrocken auf den Balkon hinausstürzen. Dort fiel ihm ein, daß er nichts anhatte, er hechtete zurück aufs Bett, schnappte sich den Bademantel und trat wieder auf den Balkon. Man konnte jedoch den Swimmingpool durch die dichten, grünen Äste kaum erkennen. Die Jahreszeiten hier in Kalifornien kamen ihm seltsam vor. Für ihn gehörten zum Dezember kahle, schwarze Äste über weißen, schneebedeckten Akkern. Aber hier stand offensichtlich am zweiten Weihnachtsfeiertag die Natur in voller Blüte.

»Ist alles klar da unten?« rief er hinunter, als er immer noch Geplansche hörte, vermischt mit ausgelassenem Gelächter. Homer kam zur Begrüßung angerannt und bellte verzweifelt zum Balkon hinauf, weil sein Herr außer Reichweite war.

»Ist ja gut, Homer, ich komme schon«, sagte Ford.

»Nachdem du vorher nicht gebellt hast, geht heute anscheinend keiner unter.«

Genau da kam ein tropfnasser Joe Wayne in Sicht. »Komm rein, Dad«, rief er. »Das Wasser ist super.«

»Habt ihr denn nicht von gestern noch genug«, sagte Ford streng. »Ihr hättet euch beinah eine Lungenentzündung geholt.«

»Kate hat gestern noch das Wasser angeheizt, damit wir heute früh baden können. Du sollst dir eine Badehose von ihrem Mann aus dem Schrank holen.«

»Wo ist Kate denn?«

»Im Wasser bei Marvella. Sie zeigt ihr, wie man ›Toter Mann‹ spielt.«

Ford lachte. »Na, dann geh mal schnell zu den beiden zurück. Hoffentlich ist das Wasser wärmer als die Luft hier, sonst seid ihr gleich alle tote Männer.«

»Es ist ganz toll, Dad«, beruhigte ihn Joe Wayne. »Wie in einer riesigen Badewanne – bloß braucht man sich nicht die Ohren zu waschen.«

»Klingt ganz nach meinem Geschmack«, sagte Ford.

Er ging ins Zimmer zurück und starrte auf das das leere Bett. Wo war Sunny in aller Herrgottsfrühe schon hingegangen? Dann sah er ungläubig auf die Uhr. Zehn? Das konnte doch nicht sein.

So lange hatte Ford noch nie geschlafen – obwohl er als Kind, wenn sein Vater ihn um vier Uhr morgens zum Melken wachrüttelte, immer davon geträumt hatte, einmal bis mittag liegenbleiben zu dürfen. Von Geld oder Ruhm hatte er nie geträumt. Auf der Farm hatte er alles, was er brauchte, und er mochte die schwere Arbeit – wenn sie ihm bloß ein bißchen mehr Zeit zum Ausschlafen gelassen hätte. Beim Melken schlief er regelmäßig beinahe wieder ein, den Kopf an die warme Kuhflanke gelehnt und vom gleichförmigen Rhythmus eingelullt, mit dem der Milchstrahl in den Eimer schoß.

Im letzten Jahr, nachdem sie die Farm verloren hatten, mußte er natürlich nicht jeden Tag vor Sonnenaufgang aufstehen. Es gab ja nichts zu tun, er hätte genausogut den ganzen Tag im Bett bleiben können. Doch vor lauter Sorgen konnte er nicht mehr ruhig schlafen – eigentlich nie mehr als vier Stunden am Stück.

Letzte Nacht dagegen ... Er sah noch einmal auf die Uhr. Um neun hatte er gestern abend das letzte Mal darauf geschaut – und kurz danach war Sunny in seinem Arm eingeschlafen. Als er sie nämlich erst einmal dazu gebracht hatte, das Schlafzimmer zu betreten, hatte sie sich in das riesige Doppelbett mit dem Baldachin gelegt und verkündet, keine zehn Pferde brächten sie da wieder heraus. »Ich wollte schon als kleines Kind immer ein Himmelbett«, sagte sie. »Die strahlen so eine Geborgenheit aus. Früher habe ich immer Bilder aus Zeitschriften ausgeschnitten und in ein Album geklebt. Ein ganzes Album voller Schlafzimmer hatte ich, und in jedem stand ein Himmelbett. In meinen Briefen an den Weihnachtsmann stand jedes Jahr »Himmelbett« ganz oben, aber ich habe nie eines gekriegt. Ich weiß noch, wie mich meine Mutter einmal ganz ernst beiseite nahm und sagte, sie hätte eine Überraschung für mich. Ich bin vor lauter Vorfreude fast übergeschnappt, denn bestimmt wollte sie mir eröffnen, daß ich endlich ein Himmelbett kriegen würde. Aber dann hat sie mir bloß ein Schwesterchen angekündigt.« Sie ließ sich in die Kissen sinken und schaute vergnügt zu dem geblümten Stoffhimmel über sich hinauf. »Selbst wenn wir morgen hier wieder weg müssen, hat sich wenigstens mein Herzenswunsch erfüllt.«

»Jetzt hab doch endlich keine Angst mehr, Schatz.« Ford legte sich neben sie und ließ die Hand unter den Bademantel gleiten. »Wir dürfen so lange hierbleiben, bis wir wieder einigermaßen auf die Beine kommen. Ich habe dir doch gestern abend versprochen, daß ich mich um dich kümmere.«

»Ach, Ford.« Sunny erschauerte wohlig unter seiner Berührung.

Das Vergnügen, das sie an ihm empfand, und das zu zeigen sie sich nie schämte, hatte ihn ursprünglich zu ihr hingezogen. Da war sie so ganz anders als seine Mutter, die sich ihrem Vater immer verweigerte, sobald er ihr irgend etwas nicht recht machte.

Ford mußte immer noch daran denken, wie sein Vater einmal unerwartet in die Scheune kam und ihn beim Onanieren im Heu erwischte. Rot vor Scham, hatte Ford die Augen zugekniffen und wäre am liebsten in den Erdboden verschwunden.

»Schon gut, mein Sohn«, sagte sein Vater sanft, setzte sich neben ihn und legte ihm freundlich den Arm um die Schultern. »Ich weiß, daß deine Mutter nicht damit einverstanden ist, aber sie treibt mich auch mindestens einmal in der Woche dazu.«

»Wenn ich erst verheiratet bin«, sagte Ford, »dann tu ich es nie wieder.«

»Vielleicht nicht«, sagte sein Vater. »Aber zum Glück für alle Männer, die ihrer Frau treu bleiben wollen, verlernen sie nie, wie es geht. Und ich sag dir eines, mein Sohn, es gibt Zeiten, da versteht dich die Frau in deiner Phantasie besser, als die in deinem Bett.«

»Dad, kann ich heute abend das Auto nehmen«, fragte Ford, um das Thema möglichst schnell zu wechseln.

»Sie ist noch ziemlich jung – und du verstrickst dich ziemlich tief da rein«, warnte ihn sein Vater, als er ihm die Schlüssel überreichte.

»Ich weiß nur eines. Wenn ich bei ihr bin, dann fühle ich mich einfach zu Hause«, erwiderte Ford.

Und das stimmte. Ford hatte noch nie so ein Mädchen wie Sunny kennengelernt. Die meisten seiner früheren

Freundinnen kamen auch von einer Farm und konnten es nicht erwarten, endlich in die Stadt zu ziehen. Sunny wohnte in der Stadt, in einer engen Wohnung über dem kleinen Laden ihrer Eltern. Als Ford sie zum ersten Mal mit auf die Farm nahm, rannte sie von Baum zu Baum wie ein Kind, das man in die Sommerferien entläßt, berauscht von der endlosen Weite. »Stell dir vor, man schaut aus dem Fenster und sieht nichts als Felder und Bäume, die einem selber gehören«, sagte sie. »Auf so einer Farm wäre ich für immer wunschlos glücklich.«

Sie freute sich sogar darauf, daß sie das Farmhaus mit seinen Eltern teilen würden, genauso wie seine Eltern damals am Anfang ihrer Ehe es mit seinen Großeltern geteilt hatten. »Sie können uns beim Kinderhüten helfen«, sagte sie. »Ich möchte nämlich einen ganzen Stall voll.«

»Den brauchen wir auch bei der vielen Arbeit hier«, grinste Ford.

Also heirateten sie am Tag, nachdem Sunny ihr Highschool-Examen bestanden hatte. Fünf Monate später wurde Joe Wayne geboren.

Ihre Pläne für eine große Familie verflogen bald, denn sie mußten sich für die Farm immer mehr verschulden. Als vier Jahre später immerhin eine kleine Tochter auf die Welt kam, nannte ihr überglücklicher Vater sie Marvella, weil sie ihm vorkam wie ein Wunder. Sunny sah allerdings wenig Grund zur Freude darüber, daß nun noch ein Esser mehr mit am Tisch saß. Ihre finanzielle Situation wurde zusehends schwieriger, weil es galt, die drückenden Kredite zurückzuzahlen. Als ob sie sich geschlagen geben würde, kam seine Mutter mit Krebs ins Krankenhaus und starb noch im selben Jahr. Ihren Nachkommen hinterließ sie ein paar Antiquitäten und einen Stapel unbezahlter Rechnungen.

Fords Vater verfiel zu einem bloßen Schatten seiner selbst. Als er ein Jahr nach seiner Frau an einem Herzanfall starb, war Ford fast froh, daß er ihn nun so in Erinnerung behalten konnte, wie er früher war, und nicht jeden Tag mitansehen mußte, was das Leben aus ihm gemacht hatte. Ford und seine Familie arbeiteten jeden Abend länger, um aus der Farm das Nötige herauszuwirtschaften, aber schließlich konnten sie nicht einmal mehr die Kreditzinsen abzahlen. An dem Tag, als die Farm versteigert wurde, ging Ford zu seinem Vater ans Grab und verwünschte ihn für den blinden Optimismus, der ihn so tief in die Schulden geführt hatte. Dann fiel er auf die Knie und dankte Gott dafür, daß er seinem Vater den Anblick erspart hatte, wie sein geliebtes Land in fremde Hände überging.

Sunny zog mit Joe Wayne und Marvella wieder in die Wohnung über dem Laden, wo inzwischen ihre Schwester mit ihrem Mann und vier Kindern wohnte. Sie hatte auf ihren Anteil am Laden verzichtet, als sie Ford geheiratet hatte und auf die Farm gezogen war. Jetzt mußten sie in der Wohnung noch enger zusammenrükken als zu Sunnys Kinderzeit. Damals hatte sie wenigstens ein eigenes Bett gehabt und zusammen mit ihrer Schwester ein Zimmer; jetzt mußte sie und ihre Familie im Wohnzimmer auf dem Boden schlafen.

Ford betrat abends erst die Wohnung, wenn alle außer Sunny eingeschlafen waren, und in der Früh ging er, bevor die anderen aufwachten. Er konnte nicht mitansehen, wie mitleidig Sunny von ihrer jüngeren Schwester behandelt wurde. Jeden Tag fuhr er kilometerweit auf Jobsuche, doch anscheinend bestand inzwischen ganz Iowa aus arbeitslosen Farmern.

Nach sechs Monaten Flüchtlingsdasein, in denen sie auf die immer unwilliger gewährte Barmherzigkeit seiner Schwägerin angewiesen waren, entschloß sich Ford zu einem letzten verzweifelten Wagnis, nämlich mit seiner Familie und ihrer spärlichen Habe westwärts zu fahren nach Kalifornien, wo wenigstens das Wetter gnädiger war.

Wie eine Fata Morgana hatte die Aussicht auf Arbeit sie in den fernen Westen gelockt, doch am Ziel lösten sich alle Hoffnungen in nichts auf. In Kalifornien schlossen die Fabriken und überschwemmten den Markt mit arbeitslosen Facharbeitern, die noch dazu den Heimvorteil hatten und als erste erfuhren, wenn es irgendwo wieder Arbeit gab. Ein Farmer von auswärts hatte da keine Chance.

Ford warf einen Blick auf das Himmelbett und seufzte. Das ganze letzte Jahr war er täglich darauf gefaßt gewesen, daß Sunny ihm erklärte, es reiche ihr, sie nehme jetzt die Kinder und würde ihn endgültig verlassen. Doch sie blieb trotz aller Schwierigkeiten bei ihm, und wahrscheinlich hatte genau die Verantwortung für seine Familie ihn aufrechterhalten. Wenn Sunny und die Kinder nicht jeden Tag aufs neue von ihm ein Wunder zu ihrer Rettung erwartet hätten, dann hätte er nie die Kraft aufgebracht, immer wieder nach einem Job zu suchen, den es offensichtlich nicht gab.

Erst als er die Familie hierher brachte, wo er seinerseits fast wieder an eine Zukunft glauben konnte, war Sunnys blindes Vertrauen in ihn geschwunden. Zum ersten Mal im Leben hatte sie sich seiner Führung nur widerwillig überlassen.

Und gestern nacht im Bett hatte sie mit ihrem stürmischen Verlangen eine vollkommene, rückhaltlose Hingabe seinerseits eingefordert – als ob sie seinen Wert als Mann noch einmal taxieren wollte, bevor sie endgültig ihr Urteil über sein Versagen fällte.

Wenn er sich die Wortfetzen noch einmal ins Gedächtnis rief, die ihr in der kurzen Spanne zwischen Liebesakt und Schlaf anscheinend fast gegen ihren Willen herausgerutscht waren, erfaßte ihn eine böse Vorahnung.

»Versprich mir, daß du auf die Kinder hier gut aufpaßt. Du bist so arglos. Du siehst Gefahren nicht voraus.« Er hatte das auf die Sache mit dem Swimmingpool bezogen, aber wenn er sich jetzt die Worte noch einmal durch den Kopf gehen ließ, dann schwang noch etwas anderes darin mit: als ob sie sich irgendwie aus den Fesseln der Familie lösen wollte.

Verzweifelt fing er an, das Schlafzimmer nach irgendeinem Anzeichen zu durchsuchen, daß sie nur aus diesem Raum verschwunden war – nicht aus dem Haus und nicht aus seinem Leben. Aber die Kleider, die sie gestern abend ordentlich auf dem Stuhl zusammengelegt hatte, waren fort – genauso wie die Handtasche, die Kate ihr geschenkt hatte, in der sich genügend Bargeld für ein Busticket nach Iowa befand, wie Ford plötzlich siedendheiß einfiel.

Er rannte auf die Diele und riß sämtliche Türen auf – Wandschränke, Bäder und das Zimmer, das Kate seiner Tochter gegeben hatte. Am Fußende des Bettes lagen lauter Stofftiere durcheinander. Die mußte Kate aus alten Kisten herausgesucht haben, damit Marvella sich zu Hause fühlte.

Er strich die Daunendecke glatt und spürte plötzlich wieder die anheimelnde Geborgenheit, die dieses Haus an allen Ecken und Enden ausstrahlte. Seine Kinder merkten das auch, sonst hätten sie sich nicht so schnell eingewöhnt. Warum war Sunny nicht hier und mit ihnen zusammen glücklich?

Er lief die Treppe hinunter. Sicher hatte sie irgendwo eine Spur hinterlassen. Im Arbeitszimmer türmten sich noch Kissen und Decken auf der Couch, auf der Kate geschlafen hatte. Mein Gott, sie hat ja nicht einmal ein Bett hier drinnen, schoß es Ford durch den Kopf.

Joe Waynes Kleider lagen in der Kammer neben der Küche auf dem Boden verstreut. Ich muß ein Wörtchen mit ihm reden, wie man mit seinen Sachen pfleglich umgeht, dachte Ford, während er die Sachen aufhob und aufs Bett legte – doch dann fiel ihm ein, wie lang es schon her war, daß einer von ihnen etwas besessen hatte, worauf er stolz sein konnte. Dieses neue Leben mußte erst geübt werden.

Der Duft nach frisch aufgebrühtem Kaffee zog Ford in die Küche.

Auf dem Tisch stand ein Korb mit warmen Brötchen und eine Krug Orangensaft. Vielleicht war Sunny bloß früh aufgestanden und hatte Frühstück gemacht. Ford entspannte sich. Wahrscheinlich war sie draußen im Garten und paßte auf die Kinder auf.

Er trat hinaus. Das nasse Gras unter seinen bloßen Füßen fühlte sich weich und heimelig an. Eine Frau, die aussah, als hätte sie nichts an, tauchte aus dem Wasser auf und ging auf ihn zu. Kate!

Er erkannte sie kaum – mit hochgesteckten Haaren und im pfirsichfarbenen Bikini. Sie hatte alles andere als eine perfekte Figur. Sie war sogar viel umfangreicher, als er gedacht hätte. Gestern in ihrer gutsitzenden Hose und dem eleganten Pullover hatte sie wie eine Filmschauspielerin auf ihn gewirkt – oder wenigstens wie jemand, der es gewohnt ist, sich für ein Publikum zurechtzumachen. Alle Details hatten gestimmt. Ihr aschblondes Haar hatte das Gesicht schmeichelnd umrahmt, und ein gekonntes Make-up erweckte den Anschein, sie sei so jung wie er. Im Tageslicht und ungeschminkt sah er nun, daß sie mindestens fünf Jahre älter war. Aber daß sie sich einfach so zeigte, wie sie war, machte sie irgendwie liebenswert.

»Guten Morgen«, sagte sie. »Ich freue mich, daß Sie es so lang im Bett ausgehalten haben.« Sie lächelte ihn herzlich an.

»Wer steht aus so einem Bett schon freiwillig auf?« Er lächelte zurück und bemühte sich, ihr ins Gesicht zu sehen und nicht auf ihre üppigen Formen, die sie seinen Blicken so offen darbot.

Marvella kam auf ihn zugerannt. »Komm, Daddy, schau, wie ich schwimmen kann«, japste sie aufgeregt und zerrte an seinem Bademantelgürtel.

»Nachher, mein Schatz.« Ford fiel plötzlich ein, daß er unter dem Bademantel nichts anhatte.

»Haben Sie schon gefrühstückt?« fragte Kate. »Ich habe Rosinenbrötchen gemacht.«

»Ach so. Ich dachte, Sunny . . .« Er schwieg abrupt.

»Wir haben noch nichts gegessen«, erklärte Kate. »Wir wollten erst schwimmen. Möchten Sie mit uns frühstükken? Oder wollen Sie lieber auf Sunny warten?«

Ford starrte sie nur an.

»Sie ist nicht da«, sagte er schließlich. »Ich habe sie im ganzen Haus gesucht.«

»Na, weit kann sie nicht sein«, sagte Kate. »Ihr Auto steht immer noch vor dem Haus. Vielleicht ist sie einfach spazieren gegangen?«

»Warum sollte sie das? Allein weggehen, wenn wir doch alle hier sind?«

Kate war verstörter, als sie zugeben wollte. »Ich habe niemanden rausgehen hören, und ich bin ziemlich früh aufgestanden, um die Rosinenbrötchen zu backen.«

Ford faßte sie am Kinn und drehte ihr Gesicht zu sich, so daß sie seinem Blick nicht ausweichen konnte. »Nicht deshalb, sondern weil Sie auf dieser Couch nicht richtig schlafen konnten, geben Sie's zu.«

Kate schüttelte den Kopf und drehte sich weg. »Nein. Ich hätte gestern sowieso auf dieser Couch übernachtet, auch wenn niemand sonst im Haus gewesen wäre. Das Zimmer gehört meinem Mann. Da geht er hin, wenn er arbeiten will und wenn er allein sein will.«

Sie redet von ihm, als wäre er noch im Haus, dachte Ford.

»Er ist so oft auf dieser Couch eingeschlafen«, fuhr Kate fort. »Ich dachte, wenn ich mich da hinlege, dann spüre ich ihn irgendwie. Und kann mir vormachen, er liegt neben mir.«

Was mußte das für ein Mann sein, der so eine Frau verließ, fragte sich Ford. Sie schüttete ihm genauso selbstverständlich ihr Herz aus, wie sie sich im Bikini vor ihn hinstellte. »Ich ziehe mich mal lieber an«, sagte er in der Hoffnung, sie würde das auch tun.

Im Schlafzimmer allein, zog Ford den Bademantel aus und warf ihn übers Bett. Er dachte daran, wie Kate hier nächtelang allein lag, während ihr Mann auf der Couch unten einschlief.

Er griff nach seiner Hose, und da flatterte ein Zettel auf den Boden. Er hob ihn auf und las, in Sunnys Kinderschrift: Lieber Ford, ich möchte nie mehr von jemand abhängig sein. Ich suche mir einen Job und komme erst zurück, wenn ich einen habe. Alles Liebe, Sunny.

11

Du läßt ihn allein im Haus?« Ruth starrte Kate ungläubig an.

»Ich habe ihn eingeladen mitzukommen, aber er wollte lieber das Bad streichen.«

»Du hast den Verstand verloren. Ganz einfach.« Ruth stand auf und wischte sich die Krümel vom Rock. Sofort stürzten sich zwei Spatzen vom Dach und machten sich über das Futter unter dem Tisch her. »Ich war seit Jahren nicht mehr auf dem Farmer's Market«, sagte Ruth und scheuchte sie weg. »Ich habe ganz vergessen, wie ländlich es hier ist.« Sie nahm ihre Handtasche und sah sich um.

»Gehst du schon?« fragte Kate überrascht. »Hast du mir sonst nichts zu sagen?«

»Doch, doch, einiges sogar«, versicherte Ruth. »Aber ich brauche einen Kaffee. Da drüben ist, glaube ich, ein Stand. Möchtest du auch einen?«

Kate nickte. »Ja bitte. Aber ich bleibe lieber mal sitzen, falls die Kinder zurückkommen.«

Ruth schüttelte den Kopf. »Hoffentlich weißt du, was du da tust.«

»Das weiß ich nicht«, sagte Kate. »Ich weiß bloß, daß ich heute so glücklich bin wie schon lang nicht mehr. Und vier andere Menschen habe ich ebenfalls glücklich gemacht. Also kann es so falsch nicht sein, was ich tue.«

Plötzlich winkte sie und rief: »Huhu, hier sind wir.«

Joe Wayne irrte durch die Tischreihen und bemühte sich, Marvella nicht merken zu lassen, daß er sich verlaufen hatte. Marvella kam mit einem tropfenden Softeis in der Hand angerannt. »Ich habe mir endlich was ausgesucht«, verkündete sie, »aber Joe Wayne weiß immer noch nicht, was er will.«

»Du hast doch nicht dein Geld verloren, oder?« fragte Kate den Jungen. Er machte die Faust auf und zeigte ihr die zusammengeknüllten zwei Dollarnoten.

Als Ruth mit dem Kaffee kam, öffnete Kate schnell ihre Handtasche und gab den Kindern je einen Fünfdollarschein. »Kauft doch noch was für eure Eltern. Pralinen oder Nüsse oder was ihr meint, daß sie mögen. Laßt euch ruhig Zeit mit dem Aussuchen. Ich bleibe hier sitzen, und wir fahren erst, wenn ihr fertig seid.«

Während die Kinder sich in Richtung Bonbonstand trollten, trank Kate einen Schluck Kaffee und wappnete sich für Ruths nächste Attacke.

»Kennst du eigentlich Hillary und Tom Mackintosh?« fragte Ruth.

Kate war überrumpelt. »Ihr habt uns wohl mal vorgestellt, aber ›kennen‹ wäre übertrieben. Wieso denn?«

»Die sind von New York hierher gezogen, als er ein Theaterstück für eine Riesensumme beim Film untergebracht hat. Sie haben sich ein großes Haus gekauft und ein asiatisches Ehepaar als Personal eingestellt – Koreaner, glaube ich. Die waren wohl erst sehr nett und unbedingt vertrauenswürdig. Hillary und Tom haben sie auch ohne weiteres allein im Haus gelassen, wenn sie wegfuhren. Und dann kamen sie eines Abends von einer Reise vorzeitig heim und mußten feststellen, daß mehr als zwanzig Leute sich in ihrem Haus einquartiert hatten vom Keller bis zum Dachboden lauter Verwandte.

»Was haben sie dann gemacht?« fragte Kate. »Das Ehepaar gefeuert?«

»Tja, das haben sie versucht«, sagte Ruth, »aber sie waren in der Minderzahl. Die ganze Asiatenhorde ist nämlich über sie hergefallen und hat sie in einen Wandschrank gesperrt. Drei Tage lang saßen sie dort fest, bis Toms Agent sich Sorgen machte, weil nie jemand ans Telefon ging. Eines haben die Schlitzaugen nämlich vergessen, bevor sie mit dem gesamten Tafelsilber abgehauen sind: den Anrufbeantworter einzuschalten.«

Kate mußte lachen, fragte dann aber doch: »Und was hat das alles mit mir zu tun?«

»Verstehst du nicht«, erklärte Ruth geduldig, »Tom und Hillary haben diese Leute angestellt und gut bezahlt, und trotzdem sind sie auf sie losgegangen. Was meinst du, wie es dir dann mit Wildfremden geht?«

»Man geht immer ein Risiko ein, wenn man sich auf Menschen einläßt«, sagte Kate. »Ob es Hausangestellte sind oder Freunde oder der Ehemann ... Man muß sich auf sein Gefühl verlassen, und ich sag dir, Ruth, dieser Mann hat so was Anständiges an sich, so was Ehrliches und Nettes.«

»Und seine Frau?«

Kate zögerte. »Die kenne ich noch nicht näher. Heute früh, als ich aufgestanden bin, war sie schon weg.«

»Weg? Wohin denn?«

»Sie hat einen Zettel hinterlassen, daß sie erst wiederkommt, wenn sie einen Job hat.«

»Na, das finde ich aber beachtlich.« Diese Auskunft schien Ruth zu beschwichtigen. »Sie gefällt mir schon besser als er.«

»Er will ja auch eine Stelle, aber er sieht eben, wie sehr ich seine Hilfe im Haus gebrauchen kann. Wir haben es in den letzten paar Jahren ziemlich vernachlässigt, als Cliff so wenig Aufträge hatte.« Sie hielt inne und dachte daran, mit welchem Eifer Ford am Vormittag sich im Bad an die Arbeit gemacht hatte, die Wände abgewaschen, rauhe Stellen abgeschliffen und Löcher ausgegipst. Cliff war immer nur Feuer und Flamme für irgendwelche aufwendigen Neuerungen gewesen: einen Anbau, einen Swimmingpool oder eine Sauna. Geld dafür auszugeben, daß etwas erhalten blieb, war ihm zu langweilig. »Wenn ich ihm doch bloß etwas zahlen könnte«, murmelte sie vor sich hin.

»Wenn du ihn und seine Familie aufnimmst und verköstigst, dann kriegt er wohl mehr, als er erwarten darf«, entgegnete Ruth. »Und wie willst du das alles Cliff erklären? Daß plötzlich lauter fremde Menschen in seinem Haus wohnen?«

»Cliff ist in Kanada«, erklärte Kate mechanisch. »Er ist die ganzen nächsten Monate bei Außenaufnahmen. Ich muß ihm da überhaupt nichts erklären.«

»Ich dachte, du wolltest mit nach Kanada?« Ruth sah Kate verblüfft an.

Kate schüttelte den Kopf. »Nein, ich bleibe hier.«

»Ist dir wohl zu kalt, was?« Ruth lachte.

Kate starrte vor sich hin, als hätte sie das nicht gehört.

»Ist irgendwas?« bohrte Ruth sanft nach.

Kate drehte sich wieder zu ihr. »Ich habe beschlossen, das Haus zu verkaufen. Deshalb will ich es auf Vordermann bringen.«

»Du auch? Na, gratuliere!« Ruth öffnete ihre Tasche und wühlte darin nach einer Visitenkarte. »Du mußt unbedingt meinen Makler nehmen. Er ist phantastisch, und du glaubst gar nicht, auf welche Summe er unser Haus schätzt. Auf zehnmal so viel, wie wir damals gezahlt haben! Das ist natürlich schon zwanzig Jahre her, aber wenn ich daran denke, wie mulmig uns anfangs war, als wir die Hypothek unterschrieben ... Bis dahin hatten wir doch immer nur in Mietwohnungen gewohnt. Ein Haus zu besitzen – also, diese Verantwortung war überwaltigend.«

»Das bleibt sie auch«, stimmte Kate ihr zu. »Bei meiner Hochzeit wollte ich nichts lieber als ein eigenes Haus. Und jetzt will ich nie wieder eines besitzen.«

Ruth blickte sie neugierig an. »Was machst du dann? Wo willst du denn wohnen?«

»Das habe ich mir noch nicht überlegt.«

»Du warst schon immer impulsiv«, sagte Ruth, »aber ich kann mir einfach nicht vorstellen, daß Cliff irgendwo anders leben könnte als in seinem eigenen Haus.«

Kates Miene erstarrte. Schließlich sagte sie leise: »Cliff liebt eine andere Frau. Er kommt nicht mehr zurück, zumindest nicht zu mir.« Sie rang sich krampfhaft ein Lächeln ab, doch die Tränen standen ihr in den Augen. »Ach, Kate.« Ruth faßte über den Tisch und berührte Kates Hand. »Wann ist denn das passiert?«

»Für ihn in Kanada. Für mich an Heiligabend, da hat er es mir erzählt.«

»Weiß es Nina?«

Kate schüttelte den Kopf. »Nein. Ich mußte ihm versprechen, daß ich es ihr nicht erzähle. Er wollte ihr nicht die Feiertage verderben.«

»Und was ist mit deinen Feiertagen?«

»Ich habe sofort gemerkt, daß etwas nicht stimmt. Als er's mir dann erzählt hat, war wenigsten die Ungewißheit vorbei.« Sie holte tief Luft und versuchte, der Gefühle Herr zu werden, die ihr das Denken unmöglich machten. »Ach Ruth, ich kann nicht ohne ihn in diesem Haus wohnen.«

Ruth nickte verständnisvoll. »Jetzt begreife ich auch das Ganze mit diesem Mann und seiner Familie. Die haben sich jedenfalls den richtigen Moment herausgepickt.«

»Er hatte eine Panne vor meiner Haustür«, erklärte Kate ruhig. »Das war wohl kaum Berechnung. Aber ich brauche sie – die ganze Familie –, und sie brauchen mich.«

»Eigentlich brauche ich dich auch.« Ruth lächelte. »Deshalb habe ich nämlich angerufen, ob du mit mir zum Lunch gehst.« Sie erklärte Kate, daß Henry und sie ja keine Adresse mehr hätten, sobald das Haus verkauft wäre. »Wir brauchen zwar kein Zuhause, aber doch irgendeinen Stützpunkt, wohin unsere Post kommt und wo jemand wohnt, der sich ein bißchen kümmert.«

»Und da habt ihr an mich gedacht?« Kate war gerührt.

»Ich weiß, daß das viel verlangt ist«, erwiderte Ruth, »aber du bist eine der wenigen, auf die wir uns verlassen könnten. Wenn du jetzt dein Haus verkaufst, müssen wir uns natürlich nach jemand anderem umschauen.«

»Ich würde euch furchtbar gern helfen, aber ich weiß eben nicht, was bei mir los ist. Ich kann im Moment nichts vorausplanen.« Kate spürte, wie sie plötzlich Ruth um ihre Zukunftspläne beneidete. »Ich habe mir immer vorgestellt, wenn Nina mal erwachsen ist, dann hätten Cliff und ich endlich Zeit für alles Schöne, was wir uns schon lange vorgenommen haben. Wir hatten gerade eine Reise nach Mexiko geplant, als plötzlich der Anruf aus Kanada kam.«

»Soll das heißen, daß Cliff nicht von vornherein der Regisseur für diesen Film war?« fragte Ruth überrascht.

»Er wollte nicht an die große Glocke hängen, daß er nur ein Ersatzmann ist«, erklärte Kate. »Er ist zwei Wochen nach Drehbeginn eingestellt worden. Sie brauchten jemand, der mit der Kamera umgehen kann und die Schauspieler richtig anpackt. Cliff war so begeistert, daß er nochmal einen Spielfilm kriegt – und ich habe mich mitgefreut. Bei uns hat seine Arbeit immer die erste Geige gespielt. Aber Cliff hat mir versprochen, daß wir im Frühjahr nach Mexiko fahren – zur silbernen Hochzeit.« Plötzlich versagte ihr die Stimme, und sie konnte die Tränen nicht mehr aufhalten. »Ach Ruth, ich will nicht allein alt werden!«

Sie saßen schweigend nebeneinander, bis Ruth schließlich leise sagte: »Wir werden alle allein alt, selbst wenn man jemanden hat, der im selben Bett schläft.«

»Das ist aber nicht dasselbe.«

»Natürlich ist das nicht dasselbe. Die Einsamkeit sieht bei jedem anders aus. Aber du brauchst nicht zu glauben, ich sei am Ziel meiner Träume, nur weil du es nicht bist.« Sie drehte sich abrupt weg.

»Wie meinst du das?« fragte Kate. »Bist du denn mit Henry nicht glücklich?«

»So glücklich, wie man mit einem Bruder eben sein kann«, flüsterte Ruth. Sie blickte sich um, ob die Kinder außer Hörweite waren und keiner ihrer Bekannten in der Nähe saß. »Henry hat seit über einem Jahr nicht mehr mit mir geschlafen.«

Kate war perplex. »Aber ihr habt euch doch immer so gut verstanden. Was ist denn passiert?«

»Nichts Besonderes. Das ist es ja. Wenn ihm etwas Schlimmes zugestoßen wäre – ein Unglück oder ein Todesfall in der Familie –, dann könnte ich ja Verständnis aufbringen und warten, bis er darüber hinwegkommt. Aber er tut so, als sei alles wie früher, er ist genauso lieb zu mir wie immer.«

»Hast du schon versucht, mit ihm darüber zu reden?«

»Er sagt, er sei einfach deprimiert, und wenn wir darüber reden, würde er nur noch verzweifelter. Ich setze jetzt meine ganze Hoffnung auf unser neues Leben. Wenn wir erst mal reisen, merkt Henry vielleicht wieder . . .«, sie zögerte und suchte nach dem richtigen Ausdruck, »wie viel das Leben einem bieten kann.«

Kate schüttelte fassungslos den Kopf. »Da bist du meine beste Freundin, und ich hatte keine Ahnung, was du durchmachst. Langsam kommt es mir vor, als hätten sich alle meine Bekannten in Fremde verwandelt, allen voran mein Mann.«

Ruth stand auf. »Solang ich es keinem erzählt habe, konnte ich mir vormachen, es sei gar nicht wahr. Außerdem dachte ich, ihr beiden seid glücklich, und da wollte ich euch nicht mit unserem Unglück belasten.«

Kate verzog das Gesicht. »Tja, dann brauchst du mir jetzt ja wirklich nichts mehr zu verheimlichen.«

Ruth lachte, beugte sich hinunter und küßte sie auf die Wange. »Das ist mir ein größerer Trost, als du dir vorstellen kannst.«

Plötzlich kam Marvella mit leuchtenden Augen auf Kate zugerannt. Joe Wayne schlenderte mit einer großen Schachtel auf den Händen langsamer hinter ihr her.

»Hier ist es ganz toll«, sagte Marvella. »Dürfen wir morgen wieder her?«

»Vielleicht nicht gleich morgen«, sagte Kate lachend, »aber bald, das verspreche ich euch. Habt ihr euren Eltern was Schönes gekauft?«

»Einen ganz großen Kuchen«, verkündete Marvella stolz und zeigte Kate die Schachtel.

»Sieht köstlich aus«, sagte Kate, während sie hineinlugte. »Was ist es denn für einer?«

»Zitronenbaiser«, erwiderte Joe Wayne. »Das ist Dads Lieblingskuchen. Früher, auf der Farm, hat Mami jeden Sonntag einen gebacken. Aber jetzt hat sie schon ewig keinen mehr gemacht. Wahrscheinlich kann sie es gar nicht mehr.«

Marvella boxte ihn in den Bauch. »Sag sowas nicht. Mami verlernt nie was.«

»Dann müssen wir sie auf die Probe stellen.« Kate lächelte. »Wir setzen sie einfach in die Küche, geben ihr ein paar Eier, Zitronen und Zucker, und dann schauen wir, ob ein Zitronenbaiserkuchen dabei herauskommt.«

»Nein, bitte nicht.« Marvella wimmerte plötzlich vor Angst. »Vielleicht weiß sie es dann doch nicht mehr, und dann sind Sie ihr böse.«

Kate zog das verschreckte Kind auf den Schoß. »Das war doch nur Spaß, Marvella. Deine Mutter muß mir überhaupt nichts beweisen. Meinetwegen braucht sie in ihrem ganzen Leben keinen einzigen Zitronenbaiserkuchen mehr zu backen. Wenn wir Lust darauf haben, kommen wir einfach hierher und kaufen einen. Was hältst du davon?« Marvella lächelte versöhnt. »Und du, Joe Wayne?« fragte Kate. »Was hast du gekauft?«

Joe Wayne starrte sie herausfordernd an. »Wir haben den Kuchen zusammen gekauft. Er hat zehn Dollar gekostet.«

»Zehn Dollar für einen Kuchen!« Ruth war entsetzt. »Das ist ja der reinste Touristennepp.«

»Keine Sorge, Ruth.« Kate beruhigte sie schnell. »Cliff zahlt mir noch meinen Unterhalt.«

Ruth umarmte sie und griff dann in die Tasche nach dem Autoschlüssel. »Wir müssen uns bald wieder treffen. Ruf mich an, wenn du jemanden zum Reden brauchst. Ach, und sprich wirklich mal mit meinem Makler. Er soll wenigstens kommen und dein Haus schätzen.«

»Danke für den Tip«, sagte Kate. »Und dafür, daß du für mich da bist.«

»Fahren wir jetzt?« bettelte Marvella, als Kate ihrer Freundin nachwinkte. »Ich muß schauen, ob ich noch ›Toter Mann‹ spielen kann.«

»Sind schon unterwegs«, sagte Kate. Als sie Joe Wayne vorsichtig die Schachtel auf den Rücksitz reichte, sah sie, daß er immer noch seinen Fünfdollarschein in der Hand hielt.

12

Ford stand im Bad und strich das Fenster, als ihm auffiel, daß schon zum zweiten Mal ein Polizeiauto vorbeifuhr. Er legte den Pinsel weg und trat schleunigst hinters Fenster, damit man ihn nicht sah.

Die Polizisten parkten hinter seinem Auto, stiegen aus und nahmen sein Nummernschild unter die Lupe. Der eine beugte sich hinunter und schnippte einen Erdklumpen weg, damit man die Nummer lesen konnte.

Ford spürte, wie ihm der Schweiß ausbrach. Er wischte sich über die Stirn, merkte aber dann, daß er sich nur die grüne Farbe ins Gesicht schmierte. Aus dem Spiegel starrte ihm eine nervöse, verängstigte Gestalt entgegen, die gleich alles zugeben würde, was man ihr anlastete. Inzwischen gingen die Polizisten um das Auto herum und begutachteten die Beulen, den Sprung in der Windschutzscheibe, die durchgewetzten Polster und die verrostete Motorhaube, die notdürftig mit einem Stück Draht zugebunden war.

Ford schluckte. Dieses Vehikel war seine einzige Zuflucht, wenn alle Stricke rissen. Aber was kam den Polizisten eigentlich so verdächtig vor? Auf einer öffentlichen Straße durfte man doch schließlich parken oder vielleicht nicht?

O Gott, jetzt kamen sie an die Haustür.

Er wischte sich die Hände an einem Lappen ab und ging langsam die Treppe hinunter. Es klingelte durchdringend. Ford öffnete und bemühte sich, so zu wirken, als würde er dort hingehören, wo er stand. »Ja, bitte?« Vor lauter Anstrengung, ruhig zu bleiben, versagte ihm die Stimme. »Gibt es irgend etwas?«

Er sah, daß beide Polizisten jünger waren als er, aber statt daß ihn das beruhigt hätte, machte es ihn nur noch unsicherer. Seine Generation stand im Abseits, war überrundet worden von Kindern, die alles bekamen, bevor sie wußten, was sie überhaupt wollten. Die hatten doch keine Ahnung, was es heißt, zu frieren, zu hungern oder auf der Straße zu sitzen

»Wie lange steht dieser Schandfleck aus Iowa schon vor der Tür?« fragte der kleine, untersetzte Polizist.

»Seit gestern.« Ford musterte ihn.

»Ein Nachbar hat sich beschwert«, erklärte der größere der beiden. »Solche Autoleichen stehen in letzter Zeit in der ganzen Stadt herum. Sie haben nicht zufällig gesehen, wer das Ding abgestellt hat?«

Ford räusperte sich und versuchte zu lächeln. »Der Wagen gehört mir«, sagte er möglichst beiläufig, hörte aber selbst, daß seine Stimme nicht überzeugend klang.

»Ihnen?« Der kleine Polizist schaute skeptisch. »Wohnen Sie hier?«

»Ich . . .« Ford zögerte und betete, daß ihm die richtigen Worte einfallen mögen. »Ich bin zu Besuch.«

»Wer wohnt dann hier?« bohrte der Polizist nach und zückte seinen Notizblock. »Ich möchte gern den Hauseigentümcr sprechen.«

»Der ist verreist«, rutschte es Ford heraus. Mit allem, was er sagte oder tat, machte er sich verdächtig, obwohl er doch nicht das Geringste ausgefressen hatte.

»Wie heißt er?« Der kleine, untersetzte Polizist schien von Sekunde zu Sekunde mehr Verdacht zu schöpfen.

»Er dreht in Kanada einen Film«, warf Ford zur Ablenkung ein, während er sich das Gehirn zermartete, um auf den Namen des Mannes zu kommen, in dessen Bett er letzte Nacht geschlafen hatte.

»Ach, einen Film?« Der Polizist lächelte plötzlich nachsichtig und schien das Benehmen seines Gegenübers mit einem Schlag in einem anderen Licht zu sehen. Neugierig sah er Ford an, bemerkte offenbar zum ersten Mal seine gute Figur und die ebenmäßigen Gesichtszüge. »Sind Sie auch in dem Geschäft?«

Ford schüttelte den Kopf. »Ich bin auf Jobsuche hier, aber bisher habe ich noch kein Glück gehabt.«

Der größere Polizist nickte verständnisvoll. »Das braucht seine Zeit. Ich finde, Sie könnten es leicht mit vielen aufnehmen, die man so auf der Leinwand sieht.« Er streckte die Hand aus. »Entschuldigen Sie die Störung, aber wir müssen diesen Anrufen eben nachgehen. Viel Glück noch. Wenn wir uns das nächste Mal sehen, haben Sie vielleicht die Uniform an – wenn Sie einen Polizisten spielen. Rufen Sie uns ruhig jederzeit an, wenn Sie Fachfragen haben.«

Er lachte und winkte freundlich, während sie in ihren Wagen stiegen und abfuhren.

Ford ging vorsichtig vor die Tür und blickte sich um. Welcher Nachbar hatte sich wohl beschwert? Die Häuser in der Straße wirkten wie ausgestorben, fast wie die Kulisse in einer Filmstadt. Diese ganze Stadt war unwirklich. Was hatte er eigentlich hier verloren?

Er lief den Weg zur Straße hinunter. Ein Geräusch ließ ihn herumfahren: Die Haustür war zugefallen. Unwillkürlich griff er in die Taschen, obwohl er wußte, wie sinnlos das war. Kate hatte nicht daran gedacht, ihm einen Hausschlüssel zu geben, und er hatte sie auch keineswegs darum gebeten. Schließlich wollte er alles andere als fortgehen.

Er ging nach hinten zur Garage. Der dunkelgrüne Jaguar, der ihn an Heiligabend beinahe gerammt hätte, stand auf der einen Seite, doch die andere Seite, wo sonst Kates cremefarbener Buick parkte, war leer.

Ford setzte sich in sein Auto, steckte den Zündschlüssel ein und betete, daß es ansprang. Ausnahmsweise knatterte es sofort los. Er bog in die Einfahrt und fuhr auf die leere Garage zu.

Kate gab es einen Stich, als sie um die Kurve kam und Fords Auto nicht mehr vor ihrem Haus stehen sah. Wo konnte er hingefahren sein? Sie ging sämtliche Möglichkeiten durch, aber keine ergab einen Sinn.

Dann bog sie in die Einfahrt und sah, daß das Garagentor verschlossen war. Sie hatte es doch nicht zugemacht, als sie zum Markt gefahren waren? Sie kramte die Fernbedienung aus dem Handschuhfach und gab sie Marvella. »Jetzt darfst du Zauberin spielen. Du mußt nur auf die Garage zielen und den Knopf drücken.«

Marvella tat wie geheißen. »Da ist Daddys Auto«, rief sie überrascht. »Ich kann wirklich zaubern. Wie hab ich das gemacht?«

»Laß die Tür wieder herunter, Marvella«, sagte Kate schroff, die sich ärgerte, daß ihr Garagenplatz belegt war. Es war eine Sache, mit Leuten zu teilen, die es schwerer hatten als man selber, aber eine ganz andere, wenn sie sich gleich selbst bedienten. Sie würde mit Ford ein Wörtchen reden müssen. Ruths Warnungen kamen ihr wieder in den Sinn.

Sie ging zur Küchentür und sperrte auf. Die Kinder rannten ins Haus voraus. »Daddy«, rief Marvella, »wir haben dir was mitgebracht«; Homer warf sie fast um vor lauter Begeisterung, doch Ford war nirgends zu sehen.

»Er ist nicht da«, verkündete Joe Wayne, als Kate die Treppe hinaufstieg.

Das Badlicht brannte, und ein Farbtopf stand offen auf dem Fensterbrett. »Da ist was passiert«, sagte Joe Wayne ängstlich. »Er läßt nie irgendeine Arbeit mittendrin stehen.«

»Sie sind uns weggelaufen«, rief Marvella plötzlich schluchzend.

»Nein, mein Schatz«, beruhigte Kate sie rasch. »Eltern lassen ihre Kinder nicht einfach im Stich. Bestimmt hat er schnell etwas gebraucht und ist ins Geschäft gelaufen.« Aber Marvella ließ sich nicht trösten. »Einem Mädchen aus ihrer Klasse ist das so gegangen«, erklärte Joe Wayne. Die Kinder fielen sich gegenseitig ins Wort, und Kate hörte zu. Das Mädchen hatte in den letzten zwei Jahren zehn verschiedene Schulen besucht, während ihr Vater die Gegend nach Arbeit abklapperte. Seine Frau hatte ihn verlassen, als er arbeitslos wurde, und seitdem mußte er sich auch allein um das einzige Kind kümmern.

Am Tag vor Thanksgiving setzte er sie mit einem verschlossenen Brief an die Lehrerin in den Schulbus. Marvella bekam mit, wie das Mädchen den Brief abgab. Die Lehrerin las ihn wortlos, aber als nach der Schule die anderen Kinder mit ihren gebastelten Geschenken für die Familie in den Bus stiegen, rief sie die Kleine beiseite, redete sanft auf das weinende Kind ein und ging mit ihr ins Schulhaus zurück.

Mit flehentlichem Blick fragte Marvella: »Meinst du, ihr Daddy hat sie dann wieder geholt?«

Kate nickte mit gespielter Überzeugung. »Bestimmt. Wetten, daß er einen Job als Weihnachtsmann in einem Kaufhaus gekriegt hat, wo sie ihn mit Geschenken bezahlt haben statt mit Geld, und . . .« Kate improvisierte verzweifelt, aber Marvellas Blick ließ sie den Faden immer weiter spinnen. »Und bestimmt ist er dann an Heiligabend zu ihr zurückgekommen, noch als Weihnachtsmann verkleidet und mit lauter tollen Spielsachen.« Marvella hatte aufgehört zu weinen und lächelte schon wieder zaghaft.

»Da kommt er ja!« Joe Wayne hatte das Fenster nicht aus den Augen gelassen. Plötzlich sprang er auf und schoß wie der Blitz die Treppe hinunter, noch bevor es klingelte. Marvella und Kate folgten ihm.

Ford kam mit einer braunen Papiertüte im Arm herein. »Ich habe eine Überraschung«, sagte er und lächelte Kate zu.

»Für uns?« riefen Joe Wayne und Marvella im Chor.

»Ihr beiden habt in letzter Zeit genügend Überraschungen gekriegt, findet ihr nicht?« fragte er. »Diesmal ist Kate dran. Aber in der Tüte ist sowieso nur der letzte Teil der Überraschung. Erst müßt ihr alle mit in den Garten kommen.«

Während er vorausging, am Swimmingpool vorbei, erzählte er Kate von dem Polizeibesuch. »Was fällt denen ein?« fragte sie entrüstet und war froh, daß sie den Ärger über sein Auto auf ihrem Garagenplatz für sich behalten hatte.

»Na, wie findet ihr das?« Ford deutete stolz auf das Gartenstück hinter den Palmen, die um den Swimmingpool standen. In einem Rechteck war die Erde umgegraben, vom Unkraut befreit und säuberlich in lange Reihen geharkt.

»Ist das die Überraschung?« fragte Joe Wayne enttäuscht.

»Was ist das denn?« Marvella machte ein genauso langes Gesicht. »Schaut aus wie Dreck.«

»Im Moment ist es auch nicht mehr«, sagte Ford, »aber warte nur bis zum Sommer.« Er hielt Kate die Papiertüte hin. »Fassen Sie mal rein.«

Kates Finger umschlossen ein Papiertütchen. »Samen«, sagte sie seltsam gerührt. Die Geste hatte etwas so Kühnes, Tapferes – als ob ein Päckchen Pflanzensamen die Zukunft verändern könnte. Sie lächelte Ford zu.

»Heute sind es noch Samen«, sagte Ford und leerte die Tüte aus, so daß sämtliche Tütchen und Päckchen auf den Boden fielen, »aber im Sommer haben Sie dann Karotten, Zwiebeln, Kartoffeln . . .«

»Auch Zucchini?« fragte Kate hoffnungsvoll.

»Aber klar«, erwiderte Ford, während er ans Ende jeder Furche ein Päckchen legte. »Wenn man Hunger hat, braucht man dann nur in den Garten gehen und sich sein Essen ernten.«

»Wann können wir anfangen zu säen?« fragte Joe Wayne, den Ford mit seiner Begeisterung schon angesteckt hatte. »Mit dem Wurzelgemüse sofort.«

Kate schloß die Augen; ihr wurde schwindelig. Im Sommer! Bis dahin war das Haus längst verkauft, und sie wohnte ..., tja, wo? Sie hätte am liebsten gerufen: »Tut mir das nicht an. Verlaßt euch nicht auf mich, rechnet nicht damit, daß ihr hier bleiben dürft. Wir können nicht so weit vorausplanen.«

»Sie sind mir doch nicht böse, Kate?« Fords Stimme unterbrach ihre Gedanken. »Ich hätte natürlich fragen sollen, bevor ich Ihren Garten umgrabe, aber wissen Sie, ich habe mich ausgesperrt und bin ums Haus herum an die Küchentür, die aber auch verschlossen war. Dann habe ich die ganzen Geräte im Schuppen entdeckt und mußte daran denken, daß die ganze Erde hier brach liegt, also habe ich mir gesagt, warum machst du dich nicht an die Arbeit und überrascht sie. Als ich dann umgegraben hatte, wollte ich nur schnell nachsehen, was es in der Gärtnerei gerade für Sonderangebote an Samen gibt. Und ehe ich mich's versah, hatte ich sie schon gekauft.«

»Sie hätten doch Ihr Geld nicht dafür ausgeben sollen.« Wie sollte sie ihm bloß beibringen, daß sie das Haus verkaufen wollte?

»Ich wollte etwas für Sie tun, was Sie nicht selbst machen können«, sagte er. Irgend etwas an ihrer Miene beunruhigte ihn fürchterlich, und er fügte schnell hinzu: »Das Schwierigste an einem Gemüsegarten ist das Anlegen. Sobald erst ausgesät ist, können Sie sich dann allein darum kümmern. Ich meine, dazu brauchen Sie mich nicht. Hoffentlich meinen Sie nicht, ich hätte hier umgegraben, damit Sie mich bis zur Ernte hierbehalten müssen.«

Das war natürlich entwaffnend. »Sie sind sicher müde«, sagte Kate sanft. »Kommen Sie herein, wir essen zu Mittag.«

»Du kriegst auch einen Nachtisch«, sagte Marvella und zog ihn an der Hand zum Haus. »Rat mal, was wir dir mitgebracht haben.«

»Keine Ahnung«, erwiderte Ford. »Aber es wird mir auf alle Fälle schmecken.«

»Nein, du mußt raten«, beharrte Marvella. »Es ist nämlich dein Lieblingsnachtisch.«

»Schokoladeneis«, tippte Ford, verbesserte sich aber sofort angesichts Marvellas enttäuschter Miene. »Ach was, das ist ja dein Lieblingsdessert.«

Marvellas Augen leuchteten auf. »Genau. Das habe ich mir auf dem Markt gekauft. Aber jetzt rate, was wir dir mitgebracht haben.«

Kate stellte sich hinter Marvella und formte mit den Lippen das Wort »Zitronenbaiser«.

Ford beugte sich zu Marvella hinunter. »Doch nicht etwa einen . . .«, er machte eine dramatische Pause, »einen Zitronenbaiserkuchen?«

»Hab ich doch gewußt, daß das dein Lieblingskuchen ist«, sagte Marvella und führte ihm stolz die Errungenschaft vor.

»Na, so einen großen habe ich noch nie gesehen.«

»In Kalifornien ist einfach alles größer«, versicherte ihm Joe Wayne. »Du hättest die Erdbeeren sehen sollen.«

»Was möchten Sie zum Mittagessen?« fragte Kate und sah in den Kühlschrank. »Wir haben Schinken, Käse, alles mögliche für einen Salat . . .«

Ford ging zu ihr hin, zog sie vom Kühlschrank weg und schloß die Tür. »Sie haben schon viel zuviel für uns getan.

Wir wohnen in Ihrem Haus und essen Ihnen Ihre Vorräte weg, weil uns im Moment nichts anderes übrigbleibt. Und wir sind Ihnen unendlich dankbar dafür. Aber bitte tun Sie nicht auch noch etwas für mich, was ich selber erledigen kann.«

»Wollen Sie damit sagen, daß Sunny auf der Farm nicht für Sie gekocht hat?«

»Das war etwas anderes. Sie hat auch was dafür bekommen. Ich habe für sie gesorgt und sie für mich.«

»Na, dann überlegen Sie doch mal, was Sie für mich tun«, sagte Kate. »Das Bad haben sie gestrichen, einen Gemüsegarten angelegt – und dabei sind Sie erst einen Tag hier.«

»Das Essen können wir uns trotzdem selbst machen – und für Sie mit, wenn Sie möchten. Also zerbrechen Sie sich bitte in Zukunft nicht mehr den Kopf über unser Essen.«

»Dürfen wir nochmal schwimmen gehen, Kate?« fragte Joe Wayne ungeduldig.

»Später«, antwortete Ford an ihrer Stelle. »Nach dem Essen helft ihr erst einmal im Bad, und vorher könntet ihr eigentlich mit Homer spazieren gehen. Er war die ganze Zeit im Haus eingesperrt, die ich ausgesperrt war.« »Und dann könntet ihr ihn wieder hereinholen, und wir baden ihn«, schlug Kate vor. »Er hat als einziger von uns noch nicht gebadet.«

»Homer baden?« Joe Wayne und Marvella fanden die Idee sehr komisch. »Meinen Sie, der mag das?«

»Er ist doch früher auf der Farm immer mit Begeisterung im Teich geschwommen«, erinnerte Ford die Kinder. »Wenn er bei uns im Haus wohnen soll, könnte ihm wohl ein Bad nicht schaden«, fügte er noch hinzu. Kates dankbarer Blick bestätigte, daß er ihre Gedanken gelesen hatte.

13

Die Haustür war zu, als Sunny am Spätnachmittag mit einer prall gefüllten Einkaufstüte heimkam, und von Fords Auto fehlte jede Spur. Sie klingelte, aber niemand machte auf. Wie Ford wohl auf ihren Zettel reagiert hatte? Ob er sehr böse geworden war?

Als sie in der Früh auf Zehenspitzen aus dem Zimmer geschlichen war, hatte sie noch keine Ahnung gehabt, wo sie hingehen sollte. Die Kinder spielten schon mit Kate im Swimmingpool; Sunny hörte das Gelächter, als sie in den Garten trat. Sie drehte sich wieder um und ging ins Haus zurück.

Sie zog die Haustür hinter sich ins Schloß und ging los. Ein paar Häuser weiter fiel ihr ein Lieferwagen auf, der vor einer stattlichen Villa parkte. Ein kräftiger Junge trug gerade einen Karton mit Lebensmitteln an die Tür. Als er zu seinem Wagen zurückkam, saß Sunny auf dem Beifahrersitz.

»Wo kommen Sie denn her?« fragte er halb entgeistert, halb amüsiert.

»Das tut nichts zur Sache«, erwiderte sie. »Entscheidend ist, wo ich hin will.«

Er sah sie neugierig an. Das feine Leinenkostüm paßte nicht recht zu dem ausgemergelten Gesicht und den abgearbeiteten Händen.

»Ich bin in einem Kaufmannsladen aufgewachsen«, sagte sie. »Nimmst du mich mit zu deinem? Ich brauche einen Job.«

Ihm gefiel ihre direkte Art. Sie redete nicht lang herum wie die kichernden Mädchen in seinem Alter.

»Ich muß noch ein paar Ladungen ausliefern, bevor ich zurückfahre«, sagte er, »aber Sie können mir ja Gesellschaft leisten, wenn Sie möchten. Petzen Sie es bloß nicht meinem Boß. Ich darf nämlich niemand rumkutschieren.«

»Du kutschierst mich auch nicht rum«, versicherte sie ihm grinsend, »du fährst mich zur Arbeit.«

Zwei Stunden später hielt er ein paar hundert Meter vor seinem Geschäft und ließ Sunny aussteigen. »Viel Glück«, sagte er. »Und wenn Sie mir vorgestellt werden, lassen Sie sich nicht anmerken, daß wir uns kennen.«

Sunny traf den Kaufmann in seinem Büro an. Er schaute verdutzt, als sie ihr Anliegen vorbrachte. »Warum kommen Sie da zu mir?« fragte er. »Ich habe doch keine Stellenanzeige in die Zeitung gesetzt. Und ein Schild mit ›Ladenhilfe gesucht‹ haben Sie auch nicht im Fenster gesehen, oder?«

»Ich finde Ihren Service gut«, sagte Sunny. »Heutzutage liefern nicht mehr viele Geschäfte ins Haus. Aber manche Leute können eben nicht selber einkaufen gehen. Meine Eltern haben jeden Tag ausgefahren, obwohl sie dann selbst nicht vor neun oder zehn abends zum Essen gekommen sind.«

Das Gesicht des Kaufmanns hellte sich auf. »Wir haben hier einen neuen Besitzer, der möchte den Heimdienst abschaffen, weil er sich nicht lohnt. Wahrscheinlich hat er recht. Das ist schließlich kein Feinkostladen und keine große Kette, sondern bloß ein normaler Kaufmannsladen. Aber wir sind schon zwanzig Jahre hier, und die Leute sind auf uns angewiesen. Manche von unseren besten Kunden sind jetzt zu alt zum Autofahren. Was würden die machen, wenn wir nicht mehr ausfahren würden?«

»Ich habe früher immer die Bestellungen am Telefon aufgenommen«, sagte Sunny. »Und dann habe ich sie zusammengepackt, und zwar möglichst den größten Eissalat und die schönsten Tomaten. Schließlich mußte ich ja für die Leute auswählen, und ich wollte nicht, daß sie beim Auspacken dann enttäuscht sind.«

»Ihre Einstellung gefällt mir«, meinte der Kaufmann anerkennend, »aber ich muß für jeden Penny, den ich hier ausgebe, geradestehen. Ich kann nicht einfach eine neue Kraft einstellen, die ich nicht unbedingt brauche.«

Sunny stand schweigend da. So lange sie vor seinem Schreibtisch stehenblieb, hatte sie noch eine Chance. Sobald sie dieses Geschäft verließ, war alles verloren. Jetzt mußte sie sich etwas ausdenken. Da fiel ihr ein Korb mit Lebensmitteln auf, der an der Hintertür stand. »Soll ich die Waren hier einräumen?« fragte sie. »Wenn ich schon einmal da bin, kann ich mich ja wenigstens nützlich machen.«

»Die Sachen habe ich gerade aus den Regalen aussortiert«, erklärte er. »Sobald sie das angegebene Verkaufsdatum überschritten haben, müssen wir sie wegtun. Eigentlich werden sie von so einer Organisation abgeholt, die sie an die Bedürftigen verteilt, aber die kommen nicht immer.«

»Wie wär's, wenn ich meinen Lohn jeden Tag aus dem Korb da nehmen würde?« fragte Sunny. »Bloß so viel, wie meine Familie brauchen kann.«

Der Kaufmann starrte sie ungläubig an. »Sie würden den Tag hier arbeiten wollen, bloß damit sie abends Ihre Familie verpflegen können?«

»Nur zu gern.«

Den Rest des Tages machte sie sich mit dem Laden vertraut, zeichnete Waren aus, füllte Regale nach, nahm Bestellungen auf und setzte sich an die Kasse. Vor lauter Überfluß um sie herum vergaß sie fast, daß sie den ganzen Tag noch nichts gegessen hatte. Der Kaufmann kam vorbei, als sie gerade auf der Leiter stand und das Schild mit den Sonderangeboten abnahm. Sie schloß einen Moment die Augen und fuhr sich mit der Hand an die Stirn.

»Sie sehen müde aus«, sagte er.

»Bin ich auch«, gab Sunny zu, »aber es tut gut zu arbeiten.«

»Sie haben den ganzen Tag noch keine Pause gemacht. Ich habe nicht einmal gesehen, daß Sie mittags was gegessen hätten.«

»Man muß sich eben einarbeiten, aber morgen kenne ich mich bestimmt schon aus.«

»Dann gehen Sie doch jetzt nach Hause«, schlug er vor. »Wir machen sowieso bald zu. Für heute haben Sie genug gearbeitet.«

Sunny forschte in seinem Gesicht, ob er es wirklich so meinte, aber er lächelte freundlich. »Haben Sie ein Auto?«

»Mein Mann braucht unser Auto für die Jobsuche«, sagte sie. »Mir macht das Gehen nichts aus.«

»Haben Sie es weit?«

»Ich glaube nicht.« Sunny wußte eigentlich nicht genau, wo sie war. Der Lieferwagen hatte am Vormittag so oft gehalten, daß sie sich nicht mehr auskannte. Na, dann mußte sie eben nach dem Weg fragen.

»Ach, schauen Sie, der Wagen fährt gerade mit den Bestellungen von heute nachmittag los. Er soll Sie mitnehmen.« Er ging an die Hintertür und nickte mit Blick auf den Korb. »Vergessen Sie nicht Ihren Lohn.«

Sunny hielt eine Tüte auf und packte ein. Sie hatte es immer gehaßt, die Mahlzeiten zu planen. Jetzt war die Auswahl eben begrenzt, das erleichterte die Angelegenheit sogar.

»Herzlichen Glückwunsch«, sagte der Ausfahrer, als sie sich auf den Beifahrersitz schwang. »Sie haben anscheinend erreicht, was Sie wollten.«

Sunny lächelte. »Weißt du noch, wo du mich aufgelesen hast?«

»Na klar.«

»Gut.« Sie seufzte erleichtert. »Ich hätte es dir nämlich nicht sagen können.«

»In dieser Straße haben wir mehrere Kunden«, sagte er, als er um eine Ecke bog, die Sunny schon bekannt vorkam. »Ich komme hier zweimal am Tag vorbei. Soll ich Sie morgen vormittag abholen?«

Sie wollte ja sagen, traute sich aber nicht. »Ich möchte den Chef nicht ärgern, ich brauche den Job.«

Der Junge grinste verschmitzt. »Ich soll mich aber um Sie kümmern. Befehl von oben.«

Sunny warf ihm einen strengen Blick zu. »Mein Mann kümmert sich schon um mich. Aber abholen kannst du mich gern. Laß mich hier an der Ecke raus, und da warte ich auch morgen früh. Tschüß – und danke.«

Nachdem sie mit ihrer Einkaufstüte aus dem Führerhaus geklettert war, versuchte der Ausfahrer zu erkunden, wo sie hinging. Das war eine teure Gegend hier. Er konnte sich nicht vorstellen, daß in einer dieser Villen eine Frau wohnte, die den ganzen Tag arbeiten wollte, bloß um ihre Familie sattzubekommen.

Schließlich fand sich Sunny damit ab, daß vorn keiner aufmachte. Zögernd nahm sie ihre Tüte und ging ums Haus in den Garten.

Dort schallten ihr Gelächter und Geplansche vom Swimmingpool entgegen. Veranstaltete Kate eine Party? Vorsichtig spähte Sunny durch die Azaleen. Im Becken war gerade ein Reiterkampf in vollem Gang – Joe Wayne saß bei seinem Vater auf den Schultern und Marvella bei Kate, an deren Haar sie sich wie an einer Pferdemähne festhielt.

Sunny wischte sich die Zornestränen aus dem Gesicht. Sie sahen aus wie die amerikanische Musterfamilie aus der Werbung. Und Sunny paßte nicht mehr mit aufs Bild.

Sie ging in die Küche, räumte ihre Mitbringsel in die

Schränke und deckte den Küchentisch für fünf Personen. Dann beschloß sie, Kates Kostüm zum Kochen lieber auszuziehen. Sie wollte es schonen, damit sie von Kate nicht noch mehr annehmen mußte.

Sie stand im Schlafzimmer und zog sich um, als Ford, nur mit einem Handtuch um die Hüften, die Treppe heraufgepoltert kam. Er umarmte sie stürmisch.

»Ach, Schatz. Gottseidank bist du wieder da. Ich habe mir solche Sorgen gemacht.«

»Das hat man gesehen«, sagte sie und schob ihn fröstelnd weg. »Du machst mich naß.«

»Komm doch auch ins Wasser«, schlug er vor. »Und erzähl uns, wo du den ganzen Tag gewesen bist.«

»Da gibt's nichts zu erzählen«, sagte sie achselzuckend. »Ich habe einen Job gefunden und kriege meinen Lohn in Lebensmitteln.« Sie schlüpfte in alte Jeans und ein T-Shirt. »Und jetzt gehe ich runter und koche uns was zum Abendessen.«

»Moment mal, mein Schatz. Du brauchst nicht sofort zu kochen«, sagte Ford betreten. Er sah ein Gewitter aufziehen, wußte aber nicht, wie er es aufhalten sollte. »Kate war mit den Kindern mittags auf dem Farmer's Market, und ich habe erst vor ein paar Stunden ein Riesensandwich verdrückt. Wir haben nicht so großen Hunger.«

»Ich schon«, schnappte Sunny grimmig, »ich habe den ganzen Tag nichts gegessen.«

»Dann mach doch nur was für dich«, besänftigte sie Ford. »Ich komme runter und leiste dir Gesellschaft, muß mir nur noch was anziehen.« Er schälte sich aus der nassen Badehose, rollte sie ins Handtuch und stellte sich vor den Schrank.

Irgend etwas an der Selbstverständlichkeit, mit der er durchs Zimmer ging, verstörte Sunny. Er war schon lang nicht mehr am hellichten Tag splitternackt herumgelaufen – eigentlich seit ihrem ersten Sommer auf der Farm. Sie schloß die Augen und stöhnte leise auf. Warum mußte er auch so gut aussehen?

Ford drehte sich um und kam zu ihr her. »Was hast du denn, mein Schatz?« Er umarmte sie und steuerte mit ihr aufs Bett zu. »Du bist ganz erschöpft. Leg dich doch erst mal hin und ruh dich aus.«

Plötzlich trommelte ihm Sunny mit den Fäusten gegen die Brust. »Bleib mir vom Leib, verdammt noch mal. Und laß das Bett aus dem Spiel. Damit hat unser ganzer Schlamassel schließlich angefangen.«

Ford wich betreten zurück und nahm beleidigt den Bademantel vom Bett. »Was hast du bloß? Du warst das ganze letzte Jahr so tapfer. Und jetzt, wo wir langsam wieder auf die Beine kommen, gehen dir die Nerven durch.«

Sunny funkelte ihn an. »Ich habe mich heute das erste Stück aus dem Sumpf gezogen, und ich will nie, nie wieder zurückfallen.« Es gab eine lange Pause, in der sie ihn kühl musterte. »Und was hast du getan, um uns hier rauszukriegen?«

»Wie meinst du das? Warum sollen wir denn hier weg?«

»Dann hast du dich heute nicht um eine Arbeit gekümmert?« Ihre Stimme klang hart und unerbittlich.

»Ich arbeite hier in diesem Haus«, sagte er mit gespielter Überzeugung, die ihm selber hohl vorkam. »Solange wir hier wohnen, und solang es etwas gibt, das hier erledigt werden muß. Das bin ich ihr schuldig. Du hast gesagt, du kriegst deinen Lohn in Lebensmitteln, und ich arbeite eben für unser Dach über dem Kopf.«

»Das kannst du nachts und am Wochenende«, sagte Sunny unbarmherzig. »Wie andere Männer auch.«

»Und was ist mit Joe Wayne und Marvella?« Ford kam allmählich die Galle hoch. »Hast du dir das mal überlegt, als du heute früh abgerauscht bist?«

»Um die Kinder kümmert die sich schon«, sagte Sunny störrisch. »Sie hat doch sonst nichts zu tun. Heute früh war sie mit ihnen im Pool, und da ist man jetzt ja anscheinend schon wieder.«

»Sie mag einfach Kinder«, sagte Ford betont ruhig. »Ihre Tochter ist an der Uni, und sie ist eben einsam in diesem riesigen Haus. Aber das heißt nicht, daß wir sie ausnützen können. Solang die Kinder noch Ferien haben, bestehe ich darauf, daß immer einer von uns hier ist und auf sie aufpaßt.« Er nahm Sunnys Hand. »Jetzt komm nach unten, wir machen dir was zu essen. Wenn du Hunger hast, dann wirst du immer ein bißchen empfindlich.«

»Mami«, rief Marvella, als sie von draußen in die Küche gestürzt kam, und warf sich Sunny in die Arme. »Komm mit und schau, wie ich schwimmen kann.«

»Wir haben nicht gewußt, wo du bist«, bemerkte Joe Wayne mit einem vielsagenden Blick.

Sie lächelte ihm beruhigend zu. »Ich habe ja heute früh selbst noch nicht gewußt, wo ich hingehe.«

Marvella sah sie neugierig an. »Und wo warst du dann?«

»Ich arbeite jetzt in einem Laden, genauso wie früher bei meinen Eltern. Und jeden Tag bringe ich was anderes zum Essen mit.«

»Was kriegen wir heute?« Marvella hatte sich von Sunnys Begeisterung bereits anstecken lassen.

»Wie wär's mit Tacos?« schlug Sunny vor. »Wir haben Hackfleisch, Tortillas, Salat und . . .«

»Heute gehen wir zum Essen«, unterbrach sie Joe Wayne. »Oder, Kate?« Kate stand zögernd in der Küchentür.

»Schau mal, deine Mutter hat schon für uns gedeckt«, sagte sie überrascht. »Und habe ich da was von Tacos läuten hören? Die esse ich für mein Leben gern.«

»Aber was ist mit dem Restaurant am Meer?« Joe Waynes Stimme überschlug sich vor lauter Angst, daß sie ihr Versprechen nicht hielt. »Wo die Wellen bis ans Fenster spritzen?«

»Das steht morgen auch noch da«, erwiderte Kate.

»Ihr wart doch schon aus«, erinnerte Ford die Kinder. »Heute abend bleiben wir lieber zu Hause.« Ihm behagte der Gedanke an einen gemütlichen Abend mit seiner Familie in diesem Haus außerordentlich. Er lächelte Sunny zärtlich zu, aber die war in Gedanken versunken und blickte nicht auf. »Außerdem können Sie uns nicht dauernd ausführen, Kate. Wir stehen sowieso schon so tief in Ihrer Schuld.«

»Mit Ihnen war ich sowieso noch nirgends. Und mit Sunny auch nicht«, ergänzte sie schleunigst. Dann wandte sie sich an Joe Wayne und Marvella. »Das Restaurant am Meer heben wir uns am besten für den Sonntag auf, wenn eure Mutter nicht den ganzen Tag arbeiten muß.«

»Was habt ihr eigentlich heute gemacht, Ford«, fragte Sunny unvermittelt.

»Wir haben das Bad gestrichen«, plusterte Ford sich auf. »Stimmt's, Kinder?« Er blickte die Kinder hilfesuchend an.

»Und den Gemüsegarten angelegt«, erinnerte ihn Marvella. »Wir wollen nämlich Karotten ziehen und Zwiebeln und ...« Sie setzte ab in der Hoffnung, Ford würde weiter aufzählen, aber er ging plötzlich schnell zur Tür. »Kinder, zieht mal lieber die nassen Sachen aus, sonst kriegt ihr noch Schnupfen.«

»Erzähl du ihr, was wir alles anbauen, Daddy«, sagte Marvella, als sie aus dem Zimmer lief.

»Beim Essen«, sagte Ford und mied Sunnys Blick. »Du bleibst schön hier, mein Schatz«, fügte er beschwichtigend hinzu. »Ich kümmere mich um die Kinder.«

»Um mich brauchst du dich nicht kümmern«, sagte

Joe Wayne. »Ich habe ja jetzt ein eigenes Zimmer. Da kann ich alles allein.«

»Das hört man gern«, sagte Ford. »Dann helfe ich Marvella.«

Sunny wartete darauf, daß Kate mit hinaufgehen würde. Sie konnte schließlich schlecht in der fremden Küche hantieren, als wäre es ihre eigene, aber sie fiel fast um vor Hunger. Kate machte sich jedoch ein Glas Eistee und setzte sich Sunny leutselig gegenüber.

»Haben Sie ihn gebeten, einen Gemüsegarten anzulegen?« platzte Sunny heraus.

Diese Heftigkeit überrumpelte Kate. »Hm, nicht direkt.« Sie zögerte, da sie spürte, wie sich eine Auseinandersetzung anbahnte. »Aber wir haben gestern schon darüber geredet, daß eigentlich Platz wäre und daß es doch jammerschade um den guten Boden ist . . .«

»Also kam er dann auf die Idee, tatsächlich einen Gemüsegarten anzulegen?« fiel ihr Sunny ins Wort.

»Er hat sich ausgesperrt«, erklärte Kate. »Es war keiner da, und irgend etwas wollte er eben machen.« Ärgerlich, wie schuldbewußt sie sich plötzlich vorkam, stand sie auf. »Da fällt mir ein, daß ich irgendwo noch zwei Hausschlüssel haben muß.« Sie kramte in einer Schublade. »Ich gebe Ihnen und Ford je einen, damit Sie kommen und gehen können, wann Sie möchten.«

»Sehen Sie eigentlich nie fern?« fragte Sunny, während sie eine Packung Hackfleisch aus dem Kühlschrank holte.

»Wie?« Bei Sunnys Bemerkungen verschlug es Kate immer wieder die Sprache.

»Wir sind hier schließlich nicht in Iowa. Da hatten wir auch Angst, als wir die Farm verloren haben – aber vor der Arbeitslosigkeit oder davor, keine Wohnung zu finden –, nicht vor anderen Menschen. In dieser Stadt dagegen ist man nie sicher. Da wird man sogar im eigenen Haus überfallen, selbst in den guten Stadtvierteln.« Sie nahm eine Pfanne aus dem Schrank und briet das Fleisch an, wobei sie heftig mit dem Bratenwender darauf einhackte.

»Sie klingen ja wie meine Freundin Ruth«, sagte Kate. Sie durchwühlte die Papiere, ob die Schlüssel vielleicht dazwischengerutscht waren.

»Da sind sie ja!« rief Kate. »Nehmen Sie den Schlüssel gleich, bevor ich ihn wieder verlege.«

»Wie können sie so etwas tun?« beharrte Sunny. »Einer Wildfremden ihren Hausschlüssel anvertrauen?«

»Aber Sie sind doch für mich keine Wildfremde. Längst nicht mehr«, sagte Kate und holte einen Eissalat und zwei Tomaten aus dem Kühlschrank. »Ich schneide den Salat und die Tomaten. Wir haben eine neue Regel eingeführt: Keiner macht das Essen für alle. Aber jeder macht mit.«

»Das wird Ford aber gar nicht passen.« Unwillkürlich mußte Sunny lächeln.

»Da täuschen Sie sich«, sagte Kate. »Er hat sich die Regel nämlich ausgedacht.« Sie steckte den anderen Schlüssel in die Bademanteltasche. »Ich bringe ihm seinen Schlüssel und hole ihn gleich mal zum Helfen.«

Als Kate aus der Küche war, nahm sich Sunny eine Zwiebel und hackte wie wild darauf ein. Jetzt hatte sie endlich einen Grund, den Tränen freien Lauf zu lassen.

14

Gute Nacht«, rief Kate und machte die Tür zum Arbeitszimmer hinter sich zu. Sie war überrascht, wie erleichtert sie sich plötzlich fühlte.

Nach dem Essen und dem Abwasch hatte Ford im Wohnzimmerkamin ein Feuer gemacht, und Kate hatte ihre Lieblingsplatten von Simon und Garfunkel aufgelegt. Ihr Musikgeschmack beschränkte sich nach wie vor auf die sechziger Jahre, und selbst Nina machte keine Anstalten, ihre Mutter zu moderner Musik zu bekehren, sondern trällerte immer noch die Lieder vor sich hin, mit denen sie als Kind in den Schlaf gesungen wurde. Kate machte es sich in einem Sessel am Kamin bequem, streifte die Schuhe ab und legte genüßlich die Füße hoch.

Ford und Sunny saßen zunächst steif auf dem Sofa, die Kinder daneben – wie Verwandte auf Anstandsbesuch. Eigentlich war alles überraschend glatt gegangen, seit sie am Vortag angekommen waren, sinnierte Kate. Sie hatten sich ja auch alle bemüht. Und natürlich waren sie heute viel gemeinsam unterwegs gewesen – das hieß: ohne Sunny. Mit ihr war die Stimmung jetzt wieder angespannt. Gottseidank übertönte wenigstens die Musik das ungemütliche Schweigen. »Ach«, rief Ford plötzlich, als Simon und Garfunkel *»Bridge Over Troubled Water«* schmetterten, und nahm Sunnys Hand. »Das lief im Autoradio an dem Abend, als wir . . .« Er brach ab. »Als wir uns kennengelernt haben«, ergänzte er leise. Nun lächelte Sunny zaghaft, ohne den Kopf zu wenden. Kate schloß die Augen und versenkte sich in die Musik. Sonderbar, daß man sich in seinem eigenen Haus so fehl am Platz vorkommen konnte.

Sonst wurde nichts mehr gesprochen, und Kate hatte den Verdacht, daß nur ihr das etwas ausmachte. Komisch, wie manche Menschen sich ohne Worte miteinander wohlfühlten. Ford und Sunny saßen kaum anders auf dem Sofa als zuvor, aber jetzt hatte man den Eindruck, sie gehörten dorthin. Er zog sie an sich, sie lehnte den Kopf an seine Schulter und machte die Augen zu. Ford blickte wie gebannt in die Flammen. Marvella war mit dem Kopf auf dem Schoß ihrer Mutter eingeschlafen, und Joe Wayne rutschte auf den Boden und legte sich neben Homer, der schon vor dem Feuer schlief.

Wann waren Cliff und Kate das letzte Mal gemeinsam schweigend vor einem Feuer gesessen? Kate konnte sich nicht mehr daran erinnern. Cliff machte eigentlich nur ein Feuer, wenn sie Besuch bekamen. »Es ist so viel Arbeit«, jammerte er immer. »Es geht ja nicht nur darum, es anzukriegen, sondern man muß sich den ganzen Abend darum kümmern, sonst geht es einem dauernd aus.«

Wie bei einer Ehe, dachte Kate, um die mußte man sich eben auch kümmern. Aber zu Cliff sagte sie nur: »Kein Wunder, daß du nie mehr Theaterregie machen willst.« Das leugnete er auch nicht, denn für ihn war ja das Schöne am Film, daß man seine Einfälle dauerhaft auf Zelluloid bannte. Wenn man mit einer Arbeit fertig war, dann hatte man sie ein für alle Mal geschafft.

Also hatte Kate nach den ersten paar Ehejahren einen großen Kupferkessel gekauft, ihn mit Blumen und Zweigen aus dem Garten gefüllt und in den Kamin gestellt. Das ganze Jahr über sorgte sie für ein frisches Blumengesteck, und die leuchtenden Farben in dem blanken Kupferkessel trösteten sie an Winterabenden über die kalten Füße hinweg.

Erst kurz vor Weihnachten, wenn sie den Baum schmückte, holte sie den Kupferkessel feierlich aus dem Kamin und schichtete zum Klang von Weihnachtsliedern ein Feuer auf. An Neujahr, wenn der Baum wieder weg kam, wanderten die Blumen zurück in den Kamin.

Aber dieses Jahr machte sie es anders, das schwor sich Kate im stillen. Cliff kam nicht mehr zurück – und der Kamin sollte als solcher benutzt werden, solang es an den Abenden kalt genug für ein Feuer war. Der Schmuck konnte ihretwegen so lang hängen bleiben, bis der Baum alle Nadeln verlor. Die bunten Lichter und das Lametta vertrieben nämlich die Dunkelheit – und die Verzweiflung, die sie immer wieder überfiel.

Kate stand unvermittelt auf. In den letzten vierundzwanzig Stunden hatte sie ganz in der Gegenwart gelebt; gestern abend hatte sie nur schnell ein Leintuch auf die Couch in Cliffs Arbeitszimmer geworfen, hatte sich unter einer Decke zusammengerollt und war sofort eingeschlafen. Doch heute abend war sie einsam. Was von Cliff in diesem Haus noch übrig war, würde in seinem Arbeitszimmer zu finden sein.

»Ich bin todmüde«, flüsterte sie Ford und Sunny zu. »Machen Sie bitte das Licht aus, wenn Sie ins Bett gehen?«

Joe Wayne rappelte sich hoch. »Darf ich in meinem Zimmer noch fernsehen?«

Kate wollte schon »ja, natürlich« sagen, hielt sich aber gerade noch zurück. Sie war nicht die Mutter, auch wenn sie in diese Rolle noch so leicht verfiel.

Ford sah auf die Uhr. »Aber nur eine Stunde. Dann machst du das Licht aus. Wir haben morgen eine Menge zu tun, und du mußt mir helfen.«

Joe Wayne gab seinen Eltern einen Gutenachtkuß, winkte Kate schüchtern zu und ging dann mit Homer im Schlepptau auf die Küchentür zu.

Morgen – schon bei dem Gedanken daran hob sich Kates Laune. Alles, was man in diesem Haus anpackte, zog das nächste nach sich. Für das frisch gestrichene Bad brauchte man zum Beispiel jetzt neue Vorhänge. Sie wollte mit den Kindern morgen ins Beverly Center fahren. Die hatten sicher ihren Spaß mit den Rolltreppen und den vielen Geschäften. Und in dem Restaurant ganz oben könnten sie zu Mittag essen, da wären sie bestimmt begeistert! Vielleicht konnte sie Ford sogar überreden mitzukommen.

»Gute Nacht!« rief sie noch aus der Diele, dann machte sie die Tür zum Arbeitszimmer hinter sich zu. Plötzlich tat es gut, allein und für keinen anderen Menschen mehr verantwortlich zu sein. Der Koffer, den sie vom Schlafzimmer mit heruntergenommen hatte, stand unangetastet neben Cliffs Schreibtisch. Das Einpacken gestern nacht war eine Geste gewesen – auch wenn Cliff gegangen war und sie hier zurückgelassen hatte, wollte sie das Gefühl haben, sie sei irgendwohin unterwegs. Heute abend mußte sie sich damit abfinden, daß die Reise nicht weiter als in dieses Zimmer ging – im Augenblick zumindest. Aber vielleicht fand sie ja hier, wo er so viele Stunden für sich allein verbracht hatte, die Erklärung, was zwischen ihnen schiefgegangen war.

Kate öffnete den Koffer und breitete den Inhalt auf der Ledercouch aus. Sie kam sich fast wie ein Eindringling vor, als sie die Jacketts, die noch ordentlich in seinem Wandschrank hingen, beiseiteschob und Platz für ihre Kleider machte. Den leeren Koffer verstaute sie im obersten Fach, dann klappte sie die Schranktür zu.

Insgeheim freute sie sich an dem Gedanken, daß sie sich in seinem Arbeitszimmer jetzt häuslich einrichtete. Das Haus gehörte ihr schließlich genauso wie Cliff, und trotzdem war ein Zimmer darin die ganzen Jahre praktisch tabu für sie gewesen. Im ganzen Haus gab es kein Zimmer, in dem Kate die Tür hinter sich zumachen und wirklich allein sein konnte. Selbst wenn sie in der Badewanne lag, kam Cliff einfach herein und fragte sie etwas.

Wenn sie absperrte, trommelte er gegen die Tür und rief ihr die Frage zu.

Am Anfang ihrer Ehe hätte Kate nie daran gedacht, sich irgendwo einzusperren. Und wenn Cliff sie in der Badewanne überraschte, hatte er erst einmal ein Kompliment parat. Erst in den letzten Jahren, als er einfach hereingeplatzt kam und loslegte, als säße sie irgendwo am Schreibtisch, konnte sie solche Störungen kaum ertragen. Aber ein eigenes Zimmer hatte sie eigentlich nie vermißt. Jetzt allerdings freute sie sich darauf, das Arbeitszimmer in Besitz zu nehmen – einerseits um Cliff von hier zu verdrängen, das mußte sie zugeben, aber andererseits um zu entdecken, wer sie eigentlich ohne ihn war.

Sie setzte sich auf den Drehstuhl an seinem Schreibtisch – und kam sich vor wie ein Offizier bei der Kommandoübernahme. Sein Schreibtisch war doppelt so groß wie das zierliche Tischchen im Schlafzimmer, an dem sie Briefe schrieb und Überweisungen ausfüllte. Und die ganzen Geräte vor ihr! Sie würde sich mit dem Computer vertraut machen müssen, genauso wie mit dem Videorecorder und dem Anrufbeantworter. Wenn sie in diesem Haus schon ohne Cliff auskommen sollte, dann wollte sie wenigstens die Annehmlichkeiten nutzen, mit denen er sich den Alltag erleichtert hatte.

Sie fing an, die Schubladen systematisch nach Bedienungsanleitungen zu durchstöbern. Ein Schreibtisch verriet mehr über einen Menschen als ein Dinner bei Kerzenschein, dachte Kate. Nach außen hin war Cliff ordentlich und rationell. Die Stifte lagen sauber aufgereiht auf dem Tisch, private Rechnungen waren in einem Ordner abgelegt, und die unbeantwortete Post wartete in einem Fach auf ihre Erledigung. Das Ganze wirkte keineswegs wie der Schreibtisch eines Menschen, der nie mehr nach Hause kommt.

Persönliche Dinge wurden bei Cliff einfach in die unterste Schublade gefeuert. Wahllos durcheinander lagen Zeitungsausschnitte, Photos, Einladungen zu längst vergangenen Ereignissen, sogar eine Packung Kondome.

Kate nahm das Schächtelchen und drehte es in der Hand hin und her. Es sah ziemlich neu aus. Überrascht war sie eigentlich nicht. Sie hatte schon immer gewußt, daß es bei den Dreharbeiten andere Frauen gab. Aber es verletzte sie. Sie hatte eben gehofft, daß Cliff ihr zumindest zu Hause allein gehörte, und sie hatte auch nie aufgehört, sich ein eigenes Kind zu wünschen, obwohl sie da die Hoffnung längst schon aufgegeben hatte. Wütend feuerte sie die Packung in die Ecke. »Du Schuft!« beschimpfte sie ihn leise.

Mit den Tränen kämpfend, wühlte sie weiter in der Schublade. Plötzlich stieß sie mit den Fingern an etwas Metallenes. Fieberhaft räumte sie Papiere beiseite und zog eine längliche Kassette heraus. Eine Weile hielt sie sie mißtrauisch auf dem Schoß, bevor sie versuchte, das Schloß aufzumachen. Vergeblich – Cliff mußte den Schlüssel bei sich haben. Sie saß wie versteinert, während sich ihre Gedanken überschlugen. Vielleicht war es besser, nicht zu wissen, was sich darin befand.

Kate wollte die Kassette schon in die Schublade zurücklegen, aber sie brachte es einfach nicht über sich – nicht ohne wenigstens versucht zu haben, ihr Geheimnis zu ergründen. Auf eine Eingebung hin öffnete sie ein verziertes Holzkästchen auf dem Schreibtisch. Schlüssel in allen möglichen Variationen lagen darin. An manchen hing ein Schild – Autoschlüssel, Hausschlüssel, Kofferschlüssel –, aber die meisten hatten ihren ursprünglichen Zweck wohl längst überlebt.

Kate leerte das Kästchen auf den Schreibtisch und sortierte die Schlüssel auseinander. Mit dem kleinsten fing sie an, dann probierte sie alle der Reihe nach durch. Bei jedem vergeblichen Versuch wurde sie wütender auf Cliff.

Was für ein Mensch hob Schlüssel auf, die nirgends mehr sperrten? Und was versteckte ein Mann in einer Kassette, die nur er selber aufschließen konnte? Wie zur Antwort drehte sich plötzlich der Schlüssel, den sie gerade ausprobierte. Kate hatte sich schon darauf eingestellt, nie hinter ihr Geheimnis zu kommen, daß sie erst ihren ganzen Mut zusammennehmen mußte, um hinzusehen. In der Kassette lagen lauter offiziell aussehende Dokumente. Mit zitternden Fingern schlug Kate das erste auf und begann zu lesen. Plötzlich lachte sie erleichtert auf. Ihre Heiratsurkunde! Wie schmeichelhaft, daß Cliff sie für so wichtig hielt, daß er sie hinter Schloß und Riegel aufbewahrte, aber wie gemein, daß sie bei seinen privaten Dingen lag – in einer Kassette, zu der sie nicht einmal den Schlüssel hatte. Er tat ja so, als wäre er der einzige, der je womöglich einen rechtlichen Nachweis für ihre Ehe bräuchte. Kate ertappte sich bei der Überlegung, ob man bei der Scheidung seine Heiratsurkunde wohl zurückgeben mußte oder einfach einen Ungültigkeitsstempel darauf bekam.

In Gedanken noch bei ihrer Ehe, schlug sie den nächsten Bogen auf und fand lauter Dokumente, die mit Ninas Adoption zu tun hatten. Hier gab es keine Geheimnisse – die hatten Cliff und Kate gemeinsam unterschrieben. Sie hatten sich so um ein eigenes Kind bemüht. Cliff konnte es nach der Hochzeit schier nicht erwarten, Vater zu werden. Kate war unter ihren Freundinnen wahrscheinlich die einzige, die nie Verhütungsmittel benutzt hatte.

Ohne Kate Bescheid zu sagen, ging Cliff zu einem Arzt. Als der ihm versicherte, daß mit ihm alles in Ordnung sei, bestand er darauf, daß Kate sich untersuchen ließ. »Verklebte Eileiter« hieß die Diagnose und »Adoption« die einzig sinnvolle Arznei.

Zunächst lehnte Cliff das kategorisch ab – er wollte ein eigenes Kind, nicht das eines anderen Mannes –, aber nachdem sich Kate regelmäßig in den Schlaf weinte und durch nichts zu trösten war, kam er langsam zu der Überzeugung, daß ihre Ehe ohne ein Kind nie vollkommen wäre.

Als sie sich dann näher erkundigten, mußten sie allerdings feststellen, daß das Adoptieren genauso schwierig und frustrierend sein konnte wie vergebliche eigene Versuche. Durch die Pille und den legalen Zugang zur Abtreibung kamen immer seltener unerwünschte Kinder zur Welt, und in einer Zeit, in der ledige Filmstars ihre Kinder allein aufzogen (und oft sogar den Namen des Vaters nicht herausrückten, ganz zu schweigen davon, mit ihm zusammenzuziehen), konnte die Gesellschaft auch die Normalsterblichen immer weniger dazu zwingen, ihren unehelichen Nachwuchs zur Adoption freizugeben.

Nachdem sie sich zwei Jahre lang auf endlose Wartelisten hatten setzen lassen, zahllose Anzeigen aufgegeben und Briefe geschrieben hatten, kam endlich ein Anruf von ihrem Anwalt. Er habe ein junges Mädchen an der Hand, die im achten Monat schwanger sei und deren Freund sich weigere, sie zu heiraten. Sie habe beschlossen, ihr Kind zur Adoption freizugeben und aufs College zu gehen.

Cliff und Kate erklärten sich freudig bereit, für ihre Studiengebühren und ihren Unterhalt aufzukommen, und einen Monat später kam dann Leben in die Wiege im Kinderzimmer, das sie mit so viel Liebe eingerichtet hatten. Sie gaben ihrem Sohn Kates Mädchennamen – Saxon. Cliff und Kate hatten das Gefühl, daß sie durch die Freude an ihrem Sohn für ihren ganzen Kummer mehr als entschädigt wurden, und auf dem Weg zum Anwalt, wo sie die letzten Papiere unterzeichnen sollten, sprachen sie schon über die Möglichkeiten, Saxon ein Schwesterchen zu bescheren.

Aber als der Anwalt sie in sein Zimmer gebeten hatte, teilte er ihnen mit, daß die junge Mutter sich anders entschieden habe. Sie heirate jetzt doch und wolle ihr Kind zurück.

Kate war außer sich: »Das kann sie uns doch nicht antun. Das kann sie vor allem Saxon nicht antun, der versteht das doch gar nicht.« Cliff sackte auf einen Stuhl und schlug die Hände vors Gesicht. Er saß einfach da, während Kate zeterte, weinte und bettelte. Der Anwalt legte ihr den Arm um die Schultern und sagte, er hätte den ganzen Vormittag mit dem Mädchen telefoniert. Sie habe sich durch keines seiner Argumente umstimmen lassen, und rechtlich könne man nichts dagegen unternehmen. Eine Wartezeit vor der endgültigen Unterzeichnung der Unterlagen sei Bestandteil eines jeden Adoptionsvertrages, aber er habe in seiner gesamten langjährigen Amtszeit noch nie erlebt, daß die leibliche Mutter das dahingehend ausgenützt habe, um ihr Kind zurückzufordern.

Kate und Cliff trauerten um ihren Sohn, als wäre er gestorben. Kate ließ im Kinderzimmer alles an seinem Platz – die Strampelanzüge in den Schubladen, das Spielzeug auf dem Regal –, aber sie machte die Tür zu und warf nie wieder einen Blick hinein. Sie nahm die eingerahmten Babybilder ab und räumte das Photoalbum fort. Kinderstuhl, Laufstall und Kinderwagen wurden zerlegt und in der Garage verstaut.

Aber trotz aller Anstrengungen verging kein Tag, ohne daß sie an ihr Kind erinnert wurde: ein winziges Söckchen im Wäschekorb, ein Satz in einem Brief von einer Freundin, die verreist war und es noch nicht erfahren hatte, die Sonderangebote des Babyladens um die Ecke im Briefkasten. Dann packte sie der Schmerz wieder genauso unbarmherzig wie beim ersten Mal, und sie zog die Vorhänge im Schlafzimmer zu und weinte ihren Kummer in ihr Kissen.

Cliff kam bald nicht mehr zum Abendessen nach Hause.

Kate war meist nicht nach Kochen zumute, und selbst wenn es so war, konnte sie es nicht ertragen, Cliff gegenüberzusitzen. Sie ließ ihm im Kühlschrank oder auf dem Herd etwas übrig und tat so, als würde sie schon schlafen, wenn er schließlich ins Bett kam. Beide waren erleichtert, als er schließlich die Regie in einem Film angeboten bekam, der zum Großteil im Staat New York gedreht werden mußte.

Noch am Tag seiner Abreise fuhr Kate zu dem Anwalt in die Kanzlei. Sie erklärte ihm, sie müsse Saxon besuchen und verlangte den Namen und die Adresse der leiblichen Mutter. Sie wolle keine Dummheit begehen, versicherte sie ihm. Sie müsse sich nur einfach davon überzeugen, daß es ihm gut gehe – und daß er geliebt würde. So behutsam wie möglich brachte ihr der Anwalt bei, daß er diese Angaben vertraulich behandeln müsse. So schmerzhaft es für Kate sei, aber die leibliche Mutter wolle keinerlei Kontakt mehr zu ihr. Das Kind sollte nie erfahren, bei wem es die ersten sechs Monate seines Lebens zugebracht hat.

»Können Sie mir wenigstens sagen, wie er jetzt heißt?« bettelte Kate, aber der Anwalt schüttelte den Kopf. Er riet ihr dringend, sich nicht länger zu quälen, das Unabänderliche zu akzeptieren und sich auf die Zukunft zu konzentrieren. Aber sie konnte nicht aufhören zu heulen. »Wenn er gestorben wäre, hätten wir wenigstens eine Beerdigung gehabt«, schluchzte sie. »Aber er ist uns so plötzlich weggenommen worden. Und wir wissen nicht, was aus ihm geworden ist.«

»Er ist bei seinen leiblichen Eltern.« Der Anwalt tätschelte ihr die Hand.

»Das ist ein schwacher Trost.« Kate ließ sich nicht beruhigen. »Man liest doch jeden Tag in der Zeitung, was leibliche Eltern ihren Kindern alles antun. Kein Mensch der Welt kann Saxon so lieben, wie ich ihn geliebt habe. Und immer noch liebe.«

»Vielleicht nicht.« Der Anwalt öffnete seine Schreibtischschublade und holte ein Foto heraus. »Aber schauen Sie sich dieses Bild von Ralph an seinem ersten Geburtstag an, dann ist Ihnen vielleicht wohler.«

»Ralph?« Kate griff nach dem Bild. Ein kleiner Junge, dessen Gesicht ihr schmerzhaft vertraut war, guckte ihr entgegen. Er lief mit ausgestreckten Ärmchen auf die Kamera zu. In einer Ecke des Fotos hielt ein nicht identifizierbares Händepaar einen Kuchen mit einer einzelnen Kerze.

»Ich wußte doch, daß er an seinem ersten Geburtstag bestimmt schon laufen kann.« Kate lächelte durch ihre Tränen hindurch. Dann stand sie auf, das Foto immer noch fest in der Hand. »Darf ich das bitte behalten?«

Er nickte. »Auch wenn er sich nicht an Sie erinnert, kann ihm doch keiner nehmen, was Sie ihm alles gegeben haben.«

Auf der Heimfahrt wurde Kate von einem plötzlichen Glücksgefühl überrascht. Sie hatte einen Sohn. Er lebte, und es ging ihm gut, auch wenn er jetzt anders hieß und andere Eltern hatte. Es war eben ein Fehler, solch eine enge Vorstellung von Familie zu haben, dachte sie sich. Zur Familie gehörte jeder, mit dem man in Gedanken verbunden war. Man betete, daß es ihnen gut ging und hatte Angst, daß es ihnen schlecht ging, aber tun konnte man ohnehin nichts. Man mußte sich damit abfinden, daß die eigenen Eltern vermutlich vor einem selbst sterben, und daß die eigenen Kinder das Haus verlassen, bevor man sie wirklich gehen lassen will. Am Ende war man wieder genauso allein wie am Anfang, und je früher man lernte, Menschen in ihrer Abwesenheit zu lieben, desto besser kam man zurecht.

Cliff war erstaunt über den Wandel in Kate, als er drei Monate später nach Hause kam. Sie wirkte jünger und glücklicher als in ihren Flitterwochen. Bei einem liebevoll vorbereiteten Essen an seinem ersten Abend daheim eröffnete sie ihm, daß sie wieder ein Kind adoptieren wolle. Zu ihrer Überraschung hatte er nichts dagegen einzuwenden. Im Gegenteil, er habe das Thema auch gerade ansprechen wollen. Die einzige Möglichkeit, ihren Kummer zu überwinden, sei doch, wieder ein Kind ins Haus zu bringen. Cliff nahm Kate in die Arme und erklärte ihr, er würde sich um alles kümmern. Und diesmal würde er schon dafür sorgen, daß nichts schiefging – und wenn er persönlich mit der werdenden Mutter sprechen müßte.

»Aber sag mir kein Wort, bis du wirklich ein Baby gefunden hast, das wir zu uns nehmen dürfen«, flehte Kate ihn an. »Noch so eine Enttäuschung vertrage ich nicht.«

Also hörte sie nichts, bis Cliff ihr ein halbes Jahr später erklärte, er fahre jetzt weg – und zwar mit dem Anwalt. Sie solle das Kinderzimmer vorbereiten und dafür sorgen, daß genügend Windeln zur Hand seien. Er bringe ein neugeborenes Töchterchen mit nach Hause.

Kate schlang ihm die Arme um den Hals. »Ich habe so gehofft, daß es ein Mädchen wird«, sagte sie, »aber ich habe mich nicht getraut, etwas zu sagen. Wie hast du sie gefunden? Wo holst du sie her? Kann ich nicht mitkommen?«

Cliff legte ihr den Finger an die Lippen. »Du hast doch gesagt, daß du nichts wissen willst«, erinnerte er sie. »Also überlaß alles mir. Du hast hier genügend zu tun.«

Das ganze Haus stand voller Blumen, als Cliff mit dem Baby zurückkam. Kate hatte alles, was blühte, aus dem Garten hereingeholt. »Wie sollen wir sie nennen?« fragte Cliff, als er Kate die Kleine in die Arme legte.

»Keinen Namen aus einer unserer Familien«, erwiderte sie. »Den Fehler machen wir nicht noch einmal. Dieses Kind ist ein Geschenk. Sie stammt nicht von einem von uns ab, und es wäre falsch, so zu tun.«

Schließlich entschieden sie sich für »Nina« – das spanische Wort für »junges Mädchen«. Sie legten das Baby im Bett zwischen sich und berührten sich über das kleine Wesen hinweg, als ob sie spirituell empfingen, was ihnen in der Wirklichkeit versagt geblieben war.

Als Kate nun an diese Nacht zurückdachte, spürte sie, wie ihr ganzer Körper auf diese Erinnerung ansprach. Es war, als ob Cliff durch den Akt, ihr ein Kind zu bringen, sich ihr vollkommener hingegeben habe als je zuvor und je seither. Er kam vielleicht nie wieder zurück, aber sie konnte Trost in der Gewißheit finden, daß er ihr einmal gehört hatte. Und Nina hatte in dieser liebevollen Atmosphäre aufwachsen dürfen, die durch ihre Anwesenheit entstanden war. Daß die Liebe nicht gehalten hatte, hieß nicht, daß sie nie bestanden hatte.

Kate verstaute die Adoptionsurkunden wieder in der Kassette. Sie hatte genug gesehen. Wenn die rechtlichen Nachweise ihrer Ehe und der Adoption ihres Kindes für Cliff so wichtig waren, daß er sie hinter Schloß und Riegel hielt, dann hatte sie ihn womöglich doch nicht ganz verloren.

Als sie den Kasten wieder zumachen wollte, fiel ihr ein Schnappschuß ins Auge. Sie zog ihn heraus und nahm ihn genauer unter die Lupe: eine dunkelhaarige Frau mit einem Säugling auf dem Arm. Sie drehte das Bild um, und auf der Rückseite stand in Cliffs kühner Handschrift: ›Nina, zwei Tage alt, mit ihrer Mutter.‹ Kate starrte darauf. Sie hatte noch nie ein Foto von Ninas Mutter gesehen. Es war ihr nie in den Sinn gekommen, daß Cliff eines haben könnte.

Kate drehte es den Magen um. Sie kam sich plötzlich verdrängt und ausgebootet vor. Nina hatte nie wissen wollen, wer ihre leiblichen Eltern waren. Trotzdem wurde Kate auf einmal eifersüchtig, wenn sie sich überlegte, was Nina wohl von ihrer echten Mutter halten würde.

Sie kramte noch tiefer in der Kassette und fand weitere

Fotos – eines von Cliff und der zwei Tage alten Nina und noch eines von Cliff mit Nina und deren Mutter. Kate starrte fassungslos auf das Bild. Cliff hatte der Frau den Arm um die Schultern gelegt, und er lächelte sie an, nicht Nina.

Fieberhaft durchwühlte Kate die Papiere am Boden der Kassette. Zwischen der Übertragungsurkunde des Hauses und den Autoversicherungsscheinen lag die Geburtsurkunde eines Mädchens, das an dem Tag geboren war, an dem sie Ninas Geburtstag feierten. Die Namen der Eltern lauteten auf Cliff Hart und Wenda Stone.

Wenda Stone. Kate blieb das Herz stehen. Also hatte die Frau, die Cliff als unbekannten Schauspieler nicht heiraten wollte, ihm ein Kind geschenkt, nachdem er als erfolgreicher Regisseur wieder zurückkehrte. Sie war nicht erst vor Weihnachten wieder in sein Leben getreten.

Kate betrachtete die Geburtsurkunde genauer. Die Geburt war in Toronto gemeldet. Natürlich! Cliff hatte im Staat New York gefilmt, also nicht so weit von Kanada weg, als er mit der Idee nach Hause kam, ein Kind zu adoptieren – nämlich sein eigenes Kind. Sie holte tief Luft. Wie oft hatte er Wenda Stone dann in den Jahren seit Ninas Geburt getroffen?

Kates Blick fiel plötzlich auf die Telefonnummer, die Cliff auf seine Schreibtischunterlage gekritzelt hatte – wo man ihn in Notfällen erreichen könne. Als sie anfing zu wählen, hatte sie keine Ahnung, was sie sagen sollte, doch als sie die Stimme am anderen Ende hörte, kam es ihr wie von selbst.

»Kann ich mit Wenda Stone sprechen?« Sie bemühte sich, genauso ruhig und selbstbewußt zu wirken, wie die Frau, die nach dem ersten Klingeln abgehoben hatte.

»Am Apparat«, erwiderte die Stimme.

Kate zögerte. Die rechte Hand, mit der sie den Hörer

umklammerte, zitterte so stark, daß sie die Linke zu Hilfe nehmen mußte.

»Hallo! Hallo! Ist da jemand? Hören Sie mich?« Die Stimme hatte etwas von ihrer Sicherheit eingebüßt.

Langsam und mit beiden Händen legte Kate den Hörer wieder auf.

15

Es war absurd, nervös zu sein, dachte Kate, als sie das kleine Restaurant betrat. Schließlich hatte er oft genug in ihrem Haus übernachtet, und unzählige Male hatten sie zusammen gegessen. Aber noch nie hatte sie darum gebeten, mit ihm allein zu sein.

Das mit dem Dinner war sein Vorschlag gewesen. Sie hatte gestern abend am Telefon – vor sich das Bild mit Nina und ihren leiblichen Eltern – nur gesagt, sie müsse mit ihm reden, und zwar von Angesicht zu Angesicht. Er hatte offenbar gespürt, daß sie ihn nicht zu Hause empfangen wollte. Ob sie sich irgendwo auf ein Glas treffen könnten?

»Guten Abend, Kate.« Adam stand zur Begrüßung auf, als sie zu ihm an den Tisch trat. »Du siehst heute aber anders aus als sonst.« Sein Tonfall machte deutlich, daß er nicht nur aus Gefälligkeit mit ihr zum Dinner ausging, sondern weil er sich gern mit ihr zeigte.

»Das ist ein neues Kleid.« Sie bemühte sich, beiläufig zu klingen. »Bei den Sonderangeboten nach Weihnachten kann ich nie widerstehen.«

Er schüttelte den Kopf. »Am Kleid liegt es nicht. Vielleicht liegt es an mir. Sonst ist immer Nina dabei, wenn wir uns treffen. Ich habe dich eigentlich noch nie richtig angesehen.« Er wandte sich schnell ab. Ein Kellner erschien, nahm die Getränke auf und reichte jedem eine Speisekarte. Adam klappte sie auf und tat so, als würde er sich in sie vertiefen, bis der Kellner wieder fort war. »Manchmal wünsche ich mir, daß Nina mehr von dir hätte«, sagte er leise, die Augen fest auf die Speisekarte geheftet.

Kate lächelte traurig. »Als ich dich um ein Treffen gebeten habe, wußte ich gar nicht genau, was ich eigentlich sagen soll, wieviel ich dir erzählen kann. Aber vielleicht wollte ich einfach nur das hören, was du gerade gesagt hast.« Dann schlug sie schnell die Hände vors Gesicht.

»Was ist denn, Kate?« Adam legte ihr die Hand auf den Arm. »Möchtest du wieder gehen?« Sie schüttelte den Kopf und klappte die Speisekarte auf, denn der Kellner kam bereits mit den Getränken.

Als sie wieder allein waren, lächelte sie Adam tapfer zu und hob das Glas.

»Auf ein neues Jahr! Und auf einen neuen Anfang – für uns beide.«

Er sah sie ein wenig skeptisch an, während er ebenfalls das Glas hob und mit ihr anstieß. »Auf ein neues Jahr!« sagte er, wobei er nur den ersten Teil ihres Trinkspruches wiederholte.

»Ich bin zwar ein paar Tage zu früh dran«, sagte sie leise, »aber ich mache gerade reinen Tisch.« Und plötzlich sprudelten die Sätze nur so aus ihr heraus.

Adam lauschte ihrem Bericht. Mit allen Details, oft nicht ganz folgerichtig, erzählte sie ihm, wie sie doppelt betrogen worden war.

»Willst du damit sagen, daß Nina Cliffs Tochter ist, aber nicht deine?«

Kate nickte. Es tat irgendwie gut, es endlich ausgesprochen zu haben, nachdem sie es die letzten vierundzwanzig Stunden mit sich herumgetragen hatte.

»Das muß ja ein Schock für dich gewesen sein! Weiß es Nina schon?«

Kate schüttelte den Kopf. Sprechen konnte sie nicht. Sie griff nach ihrem Weinglas, aber ihre Hand zitterte so stark, daß sie es wieder hinstellte.

Adam legte seine Hand auf die ihre. »Ninas Gefühle zu dir ändern sich dadurch bestimmt nicht. Sie ist nicht so.«

Kate starrte durch ihn hindurch. »Wenn man ein Kind adoptiert, betrachtet man nichts als selbstverständlich. Man fühlt sich immer wie auf Probe – man muß sich als Mutter erst bewähren. Und dieses Gefühl vergeht nie.« Sie hielt inne und fuhr dann flüsternd fort. »Ich habe immer solche Angst, Nina zu enttäuschen ...«

»Da brauchst du dir wirklich keine Sorgen zu machen. Du warst eine wunderbare Mutter. Und du hast eine wunderbare Tochter großgezogen.« Adam lächelte Kate herzlich an und zog seine Hand zurück, doch Kate saß weiter schweigend da, den Stiel ihres Weinglases umklammert.

»Nicht wunderbar genug«, sagte sie schließlich.

»Bitte?« Adam studierte wieder die Karte.

»Jetzt wo ich weiß, wessen Tochter sie ist«, begann Kate langsam, »sehe ich manches mit anderen Augen. Zum Beispiel wird mir klar, wie ähnlich sie Cliff eigentlich ist. Beide stellen ihre eigenen Ziele über alles und jeden.«

Adam rutschte betreten auf seinem Stuhl hin und her. »Jetzt laß deine Wut auf Cliff nicht an Nina aus. Sie ist derselbe Mensch wie vorher, bevor du herausgefunden hast, wer ihre leiblichen Eltern sind. Und ich liebe Nina, das wird sich durch nichts ändern.«

»Wenn ich das nicht wüßte, wäre ich nicht hier. Ich liebe sie doch auch, aber mir gefällt nicht ganz, wie sie sich entwickelt.« Kate seufzte. »Vielleicht ist es meine Schuld. Ich habe ihr nie etwas abgeschlagen. Wahrscheinlich, weil ich wußte, daß Cliff zu ihr halten würde. Er bewundert Menschen, die wissen, was sie wollen, und er hat immer betont, wie wichtig es sei, einem Kind beizubringen – vor allem einer Tochter –, ruhig etwas zu fordern. Ich hätte merken sollen«, fuhr sie mit stockender Stimme fort, »daß er aus Nina die Frau machen wollte, die er auch in ihrer leiblichen Mutter immer geliebt hat.«

Der Kellner kam, um die Bestellung aufzunehmen, aber Adam schüttelte den Kopf und winkte ihm ab. »Du bist alles, was sich eine Mutter für ihre Tochter nur wünschen kann, Adam. Aber du verdienst etwas Besseres als Nina. Oder zumindest eine bessere Nina. Ich habe jetzt den Mut, das auszusprechen, weil ich endlich begriffen habe, daß ich etwas Besseres als Cliff verdiene.«

»Es tut mir wirklich leid, daß Cliff dir diese Weihnachten so viel angetan hat.« Adams Tonfall war freundlich, doch sein Blick wurde eisig. »Aber mit mir hat das wirklich nichts zu tun und mit Nina auch nicht.« Er schob seinen Stuhl zurück, als ob er aufstehen wollte.

»Bitte geh nicht, Adam.« Kate merkte, wie aufgebracht er war, aber sie war fest entschlossen, sich dieses eine Mal nicht vorschnell wieder zu entschuldigen. Sie mußte ihren Anlauf bis zum Ende durchstehen, selbst wenn sie damit ihre Freundschaft aufs Spiel setzte. »Du und ich, wir sind uns in so vieler Hinsicht ähnlich. Und das gibt mir Mut, für uns beide zu kämpfen. Wenigstens habe ich heute abend endlich einmal getan, was ich tun wollte – ohne mir Gedanken zu machen, was du dann von mir hältst.« Plötzlich mußte sie lächeln. »Das stimmt nicht, natürlich habe ich mir Sorgen gemacht. Den ganzen Nachmittag habe ich hin- und herüberlegt, ob ich dir das alles zumuten kann. Aber mir liegt viel an dir, und wenn einem an einem Menschen etwas liegt, dann muß man ehrlich zu ihm sein. Ich beobachte dich und Nina seit eurer Highschoolzeit, und ich beneide meine Tochter um deine bedingungslose Liebe. Aber du darfst es ihr nicht so leicht machen. Sie soll darum kämpfen müssen – um die Liebe und um dich. Damit sie merkt, was sie an dir hat.« Unvermittelt brach sie ab. Ohne Luft zu holen, hatte sie sich alles von der Seele geredet. Nun stand sie auf. »Ich gehe jetzt. Vielen Dank, daß du mir zugehört hast.«

Adam winkte den Kellner heran.

»Möchten Sie bestellen, Sir?«

Adam schüttelte den Kopf. »Gleich. Aber zunächst bitte

eine Flasche Champagner.« Er lächelte Kate zu. »Wir beide trinken heute abend nämlich auf eine neue Ära.«

16

Ford hörte es klingeln und kletterte vom Dachboden herunter, aber als er schließlich die Haustür öffnete, war kein Mensch zu sehen. Der weiße Mercedes in der Einfahrt bewies jedoch, daß irgend jemand gekommen war.

Nach einem Griff in die Tasche zum Hausschlüssel zog Ford die Tür hinter sich zu und ging ums Haus herum in den Garten. Eine große, elegant gekleidete Frau führte einen jüngeren Mann auf dem Grundstück herum. Als sie auf den Swimmingpool zusteuerten, trat Ford zögernd auf die beiden zu. »Entschuldigung, haben Sie gerade geläutet?«

»Es schien allerdings niemand da zu sein«, erwiderte die Frau und maß ihn von oben bis unten.

»Ich war auf dem Dachboden, ein Stromkabel ist kaputt«, erklärte Ford.

»Sind Sie denn auch Elektriker?« Die Frau schien überrascht zu sein.

Auch Elektriker? Was sollte das wohl heißen? Was wußte diese Frau von ihm? »Ich mache praktisch alles, was in einem Haus eben anfällt«, erwiderte er zögernd.

»Können wir das Haus besichtigen?« Der Mann wollte offensichtlich zügig erledigen, was er sich für seinen Besuch vorgenommen hatte.

Ford wußte nicht so recht, wie er sich verhalten sollte. »Ich bin im Moment allein hier«, begann er.

Plötzlich streckte die Dame ihm die Hand entgegen. »Verzeihen Sie, ich habe mich ja gar nicht vorgestellt. Mein Name ist Ruth Gibbons, ich bin Kates beste Freundin.«

Auf Fords verständnislosen Blick hin ließ sie die Hand wieder sinken und fügte rasch hinzu: »Das habe ich jedenfalls bisher geglaubt. Hat sie denn nie von mir erzählt?«

Ford schüttelte den Kopf. »Sie ist im Augenblick nicht da. Möchten Sie hereinkommen und auf sie warten?«

Der junge Mann sah auf die Uhr. »Wenn wir schon einmal hier sind, können wir uns dann vielleicht im Haus ein wenig umsehen? Ich muß zurück ins Büro.«

»Das ist mein Makler, Laird Cooper.« Die beiden Männer schüttelten sich etwas betreten die Hand. »Ich habe ihn Kate empfohlen«, fuhr Ruth fort, »letzte Woche, als wir uns auf dem Farmer's Market zum Mittagessen getroffen haben.«

Bei dem Wort ›Farmer's Market‹ hellte sich Fords Miene auf. »Ach! Davon erzählen meine Kinder immer noch.«

»Stimmt, ich kenne ja Ihren Sohn und Ihre Tochter. Es sind fabelhafte Kinder«, sagte Ruth. »Ganz ungewöhnliche Namen auch . . .« Sie hielt inne und überlegte.

»Joe Wayne und Marvella.«

Der Makler wurde unruhig. »Ich gehe dann schon einmal hinein, wenn Sie nichts dagegen haben. Möchte mich nur kurz umsehen.« Er lief mit großen Schritten in Richtung Haus.

»Tut mir leid, daß wir Sie so überfallen«, entschuldigte sich Ruth, während sie auf die Küchentür zusteuerten. Sie hätte zu gern gewußt, was er sich dachte. Er strahlte irgendwie etwas Beruhigendes aus. »Sie haben hier sicherlich genügend zu tun.«

Er nickte. »Man darf so ein Haus nicht einfach sich selbst überlassen. Wenn eine Kleinigkeit kaputtgeht, dann sollte man sie sofort in Ordnung bringen. An diesem Haus ist zu lang nichts mehr gemacht worden.«

»Denselben Fehler habe ich leider mit meinem Haus gemacht«, bemerkte Ruth. Inzwischen standen sie in der Küche, und Ford wollte eigentlich schnell wieder an die Arbeit. »Wie wär's mit einer Kaffeepause?« Ruth deutete auf die Kaffeemaschine, auf der eine volle Kanne stand. Ford nickte zögernd. Ruth schenkte zwei Tassen ein und stellte sie auf den Küchentisch. Sie setzte sich und nötigte Ford mit einem Lächeln, auf dem Stuhl gegenüber Platz zu nehmen. »Auf ein Täßchen Kaffee kann man sich bei Kate immer verlassen. Egal zu welcher Tageszeit man vorbeischaut, sie hat immer eine frische Kanne dastehen. Soviel ich weiß, ist das ihr einziges Laster.« Sie lachte.

Ein betretenes Schweigen folgte, und Ford rutschte ungemütlich auf seinem Stuhl hin und her. »Hätte ich doch mein Haus auch in Schuß gebracht, bevor ich es dem Makler angeboten habe«, fuhr sie fort. »Es hat so viele kleine Macken. Ich werde jedesmal nervös, wenn ein Kaufinteressent kommt, und hoffe, daß er nicht die Dusche aufdreht oder unter den Teppich guckt. Tja, aber wie sagt man so schön? Das Risiko liegt beim Käufer.« Sie merkte, daß sie zuviel redete, konnte aber nicht anders. Sie senkte vertraulich die Stimme. »Ich habe nicht einmal Laird alles gesagt, obwohl er mein Makler ist.«

In diesem Moment stürzte Laird herein. »Ein phantastisches Haus«, rief er begeistert, überreichte Ford seine Visitenkarte und fügte hinzu: »Sagen Sie Mrs. Hart, wir kriegen zwei Millionen – und zwar leicht! Das gilt, wenn sie sofort verkaufen will. Wenn sie wartet, können wir noch höher gehen. Ich würde die Sache gern für sie abwikkeln. Unsere Kunden stehen doch Schlange für ein Haus in Los Angeles. Es stehen bloß nicht genügend leer.« Und damit war er aus der Tür.

»Wem sagt er das«, murmelte Ford und steckte die Visitenkarte ein, während sich die Gedanken in seinem Kopf überschlugen. Kate wollte das Haus also verkaufen. Jetzt wurde ihm alles klar. Kein Wunder, daß sie ihn so gern hier hatte. Zum ersten Mal seit Heiligabend kam ihm der Gedanke, das Geben könnte tatsächlich nicht nur einseitig verlaufen. Bei ihrer Freundin schien sogar ein neidischer Unterton mitzuschwingen.

»Jeden Penny, den man vor dem Verkauf in ein Haus steckt, kriegt man mindestens doppelt wieder, heißt es immer«, sagte Ruth. »Kate packt die Sache völlig richtig an. Das sieht ihr eigentlich gar nicht ähnlich.«

»Wieso nicht?« Ford überschlug im Kopf, was die Arbeit, die er in der letzten Woche am Haus und im Garten erledigt hatte, bei einem Handwerker gekostet hätte. Selbst bei den Löhnen in Iowa hätte er mehr als Unterkunft und Verpflegung für seine Familie erarbeitet. Und bei den Löhnen in Los Angeles hätte er Profit gemacht.

»Ach, Kate ist sonst immer so impulsiv«, erklärte Ruth, während sie sich und Ford noch eine Tasse Kaffee einschenkte. »Sie entscheidet gern alles spontan und überlegt nicht erst lang. Aber daß sie Sie hier rund um die Uhr beschäftigt, das finde ich doch sehr raffiniert. Sie können sich nicht vorstellen, wie unmöglich es in dieser Stadt ist, einen Handwerker zu finden, der mehr als eine Sache kann.« Sie setzte sich wieder, ungeachtet der Tatsache, daß Ford immer unruhiger zur Tür blickte. »Ich habe letztes Jahr einen Klempner gebraucht«, schwatzte sie weiter. »Der kam dann auch, schlug die Wand an der Dusche auf und reparierte brav etwas an der Wasserleitung. Das riesige Loch in der Wand ließ er aber offen. Trotzdem präsentiert mir der Kerl doch glatt die Rechnung. Da habe ich ihn einfach ausgelacht. ›Ich zahle Ihnen keinen Cent, bis Sie nicht alles wieder so herrichten, wie es vorher war‹, erkläre ich ihm. Er zuckt bloß die Achseln. ›Ich bin Klempner‹, sagt er, ›sowas mache ich nicht.‹ Ich koche natürlich vor Wut. ›Sie haben es doch auch aufgehauen, oder?‹ Er sieht mich an, als wäre ich nicht ganz bei Trost. ›Lady, Sie wollten doch Ihre Dusche repariert haben, oder? Na also, das habe ich erledigt. Und für mehr werde ich nicht bezahlt.‹ Da winke ich ihn nur wortlos zu mir. Er dachte wahrscheinlich, ich schreibe ihm jetzt den Scheck aus, er hatte schon so ein siegesgewisses Grinsen auf. Ich halte aber nur die Haustür auf. ›Und belästigen Sie mich bloß nicht mit einer Rechnung‹, sage ich, ›bis Sie mit Ihrer Arbeit fertig sind.‹«

»Und?« fragte Ford, der sich das Lachen kaum verbeißen konnte. »Hat er sie fertiggemacht?« Er kam langsam dahinter, daß es in Los Angeles womöglich doch noch eine Zukunft für ihn gab.

»Ende des Monats hat er mir eine Rechnung geschickt«, erwiderte Kate. »Ich habe sie mit einem Vermerk in roten Großbuchstaben ›Arbeit nicht fertig‹ gleich wieder in die Post gesteckt. So ging das drei Monate lang hin und her, und dann wurde ich vor den Kadi zitiert. Ich wollte es durchfechten – habe mir sogar schon ein Buch aus der Bibliothek geliehen, wie man sich ohne Anwalt verteidigt –, aber dann meinte mein Mann, das Prinzip könne ihn mal, er wolle endlich wieder duschen. Also habe ich den Klempner bezahlt und einen Maurer bestellt. Der macht mir einen Kostenvoranschlag fürs Zumauern, erklärt mir aber, für die Fliesen müßte ich mir jemand anders besorgen, da sei er nicht zuständig. Also suche ich im Branchenbuch unter ›Fliesenleger‹ und rufe bei drei verschiedenen Nummern an. Alle kommen vorbei, sehen sich das Loch in der Wand an und wollen, daß ich sie anrufe, sobald das zugemauert sei, denn dafür wären sie nicht zuständig. Ich wollte mir das Duschen schon ein für allemal aus dem Kopf schlagen, als ich plötzlich auf die Idee kam, meinen Poolmann um Rat zu fragen. Der war schon immer ziemlich findig im Ausbessern. Er kratzte sich am Kopf und meinte dann, er würde das wahrscheinlich schon hinkriegen. Er wollte es abends machen, nach seinen Putzrunden in den umliegenden Swimmingpools. Ich war so dankbar, daß ich mich erbot, ihm auch ein Essen hinzustellen. Sechs Wochen, dreißig Abendessen und eintausendsechshundert Dollar später sah die Dusche dann mehr oder weniger wieder so aus wie vor dem ganzen Schlamassel. Damals habe ich mir geschworen, wenn das nächste Mal etwas kaputtgeht, dann überlasse ich die Reparatur dem nächsten Eigentümer. Mein Mann und ich haben die Nase voll vom Hausbesitzerdasein. Sobald wir unseres los sind, wollen wir uns nie wieder irgendwelche Immobilien aufhalsen. Wir haben zu Anfang unserer Ehe beschlossen, uns nicht die Verantwortung für Kinder aufzubürden. Daß man mit der Verantwortung für ein Haus noch viel schlimmer dran ist, wußten wir ja nicht.«

»Ich kann es auch nicht ausstehen, wenn man auf andere Leute angewiesen ist«, stimmte Ford mitfühlend zu. »Wenn man auf einer Farm wohnt, dann muß man einfach lernen, alles selbst zu machen. Man kann sich nicht leisten, jedesmal, wenn irgendetwas kaputt geht, jemand meilenweit zu einem in die Wildnis zu scheuchen.«

»Sie hätten wohl nicht ein bißchen Zeit übrig, um hier und da etwas an meinem Haus zu machen?« fragte Ruth beiläufig. »Ich weiß nicht, was für Ihre Arbeit üblicherweise bezahlt wird – denn normalerweise macht so etwas ja keiner –, aber ich würde Ihnen mit Freuden fünfzehn Dollar in der Stunde zahlen.«

Ford stand auf. »Ich lasse nicht gern eine Arbeit mitten drin liegen«, sagte er und flocht sich das Kabel in seiner Hand durch die Finger. »Bis heute abend bin ich sicher mit den Kabeln hier beschäftigt. Aber morgen früh könnte ich zu Ihnen kommen – nachdem ich meine Kinder in die Schule gebracht habe.«

»Ich bin Ihnen ja so dankbar.« Ruth streckte die Hand aus. Diesmal schlug Ford ein. »Übrigens«, fügte sie an der Haustür hinzu, »mein Mann arbeitet zu Hause – er ist Schriftsteller –, ich koche also meistens mittags.«

»Da würden Sie sich gut als Farmersfrau machen.« Ford lächelte.

»Ich könnte nie so eine Ehefrau sein, die ihrem Mann in der Früh einen Abschiedskuß gibt und ihn dann bis zum Abend nicht mehr sieht. Ich will wissen, was er den Tag über so macht.«

»Dann passen Sie aber auf, sonst läßt er Sie noch mitarbeiten. Man kann immer noch ein Paar Hände gebrauchen«, sagte Ford.

»Oder Füße – in meinem Fall«, erwiderte Ruth. »Henry sitzt daheim und schreibt, und ich erledige alles andere. Er geht nur äußerst ungern aus dem Haus, eigentlich nur, wenn wir verreisen.«

»Ich kann es ihm nachfühlen. Aber manchmal bleibt einem nichts anderes übrig. Also dann bis morgen.«

Als er die Tür hinter ihr zugemacht hatte, holte er die Visitenkarte des Maklers aus der Hosentasche und zerriß sie in kleine Fetzen.

17

Sunny zählte das Kleingeld in ihrer Kasse zusammen. Vor zwei Tagen war eine der beiden Kassiererinnen krank geworden, und der Kaufmann hatte sie gebeten einzuspringen. Es machte ihr Spaß, alles einzutippen und dann die Waren ordentlich in eine Tüte zu packen. Schon als Kind hatten sie die vielen verschiedenen Artikel im Geschäft fasziniert. Wenn es regnete und sie nicht draußen spielen konnte, räumte sie begeistert die Küchenschränke leer und breitete die Waren auf Orangenkisten in ihrem Zimmer aus. Ihre Mutter mußte dann einkaufen spielen, um die Sachen wieder auszulösen.

Sunny konnte sich aus den Waren im Korb einiges über den Käufer zusammenreimen – ob er für sich oder eine Familie einkaufte, ob er viel Geld hatte oder jeden Penny zweimal umdrehen mußte. Die meisten Kunden in dieser Gegend sahen nie auf den Preis. Wenn Sunny ihnen die Summe präsentierte, dachte sie immer daran, wieviel mehr sie für dasselbe Geld eingekauft hätte. Aber wenn sie telefonische Bestellungen zusammenpackte, tat sie so, als ginge es um ihr eigenes Geld und legte großen Wert darauf, möglichst preiswert einzukaufen.

Der Überfluß, von dem sie im Geschäft umgeben war, tilgte langsam die bittere Erinnerung an die vergangenen Monate. Selbst wenn sie den ganzen Tag nichts aß, ließ der Anblick der Lebensmittelregale an allen Ecken und Enden keinen Hunger aufkommen. Und auch wenn sie bis zum Schluß nicht wußte, was sie zum Abendessen mit nach Hause bekam, beruhigte sie die Gewißheit, daß keiner in ihrer Familie hungrig zu Bett gehen würde. Das war

Lohn genug, für den Augenblick jedenfalls, dachte Sunny, als sie ihre Tageseinnahmen aufschrieb und die Kasse leerte.

Sie nahm ihre Handtasche und wollte gehen, doch der Kaufmann bedeutete ihr, einen Augenblick zu warten. Er erinnerte sie an ihren Geometrielehrer auf der Highschool, und zwar nicht nur wegen dem grauen Haar und der randlosen Brille, sondern weil er es irgendwie gut mit ihr meinte. Er wollte sie fördern, konnte ihr jedoch nur bis zu einem gewissen Punkt helfen. Geometrie war ihr am Anfang furchtbar schwer gefallen. Aber sobald sie einmal die Grundzüge begriffen hatte, wurde es zu ihrem Lieblingsfach. Sie hantierte liebend gern mit Zirkel und Lineal. Ein paar Monate lang, als sie in der Highschool Klassenbeste in Geometrie war, schien die Welt für sie zu meistern zu sein. Aber dann nie wieder. Sunny seufzte. »Sie waren ein Geschenk des Himmels für uns in den letzten paar Tagen«, sagte der Kaufmann freundlich. »Ich weiß nicht, wie wir ohne Sie zurechtgekommen wären.«

»Ich bin gern hier«, entgegnete Sunny, während sie überlegte, welche Lebensmittel mit abgelaufenem Verkaufsdatum sie heute wohl mit nach Hause bekommen würde. »Nach den Weihnachtsfeiertagen werden immer alle krank«, lamentierte er. »Im Januar und Februar haben wir immer zu wenig Personal. Ich würde mich gern darauf verlassen können, daß Sie jeden Tag kommen.«

»Oh, das können Sie«, versicherte ihm Sunny. »Ich wache gern in der Früh mit dem Gedanken auf, daß ich irgendwohin gehen kann, und daß ich etwas zu tun habe, wovon ich etwas verstehe.«

»Im Moment kann ich Ihnen nur soviel zahlen«, sagte der Kaufmann und reichte ihr einen zugeklebten Umschlag. »Aber wenn Sie bleiben, werde ich sehen, was ich noch tun kann.«

Sunny riß den Umschlag auf und warf einen Blick auf

den Scheck. »In Iowa könnte ich damit meine Familie ernähren«, sagte sie, öffnete schnell ihre Tasche und steckte den Scheck ein.

»Leider sind wir hier nicht in Iowa« – der Kaufmann lächelte –, »aber Sie sind eine gute, zuverlässige Kraft, und Sie haben anscheinend ein Gespür für dieses Geschäft. Sie können also bei uns anfangen, wenn Sie möchten.«

»Oh, unbedingt!« sagte Sunny schnell. Sie hatte ihr Leben lang hart gearbeitet, aber heute bekam sie zum ersten Mal eine richtige Lohntüte dafür. Bei ihren Eltern hatte sie höchstens einmal Süßigkeiten oder ein paar übrige Pennies zur Belohnung gekriegt.

»Gibt es hier eine Bank?« platzte Sunny unvermittelt heraus.

»Natürlich. Nur eine Straße weiter ist eine ziemlich große. Da könnten Sie in der Mittagspause hin. Allerdings habe ich Sie bisher noch nie Pause machen sehen, nicht einmal eine Tasse Kaffee genehmigen Sie sich.« Er wirkte etwas besorgt. »Wenn ich mich auf Sie verlassen soll, dann müssen Sie aber in Zukunft ein bißchen besser auf sich aufpassen.«

»Keine Sorge«, beruhigte ihn Sunny. »Ich bin recht kräftig. Muß ich ja. Ich lasse Sie schon nicht im Stich.« Sie sah den Lieferwagen an der Hintertür und ging darauf zu. »Ich weiß gar nicht, wie ich Ihnen dafür danken soll«, sagte sie und klopfte auf ihre Handtasche.

»Das haben Sie sich mehr als verdient«, versicherte ihr der Kaufmann. »Aber solang ich Sie noch nicht angemessen bezahlen kann, nehmen Sie doch bitte den Rest in Naturalien mit wie bisher.«

Sunny strahlte übers ganze Gesicht. »Ich wollte nicht fragen, aber wenn ich von meinem Lohn erst Lebensmittel kaufen müßte, könnte ich wahrscheinlich nichts mehr auf die Bank bringen.« Während sie ein paar Sachen aus dem Korb an der Hintertür in eine braune Papiertüte packte, fügte sie schüchtern hinzu: »Ich habe noch nie ein eigenes Konto gehabt.«

»Dann wird es höchste Zeit«, sagte der Kaufmann. »Ich habe beobachtet, wie Sie telefonische Bestellungen ausführen. Wenn Sie Ihr eigenes Geld so umsichtig ausgeben wie das unserer Kunden, dann wächst Ihr Konto schneller als Ihre Kinder.«

Ein Hupton aus dem Lieferwagen ließ Sunny zusammenfahren. »Ich möchte den Ausfahrer nicht warten lassen«, sagte sie und winkte kurz. »Vielen Dank nochmal. Bis morgen früh.«

Als Sunny um den Wagen herum auf die Beifahrerseite lief, griff eine Hand nach ihrer Einkaufstüte.

»Ford!« rief sie. »Hast du mich erschreckt. Was tust du denn hier?«

»Was dagegen, daß ein Mann seine Frau von der Arbeit abholt?« Er legte ihr den freien Arm um die Schultern und küßte sie.

Sunny zuckte peinlich berührt zurück. »Nicht hier, Ford.« Sie winkte dem Fahrer. »Danke, ich werde abgeholt.« Er nickte und startete den Motor.

»Er hätte mich doch mitnehmen können. Es liegt auf seinem Weg.« Sunny kämpfte mit den Tränen, als sie ins Auto stieg. Vor Wut und vor Verlegenheit. »Warum verschwendest du dafür Benzin?«

Ford starrte schweigend vor sich hin, drehte den Zündschlüssel und betete, daß ihn der Wagen jetzt nicht im Stich ließ. Aber der Motor sprang sofort an. »Das Auto ist seit einer Woche nicht aus der Garage gekommen«, sagte er. »Und ich nicht aus dem Haus. Ich wollte nur für morgen sicherstellen, daß wir beide top in Schuß sind.«

»Für morgen? Wieso?« Sunny hörte einen schwungvollen Unterton heraus, der ihr neu war.

»Ich schreibe die Kinder in ihrer neuen Schule ein.«

»Ach, stimmt. Ich würde gern mitkommen«, sagte Sunny. »Ich mache mir Sorgen um meine zwei.«

»In dieser Schule braucht man sich keine Sorgen zu machen«, meinte Ford. »Wir wohnen jetzt in einer guten Gegend.«

»Deshalb ist mir ja so mulmig«, entgegnete Sunny. »Die beiden passen hier nicht her. Wenn ich mir vorstelle, daß die anderen Kinder sie auslachen, bloß weil sie anders sprechen und anders angezogen sind . . .«

»Ich glaube, darum hat Kate sich auch Sorgen gemacht«, räumte Ford ein. »Deshalb ist sie mit ihnen heute nachmittag zum Einkaufen gefahren.«

»Ohne mich zu fragen? Ich bin schließlich die Mutter, eigentlich sollte ich ihnen die Kleider aussuchen.«

»Solange sie zahlt, kann sie aussuchen, was sie möchte. Und nachdem sie Joe Wayne und Marvella damit glücklich macht, sollten wir doch auch glücklich darüber sein.«

Sunny schwieg und schaute aus dem Fenster auf den Verkehr. »Siehst du den Drugstore da vorn?« fragte sie plötzlich. »Fahr mal in die Einfahrt.«

Ford setzte den Blinker. »Was willst du denn da?«

Sunny legte neckisch den Kopf schief. »Ich habe heute meinen Lohn gekriegt.«

»Weiß ich«, erwiderte Ford. »Ich habe die Tüte doch hinten reingestellt.« Sunny machte die Handtasche auf und hielt Ford den Scheck hin. Er sah ihn erstaunt an. »Wofür ist das denn?«

»Für eine Woche Arbeit.«

»Soll das heißen, du kriegst jetzt jede Woche so viel?«

Sunny nickte. »Plus Lebensmittel. Und zwar für den Anfang; später wird es vielleicht noch mehr.«

Ford parkte vor dem Drugstore und stellte den Motor ab. »Was machst du jetzt damit? Du willst ihn doch nicht in dem Drugstore einlösen?«

Sunny stieg energisch aus dem Auto. »Ich habe immer

noch das Geld, das Kate mir zu Weihnachten geschenkt hat. Den Scheck löse ich bestimmt nicht ein; mit dem gehe ich morgen auf die Bank, und dann eröffne ich ein Konto.«

Ford bemühte sich, sie einzuholen. »Da kann ich vielleicht noch etwas drauflegen«, verkündete er. »Ab morgen arbeite ich nämlich bei einer Freundin von Kate. Sie will mir fünfzehn Dollar in der Stunde zahlen.«

Sunny sah ihn überrascht an. »Deshalb wolltest du also das Auto heute ausprobieren.« Sie griff nach seiner Hand. »Ach Ford, wir kommen langsam wieder auf die Beine. Wenn Kate uns bloß bei sich wohnen läßt, bis wir genügend Geld für eine Wohnung gespart haben.«

Die Worte des Maklers schossen Ford wieder durch den Kopf. »Zwei Millionen – und zwar leicht! Das gilt, wenn sie sofort verkaufen will. Wenn sie wartet, können wir noch höher gehen.« Er murmelte Sunny zu: »Wir müssen für jeden Tag dankbar sein, an dem wir ein Dach über dem Kopf und genügend zu essen haben. Aber verlassen können wir uns auf gar nichts, mein Schatz – außer aufeinander.«

Sunnys Miene verfinsterte sich. »Ich verlasse mich auch nicht auf Kate.« Sie klopfte auf ihre Tasche. »Auf das da verlasse ich mich, sonst auf gar nichts. Und wenn du ein Bankkonto willst, dann mußt du selber eines eröffnen. Mit deinem Geld. Ich werde mich nie wieder so von dir abhängig machen wie damals auf der Farm. Ich bin einmal mit dir unter die Räder gekommen, aber nochmal passiert mir das nicht.« Dann marschierte sie in den Drugstore.

Ford machte kehrt und ging langsam zum Wagen zurück. Er war gutgelaunt losgefahren, um Sunny abzuholen. Er hatte gedacht, sie könnten vielleicht sogar an den Strand fahren und zusehen, wie die Wellen im Mondschein an die Felsen schlagen. Genau, das war's.

Auf einmal hatte Ford das Gefühl, er müßte unbedingt ans Meer fahren. Er müßte versuchen, die ganze Hoffnung und die Zuversicht von damals wieder heraufzubeschwören, als sie in Kalifornien angekommen waren. Und diesmal wollte er sie sich bewahren. Er ließ den Wagen an und fuhr aus der Parklücke. Plötzlich kam Sunny winkend über den Parkplatz auf ihn zugerannt. Er blieb mit quietschenden Bremsen stehen, und sie stieg wutentbrannt ins Auto. »Spinnst du?« fuhr sie an. »Warum wolltest du ohne mich fahren?«

»Ich hatte auf einmal das Gefühl, ich sterbe, wenn ich nicht nochmal ans Meer fahre.«

»Ans Meer?« Sunny sah ihn an, als ob er den Verstand verloren hätte. »Fahr, wohin du willst, aber ich muß heim zu den Kindern.« Sie deutete auf die zwei Tüten zu ihren Füßen. »Ich habe ihnen ein paar Sachen gekauft. Für morgen.« Zögernd legte sie Ford die Hand auf die Schulter. »Das habe ich nicht alles so gemeint vorhin.«

Er zuckte die Achseln, schaute aber nicht von der Straße auf. »Du hast nichts gesagt, was nicht stimmt. Du bist schließlich mit mir unter die Räder gekommen. Ich kann es dir nicht verübeln, wenn du allein sein willst.«

»Ich verlasse dich doch nicht, Ford.« Sunnys Stimme klang klar und fest. »Ich will bloß ein eigenes Konto. Kannst du das nicht verstehen?«

»Natürlich, mein Schatz.« Er rang sich ein Lächeln ab. »Du legst dein Geld schön auf die Bank, und ich zahle alles, was wir so brauchen. Wir rühren deinen Scheck nicht an, sondern schauen zu, wie das Konto wächst, bis wir genügend Geld für eine eigene Wohnung haben.« Er streckte den Arm aus und zog Sunny an sich.

Mit einem langen, zufriedenen Seufzer lehnte sie den Kopf an seine Schulter. »Manchmal träume ich, daß ich in einer leeren Wohnung stehe. Ein nagelneuer Teppichboden, alles frisch gestrichen, und die Sonne strahlt zum Fenster herein. Dann stelle ich mir vor, wie ich sie einrichten würde, wenn ich nicht aufs Geld schauen müßte. Ein Sofa hätte ich gern – mit vielen weichen Kissen, das man zu einem Doppelbett ausziehen kann, dann einen Eßtisch mit acht Stühlen, falls wir Besuch kriegen, einen Schreibtisch, an dem ich Schecks von meinem neuen Konto ausschreiben kann, und einen Kamin – also, einen Kamin brauchen wir unbedingt – und daneben Bücherregale und einen Plattenspieler und überall Pflanzen . . .« Sie setzte ab, um Luft zu holen, und fügte dann mit einem letzten Schub an Begeisterung hinzu: »Und einen schönen Sessel vor dem Kamin für dich. Na, wie klingt das?«

»Bin ich froh, daß ich in diesem Traum doch noch vorkomme.« Ford grinste. »Ich dachte schon, du willst allein einziehen.« Er hielt vor einem Haus ohne Licht in den Fenstern an. »Manchmal sehne ich mich so fürchterlich nach dir«, murmelte er und nahm sie in die Arme. »Deshalb mußte ich dich heute abend einfach abholen. Ich kann es nicht ausstehen, wenn du den ganzen Tag nicht in meiner Reichweite bist.«

»Wir führen uns ja auf wie die Teenager«, kicherte Sunny. »Schmusen im Auto am Straßenrand.«

»Wer braucht schon das Meer?« fragte Ford, als sie schließlich weiterfuhren. »Wenn ich dich umarme, dann glaube ich wieder an die Zukunft.«

Sunny drückte seine Hand. »Wir schaffen es schon. Ganz bestimmt.«

»Ich schaffe es allerdings nicht mehr lang, ohne etwas zu essen«, sagte Ford lachend, als sie in die Einfahrt bogen. »Wie steht's bei dir?«

»Ich bin am Verhungern«, gab Sunny zu.

Der würzige Duft von Pizza mit Salami und Paprika empfing sie, als sie in die Küche kamen. Kate saß mit Joe Wayne und Marvella am Küchentisch vor einem offenen Karton.

»Mami! Daddy!« Marvella sprang auf und umarmte sie mit leuchtenden Augen. »Wir waren beim Einkaufen, und jetzt essen wir Pizza und – wo wart ihr denn?«

»Ich mußte tanken«, erklärte Ford, »und da habe ich beschlossen, eure Mutter in der Arbeit zu überraschen und heimzufahren.«

»Tanken?« Joe Wayne blickte entsetzt. »Wir fahren doch hier nicht weg, oder?«

»Nein, nein«, beruhigte ihn Ford. »Außer Kate will uns loswerden.«

Er beobachtete sie genau, um herauszufinden, ob ihre Miene mehr verriet als ihre Worte.

»Ihr habt hier ein Zuhause, so lang ihr eines wollt«, erwiderte sie schlicht und sah ihm direkt in die Augen. »Ihr seid doch jetzt meine Familie.« Sie deutete auf die Pizza. »Tut uns leid, daß wir nicht gewartet haben«, entschuldigte sie sich. »Aber vom Einkaufen kriegt man solchen Hunger.«

»Ich sterbe auch vor Hunger«, sagte Ford und nahm sich ein Stück.

»Wart ihr auch beim Einkaufen?« fragte Marvella.

Sunny schreckte auf. »Ach Ford, wir haben die Tüten im Auto vergessen.«

»Ich hole sie gleich. Setz du dich hin und iß erst mal«, sagte er, den Mund voller Pizza. »Mmmmh, ist die gut.« Er merkte, daß Sunny nervös wurde. Das passierte jedesmal, wenn sie und Kate gemeinsam in der Küche waren. Einerseits mochte sie es nicht, wenn Kate für alle kochen wollte, sie ausführte oder etwas Fertiges mit heimbrachte, und andererseits fand sie es herablassend, wenn Kate bei dem mitaß, was Sunny aus dem Laden für ihre Familie mitbrachte.

»Ich hole sie lieber selbst. Ich habe sowieso keinen Hunger«, sagte Sunny und war schon aus der Tür. Ford dachte, er würde den Verstand verlieren. War das dieselbe Frau, die er noch vor ein paar Minuten in den Armen gehalten hatte?

»Joe Wayne, hilf deiner Mutter tragen«, sagte er müde.

»Was hast du heute mitgebracht?« fragte Joe Wayne, als er die Tüte mit den Lebensmitteln Sunny aus der Hand nahm und anfing auszupacken.

»Guck doch mal nach«, antwortete sie, die beiden Tüten vom Drugstore fest unter dem Arm.

»Eier, Milch, Speck – schaut mir mehr nach Frühstück aus«, sagte er.

»Genau das braucht ihr auch, bevor ihr morgen früh in die Schule geht: ein schönes, ausgiebiges Frühstück.« Sie legte beschützend den Arm um ihren Sohn. »Ich stell mir den Wecker schon ganz früh, damit ich genügend Zeit habe, Marvella und dir Frühstück zu machen, bevor ich in die Arbeit muß. Und während ihr beim Essen seid, mache ich euch Pausebrote. Siehst du die Mortadella? Die habe ich extra mitgebracht, weil ihr sie so gern mögt.«

»Ich nicht«, krähte Marvella. »Ich mag lieber Erdnußbutter mit Gelee.«

»Und ich Erdnußbutter mit Bananen«, verkündete Joe Wayne.

»Auch recht. Bananen sind auch in der Tüte.« Sunny gab sich die größte Mühe, den Kindern eine Freude zu machen. Sie war vor Müdigkeit ganz grau im Gesicht, und Ford wußte, daß sie Hunger hatte, auch wenn sie das offensichtlich nicht zugeben wollte, aber sie ging jetzt ganz in dieser Rolle auf, und da kam man ihr lieber nicht in die Quere. Ford nahm noch ein Stück Pizza und biß hinein. »Mit der Mortadella mache ich dann Sandwiches für euren Vater«, sagte Sunny und sah Ford vielsagend an.

»Der geht doch nicht in die Schule«, gackerte Marvella.

»Aber zur Arbeit«, sagte Sunny ruhig.

Ford bemerkte Kates fragenden Blick, beschloß aber, darüber hinwegzusehen. Plötzlich kam Marvella auf ihn zugerannt und hängte sich ihm an den Hals. »Bitte nimm mich mit zu deiner Arbeit«, bettelte sie schluchzend. »Ich will nicht in die Schule.«

»Doch, doch, mein Liebes«, redete er besänftigend auf sie ein. »Du findest das Lesenlernen doch so spannend, und außerdem bist du die Rechtschreibkönigin in deiner Klasse.«

»In meiner alten Klasse«, korrigierte sie ihn. »Ich mag nicht in eine neue Klasse, da kennt mich ja keiner.«

»Wir wohnen doch jetzt woanders«, erinnerte er sie. »Da mußt du hier in eine Schule gehen. Und ich fahre dich morgen persönlich hin, das verspreche ich dir.« Das Bild des Maklers tauchte düster in seinem Hinterkopf auf. Wie lang wohnten sie wohl noch in diesem Haus? Wie lang dauerte es, bis man in Kalifornien ein Haus verkaufte? Was geschah, wenn sich morgen ein Käufer fand? Dann säßen sie Ostern schon wieder auf der Straße – und seine Kinder müßten wieder die Schule wechseln. »Bleibst du den ganzen Tag mit mir in der Schule?« bestürmte ihn Marvella.

»Das geht nicht, Mäuschen. Ich muß doch arbeiten«, sagte er und drückte sie an sich.

»Dann komm ich eben mit und helf dir«, erklärte sie.

»Weißt du überhaupt, wieviele Kinder in diesem Land überhaupt nicht in die Schule gehen dürfen?« fragte Ford ganz ruhig. »Deren Eltern immer unterwegs sind, auf der Suche nach Arbeit, und die im Wohnwagen, im Zelt oder sogar in einem Pappkarton auf dem Bürgersteig schlafen müssen, weil sie sich keine Wohnung leisten können? Wenn Kate nicht wäre, dann würde es uns auch so gehen. Jedes dieser Kinder würde sofort mit dir tauschen, wenn es dafür in einem warmen Bett aufwachen und den ganzen Tag in der Schule etwas lernen dürfte, damit es ihm später einmal besser geht.«

Marvella blickte von Ford zu Sunny und heulte plötzlich los.

»Hör auf, Ford. Du machst ihr ja Angst«, sagte Sunny. Sie breitete die Arme aus; Marvella rannte zu ihrer Mutter und kuschelte sich bei ihr auf den Schoß.

Kate versuchte, sich so unauffällig wie möglich zu machen, indem sie die Pizzareste in den Kühlschrank und die Teller in die Spülmaschine räumte.

»Ich habe euch heute was mitgebracht«, sagte Sunny beschwichtigend, gab Marvella eine der Tüten und Joe Wayne die andere. »Damit ihr morgen einen guten Start habt.«

Joe Wayne riß seine Tüte auf. »Ein Ringbuch?« Man merkte ihm die Enttäuschung an, aber Sunny ging darüber hinweg.

»Und liniertes Papier, nagelneue Bleistifte, außerdem Kugelschreiber, Büroklammern und Gummiringe . . .« Sunny zog alles einzeln aus Marvellas Tüte und breitete die Sachen auf dem Küchentisch aus. »Sogar eine Schachtel mit Goldsternen, die ihr auf jede Arbeit mit einer guten Note bekommt.«

»He, auf meinem Heft ist Superman vorn drauf.« Diese Entdeckung schien Joe Wayne erheblich aufzumuntern. »It's a bird, it's a plane, it's Superman!« schrie er, während er auf einen Stuhl kletterte und mit ausgebreiteten Armen seinem Helden nacheiferte.

»Er hat als Kind im Fernsehen immer diese Zeichentrickserie gesehen«, erklärte Ford Kate. »Mit vier ist er vom Heuboden gesprungen, weil er gedacht hat, er kann fliegen. Hat sich den Arm gebrochen, Gottseidank nicht das Genick.«

»Ich kann wirklich fliegen«, beharrte Joe Wayne. »Bloß nicht, wenn jemand zuschaut.«

»Da mußt du morgen dran denken.« Sunny lächelte, streckte die Arme aus und schwang Joe Wayne vom Stuhl herunter. »Du bist genauso wie Clark Kent, du hast verborgene Kräfte.«

»Ich fliege«, rief Joe Wayne, während er mit den Armen auf und ab fuchtelnd aus dem Zimmer rannte.

Marvella klappte vorsichtig ihr Ringbuch auf und legte das Papier ein.

»Gefällt dir deines, Marvella?« fragte Sunny leise.

Statt einer Antwort fing Marvella an, das Snoopy-Bild auf dem Umschlag abzuküssen.

»Wer kriegt da alle meine Bussis ab?« flachste Ford. Die Spannung von vorhin hatte sich in Wohlgefallen aufgelöst.

»Snoopy, ich liebe dich«, rief Marvella und drückte sich das Ringbuch an die Brust.

»Siehst du, Homer darfst du zwar nicht mitnehmen in die Schule, aber dafür deinen Hund Snoopy«, sagte Sunny lächelnd.

»Und wenn mir einer was tun will, dann beißt du ihn, ja, Snoopy?« sagte Marvella.

Kate hielt Sunny eine Tasse Kaffee hin. »Sie können doch bestimmt was Heißes gebrauchen«, sagte sie. Dann schenkte sie noch zwei Tassen ein und brachte sie an den Tisch.

»Danke«, sagte Sunny.

Das warme Gefühl, das Ford überkam, hatte mit dem Kaffee nichts zu tun. Bloß gut, daß wir die Kinder haben, dachte er.

Marvella sprang plötzlich auf. »Komm mit rauf, Mami, ich muß dir die neuen Sachen zeigen, die mir Kate gekauft hat.«

Ford seufzte innerlich. Wenn man doch die Menschen einfach in dem Zustand einfrieren könnte, sobald sie ihr Ego endlich einmal lang genug vergaßen, um glücklich zu sein. »Laß deine Mutter doch ihren Kaffee austrinken«, sagte er – aber es war bereits zu spät.

Sunny stand brüsk auf und ließ ihre halbvolle Tasse stehen. »Schon gut«, sagte sie. »Ich trinke abends sowieso nicht gern Kaffee. Sonst kann ich nicht schlafen, und ich muß schließlich morgen früh aufstehen.«

Sobald Sunny aus der Küche war, nahm Kate die Tasse, kippte den Kaffee weg und spülte sie, mit dem Rücken zu Ford, immer wieder von neuem aus. Er trank schweigend weiter seinen Kaffee. Schließlich stellte sie die Tasse in die Spülmaschine und setzte sich wieder an den Tisch. »Ich weiß nicht, was ich tun kann, damit sie sich hier wohl fühlt«, sagte sie leise.

»Vielleicht will sie sich nicht zu sehr an etwas gewöhnen, das ihr womöglich nicht mehr lange bleibt«, sagte er. »Und sie will eben eine eigene Wohnung.«

»Das verstehe ich«, sagte Kate. »Aber bis Sie etwas finden, können Sie wirklich gern hierbleiben.«

»Bis wir etwas finden – oder bis Sie einen Käufer finden?«

Kate sah Ford scharf an. »Einen Käufer? Wovon reden Sie eigentlich? Wie kommen Sie darauf, daß ich dieses Haus verkaufen will?«

Ford stand auf. »Sie sind uns keine Rechenschaft schuldig. Es ist Ihr Haus, und Sie können damit machen, was Sie wollen. Ich muß nur wissen, wie lange wir noch Zeit haben.«

Kate legte ihm die Hand auf den Arm. »Was war denn heute hier los?«

»Ihre Freundin Ruth war da. Mit ihrem Grundstücksmakler.«

»Ach so.« Kate goß sich noch einen Kaffee ein.

»Er hat seine Karte für Sie dagelassen, aber ich . . . ich habe sie verloren«, murmelte Ford, immer noch ohne aufzublicken.

»Es stimmt, daß ich mir überlege, das Haus zu verkaufen«, gab Kate zu. »Ich habe meinem Mann erklärt, daß ich nicht allein hier wohnen will. Aber dann sind Sie gekommen.«

»Ich dachte, ich mache diese ganze Arbeit am Haus, damit Sie sich hier wohlfühlen. Ich wußte nicht, daß damit nur der Preis heraufgesetzt werden sollte. Für Ihre Freundin Ruth soll ich jetzt dasselbe machen. Sie zahlt mir fünfzehn Dollar in der Stunde. Keine Sorge, ich arbeite hier weiterhin abends und am Wochenende für Unterkunft und Verpflegung. Aber auf die Dauer kann ich so nicht wirtschaften. Ich muß Geld verdienen, damit ich etwas zurücklegen kann.«

Ford ging auf die Diele zu. Er war auf einmal so müde, er wollte nur noch schlafen. Kate wollte ihm schon nachlaufen, doch dann klingelte das Telefon, und sie nahm in der Küche ab. Ford blieb am Treppenabsatz stehen und horchte. »Morgen um zwei?« hörte er sie sagen. »Ja, da bin ich zu Hause. Aber die Sache ist die, ich habe mich eigentlich noch nicht richtig zum Verkauf entschlossen.« Ford überlegte, was am anderen Ende wohl gesagt wurde. Schließlich sprach wieder Kate. »So viel? Das glaube ich nicht. Das ist ja zwanzig mal soviel, wie wir bezahlt haben. Wie? Hm, lassen Sie mich überlegen, das ist fast fünfundzwanzig Jahre her. Trotzdem, ich kann mir einfach nicht vorstellen, daß wir so viel Geld verdient haben, ohne einen Finger krumm zu machen – nur dadurch, daß wir ein Haus besitzen.« Es gab eine lange Pause, bevor sie wieder etwas sagte. »Gut, meinetwegen. Ansehen können es sich die Herrschaften ja. In Ordnung. Dann bis morgen um zwei.« Ford lief nach oben und machte die Schlafzimmertür hinter sich zu.

Sunny hatte sich gemütlich auf dem Bett ausgestreckt, mit Marvella auf der einen Seite und Joe Wayne auf der anderen. Die Tasche lag auf ihrem Schoß. »Augen zu«, befahl sie, »und erst gucken, wenn ich sage.« Sie zog den Umschlag heraus und hielt den Scheck in die Luft. Sie strahlte so – Ford wünschte, es wäre seinetwegen. »Jetzt!« verkündete sie triumphierend.

Die Kinder schlugen die Augen auf und starrten den

Scheck an. »Da steht dein Name«, sagte Joe Wayne und warf Sunny einen anerkennenden Blick zu.

»Was ist das?« fragte Marvella.

»Mein erstes selbstverdientes Geld«, sagte Sunny und strich liebevoll über das Stück Papier, als wäre es ein lebendiges Wesen. »So einen Scheck kriege ich jetzt jede Woche.«

»Was machst du damit?« fragte Joe Wayne.

»Morgen gehe ich auf die Bank und eröffne ein Konto. Dann bekomme ich selber Schecks, mit denen ich bezahlen kann«, sagte Sunny stolz. »Aber ich werde nichts davon ausgeben, wenn es sich irgendwie vermeiden läßt.«

»Wirst du dann reich, Mami?« erkundigte sich Marvella hoffnungsvoll.

Sunny umarmte sie. »Nein, mein Schatz, reich werden wir wahrscheinlich nie, aber wenn wir wirklich hart arbeiten und unser Geld sparen, dann können wir uns vielleicht schon bald wenigstens die Miete für eine eigene Wohnung leisten.«

Joe Wayne grub in seiner Hosentasche und förderte einen zerknitterten Fünfdollarschein zutage. »Hier«, sagte er und überreichte ihn Sunny. »Leg das auch mit auf die Bank.«

Wie der Blitz stand Ford vor seinem Sohn. »Wo hast du das her?«

»Es ist meines«, verteidigte sich Joe Wayne. »Kate hat es mir geschenkt.«

»Warum schenkt sie dir denn Geld?« fragte Sunny.

»Warum hat sie mir keines geschenkt?« Marvella war den Tränen nahe. »Ich will auch Geld, daß Mami es auf die Bank tun kann.«

»Dir hat sie doch auch fünf Dollar gegeben, genauso wie mir«, half Joe Wayne ihrem Gedächtnis auf die Sprünge. »Gar nicht wahr. Heute nicht.«

»Aber letzte Woche – auf dem Markt«, murmelte Joe Wayne.

Ford legte Joe Wayne die Hand auf die Schulter. »Solltest du von dem Geld etwas kaufen?«

»Ja, was für euch«, erwiderte Joe Wayne patzig. »Und jetzt habe ich euch das Geld gegeben. Ich hab mir ja nichts selber gekauft.«

»Und ich habe dir einen Zitronendingsdakuchen mitgebracht«, erinnerte ihn Marvella. »Joe Wayne hat Kate erzählt, daß wir ihn zusammen gekauft haben, aber das stimmt nicht. Ich habe mein ganzes Geld dafür ausgegeben. Ist doch dein Lieblingskuchen, oder?«

»Es war der beste, den ich je gegessen habe«, versicherte ihr Ford. »Der beste gekaufte, meine ich natürlich. Denn am allerbesten macht ihn deine Mutter.«

»Du weißt doch noch, wie das geht – oder, Mami?« fragte Marvella besorgt nach.

»Aber sicher, mein Engel, so etwas vergißt man nicht.«

»Siehste, hab ich's dir nicht gesagt?« Befriedigt wandte sich Marvella an ihren Bruder. »Joe Wayne hat nämlich gesagt, du hast es bestimmt vergessen.«

»Ich mache heute abend einen zum Beweis.« Sunny war plötzlich so vergnügt. Und wie die Sonne, die hinter den Wolken hervorkommt, wärmte ihre gute Laune die ganze Familie.

»Aber erst will ich dir meine neuen Sachen zeigen.« Marvella zog an Sunnys Hand.

»Laß deine Mutter doch jetzt in die Küche, wenn sie für uns backen will«, schaltete Ford sich ein, der befürchtete, daß beim Thema »Kleider von Kate« Sunnys fröhliche Stimmung wieder verfliegen könnte. »Sie hat auch noch gar nicht gegessen. Warum zieht ihr nicht eure neuen Sachen an und macht eine Modenschau für uns? Aber Joe Wayne, du mußt Kate zuerst die fünf Dollar zurückgeben.«

Joe Wayne schaute, als hätte man ihm eine Ohrfeige

verpaßt. Schnell nahm er Sunny den Schein aus der Hand und stopfte ihn wieder in die Hosentasche. Dann rannte er an Ford vorbei aus dem Zimmer und schrie: »Es ist mein Geld. Ich geb's nicht zurück. Ich hätte es dir nie zeigen sollen.«

Sunny folgte Ford, als er seinem Sohn die Treppe hinunter nachging. »Sei nicht zu streng mit ihm«, sagte sie beschwichtigend. »Er wollte doch nur helfen. Er hat das Geld ja nicht gestohlen. Sie hat es ihm gegeben.«

»Ich habe meinen Kindern vielleicht sonst nicht viel zu geben«, erwiderte Ford, »aber ich kann ihnen immerhin den Unterschied zwischen richtig und falsch beibringen.« Er hob ihr Kinn, so daß sie ihm in die Augen sehen mußte. »Wenigstens in Bezug auf die Kinder kannst du dich doch auf mich verlassen, oder?«

Sunny nickte. »Du bist ein guter Vater, Ford.«

Er lächelte. »Dann vertrau mir. Und ruf mich, wenn diese Zitronenschlemmerei aus dem Ofen kommt.«

Joe Wayne hatte in seinem Zimmer einen Stuhl unter den Türknauf geklemmt und saß vor dem Fernseher, als Ford klopfte. »Ich möchte mit dir reden, Joe Wayne. Ich bin im Wohnzimmer.«

Ohne eine Antwort abzuwarten, ging Ford durch die Diele, hielt einen Augenblick inne und ging dann wieder auf Joe Waynes Zimmer zu, als Sunny und Marvella die Treppe herunterkamen.

»Mama bringt mir bei, wie man Zitronenbesserkuchen macht«, verkündete sie. »Wenn sie es dann doch mal vergißt, kann ich ihr helfen, daß es ihr wieder einfällt.«

Ford gab ihr einen Kuß und ging dann auf die Wohnzimmertür zu. »Ich mache uns ein Feuer im Kamin.«

Ford hielt gerade ein Streichholz an seinen sorgfältig aufgeschichteten Holzstapel, als Joe Wayne zögernd hereinkam. Ford tat so, als hätte er ihn nicht gehört und fächelte seelenruhig den Flammen Luft zu. Schließlich ließ sich Joe Wayne in eine Sofaecke plumpsen.

»Du mußt mir erst erzählen, was ich falsch gemacht haben soll«, sagte er verbissen.

Ford stand langsam auf. »Nein, das tue ich nicht. Das überlegst du dir schön selber.« Und mit diesen Worten streckte er sich in dem Sessel am Feuer aus, legte die Füße hoch und schloß die Augen.

»Kate hat gesagt, ich soll das Geld für euch ausgeben, und ich habe es euch gegeben – oder vielleicht nicht?«

Ford nickte, sagte aber nichts.

»Ich weiß, daß sie eigentlich gesagt hat, ich soll euch damit was kaufen, aber es gibt doch viele Sachen, die wir echt dringender brauchen als nochmal einen Zitronenbaiserkuchen. Vielleicht hätte ich euch das Geld gleich geben sollen – aber das kann ja wohl nicht so schlimm sein.«

»Überhaupt nicht«, stimmte ihm Ford zu, ohne die Augen aufzumachen.

Dann gab es eine lange Pause. Joe Wayne stand auf und stapfte in Richtung Tür. Dort drehte er sich noch einmal zu Ford, der immer noch mit geschlossenen Augen da saß. Joe Wayne holte tief Luft und trat von einem Fuß auf den anderen. »Wahrscheinlich hätte ich nicht sagen sollen, daß der Kuchen zehn Dollar gekostet hat.«

»Wahrscheinlich?«

»Bestimmt.«

»Dann weißt du wahrscheinlich auch bestimmt, was du Kate zu sagen hast.«

Und damit marschierte er an die Tür zum Arbeitszimmer und klopfte leise an. Man hörte Stimmen von drinnen. Einen Augenblick zögerte er, doch nach einem Blick auf Joe Wayne, der aussah, als würde er jeden Moment durch die Haustür Reißaus nehmen, klopfte er noch einmal laut und deutlich.

Kate öffnete die Tür. »Entschuldigung, ich habe Sie

nicht kommen hören. Ich sehe mir gerade einen von Cliffs alten Filmen an.«

»Verzeihen Sie die Störung«, begann Ford, »aber Joe Wayne hat Ihnen etwas zu sagen.«

Kate musterte Joe Wayne mit einem Blick und nahm ihn dann in die Arme. »Joe Wayne, stimmt etwas nicht?«

Er nickte heftig und brach in Tränen aus.

»Komm rein und erzähl mir, was los ist«, sagte sie und zog ihn neben sich auf die Couch, während Ford ein wenig verlegen in der Tür stand. Sie drückte auf einen Knopf an einem Kästchen neben der Couch und stellte den Fernseher ab. »Er hat mehr Talent, als ich dachte – mein Mann«, sagte sie zu niemand Bestimmtem. »Ich muß Ihnen mal seine Filme zeigen.«

»Zeigen Sie mir, wie man auf diesem Ding Filme abspielt?« Joe Wayne wurde sichtlich fröhlicher bei dieser Aussicht.

»Auf dem Videorecorder? Natürlich«, versprach Kate. »Ich habe es selber erst neulich gelernt. Aber wißt ihr was? Es ist gar nicht so schwer, wie er mir immer weismachen wollte. Ich hatte solche Ehrfurcht vor seinen ganzen technischen Geräten, und jetzt habe ich sogar eine neue Ansage auf seinen Anrufbeantworter gesprochen.«

»Darf ich sie hören?« fragte Joe Wayne gespannt.

»Joe Wayne!« rief Ford mit einem warnenden Unterton. Joe Wayne faßte schnell in seine Jeanstasche und drückte Kate den Geldschein in die Hand. »Das ist Ihrer. Entschuldigung.« Und schon wollte er zur Tür hinaus, aber Ford versperrte ihm den Weg.

»Das verstehe ich nicht.« Kate blickte verwirrt von Ford zu Joe Wayne. »Du schuldest mir doch kein Geld.«

»Das Geld gehört Ihnen.« Die Worte stürzten jetzt nur so aus Joe Wayne heraus. »Sie haben gesagt, wir sollen auf dem Markt was für unsere Eltern kaufen – aber das habe ich nicht. Ich habe zu Ihnen gesagt, der Kuchen hätte zehn Dollar gekostet, dabei waren es bloß fünf. Ich habe mein Geld behalten. Es tut mir leid.« Und dann heulte er wieder los.

Diesmal legte Ford ihm den Arm um die Schultern und drückte ihn an sich. »Schon gut. Jetzt hast du's ja gesagt.« Er lächelte Kate zu.

Kate beugte sich zu Joe Wayne hinunter und machte ihm die Hand mit dem Geldschein wieder zu. »Das Geld darfst du behalten, Joe Wayne. Aber wetten, dir fällt noch ein Geschenk ein, das viel länger hält als ein Zitronenbaiserkuchen?

18

Sunny kam gerade mit zwei Einkaufstüten die Straße herauf, als sie das Schild vor dem Haus stehen sah. ›Zu Verkaufen.‹ Was sollte das? Kate hatte doch nie davon geredet, ihr Haus zu verkaufen? Sunny wollte nichts lieber als ein eigenes Heim, aber es würde noch dauern, bis sie eines fänden, für das sie sich die Miete leisten konnten – und bis sie eine Kaution zusammengespart hätten. Sie baute im Grunde auf Kate – mehr als sie sich eingestehen wollte.

Sie lief rasch ins Haus. Alles war still. Sie rannte nach oben ins Schlafzimmer und beruhigte sich etwas, als sie sah, daß ihre Kleider immer noch genauso über dem Stuhl hingen wie am Morgen. Sie trat auf den Balkon hinaus. Es war ein ungewöhnlich warmer Tag gewesen, sogar für südkalifornische Verhältnisse, und die Sonne war in der Abendluft noch zu spüren.

Die Panik von vorhin ließ allmählich nach. Sie schloß die Augen und holte tief Luft. Kate würde sie bestimmt nicht einfach wieder auf die Straße setzen.

Gelächter aus dem Swimmingpool verriet ihr, wo sie ihre Kinder finden würde. Kate war bei ihnen, Sunny hörte ihre Stimme. Die wohlbekannte Eifersucht überkam sie wieder – wie jeden Abend, wenn sie erschöpft von der Arbeit nach Hause kam und mitansehen mußte, wie sich eine andere Frau an ihren Kindern freute.

Aber sie war trotzdem froh, daß ihre Kinder jetzt wieder so ausgelassen spielen konnten. Die Not hatte ihnen die Kindheit geraubt, die für sie selbst und Ford zu ihrer Zeit so selbstverständlich gewesen war. Das unverhoffte

Glück hatte die Kinder allerdings von ihrer Mutter entfernt. Jetzt durfte sie nur noch zusehen. So kam es ihr jedenfalls vor. Bloß Ford schien sich unter all den verschiedenen Lebensumständen immer zurechtzufinden. Sie mußte ihn suchen und fragen, was das Schild vor dem Haus zu bedeuten hatte.

Homer bellte im Garten, und Ford rief nach ihm. Sunny lief die Treppe hinunter und durch die Küche in Freie, wo Ford damit beschäftigt war, ein Spalier zu bauen.

»Was machst du denn?« fragte sie. »Willst du auf eine Hochzeit?«

»Grüne Bohnen brauchen ein Gestell zum Hochranken«, sagte er. »Normalerweise nimmt man Stangen, aber ich wollte eben was Besonderes.«

»Die hast du doch erst letzte Woche angesät, die keimen ja noch nicht einmal. Hast du überhaupt eine Ahnung, wie lang es dauert, bis sie anfangen zu klettern?« Sunny wurde wütend.

»Wir sind auf jeden Fall darauf vorbereitet.« Ford lächelte.

»Dann sind wir gar nicht mehr hier.« Sunny schrie jetzt. »Hast du das Schild vor dem Haus gesehen?«

Ford zuckte die Achseln. »Es ist ihr Haus. Sie kann damit machen, was sie will.«

»Und was hast du dann von deiner ganzen Arbeit?«

»Samen hören nicht auf zu wachsen, nur weil das Land den Besitzer wechselt.«

»Leute, die in so einem Haus wohnen, haben keinen Sinn für einen Gemüsegarten, Ford. Wenn sie Hunger haben, kaufen sie sich was. Warum arbeitest du nicht lieber an etwas, das wir behalten können und das wir mitnehmen können, wenn wir hier weg müssen?«

Ford klopfte weiter an dem Spalier herum und mied dabei ihren Blick. »Als ich heute mit der Arbeit fertig war, habe ich fünfundsiebzig Dollar in der Tasche gehabt. Ich bin ins Auto gestiegen und kam mir zum ersten Mal, seit wir die Farm aufgeben mußten, wieder vor wie ein richtiger Mann. Die ganze Strecke zur Schule, um die Kinder abzuholen, habe ich vor mich hingesummt. Damit sie mich nicht verpassen, habe ich mich direkt vor die Tür gestellt. Marvella kam gleich beim Klingeln herausgerannt, stapelweise Zettel unter dem Arm.« Seine Stimme wurde plötzlich sanfter. »Jedes Kind in der Klasse mußte ihr einen Willkommensbrief schreiben. Das hat sich die Lehrerin ausgedacht.«

»Gottseidank! Sie hat sich heute früh so gefürchtet, ich hatte schon Angst, das Riesenfrühstück bekommt ihr nicht.«

Ford verzog das Gesicht. »So war es dann auch. Auf dem Weg in die Schule hat sie es aus dem Fenster gespuckt.«

Sunny ächzte mitfühlend. »Dann wollte sie sicher sofort umdrehen und wieder heimfahren.«

»Nein, sie war ganz tapfer. Wenn sie heute nicht geht, wird es morgen um so schlimmer, meinte sie. Sie wollte es einfach hinter sich bringen.«

»Und Joe Wayne, wie ist es dem ergangen?«

Ford kniete sich wortlos hin, strich mit den Händen über die Erde und fing an, die kleinsten Unkrautspitzen auszuzupfen.

Sunny ging neben ihm in die Hocke. »Was war los?«

Ford konzentrierte sich auf den Boden, schaufelte die Erde mit der Hand auf und ließ sie durch die Finger rinnen. »Er war heute früh auf dem Schulweg sehr still. Ich bin dann mit beiden hineingegangen, habe mich gekümmert, daß sie sich richtig anmelden und sie dann in die Klassenzimmer gebracht. Am liebsten hätte ich mich unsichtbar gemacht und hätte weiter auf die beiden aufgepaßt, aber irgendwann mußte ich sie eben alleinlassen.« Sunny faßte ihn am Arm. »Vorhin war er im Pool. Er schien mir ganz munter.«

»Ja, jetzt, wo er wieder zu Hause ist.« Ford stand auf und stützte sich schwer auf seine Harke. »Heute nachmittag habe ich schon befürchtet, er kommt nie wieder raus aus dem Schulgebäude. Wir waren die letzten vor der Tür. Ich wollte schon aussteigen und ihn suchen, da kommt er plötzlich um die Ecke geschossen, stürzt sich auf den Rücksitz und brüllt mich an, ich soll Gas geben. Ich dachte schon fast, die Polizei sei hinter ihm her. Da bricht er in Tränen aus und erklärt mir, daß er ab jetzt zu Fuß in die Schule geht.« Ford versagte nun die Stimme.

»Wieso denn? Was war los?« Sunny verstand die Welt nicht mehr. Sie hatte ihre Kinder immer am ersten Schultag in die Schule gebracht, ein paar Worte mit den Lehrern geredet und sich darum gekümmert, daß alles in Ordnung war.

»Mit dem Ringbuch hat alles angefangen.« Fords Stimme schnitt ihr die Gedanken ab.

»Mit dem Ringbuch?«

»Mit diesem Superman-Ringbuch, das du ihm gestern abend mitgebracht hast. Ein paar Jungen aus seiner Klasse haben sich darüber lustig gemacht – sie meinten, Superman sei ein Witz, und ob Joe Wayne von einem anderen Stern sei.«

»Das sind wir wohl tatsächlich«, murmelte Sunny.

»Als er dann nach der Schule auf mein Auto zuging, fingen sie an, ihn zu hänseln, ob das Auto auch getarnt sei, so wie er. Da hat er sich im Klo versteckt, bis alle weg waren, damit keiner sieht, wie er einsteigt. Was meinst du, wie mir zumute ist – wenn mein eigener Sohn sich meiner schämt?«

Sunny schüttelte den Kopf. »Es ist meine Schuld, ich habe ihm das Ringbuch gekauft.«

Aber Ford hörte nicht zu. »Auf der ganzen Heimfahrt mußte ich daran denken, wie stolz ich immer auf meinen Vater war. Und jetzt steh ich da mit einem Sohn, der nicht zu mir gehören will.« Er stockte. »Ich weiß, daß du es wahrscheinlich nicht richtig findest, aber ich mußte es einfach tun.«

»Was denn?« fragte sie erschocken.

»Ich bin einfach in die Stadt gefahren, und zwar in das Pfandhaus, in dem ich die Gitarre meines Vaters versetzt habe. Gottseidank war sie noch da.«

»Für wieviel hast du sie ausgelöst?« fragte Sunny eisig.

»Für einen Tageslohn.«

»Fünfundsiebzig Dollar? Du hast fünfundsiebzig Dollar für eine Gitarre ausgegeben?«

»Nicht für eine Gitarre, sondern für die Gitarre, auf der mir mein Vater früher immer vorgespielt hat. Schon wenn ich sie in die Hand nehme, sehe ich ihn vor mir. Es ist das einzig Greifbare, was er mir hinterlassen hat. Wenn ich darauf spiele, höre ich ihn singen, immer noch. Du mußt doch verstehen, wie mir zumute ist.«

»Wie dir zumute ist? Hast du dir schon einmal überlegt, wie mir zumute ist? Du lebst in der Vergangenheit, Ford, und ich bin es wirklich leid, die einzige in der Familie zu sein, die bereit ist, für unsere Zukunft zu kämpfen.« Sie drehte sich um. »Ich esse jetzt etwas, und dann gehe ich ins Bett. Ich bin todmüde. Sei leise, damit du mich nicht weckst – oder schlaf am besten gleich woanders.«

19

Es war kurz vor Mitternacht. Kate stand vor dem Garagentor und lauschte einem Lied, das ihr aus ihrer Kinderzeit bekannt vorkam. Ford hatte offenbar den ganzen Abend im Auto gesessen. Gottseidank ist ihm nichts passiert, dachte sie im stillen. Sie war zur Garage gegangen, um nachzusehen, ob sein Auto noch dastand. Sie hatte Ford nämlich nicht mehr zu Gesicht bekommen, seit er die Kinder von der Schule abgeholt hatte. Eigentlich hatte sie ihn nicht einmal da richtig gesehen, sondern nur vom Swimmingpool aus gehört, wie das Auto in die Garage fuhr. Joe Wayne und Marvella hatten sich wie der Blitz die Badehosen angezogen und waren zu ihr ins Wasser gesprungen.

Kate hatte darauf gewartet, daß Ford auch käme. Die ganze Befangenheit, die im Haus so oft zwischen ihnen stand, löste sich im Wasser nämlich in Wohlgefallen auf. Dann fühlten sich die vier wie eine Familie und alberten ausgelassen im Wasser herum. Gottseidank schwimmt Sunny nicht gern, hatte sich Kate schon manchmal gedacht, seit Ford mit seiner Familie bei ihr eingezogen war.

Aber heute hatte er sich nicht einmal in der Nähe des Pools blicken lassen, und die Kinder kamen ihr seltsam still vor, besonders Joe Wayne. Kate fragte sie über den ersten Schultag aus, und Marvella hatte losgeschnattert, aber Joe Wayne platzte auf einmal heraus: Wenn er schon den ganzen Tag in die Schule gehen müsse, wolle er nicht auch noch den ganzen Abend darüber reden.

Kate stand vor dem Kühlschrank und überlegte, was sie zum Abendessen machen sollte, als sich Marvella zur Küchentür hereindrückte und verkündete, sie mache sich ihr Essen selbst und Joe Wayne auch, wenn ihre Mami mit ihm fertiggeredet hätte. Als Kate sie fragte, wo ihr Daddy sei, schüttelte sie nur den Kopf und sagte, sie habe keine Ahnung.

Marvella holte sich gerade die Cornflakes-Schachtel aus dem Regal, als ein verheulter Joe Wayne hereinkam. Kate hätte ihn am liebsten in den Arm genommen und getröstet, aber statt dessen erbot sie sich, Pfannkuchen zu backen. Joe Wayne erwiderte trotzig, sie könnten sich selber versorgen. Und außerdem hätten sie ihrer Mutter versprechen müssen, Kate nicht zu belästigen. Wieso denn belästigen, hätte sie am liebsten gerufen, ihr seid doch die Kinder, die ich nie gehabt habe. Aber sie saß nur still mit am Tisch, während die Kinder ihre Cornflakes löffelten und hinterher sorgfältig das Geschirr spülten. Dann sagte sie ihnen gute Nacht und erklärte, sie wolle sich in die Badewanne legen und heute früh ins Bett gehen.

Sie machte sich ihr Bett auf der Couch im Arbeitszimmer und legte eine Kassette von Cliffs zuletzt gedrehtem Film in den Recorder. Irgendwie kam es ihr vor, als ob sie ihn durch seine Arbeiten besser kennenlerne als dadurch, daß sie jahrelang mit ihm am selben Tisch gesessen oder im selben Bett geschlafen hatte. Die ganze letzte Woche lang hatte sie jeden Abend einen seiner Filme gespielt. Die Bilder, die über den Schirm flimmerten, riefen immer bestimmte Szenen aus ihrer Ehe wach. Sie erinnerte sich dann, was sie beim ersten Lesen vom Drehbuch gehalten hatte, was in ihrem Leben passiert war, während Cliff es verfilmte, und welches Echo der fertige Film bei der Kritik und an den Kassen gefunden hatte. Egal, wie sehr man bei der Arbeit an etwas glaubte, am Ende kam es vor allem auf das Urteil der Öffentlichkeit an.

Aber heute abend konnte Kate sich nicht auf den Bildschirm konzentrieren. Sie ließ die Arbeitszimmertür offen, damit sie Ford hörte, wenn er die Treppe hinaufging oder herunterkam. Er war weder bei Sunny noch bei den Kindern. Wo konnte er denn sein? War er weggefahren? Irgend etwas zerriß diese Familie, und sie brachte nicht heraus, was.

Schließlich machte sie das Licht aus und versuchte einzuschlafen, aber vergeblich. Als um Mitternacht das Licht in der Diele noch immer brannte, zog sie ihren Morgenmantel über und ging hinaus.

Am Garagentor wurde sie von Gitarrenklängen überrascht, und dann hörte sie Fords Stimme mit »I gave my love a cherry . . .« Kate schloß die Augen, preßte den Kopf an die Mauer und malte sich aus, daß diese Stimme für sie singen würde.

Dann hörte das Lied auf. Erschrocken über die Stille, öffnete sie zögernd die Seitentür. In der Garage war es so dunkel, daß sie nur die beiden Autos schemenhaft erkennen konnte. Sie machte Fords Autotür auf. Er klimperte weiter und starrte vor sich hin, ohne sie zu beachten.

»Ich habe mir Sorgen um Sie gemacht«, sagte sie leise. »Sitzen Sie schon den ganzen Abend hier draußen?«

Er nickte. »Früher wäre ich einfach losgefahren, um meinen Kopf wieder klarzukriegen, aber jetzt kann ich mir das Benzin nicht mehr leisten.«

Kate fröstelte in der Nachtluft. »Darf ich mich vielleicht kurz zu Ihnen setzen? Hier draußen ist es ein bißchen kalt.«

Ford zuckte die Achseln und machte Anstalten, auf den Fahrersitz zu rücken, aber Kate legte ihm die Hand auf die Schulter. »Nein, bleiben Sie. Ich mache es mir lieber auf der Rückbank bequem und höre Ihnen beim Gitarrespielen zu.« Während sie hinten einstieg, fragte sie zögernd: »Würden Sie das Lied von vorhin noch einmal singen – für mich?«

»Kennen Sie es denn?« fragte Ford.

»Ich kann den Text nicht mehr richtig, aber ich kenne es von ganz früher her.«

»Singen Sie dann mit?«

»Natürlich. Dann haben Sie etwas Rückhalt vom Rücksitz«, sagte Kate – und wurde mit einem Lachen vom Vordersitz belohnt.

Kate hatte keine Uhr um, und die im Auto stand immer auf halbvier, so daß sie die Zeit vollkommen vergaß, als Ford ein Lied nach dem anderen anstimmte. Er beugte sich über seine Gitarre, als sei sie eine alte, längst verloren geglaubte Liebe.

Kate war nicht sonderlich musikalisch. Ihre Mutter hatte als Kind die Klavierstunden gehaßt und wollte ihre Tochter damit verschonen. Kate hatte auch nie das Gefühl gehabt, sie hätte etwas versäumt – bis heute abend. Der Gesang rückte alle Disharmonien des Universums wieder zurecht – zumindest bis das Lied zu Ende war.

»Haben Sie sich mit Sunny gestritten?« Die Frage ging ihr schon den ganzen Abend im Kopf herum, und jetzt war es heraus. »Sie brauchen nicht zu antworten«, fügte sie schnell hinzu. »Es geht mich ja nichts an.«

»Das stimmt nicht ganz«, erwiderte Ford leise. »Solange wir unter Ihrem Dach wohnen, stecken Sie mitten drin, ob Sie wollen oder nicht.« Und immer noch nach vorn gewandt, Akkorde auf der Gitarre klimpernd, sagte er langsam: »Ich habe das ganze Geld, das ich bei Ihrer Freundin verdient habe, ins Leihaus getragen, um diese Gitarre auszulösen. Sunny hat die Nerven verloren, als sie von der Arbeit kam und das Schild vor dem Haus sah. Sie besteht darauf, daß wir unser ganzes Geld sparen, damit wir so schnell wie möglich in eine eigene Wohnung ziehen können.«

»Ford, ich versuche wirklich nicht, Sie irgendwie zu hintergehen.« Kate fühlte sich auf dem Rücksitz so sicher, daß sie Dinge sagte, die sie sich von Angesicht zu Angesicht nie zu gestehen getraut hätte. »Ich weiß nur selbst zur Zeit nicht, wie es mit meinem Leben weitergehen soll. Und nach dem Gespräch mit meinem Grundstücksmakler heute hielt ich es einfach für das Klügste, das Haus zum Verkauf anzubieten. Ich wollte es beim Abendessen mit Sunny und Ihnen besprechen, damit wir Pläne machen können, aber Sunny ist sofort ins Bett gegangen, und ich hatte keine Ahnung, wo Sie sind.«

Die Gitarre war jetzt verstummt, aber selbst in der Stille mußte sich Kate anstrengen, um zu verstehen, was Ford sagte. »Sunny braucht ihre ganze Kraft, um sich über Wasser zu halten. Sie hat Angst, daß ich sie mit hinunterziehe, und vielleicht hat sie ja recht.« Ford schwieg. »Dieses Auto war mein einziges echtes Zuhause, seit wir die Farm verloren haben. Wenn ich in meinem Auto allein bin, dann fühle ich mich dem Leben gewachsen. Aber sobald ich die Tür aufmache, geht etwas schief. Ich kann nicht einmal meine Kinder in die Schule fahren, ohne ihnen Schwierigkeiten zu machen.« Er legte den Kopf aufs Steuerrad, und seine Schultern begannen zu beben. Kate sah von hinten hilflos zu. Er war so allein in seiner Verzweiflung, daß sie nicht wagte, ihn zu berühren und daran zu erinnern, daß noch jemand mit im Auto saß.

Schließlich ließ das Schluchzen nach. »Das hat sich den ganzen Tag in mir aufgestaut.« Und dann sprudelte es aus ihm heraus. »Als ich heute nachmittag in die Garage fuhr, habe ich mir geschworen, heute abend, wenn alle eingeschlafen sind, zurückzukommen und den Motor anzumachen.«

»Ford! Wie können Sie an so etwas bloß denken?«

»Ich habe beschlossen, daß meine Familie ohne mich besser dran wäre.«

»Keine Frau ist ohne ihren Mann besser dran – wenn er sie liebt.«

»Doch. Wenn sie ihn nicht mehr liebt«, erwiderte Ford mit ausdrucksloser Stimme.

»Ich kam mir so dumm vor, weil ich hierhergekommen bin und mich in ihre Ehe eingemischt habe«, gestand Kate. »Aber wenn Ihnen solche Gedanken durch den Kopf gegangen sind, bin ich jetzt doch froh.«

»Ich habe nicht einmal den Zündschlüssel eingesteckt«, gab Ford zu. »Als ich mich hinters Steuer setzte, lag da die Gitarre meines Vaters neben mir auf dem Sitz, und ich mußte daran denken, wie sehr ich meinen Vater als Kind geliebt habe und wie sehr ich ihn immer noch liebe.« Er hielt inne, legte die Hand sanft auf die Gitarre und schöpfte Kraft aus der Berührung mit dem Holz. »Seit er gestorben ist, habe ich keine Angst mehr vor dem Tod. Er ist nicht das Ende, wissen Sie, er befreit einen Menschen nur von der Pflicht, die ganze Zeit hier zu sein.« Er nahm die Gitarre wieder zärtlich auf den Schoß und spielte leise ein paar Akkorde. »Ich muß so lange leben, bis mein Sohn wieder stolz auf mich sein kann – damit er mich im Geist bei sich haben will, so wie ich meinen Vater immer bei mir habe.« Er fing an, leise zu singen, als ob er allein wäre.

Mit einem Seufzer streckte sich Kate auf dem Rücksitz aus. Sie wurde plötzlich so müde. Es gibt schließlich schlechtere Schlafplätze als eine Autorückbank, dachte sie sich. Es war wie ein abgeschlossener Ort, fernab von Zeit und Raum und fern von den Verpflichtungen, in die man sonst eingespannt war. Aber als sie schon die Augen zumachen wollte, stimmte Ford ein Schlaflied an, das sie nur allzu gut kannte.

»Bitte nicht«, rief Kate. Ford verstummte, und sie erklärte ihm: »Das habe ich meiner Tochter immer vorgesungen, als sie noch klein war. Und wenn sie bei der letzten Strophe noch nicht eingeschlafen war, habe ich mir immer neue Strophen ausgedacht, bis ihr die Augen langsam zufielen.«

»Dann tu ich dasselbe jetzt für Sie«, sagte Ford, aber Kate schüttelte den Kopf.

»Ich kann es nicht mehr hören – jetzt, wo ich sie verloren habe.«

»Verloren? Wieso denn? Weil Sie sie erwachsen werden und auf die Universität in eine andere Stadt gehen lassen?«

»Sie wird nie wieder nach Hause kommen. Nicht zu mir. Nicht, wenn sie herausfindet, daß ihr Vater eine andere Frau liebt.«

»Aber Sie sind doch trotzdem ihre Mutter, daran ändert sich nichts.«

Kate schüttelte den Kopf. »Sie ist Cliffs Tochter, nicht meine.«

Ford lachte. »Das kenne ich. Joe Wayne ist auch Sunnys Kind, und Marvella gerät eher nach mir.«

»Sie wissen nicht, wie ich das meine. Nina ist ein Adoptivkind.« Und dann erzählte sie ihm, wie Cliff ihr Nina ins Haus gebracht hatte.

»Da muß er Sie sehr geliebt haben«, sagte Ford.

»Das dachte ich auch«, erwiderte Kate. »Das dachte ich damals, und dann die ganzen zweiundzwanzig Jahre lang. Im Vergleich zu Nina kam mir alles andere, was er tat oder nicht tat, unwichtig vor. Aber dann fand ich heraus, daß sie nicht nur so denkt und so redet wie er, sondern tatsächlich seine Tochter ist.« Und sie erzählte die Geschichte zu Ende.

»Das ist doch nicht zu fassen!« Ford war empört. Und obwohl sie nun im Dunklen in der Garage saßen, gingen sie doch gemeinsam auf eine Reise: Sie nahm ihn mit in ihre Vergangenheit.

Kate fing ganz von vorn an. Beim Erzählen kam ihr das eigene Leben interessanter vor, als es in Wirklichkeit gewesen war. Daß sie ihren Vater nie kennengelernt hatte, hinterließ eine Lücke, die durch nichts ausgefüllt werden konnte. Auch ihre Mutter hatte sich von dem Verlust nie wieder erholt. Kate sah sich immer Fotos von ihrer Mutter als jungem Mädchen an und versuchte zu ergründen, was ihr Vater an ihr gefunden hatte. Denn an der Frau, bei der Kate aufgewachsen war, konnte sie nichts entdecken, weshalb sich ein Mann in sie verlieben würde. Manchmal fragte sie sich einfach, ob ihre Liebe wohl angehalten hätte, wenn er am Leben geblieben wäre – oder ob das Mädchen, das er geheiratet hatte, im Lauf der Zeit in jedem Fall zu der verbissenen Frau geworden wäre, die Kate die Kindheit und Jugend so freudlos gemacht hatte.

Deshalb fand sie später auch Cliffs Fähigkeit, alles mit Schwung anzupacken, so anziehend. Kate war bei einer Mutter aufgewachsen, die jeden Tag als eine Art Hindernislauf betrachtete, den es vom Aufstehen bis zum Zubettgehen zu bestehen galt.

An ihrer Arbeit bei der Post fand sie nichts Vergnügliches außer dem regelmäßigen Lohn, den sie so resigniert wie widerwillig für Miete und Lebensmittel ausgab. Das wenige, das übrigblieb, wanderte auf ein Konto für schlechte Zeiten. Zu Weihnachten bekam Kate neue Unterwäsche, einen Schlafanzug und zwei nagelneue Zehndollarscheine, die sie eigentlich nach eigenem Belieben ausgeben durfte – außer daß ihre Mutter sich garantiert erkundigte, was sie sich gekauft und wieviel es gekostet habe.

Bei ihrer Mutter hatte das Arbeiten immer nach lästiger Pflicht ausgesehen, so daß Kate nach der Highschool staunte, wie sehr sie sich jeden Tag auf ihren Job in der Cafeteria freute. Man wußte nie vorher, wen man treffen oder was passieren würde. Und die Begeisterung über das eigene, selbstverdiente Geld ließ nie nach.

»So geht es Sunny wohl zur Zeit«, sagte Ford mehr zu sich selbst als zu Kate.

Kate war so in ihre Vergangenheit versunken, daß sie

einen Augenblick brauchte, bis zu ihr durchdrang, daß Ford noch jemanden auf diese Reise mitgenommen hatte: seine Frau. Aber auch Kate fuhr ja nicht allein; schon stand Cliff neben ihr.

Plötzlich lachte sie laut auf, weil ihr einfiel, wie sie sich kennengelernt hatten. Er hatte mit einer sehr attraktiven, jungen Frau in einem enganliegenden Kleid bei ihr in der Cafeteria zu Mittag gegessen. Offensichtlich eine Schauspielerin, dachte Kate und beneidete sie um ihr Selbstbewußtsein. Kate zog sich immer betont unauffällig an. Cliff kam zu Kate an die Kasse und gab ihr seine Rechnung zusammen mit einer Kreditkarte. Kate schob sie durch ihre Maschine, aber als Cliff die Quittung schon unterschreiben wollte, warf sie noch einmal einen Blick auf die Karte. »Tut mir leid«, sagte sie, zog ihm schnell die Quittung weg und zerriß sie. »Ihre Karte ist abgelaufen.«

»Die neue ist bestimmt schon unterwegs«, raunte er mit einem Seitenblick auf die Frau, die draußen vor der Tür jetzt ungeduldig auf und ab lief. »Ich bin nämlich kürzlich umgezogen, und da kriege ich meine Post erst später.«

Kate lächelte und sagte möglichst leichthin: »Das glaube ich Ihnen gern, aber bis sie kommt, müssen Sie leider bar bezahlen, fürchte ich.«

Cliff zog seine Brieftasche heraus und zeigte sie Kate. Sie war bis auf einen einzigen Dollar leer. »Sie müssen mir helfen«, flüsterte er. »Die Dame hat mir gerade einen Job in der Agentur bei ihrem Onkel verschafft. Ich habe sie angerufen, um mich zu bedanken und sie für irgendwann zum Mittagessen in die Cafeteria einzuladen, und da fragt sie, wie's mit heute wäre. Ich kriege mein Geld aber erst Ende der Woche.«

»Fragen Sie sie doch, ob sie es Ihnen leiht«, schlug Kate vor, ohne sich um die immer länger werdende Schlange hinter Cliff zu kümmern.

»Das geht nicht. Sonst hält sie mich für einen kompletten Versager. Und dann bin ich womöglich meinen Job gleich wieder los.«

»Aber irgend jemand müssen Sie fragen«, flüsterte Kate. »Ich würde es Ihnen leihen, wenn ich an ihrer Stelle wäre.«

»Würden Sie das auch, wenn Sie nicht an ihrer Stelle wären?« Kate war so perplex über diese Unverfrorenheit, daß sie spontan ja sagte.

»Ende der Woche zahle ich es Ihnen zurück«, versprach Cliff, als Kate das Geld aus ihrer Tasche holte.

»Und was essen Sie bis dahin?« erkundigte sie sich besorgt.

Er zuckte die Achseln. »Irgendwas wird sich schon finden. War bis jetzt immer so.«

»Irgendwas?« fragte sie. »Oder irgendwer?« Als die Kasse klingelte, legte sie zwei Scheine in die Schublade und schaufelte ein paar Münzen heraus. »Ihr Wechselgeld«, sagte sie. »Dann schulden Sie mir gleich einen geraden Betrag.« Sie kritzelte ein paar Zahlen auf seine Quittung und gab sie ihm zurück. »Meine Telefonnummer, falls Sie Hunger kriegen, bevor das Geld da ist. Ich koche sehr gut. Aber ich warne Sie lieber vor: Ich wohne bei meiner Mutter.«

Dann verging über eine Woche. Kate hatte sich schon damit abgefunden, weder Cliff noch ihr Geld je wiederzusehen, als eines Abends spät das Telefon klingelte. »Ist Ihre Mutter schon im Bett?« fragte eine Stimme.

Kate hätte beinahe wieder aufgelegt, wenn ihr nicht irgend etwas an der Stimme bekannt vorgekommen wäre. »Wer ist da?«

»Sie haben gesagt, ich soll anrufen, wenn ich Hunger kriege, bevor mein Geld kommt. Ich hatte mir fest vorgenommen, Sie nicht noch einmal zu mißbrauchen, aber jetzt ist mir gerade mein letztes Glas Ernußbutter ausgegangen.«

»Das war aber vor mehr als einer Woche. Haben Sie Ihr Geld schon wieder verbraten?«

»Tja, wissen Sie, ich bin in der Verwaltung gelandet, und da kriegt man sein Geld alle zwei Wochen. Letzte Woche war erst die erste.«

Kate lachte. »Tja, einkaufen gehe ich um diese Zeit nicht mehr. Sie müssen sich schon mit dem begnügen, was ich im Haus habe.«

»Dann war ich also nicht der erste hungrige Mann, um den Sie sich gekümmert haben?« Fords Stimme holte Kate jäh in die Gegenwart zurück. Aber sie konnte Cliff noch nicht loslassen – Cliff, so wie er war, als sie ihn damals kennengelernt hatte. Noch nicht.

»Ich mag Menschen, die keine Angst vor dem Improvisieren haben«, verkündete Cliff später bei einer Riesenschüssel Linguini mit Muschelsoße. Dann erzählte er ihr, daß er eigentlich Regisseur werden wollte – um nämlich etwas Bleibendes zu schaffen.

»Im Gegensatz zu Linguini mit Muschelsoße«, sagte Kate und beobachtete lächelnd, wie er die Soßenschüssel über seinem Teller umdrehte, um noch den letzten Rest herauszukratzen.

Sie war an dem Abend so glücklich gewesen. Ob das vergänglich war oder nicht, tat nichts zur Sache. Cliff war der erste Mensch mit Ambitionen, den Kate kennenlernte. Er war regelrecht getrieben von dem Wunsch, etwas Unvergängliches zu schaffen. Nach Kates Erfahrung ging man nur zur Arbeit, um Geld zu verdienen, damit man die Rechnungen bezahlen konnte. Aber für Cliff war die Arbeit selbst der Zweck, nicht nur ein Mittel.

Er nutzte die Freikarten voll aus, die er als Mitarbeiter der Besetzungsagentur in allen kleineren Theatern in der Stadt bekam, und er konnte sich darauf verlassen, daß Kate ihn begleitete, ohne eifersüchtig darauf zu sein, daß er die Schauspielerinnen auf der Bühne so genau begutachtete. Er verließ sich mit der Zeit sogar auf ihr Urteil. Sie reagierte auf Menschen nämlich instinktiv. Wenn sie jemanden mochte, dann konnte man wetten, daß derjenige auch beim Publikum ankam.

Cliff war gern mit Kate zusammen. Er konnte mit ihr Zukunftspläne schmieden, ohne das Gefühl zu haben, daß ihre Beziehung irgendwie davon abhing, ob er seine ehrgeizigen Ziele erreichte. Sie mochte ihn so, wie er war. Aber er brachte trotzdem nicht den Mut auf, um ihre Hand anzuhalten, bevor er den ersten Studiovertrag in der Tasche hatte.

Zu der Zeit arbeitete er schon regelmäßig als Regisseur beim Fernsehen, und sie heirateten im Frühling, als er zwischendurch einmal Drehpause hatte. Kate gab ihren Job in der Cafeteria auf, denn Cliff sagte, er brauche sie als stille Gesellschafterin – um Drehbücher zu lesen, Anrufe zu erledigen, Briefe zu schreiben und Rechnungen zu bezahlen.

Sie war nie so glücklich wie in diesen ersten Jahren ihrer Ehe, als Cliffs Büro nur aus dem Arbeitszimmer bestand, in dem sie jetzt schlief. Aber mit seinem ersten Spielfilm kam dann ein Büro im Studio mit einer eigenen Sekretärin. Und plötzlich fühlte sich Kate, als hätte sie ihren Job verloren.

Im Gegensatz zu ihrer Mutter hatte sich Kate immer auf jeden Tag gefreut. Sie war gern großzügig, so weit sie es sich mit dem Geld traute, das ihr nach ihrem Gefühl eigentlich nicht richtig gehörte. Ihr Zuhause hatte sie so gemütlich gemacht, daß ein Mann sich abends nur darauf freuen konnte und ein Kind nie freiwillig weggehen würde. Wie war es dann dazu gekommen, daß sie hier allein lebte?

»Jetzt verstehen Sie, warum ich dieses Haus verkaufen

muß«, sagte sie plötzlich. »Ich komme mir hier wie ein Versager vor.«

»Wollen Sie dann wieder eines kaufen?« fragte er. »An einem neuen Haus gibt es immer viel zu tun. Ich könnte Ihnen helfen, es auf Vordermann zu bringen.«

»Ich möchte nie wieder etwas besitzen«, sagte Kate. »Da bekommt man nur ein trügerisches Gefühl von Sicherheit – und es verleitet einen, zuviel als selbstverständlich zu betrachten.«

»Genauso ging es mir, als ich die Farm aufgeben mußte«, sagte Ford. »Aber Sunny versteht das nicht. Sie träumt davon, Wurzeln zu schlagen. Ich erzähle Ihnen jetzt etwas, was ich ihr nie sagen könnte. Wenn die Kinder nicht wären, dann würde ich sogar gern in einem Auto wohnen – einfach losfahren, wohin es einen zieht, so lang arbeiten, bis man sich etwas zu essen kaufen kann und dann wieder weiterfahren.«

»Ich verstehe Sie gut«, erwiderte Kate. »Wenn ich Cliff früher bei Dreharbeiten besucht habe, saß ich oft in seinem Wohnwagen und malte mir aus, daß wir zusammen darin leben und kreuz und quer durch Amerika fahren – eine Nacht in den Bergen und die nächste in der Wüste. Ich habe immer geglaubt, sobald Nina größer ist, macht sich Cliff vielleicht nicht mehr so viele Sorgen um seine Karriere und wir könnten es endlich wieder so schön haben wie am Anfang.«

Ford nahm die Gitarre und fing an zu spielen. »Singen Sie mit?« bat er.

»Wenn ich den Text kann.«

»Wenn nicht, dann helfe ich Ihnen eben.« Er machte es sich auf dem Vordersitz bequem, lehnte sich an die Tür, streckte die langen Beine aus und nahm die Gitarre zärtlich auf den Schoß. Mit Blick in die Dunkelheit sang er von der Weite der Berge und dem blauen Himmel. Sie standen nach wie vor in der Garage, doch Kate hätte schwören mögen, daß sie auf den offenen Highway zusteuerten.

Manche Lieder kannte Kate nicht, aber dann sang er ihr den Text Zeile für Zeile vor, und wenn sie steckenblieb, fing er noch einmal von vorn an. Seine kräftige Stimme zog ihren zaghaften Sopran mit, wenn sie unsicher war. Kate saß ihm gegenüber, auf dem Rücksitz an die Beifahrerseite gelehnt, doch er schaute an ihr vorbei auf irgendeinen fernen, imaginären Punkt, so daß sie sein Gesicht ohne Scheu betrachten durfte. Sie sang nicht weiter, damit sie nur noch seiner Stimme lauschen konnte.

Und dann hörte sie plötzlich das Schlaflied, das sie ihn vorhin nicht hatte weitersingen lassen. Ganz leise drang der Text an ihr Ohr, und die Melodie hüllte sie ein wie eine kuschelige Decke.

Die Erinnerung daran, wie sie es Nina früher vorgesungen hatte, kam ihr jetzt vor wie ein Souvenir von einer Reise, die sie nie wieder machen konnte, und zugleich fand sie die Szene jetzt im nachhinein schöner als damals. Plötzlich fiel ihr ein, wie Nina sie mit dem ganzen Ernst einer Dreijährigen gefragt hatte, was eine Erinnerung sei. Kates Erklärung war ihr dann zu hoch. »Aber wie macht man denn eine Erinnerung?« fragte sie.

»Das merkt man oft selber nicht«, sagte Kate, zog sie auf den Schoß und drückte sie an sich, »du ›machst‹ zum Beispiel jetzt gerade eine für mich.«

Danach wies Kate Nina immer extra darauf hin, wenn sie irgend etwas unternahmen, das womöglich das Zeug zu einer Erinnerung hatte: Ponyreiten im Park, ein Tag am Meer oder ihr erstes Kätzchen.

Cliff hielt die großen Ereignisse in ihrem Familienleben mit der Kamera fest – die Geburtstage, Weihnachten, Ausflüge, Schulaufführungen, den Schulabschluß. Er war der Regisseur im Haus, deshalb hatte Kate sich nie fürs Fotografieren interessiert. Bilder waren ein vorzeigbares

Andenken, aber Kate hatte das Gefühl, als ob sie Nina mit ihrem Spiel etwas viel Wichtigeres beibrachte als das Fotografieren: die Kunst, sich einen Augenblick so einzuprägen, daß man sich später daran freuen konnte.

Das Schlaflied, das Ford sang, rief in Kate alle möglichen Bilder und Empfindungen wach. Sie spürte, wie ein duftendes Baby zufrieden schmatzend an ihrer Schulter einschlief, und plötzlich stand Cliff hinter ihr und lächelte auf die beiden herab. Er kam so gern ins Zimmer, wenn Nina gerade einschlief. Dann setzte er sich geduldig neben Kate, streichelte ihr die Hand, während sie Nina vorsang, und ließ die Augen nicht von den beiden. Kate fühlte sich dann bei ihm so geborgen, daß sie, sobald sie Nina in ihr Bettchen gelegt hatte, beglückt in seine Arme sank. Aber sie fühlte sich mehr geliebt, wenn er ihr im Kinderzimmer zusah, als später, wenn sie miteinander schliefen.

Plötzlich durchzuckte sie ein scharfer Schmerz. Es war sein eigenes Kind, das Cliff immer so liebevoll betrachtet hatte. Cliff war der Vater – und Kate nur die Kinderfrau, nicht die Mutter. Eine Hand rüttelte sanft an ihrer Schulter – und eine Stimme fragte, was denn los sei. Kate schlug die Augen auf. Ford beugte sich nach hinten und sah sie an. »Ich muß geträumt haben«, murmelte sie schläfrig. »Bitte singen Sie doch weiter«, brachte sie gerade noch heraus, bevor ihr die Augen wieder zufielen.

20

Als Kate aufwachte, war sie allein im Auto. Der Rücken tat ihr weh, und sie hatte einen schalen Geschmack im Mund. So zerschlagen war sie schon seit Ewigkeiten nicht mehr aufgewacht – seit sie als Kind im Sommer immer mit ihrer Mutter zur Großmutter gefahren war, wo sie im Zug zwei Nächte im Sitzen verbringen mußten, weil sie sich keinen Schlafwagen leisten konnten.

Wie hielten es manche Leute nur aus, in einem Auto zu wohnen, sinnierte sie, als sie aus der dunklen Garage in die Morgensonne hinaus trat.

Sie warf einen Blick auf ihr Handgelenk, doch dann fiel ihr ein, daß sie die Uhr beim Ausziehen am Abend zuvor im Arbeitszimmer hatte liegenlassen. Sie hatte keine Ahnung, wie spät es war. Der Sonne nach zu urteilen, schien es ihr früh. Hoffentlich kam sie ins Haus, ohne Sunny zu begegnen. Obwohl sie keinerlei Veranlassung zu einem schlechten Gewissen hatte, konnte sie kaum abstreiten, daß sie die Nacht mit Ford in seinem Auto verbracht hatte.

Sie ging zögernd auf die Küchentür zu und öffnete sie. Es duftete nach Kaffee, aber kein Mensch war zu sehen. Sie hätte natürlich schnurstracks ins Arbeitszimmer gehen sollen, aber sie mußte sich einfach eine Tasse einschenken. Dann hörte sie es plötzlich rascheln. Sunny stand in der Tür zu Joe Waynes Zimmer und starrte sie an.

»Ich habe in der Garage nach etwas gesucht«, begann Kate etwas lahm und zog den Bademantel fester um sich.

»Haben Sie ihn gefunden?« Sunnys Tonfall war barsch und unbarmherzig.

»Was meinen Sie damit?« Kate war entschlossen, nicht mehr zu sagen als unbedingt nötig.

»Ford ist gestern abend nicht ins Bett gekommen. Ich bin früh aufgewacht und habe mir Sorgen gemacht. Ich dachte, er hat vielleicht im Auto übernachtet, also habe ich in der Garage nachgesehen. Aber der einzige Mensch, der dort geschlafen hat, waren Sie.«

Um sich von Sunny nicht in die Rolle der Gegnerin drängen zu lassen, sagte Kate langsam: »Mir kam es komisch vor, daß er gestern nachmittag nicht ins Haus kam. Vor lauter Unruhe konnte ich dann nicht einschlafen, und als ich in der Garage nachsehen wollte, ob sein Auto noch da war, saß er darin und spielte Gitarre. Da bin ich hinten eingestiegen, habe ihm zugehört und bin darüber eingeschlafen. Sonst war nichts. Ehrlich. Das müssen Sie mir glauben.«

Sunny seufzte. »Ich war auch schon mit Ford in diesem Auto. Sie brauchen mir nichts zu erklären.«

Kate stellte sich direkt vor Sunny, faßte sie mit beiden Händen an den Schultern und sah ihr in die Augen. »Er hat mich nicht angerührt. Ich schwöre es Ihnen.«

Sunny drehte sich weg und klammerte sich an einen Küchenstuhl, als würde sie ihren Füßen nicht mehr trauen. »Ach, wenn er mich doch auch nie angerührt hätte!« sagte sie mit erstickter Stimme.

Kate setzte sich neben sie. »Was ist denn los?«

»Ich bin schwanger«, sagte Sunny matt.

Wie gern hätte Kate diesen Satz einmal gesagt. Sunny klang jedoch wütend und verzweifelt. »Es muß an Thanksgiving passiert sein.« Sie schien mehr zu sich selbst zu reden als zu Kate. »Wir waren beide müde, und ich habe wahrscheinlich nicht damit gerechnet ...« Sie wandte sich verlegen ab und fuhr dann leise fort: »Als nach Joe Waynes Geburt unsere ganze Misere anfing, habe ich mir geschworen, kein Kind mehr auf die

Welt zu bringen, ehe wir wirklich dafür sorgen könnten.«

»Und Marvella? Ich dachte, sie heißt so, weil Sie so lange auf ein Kind warten mußten.«

»Ford hat sie so genannt. Ich habe mir das geschworen, nicht er. Er hielt sie für ein Wunder, aber im Grunde war sie eher ein Unfall.« Sie seufzte. »Ford glaubt eben an Wunder. Und vielleicht hat er ja recht. Daß Sie uns hier so aufgenommen haben, konnte man weiß Gott nicht erwarten. Wahrscheinlich traue ich dem Ganzen auch deshalb nicht richtig. Ich war eigentlich auch nicht überrascht, als ich gestern abend lesen mußte, daß Sie das Haus verkaufen.«

Man hörte ihr die Erregung nicht an, doch ihre zarten Schultern bebten.

Kate ging auf sie zu und umarmte sie. »Daß ich mein Haus verkaufe, heißt doch noch lange nicht, daß ich Sie im Stich lasse. Ich weiß selbst noch nicht, was ich tun werde, aber wir finden schon eine Lösung, das verspreche ich Ihnen. Sie dürfen sich nicht mehr so viel Sorgen machen, vor allem jetzt, wo wieder ein Baby unterwegs ist.«

Aber Sunny ließ sich nicht trösten. »Sie können sich das nicht aufhalsen. Sie haben ja nicht einmal eine Arbeit. Man muß erst für sich selber sorgen können, bevor man anderen Leuten Versprechungen macht. Sie haben denselben Fehler wie ich gemacht – und jetzt kriegen wir beide die Quittung.«

»Die Quittung? Was meinen Sie damit?« Kate wußte nie, was Sunny als nächstes einfiel. Sicher war nur, daß es sie wieder ärgern würde.

»Sie haben doch auch einen Mann geheiratet, von dem Sie gedacht haben, daß er ein Leben lang für Sie sorgen würde.«

»Das hat wohl auch dabei mitgespielt«, mußte Kate zugeben, »aber das heißt nicht, daß ich ihn nicht geliebt habe.« »Ich habe auch nicht gesagt, daß ich Ford nicht geliebt habe. Ich liebe ihn immer noch. Aber ich kann ihn nicht mehr zu mir ins Bett lassen.« Sie sah Kate verzweifelt an.

»Wir können uns schon die beiden Kinder nicht leisten, die wir haben. Was sollen wir bloß mit einem dritten machen?«

»Haben Sie es Ford schon erzählt?«

Sunny schüttelte den Kopf. »Ich war mir bis heute früh selbst nicht sicher, aber so schlecht wird mir sonst nie.« Sie sah auf die Uhr. »Ich muß jetzt los. Wenn Ford nicht auftaucht, habe ich keine Ahnung, wie die Kinder in die Schule kommen sollen.«

»Gehen Sie nur«, sagte Kate. »Ich fahre die Kinder schon. Der Jaguar muß sowieso mal wieder raus aus der Garage.«

In dem Moment kam Joe Wayne aus seinem Zimmer geschossen. »Der Jaguar!« schrie er begeistert. »Mann, oh Mann!«

»Ich bin angezogen, bis ihr mit dem Frühstück fertig seid«, versicherte ihm Kate. »Wo ist Marvella?«

»Sie zieht sich an«, sagte Sunny. »Sie hat schon vorher gefrühstückt – mit mir.« Sie stand zögernd in der Tür. »Tja, dann gehe ich wohl lieber, sonst verpasse ich noch den Jungen vom Geschäft.«

Kate hätte Sunny gern noch ein bißchen aufgemuntert, damit sie nicht alles so schwarz sah. Sie war ganz starr vor lauter Kummer. »Bitte machen Sie sich nicht solche Sorgen«, sagte Kate sanft und legte Sunny die Hand auf den Arm. »Wir finden eine Lösung, bestimmt.« Aber Sunny preßte nur die Lippen zusammen und ging wortlos hinaus.

Kate zog sich rasch an. Als sie die Tür des Arbeitszimmers aufmachte, hörte sie Geschrei aus der Küche.

»Du bist mein Sohn und du fährst in meinem Auto, damit basta.« So wütend hatte Kate Ford noch nie erlebt.

»Ich dulde es nicht, daß mein Sohn sich für seinen eigenen Vater schämt.«

Joe Wayne kam auf Kate zugerannt, als sie in die Küche trat. »Sagen Sie's ihm. Sie haben doch versprochen, daß Sie uns mit dem Jaguar in die Schule bringen.«

Kate lächelte Ford zu. »Einer muß den Jaguar heute ein Stück fahren, sonst entlädt sich die Batterie.« Sie nahm die Schlüssel aus der Tasche und überreichte sie Ford. »Wären Sie so nett? Sie würden mir einen großen Gefallen damit tun.«

Ford starrte sie an. »Sie wollen mich mit dem Auto Ihres Mannes fahren lassen?«

Kate nickte.

»Hurra!« schrie Joe Wayne und stürmte zur Tür hinaus auf die Garage zu.

Ford trat ganz nah an Kate heran. »Was würde er dazu sagen?«

»Er benutzt ihn ja nicht. Warum sollten Sie es dann nicht?«

Ford legte ihr die Hand leicht auf den Rücken. »Kommen Sie mit? Damit ich alles richtig mache. Ich bin so einen schicken Schlitten nicht gewohnt.«

»Je teurer ein Auto, desto leichter ist es zu fahren. Sie kommen mit Cliffs Auto sicher besser zurecht, als er mit Ihrem zurechtkommen würde«, sagte Kate schmunzelnd.

»Wahrscheinlich würde es bei ihm nicht einmal anspringen«, stimmte Ford ihr augenzwinkernd zu.

»Wenn ich mitfahre, müssen Sie mich aber wieder heimbringen«, gab Kate zu bedenken.

»Ich weiß.«

»Und was ist mit Ruth? Wann sollen Sie bei ihr sein?«

»Ich habe ihr gesagt, daß ich mir die Arbeitszeit frei einteilen müßte. Sie haben nämlich den Vorrang.«

Auf dem Weg zur Schule bestritten die Kinder die ganze Unterhaltung. Joe Wayne ließ seinen Vater direkt vor dem Schulgebäude halten, damit alle sehen konnten, wie er aus einem Jaguar stieg. Marvella winkte und rannte hinein, aber Joe Wayne stellte sich an die Fahrertür, beugte sich durchs Fenster und gab seinem Vater einen Kuß. »Du kannst mich mit deinem Auto abholen«, sagte er. »Und diesmal steige ich gleich ein, das versprech ich dir.«

»Na siehst du, Superman«, sagte Ford, packte seinen Sohn um den Hals und zog ihn an sich.

Joe Wayne zuckte angesichts der Anspielung zusammen, drehte dann das Ringbuch mit dem Bild nach außen und marschierte auf die Schule zu.

»Seit er sechs war, hat er mir in der Öffentlichkeit keinen Kuß mehr gegeben.« Ford lächelte, während er wieder anfuhr.

Als sie dann so neben ihm saß und zusah, wie selbstverständlich er den Wagen durch den Berufsverkehr lenkte, war Kate so befangen wie ein Teenager beim ersten Rendezvous. Ford und seine Familie wohnten jetzt seit zwei Wochen bei ihr, aber bis gestern abend war sie noch nie mit ihm allein gewesen. Und in der dunklen Garage hatten sie sich weder angesehen noch berührt. Sie hatten sich nur gegenseitig das Herz ausgeschüttet, fast wie zwei Fremde, die sich im Zug begegnen und nie damit rechnen, daß sie sich wiedersehen. Was wußte er wohl noch von dem, was sie ihm erzählt hatte?

»Wo sind Sie gestern abend hingegangen, nachdem ich eingeschlafen bin?« fragte Kate scheu.

»Mir ging so viel im Kopf herum, da mußte ich ein bißchen laufen.« Ford hielt die Augen auf die Straße geheftet. »Ich wollte nicht ins Haus zurück, sonst hätte ich Sunny womöglich geweckt. Sie will sowieso nichts mehr von mir wissen.« Er stockte einen Augenblick, als erwarte er Kates Protest, doch sie blieb stumm. »Dann fielen mir plötzlich diese Räume über der Garage ein.«

»Die waren von den ursprünglichen Eigentümern als

Personalwohnung gebaut worden, aber Cliff und ich hatten nie Personal, deshalb haben wir sie einfach als Abstellräume benutzt. Ich wollte immer gern ein Gästeappartement daraus machen, aber Cliff mochte nicht, daß Gäste über Nacht blieben.«

»Wahrscheinlich wußte er, daß sie dann schwer wieder wegzubringen wären.« Ford sah zu Kate hinüber. »Ich habe gestern nacht dort geschlafen.«

»Wie sind Sie denn hineingekommen?«

»Ich habe mir aus der Küchenschublade, in der Sie Ihre Schlüssel aufbewahren, den richtigen herausgesucht.«

»Ich war seit Ewigkeiten nicht mehr dort oben. Es muß ja ziemlich wüst aussehen.«

»Wer einmal im Leben in einer Obdachlosenunterkunft übernachtet hat, findet es traumhaft. Küche, Bad, ein Wohnzimmer und ein Schlafzimmer – was will man mehr?«

Kate wandte sich ab und starrte aus dem Fenster.

»Habe ich etwas Falsches gesagt?«

Kate schüttelte den Kopf. »Nein. Ich schäme mich nur so, wenn ich mir vorstelle, daß wir diese Wohnung unbenutzt herumstehen ließen, obwohl es so viele Menschen gibt, die nicht einmal ein Dach über dem Kopf haben. Alle meine Bekannten haben leere Zimmer im Haus, leere Gästehäuschen und leere Appartements über der Garage, ganz zu schweigen von den leeren Ferienhäusern am Strand oder leeren Hütten in den Bergen. Wie können wir nur so selbstsüchtig sein?«

»Ich wollte Ihnen kein schlechtes Gewissen machen«, sagte Ford sanft. »Ich dachte nur, wenn ich das Appartement aufräume und ein bißchen renoviere, dann könnten Sie für Ihr Haus vielleicht noch mehr als zwei Millionen kriegen.«

Kate sah ihn scharf an. »Woher wissen Sie, wieviel ich verlange?«

»Der Makler neulich hat gesagt, für seine Begriffe könnten Sie leicht zwei Millionen bekommen – und sogar mehr, wenn Sie noch abwarten. Ich habe das zuerst für einen Scherz gehalten, aber dann habe ich mir mal die Anzeigen angesehen, und er hat recht.« Er pfiff leise durch die Zähne. »Wenn ich mir vorstelle, wieviel Land man in Iowa für zwei Millionen kriegen würde!«

»Wenn ich mir vorstelle, wie viele Familien man mit diesem Geld unterbringen und verpflegen könnte!« rief Kate, selbst überrascht von ihrem leidenschaftlichen Engagement. »Es ist doch schamlos, daß eine Familie so viel für sich selbst ausgibt.«

Ford war seltsam ruhig, als er den Jaguar in die Garage steuerte. Er ging zu seinem alten Auto hinüber und stellte sich daneben. »Ich hätte ihm nicht nachgeben dürfen«, murmelte er.

»Sie haben ihm ja nicht nachgegeben«, sagte Kate sanft. »Es war doch meine Idee, daß der Jaguar aus der Garage muß.«

»Ich möchte nicht, daß er glaubt, man könne Menschen nach ihrem Auto beurteilen. Ich hätte mich durchsetzen müssen.«

»Es schadet nichts, wenn er sieht, daß sein Vater jedes Auto fahren kann«, beruhigte ihn Kate. »Sie haben ihm heute gezeigt, daß man derselbe Mensch bleibt – egal, in welchem Auto man sitzt. Das ist eine Lektion, die viele aus seiner Klasse womöglich nie erteilt bekommen.«

21

Was feiern wir denn?« fragte Ford, während er neugierig zusah, wie Kate einen Schinken in Aspik ins Wohnzimmer trug und auf den Tisch stellte. Kate hatte eigentlich nur zu allen gesagt, daß sie heute abend kochen wollte, aber als Ford von der Arbeit kam und die gedeckte Tafel mit Blumen und Kerzen in der Mitte sah, ging er nach oben, um zu duschen und sich umzuziehen.

»Was ist denn hier los?« fragte Sunny mißtrauisch, als sie vom Laden heimkam und ihn im Schlafzimmer antraf.

»Kate hat sich große Mühe mit dem Abendessen gegeben«, sagte er, um möglichst allen anderen Fragen, die zwischen ihnen standen, auszuweichen. »Wenn sie uns wie Gäste behandeln will, dann sollten wir uns auch so benehmen.«

»Ich wußte doch, daß so etwas kommt. Das Schild vor dem Haus ist ja nicht zu übersehen«, sagte Sunny. »Wenn du glaubst, ich zieh mein gutes Kostüm an, bloß um mir anzuhören, daß wir wieder auf der Straße sitzen, dann hast du dich geschnitten.«

»Mach, was du meinst«, sagte Ford, »aber du tust ihr unrecht.«

»Ach stimmt, du kennst sie ja besser als ich«, sagte Sunny, setzte sich aufs Bett und zog die Schuhe aus.

»Was soll das heißen?«

»Ich habe noch nie die Nacht mit ihr verbracht.«

»Sie ist in meinem Auto auf dem Rücksitz eingeschlafen, und sonst gar nichts.«

»Ist ja auch egal«, sagte Sunny, ließ sich in die Kissen zurückfallen, streckte die Füße in die Luft und wackelte mit den Zehen. »Ich hab nie gewußt, daß die Füße vom Stehen so müde werden können. Ich ziehe heute keine Schuhe mehr an, und wenn der Kaiser von China kommt.«

In diesem Augenblick klopfte Marvella an die Tür. Sie trug ein langes Kleid und hatte Blumen ins Haar geflochten.

»Mäuschen, ich würde dich am liebsten fotografieren und das Bild nach Iowa schicken«, rief Ford und nahm Marvella in die Arme.

»Mit einem ›Bis bald!‹ hinten drauf«, murmelte Sunny. Marvella kam zu ihr und legte einen mexikanischen Poncho und ein paar Sandalen aufs Bett. »Kate hat gemeint, daß du das vielleicht gern anziehst. Damit du deine Kleider von der Arbeit ausziehen kannst und es bequem hast.«

Ford mied Sunnys Blick und nahm Marvella an der Hand. »Gehen wir hinunter und schauen, ob wir noch was helfen können.«

»Ich habe schon geholfen. Es gibt nämlich Kokoskuchen zum Nachtisch«, verkündete Marvella stolz.

Als Ford zusah, wie Kate die Speisen auf den Tisch stellte, ohne sich helfen zu lassen, krampfte sich ihm vor Spannung der Magen zusammen. »Was feiern wir denn?« fragte er wieder.

»Daß ich dieses Haus verkaufe«, bemerkte Kate schlicht und reichte Sunny den Korb mit den Brötchen. Sunny preßte sich den Korb wie ein Baby an die Brust. Ford merkte, wie sich ihm die Kehle zuschnürte. Er hätte keinen Ton herausgebracht, selbst wenn er gewußt hätte, was er sagen sollte.

»Wie schnell?« Man merkte Sunny die Angst an.

»Die neuen Besitzer wollen sofort einziehen, sobald die ganzen Verträge unterschrieben sind. Sie sind von der Ostküste hierher versetzt worden, deshalb wohnen sie momentan im Hotel. Und sie haben nicht einmal versucht zu handeln – sie haben genau das geboten, was ich verlangt habe.«

»Wir müssen hier weg?« Joe Wayne blickte von einem zum anderen und versuchte zu begreifen, was hier ablief.

»Ich weiß, wie sehr Sie sich eine eigene Wohnung wünschen«, sagte Kate zu Sunny. »Und deshalb feiern wir heute. Ich habe nämlich eine Bedingung für den Verkauf gestellt: Ich habe den Käufern erklärt, daß hier eine Familie wohnt, dic sich mit ums Haus kümmert, und diese Familie muß das Recht bekommen, in der Wohnung über der Garage so lange zu wohnen, wie sie möchte. Und zwar ohne Miete zu zahlen – als Ausgleich dafür, daß sie hilft, Haus und Garten in Schuß zu halten.«

»Welche Wohnung über der Garage?« fragte Sunny.

»Die Personalwohnung«, murmelte Ford vor sich hin.

»Sie ist ziemlich renovierungsbedürftig«, fuhr Kate fort, »aber auf diese Weise können Sie die Farbe und die Tapeten aussuchen und sich die Wohnung so herrichten, wie es Ihnen gefällt.«

Sunnys Miene hellte sich auf. »Warum tun Sie denn so etwas für uns? Das hätte Ihnen den Verkauf verpatzen können.«

Kate lächelte. »Die beiden waren von der Vorstellung begeistert, jemanden dazuhaben, der sich ums Haus kümmert – und noch dazu kostenlos. Tja, wer wäre das nicht? Ich habe ihnen auch erklärt, daß Sie beide berufstätig sind und man die Stunden extra ausmachen müßte, aber das sei kein Problem, meinten sie.«

»Warum können wir nicht weiter bei dir wohnen, Kate?« fragte Marvella traurig.

Kate tätschelte ihr die Hand. »Weil ich mir nicht leisten kann, ohne meinen Mann weiter in diesem Haus zu wohnen. Er hat immer alles bezahlt, weißt du.«

»Du könntest doch arbeiten gehen, so wie Mami«, schlug Marvella vor.

»Selbst wenn wir alle arbeiten würden, würden wir nicht genug verdienen, um hier wohnen zu bleiben. Aber wenn ich das Haus verkaufe, dann kriege ich mehr Geld, als ich während meiner ganzen Ehe hätte verdienen können. Das ist zwar nicht gerecht, aber es ist nun mal so.«

»Aber Sie müssen doch auch irgendwo wohnen, Kate.« Joe Wayne versuchte mannhaft, sich mit dieser verwirrenden neuen Entwicklung abzufinden.

Sie nickte. »Ich würde gern immer wieder woanders wohnen.« Ford war sehr still; Kate konnte nicht sagen, was er dachte. Sie reichte schnell noch einmal die Schinkenplatte herum. »Wer möchte noch?«

Nur Sunny nahm sich eine zweite Portion.

»Mir ist der Hunger vergangen«, sagte Joe Wayne.

»Warte nur, bis du den Kokoskuchen siehst«, versprach ihm Kate. »Am besten helft ihr beiden mir beim Tischabräumen, dann kann Ford eurer Mutter die Wohnung zeigen.«

»Seit wann kennst du die denn?« Sunny konnte ihre Überraschung nicht verbergen.

Zur Antwort packte er sie am Arm und schob sie zur hinteren Tür hinaus. »Was glaubst du, wo ich gestern nacht geschlafen habe, als du mich aus dem Bett geworfen hast?« fragte er, sobald sie außer Hörweite waren.

»Kate hat gesagt, du hättest in deinem Auto übernachtet. Ich wüßte nicht, warum ich ihr das nicht glauben sollte.«

»Was hat sie sonst noch erzählt?« fragte er, während er die Tür zur Garagenwohnung aufsperrte und Sunny voraus die Treppe hinaufstieg.

»Daß sie rausgegangen ist, um nach dir zu schauen und dann bei dir im Auto eingeschlafen ist. Als sie heute früh aufgewacht ist, warst du weg. Sie hat behauptet, du hast sie nicht angerührt.«

»Und wenn? Hätte dir das überhaupt was ausgemacht?« Aber Sunny hörte nicht mehr zu. Vor ihr erstreckte sich ein großes Zimmer mit Fenstern auf den Garten hinaus. Sie machte Türen auf, sah in Wandschränke und lief zwischen Wohnzimmer und Schlafzimmer hin und her. »Weißt du überhaupt, wieviel Miete so eine Wohnung normalerweise kostet?« Sie konnte ihre Begeisterung nicht unterdrücken.

»Ein paar hundert Dollar im Monat bestimmt«, sagte Ford.

»In Iowa vielleicht, aber in Los Angeles kann man froh sein, wenn man eine solche Wohnung, noch dazu in einer sicheren Gegend, für einen Tausender im Monat kriegt. Du weißt ja nicht, wie sehr ich vom Obdachlosenheim aus nach einer bezahlbaren Wohnung gesucht habe, was ich für Strecken mit dem Bus herumgefahren bin. Und nichts, was ich mir angeschaut habe, war auch nur annähernd so schön wie diese Wohnung hier. Wenn wir beide arbeiten und keine Miete zahlen müssen, dann können wir uns vielleicht doch langsam aus dem Sumpf ziehen.« Sie ging ans Fenster und starrte zum großen Haus hinüber, vorbei am Swimmingpool, am Obsthain und am angestrahlten Garten. »Komisch. Bei ihr im Haus habe ich mich nie sicher gefühlt, weil man mit allem von ihr abhängig war, aber hier können wir uns unseren Unterhalt verdienen. Ich helfe den neuen Besitzern abends und am Wochenende bei der Hausarbeit, du kümmerst dich um den Garten, und hier müssen eben die Kinder mithelfen . . .« Sie stockte plötzlich. »Deshalb kann ich eben nicht noch eines kriegen. Das mußt du verstehen.«

Ford rückte einen Hocker an die Wand und setzte sich schwerfällig hin. Was sagte sie da? »Ein Kind?« flüsterte er und streckte die Hand nach Sunny aus. »Wirklich?« Er wollte sie auf den Schoß nehmen wie früher so oft in solchen Situationen, aber sie ging weg und stellte sich mit dem Rücken an die Wand, als ob sie sich gegen Überraschungsangriffe wappnen wollte. »Warum hast du mir das nicht erzählt?«

Sie zuckte die Achseln. »Ich bin mir erst seit heute sicher. Bei meinem Geschäft ist eine Klinik in der Nähe, da geht man einfach hin und wird kostenlos behandelt ohne lästige Fragen. Da könnte ich es loswerden.«

Sie klang hart und entschlossen. Ford erkannte sie kaum wieder. »Nein«, schrie er entsetzt auf. »Es ist auch mein Kind – und ich will es haben!«

Sunny schüttelte nur den Kopf. »Wir können schon für die beiden, die wir haben, nicht sorgen. Ich hätte es dir gar nicht sagen sollen, sondern einfach tun, was ich tun muß, aber ich wollte nicht, daß du es von ihr erfährst.«

»Von ihr?«

»Von Kate. Ich war heute früh so durcheinander, da ist es rausgerutscht, bevor ich richtig nachgedacht habe. Und jetzt, wo sie es weiß, mußt du es eben auch erfahren.«

»Auch? Ich bin schließlich der Vater, verdammt noch mal!«

»Ford, wenn wir wieder auf die Beine kommen wollen, dann muß alles anders werden – auch das Verhältnis zwischen uns beiden. Keine Angst, ich will die Familie nicht kaputtmachen, die Kinder brauchen schließlich einen Vater und eine Mutter. Aber wir müssen beide hart arbeiten, damit Joe Wayne und Marvella anständig aufwachsen können. Wenn ich danach noch etwas Kraft übrig habe, dann will ich die für mich verwenden. Mehr verlange ich nicht von dir, und du erwartest besser auch nicht mehr von mir. Ich habe immer gedacht, daß das Leben leichter wird, wenn man heiratet. Das stimmt aber nicht – es wird sogar schwerer, als ich je für möglich gehalten habe.«

Ford stützte den Kopf in die Hände. Sunny ging zu ihm hin und faßte ihn an der Schulter. »Ich bin dir nicht mehr böse. Gestern war ich es schon, da habe ich noch gedacht, du bist mir Rechenschaft schuldig. Aber das stimmt nicht.

Ich gehe jetzt wieder hinüber und lege mich schlafen. Du kannst mitkommen, wenn du möchtest – solange wir in dem Bett nichts anderes tun als schlafen. Das wird die erste Nacht seit langem, daß ich einschlafen kann, ohne mich vor dem nächsten Tag zu fürchten.«

Sunny kam geradezu beschwingt in die Küche, nachdem sie die Wohnung besichtigt hatte. Kate, die gerade die Spülmaschine einräumte, bekam zu ihrer Verblüffung eine stürmische Umarmung und überschwenglichen Dank ab für alles, was sie für ihre Familie getan habe. Dann bestand Sunny darauf, das übrige Geschirr selbst abzuwaschen, und plapperte dabei in einem fort darüber, was sie für Vorhänge nähen wollte und welche Kräuter sie am Küchenfenster ziehen würde. Sie rief die Kinder noch einmal herunter und beschrieb ihnen die Wohnung in allen Einzelheiten, während sie das Stück Kokoskuchen vertilgte, das Kate ihr aufgehoben hatte. Kate wurde schnell von Sunnys Begeisterung angesteckt. »Am Wochenende kaufen wir die Farbe«, versprach sie. »Wenn wir alle zusammenhelfen, dann schaffen wir es vielleicht an einem Tag.«

»Darf ich auch streichen?« fragte Marvella. »Ich will mit so 'ner Rolle.«

»Du und Joe Wayne, ihr müßt uns jetzt bei allem helfen«, erwiderte Sunny.

»Wo schlafen wir dann alle?« Joe Wayne war von den neuen Plänen nicht begeistert.

Sunny blickte Kate hilfesuchend an. »Wir könnten zum Beispiel im Wohnzimmer zwei Schlafsofas aufstellen«, schlug Kate vor.

»Sofas? Die sind aber unbequem zum Schlafen«, protestierte Joe Wayne.

»Keine normalen Sofas. Ich meine solche, die man nachts zu einem richtigen Bett ausziehen kann«, erklärte

Kate. »Ich schlafe aber gern in einem eigenen Zimmer – mit einem Fernseher«, sagte Joe Wayne vorsichtig.

»Du darfst den kleinen Fernseher mitnehmen«, beruhigte ihn Kate. »Sie können überhaupt alle Möbel aus dem Haus für die Wohnung benutzen. Ich nehme nämlich nichts mit. Die Einrichtung ist zwar im Preis inbegriffen, aber bis jetzt hat keiner festgehalten, was alles da ist. Außerdem, solang die Möbel auf dem Grundstück bleiben, verstoße ich ja nicht gegen den Vertrag.«

»Ich will sehen, wo wir hinziehen«, bettelte Marvella.

»Ihr geht jetzt ins Bett«, sagte Sunny, aber dann warf sie Kate einen Blick zu und ließ sich erweichen. »Dad ist noch in der Wohnung, also könnt ihr ja rüber und ihm Gutenacht sagen.«

Als die Kinder mit Triumphgeheul auf die Tür zustürmten, rief sie sie noch einmal zurück. »Da, nehmt ihm ein Stück von diesem Kokoskuchen mit, so etwas Köstliches habe ich ja noch nie gegessen.« Sie legte ein großes Stück auf einen Teller.

»Ich will es tragen«, krähte Marvella. Dann wandte sie sich an Kate: »Darf ich sagen, ich habe ihn ganz allein gemacht?«

Kate drückte ihr einen Kuß auf die Backe. »Du darfst ihm erzählen, was du willst, ich verpetze nichts.« Sie sah von der Tür aus zu, wie die Kinder durch den Garten liefen und schaute dann Sunny in die Augen. »Das gilt für Sie übrigens auch.«

Sunny schenkte sich ein Glas Milch ein und setzte sich an den Küchentisch. »Zu spät. Ich habe ihm schon alles erzählt, und zwar ganz ehrlich.«

Kate goß sich Kaffee ein. »Daß Sie ein Kind kriegen?«

Sunny faßte das Milchglas mit beiden Händen und drückte so fest zu, daß Kate Angst hatte, es würde zerbrechen. »Nein. Daß ich es nicht kriegen werde.« Ohne Kates gequälte Miene zu beachten, fuhr sie fort: »Nur durch Ihre

Hilfe können wir überhaupt für die beiden sorgen, die wir schon haben. Was sollten wir mit einem Baby? Wie könnte ich dann arbeiten?«

Ich kriege es für Sie, hätte Kate am liebsten ausgerufen, aber sie biß sich auf die Lippen und blieb stumm. »Was meint Ford dazu?« fragte sie schließlich.

»Er will es. Aber er hat nicht zu entscheiden. Diesmal nicht.« Sie nahm ein Exemplar von Kates Architekturmagazin vom Tisch. »Ist das heute gekommen?« Kate nickte. Sunny fing an zu blättern. »An Ihrem Bett liegt ein ganzer Stoß von denen. Ich schaue mir jeden Abend eines an, stelle mir das Haus vor und richte es nach den Bildern ein. Aber heute abend werde ich im Geist in die Wohnung über der Garage einziehen.«

Und wohin soll ich? fuhr es Kate durch den Kopf. Sie fand anscheinend für alle anderen eine Lösung, bloß nicht für sich selbst.

»Ich habe noch nie eine eigene Wohnung gehabt«, gestand Sunny. »Bis zur Hochzeit habe ich bei meinen Eltern gewohnt, und dann bin ich auf die Farm zu Fords Familie gezogen. Nicht einmal eine Wandfarbe habe ich aussuchen dürfen.« Sie blätterte langsam das Heft durch. »Hellgelb«, sagte sie plötzlich. »Wir streichen das Schlafzimmer hellgelb. Dann sieht es immer so aus, als würde die Sonne scheinen.«

Kate ging an die Küchentür und blickte hinaus. »Sie müssen das mit dem Baby nicht sofort entscheiden.«

»Bitte?« Sunny war in die Zeitschrift vertieft.

»Wenn Sie sich erst in der Wohnung eingerichtet haben, sieht manches vielleicht anders aus. Ich weiß, wie schwer es ist, eine Familie zusammenzuhalten.« Kate versagte die Stimme vor Kummer über ihre eigenen Sorgen. »Vor allem in schlimmen Zeiten. Ich möchte Ihnen helfen.«

Zu Kates Überraschung nahm Sunny ihre Hand und

legte sie sich an die Wange. »Sie haben heute etwas für mich getan, was noch niemand für mich getan hat, weder meine Eltern noch mein Mann. Sie haben mir das Gefühl gegeben, daß ich es aus eigener Kraft schaffen kann. Ich möchte nie wieder von jemandem so abhängig sein wie früher von Ford. Wenn ich dieses Kind bekomme, dann sind wir wieder genauso weit wie vorher, und das lasse ich nicht zu. Ich weiß noch nicht, wie meine Zukunft wirklich aussehen soll, aber es wird sich auf alle Fälle einiges grundsätzlich ändern. Wenn wir vier zusammenhalten, dann schaffen wir es bestimmt. Aber wir können nicht noch ein Kind brauchen, gerade jetzt nicht, wo wir endlich Land sehen.« Sie stand auf, dann umarmte sie Kate plötzlich und gab ihr einen Kuß. »Danke, Kate, für alles. Schlafen Sie gut. Bis morgen früh.«

Aber Kate schlief nicht gut. Sie versuchte es nicht einmal. Statt dessen legte sie die Kassette von Cliffs letztem Film in den Videorecorder – aber die flimmernden Bilder konnten es nicht mit dem Film aufnehmen, der in ihrem Kopf ablief. Cliff und ihr ganzes Leben mit ihm kam ihr auch nicht echter vor als die Geschichte, die sich auf dem Fernseher vor ihr abspielte. Sie fühlte sich, als würde sie sich von ihrer Vergangenheit lösen und sozusagen im freien Fall durch die Gegenwart auf eine ungewisse Zukunft zusteuern. Zum ersten Mal in ihrem Leben war sie völlig allein. Sie konnte sich nur noch auf sich selbst verlassen, und nachdem sie Ford und seine Familie nun glücklich untergebracht hatte, wurde sie auch von niemandem mehr gebraucht. Durch die Einkünfte aus dem Hausverkauf – egal, wie sie das Geld anlegte – würde sie nie hungern oder frieren müssen, nun konnte sie im Grunde endlich nach Herzenslust Zukunftspläne schmieden.

Statt Hochstimmung angesichts einer solchen Freiheit, wollte sich aber nur ein Gefühl des Verlorenseins einstellen. Sie mußte sich eingestehen, daß ihr Leben sich in den letzten beiden Wochen untrennbar mit dem Schicksal von Ford und seiner Familie verwoben hatte. Sie hatte inzwischen jeden einzelnen auf seine Art lieben gelernt, und eine Zukunft ohne diese Menschen konnte sie sich nur mehr schwer vorstellen.

Es blieb ihr aber nichts anderes übrig. Seit sie gestern abend bei Ford im Auto eingeschlafen war, hatte sich das Verhältnis zwischen ihr und ihm geändert. Die gewisse Spannung lag in der Luft, die sich ergibt, wenn ein Mann und eine Frau ihre gegenseitige Anziehung spüren. Und je mehr sie diese Spannung ignorieren wollten, desto heftiger machte sie sich bei jeder Begegnung bemerkbar.

Kate war klar, daß Ford sich bei seiner Frau nicht mehr als Mann fühlte, und je mehr Sunny um ihre Unabhängigkeit focht, desto mehr geriet sein Selbstbewußtsein ins Wanken. Bei Kate, die er noch nie enttäuscht hatte, wurde er dagegen wieder zu dem Mann, der er früher war, zu dem Mann nämlich, der sich seiner Wirkung auf die Frauen gewiß war.

Aber die Anziehung bestand auf beiden Seiten. In Fords Gegenwart konnte Kate vergessen, daß sie ihr Mann wegen einer anderen Frau verlassen hatte. Ohne ein Wort zu sagen, vermittelte Ford ihr das Gefühl, daß allein ihre Anwesenheit einem Mann seine Selbstachtung zurückgeben konnte.

Ich darf das nicht zulassen, mahnte sich Kate streng. In jeder Ehe gibt es schwierige Zeiten, aber wenn sich kein bequemer Ausweg bietet, dann finden zwei, die sich ursprünglich geliebt haben, auch wieder zueinander. Ford und Sunny würden sich wieder verstehen, sobald sie in die Wohnung gezogen sind. Sie mußte aus ihrem Leben verschwinden und die beiden allein lassen.

Gereist war sie noch nie. Jetzt, da Nina kein Zuhause mehr brauchte, war das doch die Gelegenheit. Wenn sie dann alles angesehen hatte, was sie interessierte, dann mietete sie sich eben irgendwo eine Wohnung – vielleicht in Boston, in der Nähe von Nina. Auch wenn Kate sie nicht mehr so selbstverständlich als Tochter betrachten konnte wie bisher, hoffte sie doch, daß sie Freundinnen werden konnten.

Genau, so mache ich es, dachte sie, während sie sich in der Küche noch ein Glas Milch einschenkte. Sie trank jetzt abends keinen Kaffee mehr, denn früher konnte sie auf ihr Täßchen wunderbar einschlafen, aber inzwischen wurde sie davon nervös und unruhig. Das lag vielleicht am Alter. Bei dem Gedanken verzog sie das Gesicht. In fünf Jahren wurde sie schon fünfzig. Wenn sie jetzt nicht anfing zu reisen, dann müßte sie sich die Welt vom Rollstuhl aus ansehen. Wie lange konnte sie sich noch auf ihre Gesundheit verlassen? Die hatte sie immer als so selbstverständlich hingenommen. Außerdem wollte sie nicht gerade dann verreisen, wenn die Enkel kamen. Warum mußte Nina eigentlich unbedingt Jura studieren? Warum konnte sie nicht einfach Adam heiraten und sich häuslich niederlassen? Sie hatte es doch gehaßt, ein Einzelkind zu sein, und wollte selber immer viele Kinder. Dann sollte sie auch keine Zeit verschwenden. Kate seufzte. Das Altwerden war nicht so schlimm, wenn man sich auf Enkel freuen konnte. Aber was war, wenn Nina überhaupt nicht heiratete? Sie war so entschlossen, sich in ihrer Karriere nicht aufhalten zu lassen. Sie wollte keineswegs so enden wie ihre Mutter.

Der Gedanke an eine Zukunft ohne Zuhause, ohne Mann und vielleicht sogar ohne Enkel ließ eine Welle der Verzweiflung in ihr hochschlagen. Vom Küchenfenster aus sah sie, daß in der Wohnung drüben noch Licht brannte, und plötzlich fühlte sie sich wie magisch davon angezogen.

Die Nachtluft war lau und duftete mild. Kate kniete sich an die Gemüsebeete, die Ford angelegt hatte, und strich mit den Fingern über die Erde, ob die ersten Blätter schon aus dem Boden spitzten. Was sonst auch passieren mochte, er konnte nun jedenfalls die Früchte seiner Arbeit ernten.

Sie spürte etwas hinter sich, drehte sich um und sah Ford. Er trug eine alte, an den Knien abgeschnittene Jeans, und sein Oberkörper war nackt. Kate brachte vor Befangenheit keinen Ton heraus. Ihr Verlangen war so offensichtlich, das konnte sie mit keinem Trick der Welt verstecken. Es war zwecklos so zu tun, als hätte sie irgendein anderer Grund aus dem Haus geführt als der, den sie beide kannten.

Kate schlug vor Scham die Hände vors Gesicht, weil ihre lauteren Absichten sich als so kurzlebig erwiesen hatten. Ford begann, ihr über den Kopf zu streicheln, fuhr ihr mit den Fingern durchs Haar und sah zu, wie es wieder zurückfiel. Behutsam wanderten seine Fingerspitzen ihren Rücken hinunter. Kate gab sich den Gefühlen hin, die in ihr aufstiegen und die sie von jeder Schuld freisprechen wollten. Doch dann riß sie sich von ihm los. »Nein, Ford, wir dürfen nicht.«

»Verlaß mich nicht, Kate«, flehte er. »Du hast mein Leben umgekrempelt. Du darfst mich jetzt nicht im Stich lassen.«

»Sobald ich aus deinem Leben verschwunden bin, findet ihr bestimmt wieder zueinander, du und Sunny.«

Er wandte sich ab und stand eine ganze Weile mit dem Rücken zu ihr. »Das war also der Grund für das festliche Essen. Du hast dich von mir verabschiedet.«

»Ich habe mich bemüht«, erwiderte sie leise. »Ich habe deine Familie nicht bei mir aufgenommen, um sie dann zu zerstören.«

Er lehnte die Stirn an die Eiche, auf die sich Kate am Weihnachtsmorgen geflüchtet hatte. »Man kann nichts von außen zerstören, was nicht schon von innen morsch geworden ist. Sunny will mich nicht mehr bei sich im Bett.

Das hat sie mir gestern abend gesagt – und heute wieder. Ich gehe nicht mehr in dieses Schlafzimmer zurück. Wenn ich bei ihr bin, dann fühle ich mich so wertlos, ich tauge weder als Mann noch als Vater.«

»Sag so etwas nicht.«

»Wenn es nicht stimmen würde, dann hätte sie keine Angst, noch ein Kind zu kriegen.«

»Ach Gott, wenn doch bloß ich das Baby bekommen könnte«, sagte Kate leise. »Ich wollte immer so gern ein Kind von einem Mann, der mich liebt – von einem, der mich wirklich liebt und der mich nie verlassen würde.«

Sie sank auf die Knie und vergrub den Kopf in ihrem Schoß. Ihr Kummer ließ Ford den seinen vergessen. Er nahm sie in die Arme, küßte sie sanft aufs Haar und murmelte tröstende Worte.

»Wenn wir doch so bleiben könnten«, seufzte Kate schließlich, »ohne jemandem weh zu tun.«

»Versprich mir nur eins«, sagte Ford.

»Ich bin mir nicht sicher, daß ich das kann.«

»Verlaß mich nicht.« Er zögerte, dann verbesserte er sich. »Verlaß uns nicht.«

»Ich werde mich nicht zwischen dich und deine Familie stellen. Deshalb verkaufe ich das Haus – damit ich euch allen helfen kann, ohne mich in euer Leben einzumischen. Du mußt mit Sunny eine Zeitlang allein sein.«

»Warum meinen die Leute immer, daß ausgerechnet das Alleinsein einen Mann und eine Frau wieder zusammenbringen? Nichts ist schwerer, als zusammen allein zu sein. Wenn eine Mauer wackelt, dann stützt man sie doch und schlägt nicht noch darauf ein. Nur mit deiner Hilfe können Sunny und ich die Trümmer vielleicht wieder zusammensetzen. Jetzt komm mit hinauf und schau dir an, was ich mit der Wohnung gemacht habe.«

»Was hast du denn hier angestellt?« rief Kate, als sie oben an der Treppe angelangt waren. Ein großes Stück von dem zerkratzten Linoleum im Gang war weggerissen, und darunter kam ein Parkettboden zum Vorschein. »Wie kann man nur so ein wunderschönes Parkett mit Linoleum zukleistern?«

»Vielleicht fanden es die Vormieter zu gut fürs Personal«, sagte Ford. Er kniete sich hin und zog ein Stück Linoleum ab, so daß Kate die dicke, teerähnliche Klebeschicht auf dem Holz sehen konnte.

»Wie hast du dieses Zeug denn abgekriegt?«

»Mit Terpentin, da hatte ich noch eine Flasche im Auto. Den ganzen Abend habe ich nur an dieser einen Stelle herumgeschrubbt.«

»Es wird noch eine Menge Arbeit kosten, bis diese Wohnung fertig ist«, sagte Kate.

»Du kannst ja nicht ermessen, was es für uns bedeutet, daß wir endlich einen Platz bekommen, an dem wir bleiben dürfen. Ich würde mich so gern irgendwie dafür revanchieren.«

»Du steckst doch so viel Arbeit in das Appartement«, sagte Kate. »Du machst ein Schmuckstück daraus.« Kate ging im Zimmer umher. »Wie fändest du es, wenn wir zusammen ein Geschäft aufmachen würden?«

»Wie denn?«

»Ich habe noch nie eigenes Geld besessen, aber wenn ich das Haus verkaufe, dann habe ich so viel, daß ich Angst kriege. Ich bin den ganzen Abend wachgelegen und habe überlegt, was ich damit anfangen könnte.«

Ford lächelte. »Und?«

»Die Lösung ist mir gerade eingefallen. Die zwei Millionen Dollar, die ich bekomme, habe nicht ich erarbeitet, sondern dieses Haus. Also ist es doch das beste, ich stekke das Geld wieder in eines.«

»Du willst wieder ein Haus kaufen?«

»Nicht so eines wie dieses hier, sondern ein altes, baufälliges in einer heruntergekommenen Gegend. Ich kaufe es, du renovierst es, dann verkaufen wir es und teilen uns den Gewinn.«

Leise sagte Ford: »Ich kann mir keine schönere Aufgabe vorstellen, als einem baufälligen Haus seinen alten Glanz zurückzugeben.«

22

Kate wischte sich gerade in der Einfahrt die Farbe von den Händen und ging ins Haus, als sie das Taxi wegfahren sah. Ein Taxi in einer Wohngegend von Los Angeles wirkte so fehl am Platz wie eine Rikscha. Sie überlegte kurz, wer wohin fahren wollte, aber sie war viel zu sehr mit ihren eigenen Angelegenheiten beschäftigt, als daß sie lange Vermutungen angestellt hätte.

Es war Samstag, und sie strichen die Wohnung. Kate hatte genügend Pinsel und Rollen gekauft, so daß alle mitmachen konnten. Sunny übernahm die Küche, Ford strich mit den Kindern das Wohnzimmer, und Kate hatte sich das Schlafzimmer vorgenommen.

Es tat gut, sich mit etwas zu beschäftigen, das ihre Gedanken auf die Zukunft lenkte. Die letzten Abende hatte sie damit verbracht, ihre persönliche Habe durchzugehen – alles, was sie nicht zusammen mit dem Haus verkaufte –, zu überlegen, was sie weggeben konnte und was ihr die Gebühr zum Unterstellen wert wäre. Sie hatte keine Ahnung, wo sie hingehen sollte, aber der Gedanke an ein provisorisches Quartier – eine Bleibe, mit der sie keine Erinnerungen verband und die keinen Anspruch auf ihre Zukunft erhob – war seltsam befreiend.

Mit jedem Tag schrumpfte der Berg von Dingen, ohne die sie nicht auskommen konnte. Am Ende hatte sie alles auf drei Koffer reduziert: vollgepackt mit Kleidern, Fotoalben, den wenigen Schmuckstücken, die sie besaß, und einem kleinen Bild, das sie und Cliff in Carmel bei ihrer ersten gemeinsamen Reise erstanden hatte. Natürlich war das voreilig – Cliff mußte ja den Hausverkauf erst durch seine Unterschrift perfekt machen –, aber sie fand es wichtig, wie ein Flüchtling in einem Kriegsgebiet jederzeit zum Aufbruch bereit zu sein.

In der Zwischenzeit hatte sie sich auch schon nach einem Haus umgesehen. Nach einem, das sie und Ford gemeinsam wieder in Schuß bringen konnten. Sie freute sich, daß sie den Gewinn aus dem Haus, in dem ihre Ehe mit Cliff auseinandergebrochen war, nun dazu nutzen könnte, Ford und seine Familie zusammenzuhalten. Außerdem würde sie von dem Geld nicht nur ihren Lebensunterhalt bestreiten, sondern eine sinnvolle Aufgabe schaffen – und zwar für sie selber ebenso wie für Ford.

Die Idee, sich um ungenutzten Wohnraum zu kümmern, begeisterte Kate. Sie hatte sich nie für besonders kreativ gehalten. Cliff war der Künstler gewesen, der für die Familie sorgte und sich einen Namen machte, indem er seine Phantasie gebrauchte. Aber um kreativ zu sein, mußte man nicht unbedingt etwas produzieren – ein Theaterstück oder einen Film –, das begriff Kate jetzt. Man konnte auch kreativ sein, indem man einfach auf etwas Neues kam, eine neue Art, sein Leben zu leben, zum Beispiel.

Seit Ford an jenem Tag an ihrer Tür aufgetaucht war, hatte Kate in einem fort Entscheidungen getroffen, die sie noch nie hatte treffen müssen – eigentlich auch sonst niemand, den sie kannte –, und sie hatte erlebt, was für ein Hochgefühl damit einherging. Es gab kein Muster, keine vorgefaßten Regeln für die Art, wie sie nun lebte. Das Beste aus dem zu machen, was sie zur Verfügung hatte, schien ihr eine ebenso große Herausforderung zu sein, wie ein Buch zu schreiben oder einen Film zu drehen. Zum ersten Mal im Leben kam sie sich Cliff ebenbürtig vor, und dieses Gefühl war berauschend.

Da war doch ein Geräusch. Kate zuckte zusammen, als ob jemand ihre Gedanken belauscht hätte. Sie durchquerte die Diele, als sie schon einen Schlüssel im Schloß hörte.

Ihr blieb das Herz stehen. Das mußte Cliff sein. Ford und seine Familie hätten die Küchentür genommen, und wer sonst hatte einen Hausschlüssel? Statt den unterschriebenen Vertrag per Express zurückzuschicken, worum sie ihn gebeten hatte, brachte er ihn selber. Sie stürzte an die Tür, als zu ihrer Überraschung Nina mit einer Reisetasche ins Haus trat.

»Nina, was machst du denn hier?«

»Genau um dich das zu fragen, bin ich quer über den Kontinent gejettet.«

Kate widerstand dem Impuls, ihrer Tochter einen Kuß zu geben. »Ich sehe fürchterlich aus«, sagte sie schnell und blickte an den Farbflecken auf ihrer Bluse und ihren Jeans hinunter. »Komm doch mit in die Küche. Ich mache gerade Sandwiches zum Lunch.«

»Hast du Gäste?« fragte Nina überrascht. Sie hatte noch nie erlebt, daß ihre Mutter nicht alles stehen und liegen ließ, wenn sie heimkam.

»Nicht direkt«, sagte Kate und kämpfte gegen die Panik an, die sie immer überkam, wenn Nina anfing, sie auszufragen. Das hatte natürlich ziemlich schwach geklungen. Warum ließ sie sich von ihrer Tochter immer in die Enge treiben? Von ihrer Tochter... Halt, Nina war ja Cliffs Tochter, bei Kate hatte sie nur zufällig ihre Kindheit erlebt.

»Also wohnt hier jemand?« Dieses gnadenlos logische Kind, das sie aufgezogen hatte, mußte ja zwangsläufig eine Karriere als Rechtsanwältin anstreben, dachte Kate. Sobald Nina einmal herausgefunden hatte, daß man die elterliche Autorität mit glatter Logik schachmatt setzen konnte, versuchte Kate erst gar nicht mehr, einen Streit mit ihr für sich zu entscheiden.

»Ich hatte ein schlechtes Gewissen, daß ich in diesem Riesenhaus allein wohne, deshalb habe ich eine Familie aufgenommen, die auf der Straße saß.« Was Kate getan hatte, war schließlich richtig, und das stärkte ihr Selbstvertrauen. Die Panik ebbte wieder ab.

»Seit wann engagierst du dich denn für die Obdachlosen?« In Ninas Stimme schwang ein Unterton mit, der Kate neu war.

»Seitdem ich einmal ein Foto von einer Familie gesehen habe, die in einem Auto wohnt. Davor dachte ich immer, die Leute, die auf der Straße schlafen, seien arbeitsscheu – Penner und Säufer eben –, solche, die ihre Familie im Stich gelassen haben und auf die Gesellschaft pfeifen. Ich hatte nicht viel Mitleid mit ihnen. Aber eine ganze Familie, die in einem schrottreifen Auto wohnt, ein Mann und eine Frau, die jeden Job annehmen würden und trotzdem nicht genügend Geld für die Miete verdienen können, unschuldige Kinder, die von einer Schule in die andere geschubst werden, während ihre Eltern auf Arbeitssuche sind und kein sicheres Nachtquartier haben – tja, das hat mir den Kopf zurechtgerückt.« Kate strich unterdessen die Sandwiches, gab Nina ein Messer in die Hand und bedeutete ihr weiterzumachen, während sie selber einen Teller mit Obst und Keksen anrichtete.

Nina starrte sie an, zog schließlich ihren Blazer aus, krempelte die Seidenblusenärmel hoch und machte sich an die Arbeit. »Und dann bist du losgezogen, hast die Familie auf dem Foto ausfindig gemacht und sie hierher geholt?«

Kate schüttelte den Kopf. »Nein, ich bin genauso wie alle anderen. Wie furchtbar, habe ich gedacht, dann die Zeitung weggeschmissen, mich auf den Weg zum Einkaufen gemacht und meinen Wagen vollgestopft. Aber das Bild ist mir nicht mehr aus dem Kopf gegangen – und an Heiligabend tauchte dann plötzlich dieser Mann vor unserem Haus auf.« Und sie erzählte Nina die ganze Geschichte.

»Ach, da ist also der Truthahn abgeblieben.« Nina lächelte. »Aber wie kannst du dann das Haus verkaufen? Wo soll die Familie hin?«

»In die Wohnung über der Garage. Das habe ich als Bedingung für den Verkauf gestellt. Deshalb arbeiten wir dieses Wochenende wie die Verrückten, damit sie einziehen können.« Sie stockte plötzlich und starrte Nina an. »Woher weißt du, daß ich das Haus verkaufe?«

»Findest du nicht, daß ich ein Recht habe, das zu erfahren? Ich wohne schließlich auch hier.«

»Das wäre mir neu. Eine Übernachtung an Weihnachten kann man nicht gerade ›wohnen‹ nennen.«

»Bist du mir deswegen böse? Warum hast du das nie gesagt?«

»Ich bin über alles mögliche böse. Ich weiß gar nicht, wo ich anfangen soll.«

Nina streckte die Hand aus, aber Kate zog ihren Arm weg und fing an, die Zitronen auf dem Schneidebrett zu rollen, zu halbieren und dann mit der Hand in einen Glaskrug auszudrücken. »Du hast allen Grund, böse zu sein«, sagte Nina sanft. »Daddy ist letzte Woche zu mir nach Boston geflogen, nachdem du ihm den Verkaufsvertrag geschickt hast. Er hat mir alles erzählt.«

»Das bezweifle ich.«

»Er meint, du verkaufst das Haus, um ihn zu bestrafen.«

Ohne auf den Vorwurf einzugehen, drehte sich Kate gespannt zu Nina. »Hat er unterschrieben? Hast du den Vertrag dabei?«

Nina schüttelte den Kopf. »Er möchte erst mit dir reden.«

Kate war fest entschlossen, nicht zu heulen. Sie quetschte wütend an den Zitronen herum. »Den Rest kannst du dir sparen. Verdammt noch mal, an Weihnachten hat er gesagt, er überträgt mir das Haus voll und ganz. Das sei das mindeste, was er tun könne. Ich habe ihn nicht einmal darum gebeten, er hat es angeboten. Aber darauf nagele ich ihn fest. Ich will keinen Unterhalt gezahlt bekommen. Ich kann für mich selber sorgen. Ich will auch keine Prozente von seinen Filmen, aber dieses Haus ist alles, was mir von fünfundzwanzig Jahren Ehe bleibt. Auch wenn er sonst jedes Versprechen gebrochen hat, das er mir gegeben hat, dieses hält er, darauf bestehe ich.« Außer Atem hielt sie plötzlich inne und starrte Nina an. »Findest du das unfair?«

»Nein«, erwiderte Nina. »Als Rechtsanwältin müßte ich sogar sagen, du bist mehr als fair. Aber ich bin eben trotzdem deine Tochter.« Sie nahm eine Zitrone, hielt sie sich unter die Nase und sog den scharfen Duft ein. »Weißt du, was ich an Boston am meisten vermisse? Daß ich dort nicht einfach in den Garten gehen und eine Zitrone von meinem Baum pflücken kann.« Sie trat ans Fenster und sah hinaus. »Das ist so ein wunderschönes Haus. Unser ganzes Familienleben steckt doch hier drin, in diesen Wänden. Wie kannst du nur daran denken, es zu verkaufen?«

»Ein Haus macht noch keine Familie. Dazu braucht es Menschen, die sich lieben und zusammen leben möchten.« Kate konnte die Tränen nicht mehr zurückhalten. Nina nahm sie in die Arme. »Daddy wird dich immer liebhaben, und er weiß, daß du es hier sicher und gemütlich hast. Deshalb will er, daß du das Haus behältst.«

Kate riß sich ärgerlich los. »Er schert sich einen Dreck um mich. Er will bloß ein Zuhause in der Rückhand haben, falls alles andere schiefläuft. Aber das kriegt er nicht. Er hat sein Zuhause an Weihnachten zerstört. Sonst bleibt mir von unserer Ehe nichts, aber wenigstens aus dem Haus kann ich einen Gewinn ziehen.«

Nina zuckte die Achseln. »Wir reden am besten nachher weiter. Jetzt gehe ich erst mal auf mein Zimmer, packe aus und ziehe mich um. Ich lege mich wohl ein bißchen hin, ich bin schon in aller Herrgottsfrühe aufgestanden – und zwar nach der Bostoner Uhrzeit.«

Sie ging in die Diele, und Kate lief ihr rasch nach. »Leg dich doch einfach auf die Couch im Arbeitszimmer. Da stört dich keiner.«

Nina nahm ihre Reisetasche und machte Anstalten, die Treppe hinaufzugehen. »Warum soll ich nicht in mein eigenes Zimmer?«

»Weil Marvella jetzt dort wohnt.«

»Marvella? Wer ist denn Marvella?«

»Die Tochter von Ford und Sunny – sie ist sechs.«

»Der hast du mein Zimmer gegeben?«

»Tu nicht so beleidigt. Du hast es schließlich nicht benutzt. Außerdem habe ich Ford und Sunny mein eigenes gegeben. Ich bin ins Arbeitszimmer gezogen, aber das kannst du gern haben, solang du hier bist. Ich schlafe dann auf der Wohnzimmercouch. Wie lang möchtest du denn bleiben?«

»Ich muß morgen wieder in Boston sein. Eigentlich wollte ich hier übernachten, aber vielleicht suche ich mir besser ein anderes Bett.«

Aber Kate ließ sich nicht in die Enge treiben. »Erwartest du wirklich, daß ich dein Zimmer freihalte, bloß weil du vielleicht irgendwann mal heimgeflogen kommst und eine Nacht hier bleiben willst?«

»Es ist dein Haus. Das hast du allen klar genug erklärt. Pack nur so viel Leute hinein, wie du lustig bist. Ich rufe jetzt Adam an und sage ihm, daß er mit mir Essen gehen kann.« Und damit verschwand sie im Arbeitszimmer und knallte die Tür hinter sich zu.

Kate beschloß, die Sandwiches am Pool zu servieren. Alle hatten so viel zu besprechen, was noch zu tun sei, daß keiner merkte, wie schweigsam Kate war.

Danach gingen die Kinder ins Wasser, und Sunny legte sich in einen Liegestuhl im Schatten. Kate blickte immer wieder nervös zum Haus, ob Nina auftauchen würde, aber sie war nirgends zu sehen. Schließlich räumte sie das Geschirr aufs Tablett.

»Lassen Sie mich das tragen«, erbot sich Ford. Sunny wollte schon aufstehen, aber Kate bedeutete ihr liegenzubleiben und fügte rasch hinzu, daß einer ja auf die Kinder aufpassen müsse. Dankbar lehnte Sunny sich wieder zurück.

»Ist irgendwas?« fragte Ford, als sie allein in der Küche waren. Kate nahm das Tablett und begann, die Spülmaschine einzuräumen.

»Ach, es ist wegen meiner Tochter«, sagte sie. »Sie kritisiert immer, daß ich mich nicht durchsetzen kann, aber wenn ich es dann tue, ist sie eingeschnappt.«

Ford schaute verwirrt. »Ihre Tochter? Ist sie denn hier?«

Kate nickte.

Er lächelte. »Dann haben Sie sie also doch nicht verloren?«

»Da bin ich mir nicht so sicher. Sie ist nur angereist, weil sie mir ausreden will, das Haus zu verkaufen.«

»Überlegen Sie es sich noch einmal?«

»Keineswegs. Jetzt bin ich erst recht entschlossen, genau das zu tun, was ich mir vorgenommen habe.«

»Aber doch nicht nur wegen uns?« Ford versuchte in ihrer Miene zu lesen. »Ihre eigene Familie geht schließlich vor.«

Kate faßte seine Hand. »Sie gehören jetzt zu meiner Familie – Sie, Sunny, Joe Wayne und Marvella und . . .« Sie stockte, weil sie an das Kind denken mußte, das Sunny nicht bekommen wollte. Plötzlich hörte sie etwas, ließ seine Hand los, und als sie sich umdrehte, kam Nina in die Küche.

»Ford, ich möchte Ihnen meine Tochter Nina vorstellen.«

Er streckte linkisch die Hand aus. »Sehr angenehm.«

Nina musterte ihn mit einem prüfenden Blick. »Ich hoffe, Sie fühlen sich hier wohl«, sagte sie steif.

»Ihre Mutter hat mir das Leben gerettet«, erwiderte er ernst.

»Hast du Adam erreicht?« fragte Kate, um rasch das Thema zu wechseln.

»Ich gehe mal lieber wieder an die Arbeit.« Ford schien dankbar für den Vorwand, sich verdrücken zu können. Kates Blick meidend, kramte Nina geschäftig in ihrer Handtasche. »Ich habe ein Taxi bestellt, weil ich noch einen Platz für den Flug um fünf gekriegt habe.«

»Aber du bist doch gerade erst gekommen«, protestierte Kate. »Kannst du nicht wenigstens zum Abendessen bleiben?«

»Ich habe schon alles gesagt. Ich habe Daddy versprochen, daß ich versuche, dich umzustimmen. Aber du bist nicht mehr dieselbe wie an Weihnachten.«

»Vielen Dank«, sagte Kate. Sie ging zögernd einen Schritt auf Nina zu. »Oder kannst du ehrlich sagen, daß dir das leid tut? Ich nämlich nicht.«

Nina legte den Kopf schief. Sie erinnerte Kate an Cliff, wenn er den richtigen Winkel für eine Kameraeinstellung ausprobierte. Wie konnte sie diese Ähnlichkeit nur all die Jahre übersehen haben? Die beiden hatten denselben kühlen, sachlichen Blick, mit dem sie jegliche Dramen vor ihrer Nase aus sicherer Entfernung beobachteten. Was sagte Nina da? Sie hätte sich bisher immer auf Kate verlassen können, aber das sei wohl nicht mehr der Fall?

»Du bist wie dein Vater«, sagte Kate plötzlich. »Du meinst, du kannst andere Menschen einfach in die Ecke stellen, wenn du sie nicht brauchst, und da sollen sie dann warten, bis du wiederkommst.«

Zu ihrem Erstaunen brach Nina in Tränen aus. »Du klingst wie Adam«, sagte sie. »Er hat an Weihnachten gesagt, er will mehr, als ich anscheinend geben kann. Und wenn ich das nächste Mal heimkomme, sitzt er vielleicht nicht mehr da und wartet.«

Kate unterbrach sie. »An Weihnachten? Das hat er dir an Weihnachten gesagt?«

Nina sah sie verständnislos an. »Es ist doch egal, wann er das gesagt hat, das Schlimme ist, daß er ernst macht. Als ich vorhin bei ihm angerufen habe, hat seine Mutter gesagt, er sei übers Wochenende weg. Sie wollte nicht sagen wo – und mit wem. Diese Frau hat mich nie leiden können.«

»Eine Mutter will, daß ihr Kind bedingungslos geliebt wird«, sagte Kate. »Das habe ich schon immer so an Adam gemocht – daß er dich einfach liebt, und zwar viel mehr als du ihn. Man kann seiner Mutter nicht übelnehmen, daß sie dasselbe gern von dir hätte.« Sie lachte. »Zu dumm, daß Cliffs Mutter gestorben ist, bevor wir uns kennenlernen konnten. Sie hätte mich vergöttert.«

Offensichtlich taub für das, was Kate sagte, war Nina im Zimmer auf und abgelaufen. Aber plötzlich wirbelte sie herum. »Was fällt dir ein zu behaupten, daß Adam mich mehr liebt als ich ihn? Woher willst du wissen, was ich fühle?«

»Das weiß ich auch nicht. Ich kann dich nur nach dem beurteilen, was du tust. So machst du es ja auch mit mir. Ich habe mit Adam mitgelitten, weil du seine Liebe so wenig zu schätzen weißt. Und das habe ich ihm erzählt.«

»Das hast du ihm erzählt? Wie kommst du bloß dazu?«

Aber diesmal ließ Kate sich nicht von Nina einschüchtern. Die richtigen Worte fielen ihr sofort ein. »Ich habe mich in ihm wiedererkannt. Da dachte ich, ich kann ihn vielleicht davor bewahren, denselben Fehler zu machen wie ich.«

»Und was war das für ein Fehler?« Nina nahm ein Geschirrtuch und wrang daran herum, ohne es zu merken. »Zu nachgiebig zu sein. Zu wenig zu fordern.«

»Ich kann's nicht fassen. Du hast dich doch sonst nie in mein Leben eingemischt.«

»Du predigst mir seit Jahren, daß ich meine Meinung sagen soll, wenn mir etwas nicht paßt. Und du hast recht. Mir geht es viel besser, seit ich deinen Rat befolge.«

»Wann hast du mit Adam geredet?«

»Letzte Woche. Bei einem schönen Abendessen.«

»Du hast ihn zum Essen ausgeführt und ihm erklärt, er soll mit mir Schluß machen?«

»Nein, er hat mich ausgeführt. Er hat sogar Champagner bestellt, und wir haben auf eine neue Ära getrunken.«

Erbittert feuerte Nina das Geschirrtuch auf den Boden. »Kein Wunder, daß du das Haus verkaufst. Du machst es ja allen unmöglich, mit dir zusammenleben.«

Kate starrte sie an. »Wieso kapiere ich eigentlich erst jetzt, wie ähnlich du Cliff bist? Ihr erwartet beide, daß ich immer nur einstecke und ihr austeilen könnt. Aber damit ist jetzt Schluß! Du kannst ihm ausrichten, daß ich ihn für jeden Tag, den er seine Unterschrift zurückhält, zahlen lasse. Ich hätte gar nicht auf eine Scheidung gedrängt, aber jetzt rufe ich morgen früh sofort meinen Anwalt an.«

Nina dämpfte ihre Stimme. »Warum kannst du nicht einfach zugeben, was du für eine Wut auf ihn hast, statt sie an mir auszulassen? Ich kann doch nichts dafür. Und ich finde es wirklich furchtbar, wie er dir weh getan hat, ich meine, daß er dir an Weihnachten sagt, er hätte sich in eine andere verliebt . . .« Sie verhaspelte sich und verstummte hilflos.

»Daß er es sagt? Das ist nicht das Schlimme, sondern daß er es macht!« Kate kam es vor, als sehe sie zum ersten Mal die wahre Nina. »Also, wie heißt er?« fragte sie unvermittelt.

»Wer?« Nina sah auf die Uhr. Sie wollte nur noch zurück in ihre sichere Atelierwohnung – einen Kontinent entfernt von diesem unerwarteten Verhör.

»Der Knabe in Boston.«

»Du meinst Roger?« Das war ihr herausgerutscht, bevor sie merkte, daß sie in eine Falle getappt war.

Kate durchbohrte sie mit ihrem Blick. »Es war also nicht die Arbeit, wegen der du an Weihnachten in Boston sein mußtest. Aber du hast Adam nicht erzählt, daß es einen anderen gibt, weil du ihm nicht weh tun wolltest.«

»Ich weiß nicht, ob ich ihn liebe.« Nina wich ans Fenster aus, um Kate nicht in die Augen sehen zu müssen. »Mehr als Adam, meine ich.«

»Du willst dich also nicht entscheiden.« Kate spürte, wie ihr die Wut hochkam. »Du willst dir alle Möglichkeiten offen halten – und zwar auf Kosten der anderen. Der Rest der Welt soll warten, bis Madame weiß, was sie will. Du bist genau wie dein Vater. Kein Wunder, daß er dich vorausgeschickt hat, um bei mir gut Wetter zu machen. Aber es hat keinen Zweck. Ich verkaufe dieses Haus. Ich brauche das Geld, um mir ein eigenes Leben aufzubauen. Und Adam wünsche ich, daß er gerade irgendwo ein herrliches Wochenende verbringt – mit einer schönen Frau bei sich im Bett, die ihn genauso liebt wie er sie.«

Nina machte plötzlich einen Satz nach vorn und gab Kate einen schallende Ohrfeige. »Warum bist du so gemein zu mir? Ich habe dich doch nicht verlassen, sondern dein Mann.«

»Aber du bist seine Tochter«, schrie Kate, packte Nina bei den Schultern und schüttelte sie, »und es macht mich krank, wie ähnlich du ihm bist.«

»Warum hältst du mir das immer wieder vor? Ich bin genauso wenig seine Tochter wie deine. Ich gehöre zu keinem. Ihr habt mich adoptiert, hast du das denn vergessen?«

»Nicht wir, sondern ich. Ich bin nämlich diejenige, die zu keinem gehört.« Kate ließ sich auf einen Stuhl sinken.

»Was soll das heißen?«

»Das heißt, daß nur ich dich adoptieren mußte.«

»Aber ich habe gedacht . . .«

»Ich auch. Bis ich letzte Woche zufällig deine Geburtsurkunde gefunden habe – gut versteckt und weggeschlossen in seinem Schreibtisch. Das kommt davon, wenn man in seinem Arbeitszimmer schläft.« Erschöpft von all den Emotionen schlug Kate die Hände vors Gesicht.

Nina ging zur Tür und drehte verstört den Knauf hin und her. Schließlich fragte sie leise, mit dem Rücken zu Kate: »Wenn er mein richtiger Vater ist, wer ist dann meine Mutter?«

»Die Frau, mit der er jetzt zusammenlebt.« Kate konnte kaum weitersprechen vor Schmerz. »Sie war seine erste Liebe, ganz früher, noch in Kanada.«

»Bis dahin hat er es mir auch erzählt. Warum nicht weiter?« Nina stellte sich hinter Kate und legte ihr die Hände auf die Schultern.

»Er weiß nicht, daß ich es weiß. Wahrscheinlich wollte er mir nicht noch die letzte Illusion nehmen«, sagte Kate und starrte geradeaus, weil sie sich nicht traute, auf Ninas Geste einzugehen und zuzugeben, wie sehr sie sie trotz allem brauchte. »Jetzt weißt du es also«, fuhr sie schließlich fort. »Ich muß mich damit abfinden, daß alles, was wir drei hier gemeinsam hatten, nun vorbei ist. Was soll ich mit diesem Haus, wenn ich keine Familie mehr habe?«

Zur Antwort hupte es nur laut vor dem Haus.

Nina stürzte an die Tür. »Mein Taxi ist da.«

Kate blieb schweigend sitzen. In Gedanken war sie bereits allein. Plötzlich machte Nina kehrt und rannte wieder zu Kate. »Komm mit.«

»Was?« Kate sah auf, unsicher, ob sie richtig verstanden hatte.

»Komm mit mir nach Boston. Deine Koffer sind schon gepackt, ich habe sie im Arbeitszimmer stehen sehen.«

Dann packte Nina sie an der Hand und zog sie zur Tür.

»Warum? Warum willst du mich mitnehmen?«

»Einen Moment lang hatte ich gerade das schreckliche Gefühl, ich hätte dich verloren. Es war, wie wenn man in ein schwarzes Loch fällt. Aber das lasse ich nicht zu. Es ist mir egal, wer mich geboren hat. Du bist meine Mutter, und ich brauche dich.« Sie hielt inne, denn alle möglichen Kindheitserinnerungen schossen ihr durch den Kopf. Plötzlich lachte sie leise auf. »Weißt du noch, wie ich mit sechs beschlossen habe, meine Geburtstagsparty ganz allein zu organisieren? Du durftest weder Einladungen schreiben noch die anderen Mütter anrufen. Ich habe nur meinen sechs besten Freundinnen in der Schule gesagt, sie sollen am Samstag um zwölf zu mir kommen.«

Beim Gedanken daran mußte Kate lächeln. »Ich durfte nicht einmal beim Belegen der Sandwiches helfen, du wolltest unbedingt alles allein machen.«

»Ab halbzwölf saß ich in meinem schönsten Kleid vorn auf der Treppe und wartete auf die Gäste. Um halbeins saß ich dann immer noch da – und zwar ganz allein. Schließlich tauchte die Freundin auf, die ich am wenigsten mochte.«

»Nur weil ich zu den Nachbarn gegangen bin und sie eigenhändig geholt habe.«

»Das ist mir neu«, sagte Nina.

»Natürlich. Ich mußte mich ja zur Hintertür hinausschleichen.«

»Und was für eine Entschuldigung hatte sie?«

»Sie hatte es vergessen.«

Nina seufzte. »Ich habe nie erfahren, was mit den anderen los war. Wahrscheinlich haben sie es auch vergessen – oder wenigstens vergessen, es ihren Müttern zu sagen.«

»Ich habe mir das immer vorgeworfen«, sagte Kate. »Ich

hätte hinter deinem Rücken anrufen sollen. In dem Alter nimmt keiner eine Einladung ernst, wenn sie nicht von einer Mutter kommt. Aber du warst so tapfer. Du bist in mein Zimmer gekommen und hast mich zu deiner Party eingeladen, und da saßen wir dann zu dritt bei Sandwiches mit Honig und Rosinen . . .«

»Meine eigene Erfindung.«

»Und Kakao.«

»Und dann hast du den Tag gerettet. Du hast nämlich gesagt: ›Haben wir ein Glück, daß wir nur zu dritt sind, denn alle hätte ich nicht nach Disneyland einladen können‹.«

Das Taxi hupte wieder. »Ich sag ihm, er soll warten, bis du fertig bist«, sagte Nina und war schon aus der Tür. Kate stand im Arbeitszimmer vor dem Wandschrank, als Nina hereingestürmt kam. »Schnell, zieh dich um! Ich freue mich so, daß du mitkommst!«

Kate wandte sich zu ihr um und machte die Schranktür hinter sich zu. »Ich habe tatsächlich schon überlegt, was ich für den Flug anziehen soll . . .«

»Du wirst sehen, wie schön Boston ist. Es gibt so viele Sachen, die ich dir zeigen will.«

»Ich bin auch schon ganz gespannt. Du weißt gar nicht, wieviel es mir bedeutet, daß du mich gefragt hast, aber ich kann heute nicht mitkommen. Ich werde hier gebraucht. Sobald ich erst allein wohne, überrasche ich dich einfach einmal. Ich habe nämlich vor, in der zweiten Hälfte meines Lebens ganz anders zu leben als in der ersten.«

»Aber was willst du denn machen, wenn du das Haus verkaufst? Wo willst du hin?«

»Vor einiger Zeit – vor ein paar Wochen sogar noch – hätte mir diese Frage furchtbar Angst gemacht. Aber jetzt macht mir die Ungewißheit Spaß.«

»Rufst du mich an, wenn du dich entschieden hast?«

fragte Nina und umarmte sie. »Eine Tochter sollte doch wissen, wo ihre Mutter zu erreichen ist, findest du nicht?«

Kate drückte sie an sich. »Ich habe dich lieb, mein Schatz. Und ich bin dir dankbar, daß es dir nicht egal ist, was mit mir passiert.«

»Ich sage Daddy, er soll unterschreiben und dir den Vertrag morgen per Eilkurier schicken«, sagte Nina, während sie ihre Tasche nahm. »Er ist dir ein Haus schuldig – das ist das mindeste.«

Kate begleitete sie zur Haustür. Als sie sie aufmachte, beugte Nina sich plötzlich vor und drückte ihr einen Kuß auf die Wange. »Ich liebe dich, Mutter«, sagte sie leise. »Und in mir steckt genausoviel von dir wie von meinem Vater. Ich habe mich nur nie getraut, es zu zeigen.«

23

Spontan zog Kate den Stecker ihrer Küchenmaschine heraus, wickelte das Kabel um den Sockel, nahm das Gerät und ging durch den Garten zur Wohnung hinüber.

»Hier«, sagte sie und überreichte sie Sunny, die gerade den Küchenschrank einräumte. »Zum Einstand. Ein Kochbuch gehört auch dazu, das bringe ich Ihnen dann noch.«

»Aber alles in dieser Wohnung sind doch Geschenke von Ihnen«, protestierte Sunny. »Sie können uns nicht noch etwas schenken. Außerdem haben Sie dann keine Küchenmaschine mehr.«

»Ich glaube nicht, daß ich in Zukunft besonders viel kochen werde.« Kate lächelte. »Jedenfalls nicht in dem Stil wie für unsere Dinnerparties früher.«

»Ich habe noch nie eine Dinnerparty gegeben«, sagte Sunny. »Ich würde Todesängste ausstehen, wenn ich für viele Gäste kochen müßte.«

»So ist es mir auch immer gegangen«, gestand Kate. »Ich hatte Alpträume, daß im Wohnzimmer lauter Menschen stehen, die zum Essen eingeladen waren, und ich habe nichts fertig.«

»Ich habe auch Alpträume, daß ich Leute nicht satt kriege«, sagte Sunny, »aber ich habe immer gedacht, das kommt davon, daß ich kein Geld zum Einkaufen habe.« Sie ließ den Blick über die gutbestückte Küche schweifen und lächelte zufrieden. »Ich kann es kaum erwarten, bis ich hier mit dem Kochen anfangen kann. Ich hätte mit Ford und den Kindern mit zum Einkaufen gehen sollen, sie vergessen sicher die Hälfte.«

»Sollen wir sie überraschen und schauen, ob wir das

Bett aufstellen können?« schlug Kate vor. »Zeigen wir Ford doch, daß Frauen sich zu helfen wissen.«

Sunny folgte Kate ins Schlafzimmer. Die Einzelteile des Himmelbetts lagen auf dem Boden verstreut. Hilflos starrten Kate und Sunny auf die glatten, gebogenen Holzspanten, die aussahen wie riesige abgebrochene Rippen. Kate lachte los. »Jetzt weiß ich, wie sich Noah vorgekommen sein muß!«

Sunny kniete sich hin und versuchte herauszubringen, wie die verschiedenen Teile zueinander paßten. »Es tut Ihnen sicher leid, daß Sie uns hier haben einziehen lassen.«

Kate schüttelte den Kopf. »Nein, mir tut überhaupt nichts leid. Ich möchte nicht mehr so leben wie früher. In meinem Zimmer drüben fühle ich mich so als Versager« – sie stockte, dann fuhr sie leise fort – »und in diesem Bett. Solange ich auf der Couch im Arbeitszimmer schlafe, komme ich mir vor wie ein Gast in meinem eigenen Haus. Keiner erwartet etwas von mir.«

Sie deutete plötzlich auf das Kopfteil. »Ach, hier sind die Rahmenteile – und alle vier Pfosten. Die können wir auf jeden Fall zusammenbauen, und mit dem Himmel kann uns Ford dann helfen.«

Kate und Sunny kämpften wortlos mit den schweren Holzteilen, bis sie den Rahmen zusammengesetzt und die Latten eingepaßt hatten. Sie legten die Matratze auf den Rost, dann trat Kate zurück und bewunderte ihre Leistung mit einem befriedigten Seufzer. »Jetzt können Sie heute nacht schon darin schlafen. Der Himmel ist ja nur zur Dekoration.«

»Aber ich fühle mich darunter so geborgen«, gestand Sunny. »Als hätte ich ein zusätzliches Dach über dem Kopf.« Sie nahm eines der Spanten und hielt es wie einen Bogen vor die Brust. Es reichte vom Boden bis zu ihrem Kopf.

»Moment mal«, sagte Kate aufgeregt, »jetzt hab ich's.«

Und dann steckten sie die Holzteile zusammen, bis der Himmel wie durch ein Wunder wieder an seinem Platz hing – samt Blumenbezug und allem Drum und Dran. »Ich hatte noch nie Sachen, die zusammenpassen.« Sunny war auf einen Stuhl gestiegen und hängte die Vorhänge auf die Stange, die Ford am Vorabend noch angedübelt hatte. Das fröhliche Blumenmuster paßte genau zur Tagesdecke und zum Betthimmel.

»Deshalb hätte es auch keinen Sinn gehabt, die Vorhänge drüben zu lassen, wenn das Bett hier steht«, sagte Kate, während sie ein Spannbettuch über die Matratze zog.

»Sie haben uns nicht nur Ihr Bett gegeben, sondern Ihr ganzes Zimmer«, sagte Sunny mit einem Blick auf das Tischchen und den antiken Schaukelstuhl.

»Ich möchte, daß Sie und Ford glücklich sind«, sagte Kate leise, während sie das Bett fertig bezog und schließlich die Decke aufschüttelte, bis sie sich federleicht über das weiße Bettuch legte.

»Er hat nicht in diesem Bett geschlafen, seit er die Gitarre abgeholt hat und ich ihm von dem Kind erzählt habe«, sagte Sunny. Sie stand immer noch auf dem Stuhl mit dem Rücken zu Kate, und ihre Stimme wurde von dem schweren Vorhangstoff gedämpft, aber Kate verstand jedes Wort. »Er hat jetzt immer bis spät in die Nacht hier gearbeitet. Vorhin habe ich einen unserer alten Schlafsäkke in einem Schrank gefunden – den hat er sich wohl aus dem Auto geholt und sich damit irgendwo auf den Boden gelegt. Ich dachte eigentlich, er schläft im Auto.« »Ich auch«, flüsterte Kate, die sich nicht traute zuzugeben, daß sie immer die Tür zum Arbeitszimmer offenließ und lauschte, ob er ins Haus kam. Aber die ganze letzte Woche war er jedesmal nach dem Abendessen sofort in die Wohnung verschwunden, und Kate bekam ihn eigentlich nur morgens flüchtig zu Gesicht, wenn er die Kinder zur Schule fuhr.

»Ich will ihn nicht verlieren«, sagte Sunny, stieg vom Stuhl und setzte sich auf die Bettkante. Sie nahm ein Kissen, klemmte es sich am oberen Ende unters Kinn und stopfte es in einen Bezug. Dann schüttelte sie es auf. »Aber ich will genauso wenig wie Sie, daß alles so wird wie früher. Ich darf mich nicht darauf verlassen, daß er für mich sorgt, aber wenn ich dieses Kind kriege, bleibt mir nichts anderes übrig. Dann kann ich nicht arbeiten.«

»Ich bin doch auch noch da«, sagte Kate und drückte sich ein Kissen an die Brust, damit ihre Hände nicht so zitterten. »Würden Sie mir Ihr Kind anvertrauen?«

»Sie wollen mein Kind nehmen?« Sunny legte die Arme schützend um ihr Kissen.

»Nicht richtig nehmen – das heißt, nur dann, wenn sie jede Verantwortung abgeben wollen.«

»Es gibt nur einen Weg, wie ich jede Verantwortung dafür loswerde: wenn ich es nicht kriege«, sagte Sunny mit unbewegtem Gesicht.

»Aber was ist, wenn ich die ganze Arbeit übernehme? Und alles bezahle?« sprudelte Kate hervor, während in ihrem Kopf allmählich eine Idee Gestalt annahm.

»Und was müßte ich dann tun?«

»Nichts. Bloß nicht aufhalten, was schon geschehen ist.«

»Zu wem würde dann das Kind gehören?«

»Zu Ihnen und Ford – und zu mir.«

Sunny warf Kate einen Blick zu, als sei sie nicht ganz bei Trost. »Wie kann denn ein Kind zu drei Menschen gehören?«

»Daß man zwei Menschen braucht, um ein Baby entstehen zu lassen, heißt noch lange nicht, daß auch zwei dafür sorgen. Viele Kinder müssen mit nur einem auskommen. Und was ich vorschlage, ist immerhin dreimal so gut.«

Kate setzte sich neben Sunny aufs Bett. »Warum fällt es Ihnen so schwer, mir zu vertrauen?«

Sunny sah weg. »Weil ich nicht verstehe, was Sie wollen.« Erst nach einer langen Pause brach es aus ihr heraus: »Es ist wegen Ford, oder? Sie wollen sein Kind.«

»Ich könnte mich tatsächlich in ihn verlieben«, gab Kate zu. »Zu einem anderen Zeitpunkt und unter anderen Umständen. Er ist ein fabelhafter Mann. Aber ich kann Ford nicht von seiner Familie trennen – nicht einmal in meinem eigenen Kopf. Ich liebe Sie alle.«

Kate trat ans Fenster und blickte über den Garten auf ihr Haus. Sie sprach wie zu sich selbst. »So vieles kann einen Mann und eine Frau auseinanderbringen, aber ein Kind kann alles wieder kitten. Wenigstens für eine Zeitlang ...«

Ihre Stimme verlor sich in den Erinnerungen an früher. Als Nina fünf war, hatte Kate beschlossen, sich von Cliff scheiden zu lassen. Er hatte keine Arbeit und fing an zu knausern. Ohne es mit ihr zu besprechen, hatte er einfach ihren Urlaub in Laguna am Strand gestrichen. Als Kate jedoch die Kontoauszüge sehen wollte, rückte er sie nicht heraus, denn schließlich verdiene er das Geld, meinte er, deshalb könne er auch bestimmen, was sie sich leisten konnten und was nicht. Er schlug die Haustür hinter sich zu, und sie packte ihren Koffer.

Als Nina das sah, dachte sie, jetzt ginge es doch los an den Strand. Sie rannte in ihr Zimmer und packte mit Feueifer ihr Lieblingsspielzeug in eine Tüte.

Cliff kam in dem Augenblick zurück, als Kate ihren Koffer ins Taxi lud. »Daddy«, rief Nina und warf sich in seine Arme, »wir wären fast allein in die Ferien gefahren, aber jetzt kannst du ja mitkommen.«

»Was soll das, wo willst du hin?« fragte er Kate, die mit zusammengepreßten Lippen da stand.

»Ans Meer!« antwortete Nina an ihrer Stelle. Dann zupfte sie an seinem Ärmel. »Daddy, war da früher nichts oder weniger – oder wie?«

»Nein, das Meer war schon immer da, mein Schatz.«

»Aber warum heißt es dann ›mehr‹?« fragte sie ernst.

Da mußte sogar Kate lachen. Cliff faßte sie schnell an der Hand, bevor ihre Stimmung wieder umschlug. »Also jetzt müssen wir wirklich hinfahren und es dir zeigen«, sagte er zu Nina. Dann hob er den Koffer aus dem Taxi, gab dem Fahrer fünf Dollar Trinkgeld und schickte ihn wieder fort.

»Ich hätte nie geglaubt, daß ihr ohne mich in Urlaub fahrt«, sagte er zu Kate, als sie die kurvige Straße durch den Laguna Canyon zum Pazifik hinunterfuhren. »Gottseidank hat mich eine innere Stimme rechtzeitig umkehren lassen. Ich hätte es nie verwunden, wenn ich nicht mitgekriegt hätte, wie Nina am Strand nach dem Weniger und dem Mehr forscht.«

Kate lächelte nur und verzieh ihm am Abend im Bett, wo er immer die richtigen Worte fand. Sie schwor sich, ihm nie zu erzählen, daß sie keineswegs mit Nina in Urlaub hatte fahren wollen, sondern zu ihrer Mutter nach San Diego.

»Für wie lang?« Sunnys barsche Frage holte Kate unsanft in die Wirklichkeit zurück.

»Was meinen Sie?«

»Für wie lang kann ein Kind alles kitten? Das werde ich Ihnen sagen – bis es vor Hunger schreit.« Ihr Blick trübte sich vor Schmerz. »In der Unterkunft hat gegenüber von uns eine Frau mit einem Neugeborenen gewohnt – einem kleinen Jungen. Ich habe noch nie ein Baby so schreien hören. Und manchmal, spätnachts, hat sie mitgeweint. Das soll mir nicht passieren.«

»Das würde ich auch nicht zulassen, das verspreche ich«, sagte Kate. »Bitte überlegen Sie es sich doch. Ich kann keine eigenen Kinder bekommen, und in meinem Alter und ohne Mann kann ich auch keines adoptieren.«

»Was wollen Sie nun eigentlich? Meinen Mann oder mein Kind?«

»Ich will nichts für mich. Ich versuche Ihnen nur zu helfen, daß Sie das behalten können, was Sie bereits haben.« Das ben.« Knirschen auf dem Kies, als Ford in die Garage bog, beendete die Diskussion.

»Es tut mir leid. Ich hätte mich nicht einmischen sollen«, sagte Kate schnell zu Sunny. »Das geht nur Sie und Ford etwas an. Ich werde das Thema nicht mehr ansprechen – aber wenn Sie meine Hilfe brauchen, bin ich da.«

»Wozu denn Hilfe?« Ford stürmte die Treppe herauf, dicht gefolgt von Joe Wayne und Marvella, die je eine riesige Schachtel Pizza trugen.

»Wir haben jeder eine Pizza aussuchen dürfen«, verkündete Joe Wayne stolz.

»Weil wir uns nämlich nicht einig waren«, erklärte Marvella.

»Ich wollte mit dickem Boden und Marvella mit dünnem.« Joe Wayne funkelte Marvella an. »Wenn ich ›dünn‹ gesagt hätte, dann hätte sie ›dick‹ gesagt. Bloß damit sie eine Extrawurst kriegt.«

»Ihr werdet ganz schön heikel.« Sunny schüttelte entsetzt den Kopf. »Vor zwei Wochen wußte ich noch nicht, daß es die Pizza mit verschiedenen Böden gibt. Wieviel haben denn diese Riesendinger gekostet, Ford? Ich dachte, ihr kauft einfach ein, und dann koche ich uns was.«

»Wir haben schon so großen Hunger gehabt, weißt du.« Joe Wayne hatte inzwischen gelernt, bei den ersten Anzeichen eines Streits zwischen seinen Eltern beschwichtigend einzugreifen.

»Außerdem schuftest du seit heute früh, schrubbst Böden und putzt Fenster, damit wir bald hier einziehen können«, sagte Ford sanft. »Da brauchst du wirklich nicht noch kochen. Du mußt dich schonen, mein Schatz«, sagte er mit einem flehenden Blick, den Kate am liebsten nicht mitbekommen hätte.

»Das tue ich«, sagte Sunny. »Deshalb lade ich mir auch nicht mehr auf, als ich verantworten kann.«

»Dann ist es gut«, sagte Ford zärtlich. »Du siehst ziemlich erschöpft aus.«

»Nach der Pizza gehe ich gleich ins Bett«, sagte Sunny.

»Hier, Mama«, sagte Joe Wayne und schob ihr seine Schachtel hin. »Du magst doch die mit dickem Boden, oder?«

Marvellas Unterlippe zitterte. »Ich will aber, daß Mami von meiner Pizza ißt.«

Sunny klappte das Seitenteil an dem Tisch vor dem Fenster hoch und nahm fünf Teller aus dem Schrank. »Ich wollte von beiden ein Stück. Und Sie, Kate?«

»Ich auch«, sagte sie und lächelte Sunny zu. »Wenn genug für alle da ist.«

»Mehr als genug«, versicherte ihr Ford. »Wir haben uns darauf verlassen, daß Sie mitessen.«

»Genau, sonst hätten wir nämlich nie im Leben zwei bestellen dürfen«, sagte Marvella.

»Dann verdanken wir es also Kate, daß wir überhaupt die Auswahl haben«, sagte Sunny, und in ihren Mundwinkeln zuckte es ganz leicht. Die ganze Anspannung schien von ihr abgefallen zu sein.

Ford sah den Blick, den sie mit Kate tauschte. Er wußte nicht, was er zu bedeuten hatte. »Ich stelle mal das Bett auf, damit du dich nachher gleich hinlegen kannst«, sagte er und strich ihr mit den Fingerspitzen über den Nacken. »Du brauchst deinen Schlaf.«

Sunny nahm Fords und ihren Teller und folgte ihm ins Schlafzimmer.

»Wer hat denn das gemacht?« rief er und starrte auf das Himmelbett und die frisch aufgemachten Vorhänge.

»Kate und ich haben es gemeinsam ausgetüftelt.«

»Soso. Na, ihr beiden kommt ja anscheinend prima ohne Hilfe aus.« Schmunzelnd nahm er seinen Teller und wollte wieder in die Küche zurück.

Sunny faßte ihn am Arm. »Du bist bestimmt genauso müde wie ich«, sagte sie leise und stieß dabei die Tür mit dem Fuß zu.

»Um das rauszufinden, müssen wir uns wohl hinlegen«, sagte er augenzwinkernd. »Aber was ist mit den Kindern?«

»Um die kümmert Kate sich schon«, sagte Sunny. »Sie hat mir erst heute wieder erzählt, wie sehr sie Kinder liebt.«

24

Am nächsten Morgen schlief Kate absichtlich sehr lang. Sie fürchtete sich vor dem Moment, da sie allein in ihrem Haus aufwachen würde. Im Halbschlaf hörte sie, wie unten die Autotüren zuknallten, als Ford mit den Kindern in die Schule losfuhr. Im Geist sah sie jedoch die ganze Familie im Auto sitzen, mit Kind und Kegel und den Koffern auf dem Dach. »Wo fahrt ihr hin?« schrie sie und rannte ans Fenster.

»Zurück nach Iowa«, rief Ford und winkte vergnügt.

»Bitte fahrt nicht«, schluchzte sie. »Laßt mich hier nicht allein.« Aber es kam keine Antwort. Nur Homer bellte zum Abschied, während das Motorengeräusch sich in der Ferne verlor. Kate vergrub den Kopf verzweifelt in ihrem Kissen. Das Gebell hielt jedoch an und weckte sie schließlich auf.

Schlaftrunken stolperte sie in die Küche und stellte den Thermostat der Zentralheizung hinauf. Die Temperatur mußte über Nacht um 15 Grad gefallen sein. Homer rannte laut bellend im Garten herum. Kate machte die Küchentür auf und rief ihn zu sich her. Er kam herbeigerannt und hätte sie beinahe umgeworfen, so ausgehungert war er nach menschlicher Gesellschaft. Kate ging in die Hocke und legte ihm die Arme um den Hals. Er leckte ihr dankbar das Gesicht. »Du bist auch nicht gern allein hier, was? Genausowenig wie ich«, sagte sie und kraulte ihn hinter den Ohren.

Zum ersten Mal, seit Ford und Sunny gekommen waren, hatte Kate die Küche morgens für sich. Sonst war Sunny immer als erste aufgestanden, und wenn Kate hereinkam, war der Kaffee schon gemacht, und die Kinder saßen beim Frühstück, während Sunny die Pausebrote einpackte.

Sie vermißte das Geplapper. Ein Haus ohne Kinder war einfach leer. Wenn Sunny sich nur entschließen könnte, das Baby zu bekommen und Kate es mit aufziehen zu lassen. Man mußte ein Kind nicht gebären, damit es zu einem gehörte. Sie dachte an Nina und lächelte. Ihre Tochter stand ihr jetzt so nahe wie seit Jahren nicht mehr. Sie hatten die Zeit als Mutter und Tochter überstanden, und jetzt war eine Freundschaft daraus geworden – und Blutsbande hatten nicht das geringste damit zu tun.

Es klingelte. Sie zog den Bademantel zu und lugte vorsichtig aus dem Wohnzimmerfenster. »Ruth!« rief sie und riß die Haustür auf. »Wie schön! Komm mit in die Küche, ich wollte gerade Kaffee kochen.«

Erstaunt über diesen Empfang, kam Ruth herein. »Ich habe mich schon gefragt, ob ich dich wohl je wiedersehe. Jedesmal wenn ich anrufe, bist du gerade auf dem Sprung, und zum Abendessen hast du auch nie Zeit.«

»Wir haben Tag und Nacht geschuftet, um die Wohnung fertigzukriegen.«

»Dann bist du mir nicht böse?« Ruth stand zögernd in der Tür.

Kate schaltete die Kaffeemaschine ein und sah Ruth erstaunt an. »Dir böse? Wieso?«

»Weil ich dir Ford ausgespannt habe?«

Kate lachte. »Du hast ihn mir nicht ausgespannt, du hast ihn eingestellt. Ich bin dir genauso dankbar wie er. Ich kann ihm ja nichts zahlen, sondern nur die ganze Familie unterbringen.«

»Aber was ist mit der Arbeit, die er für dich machen soll?«

»Damit ist er zum Großteil schon fertig. Und jetzt, wo die Garagenwohnung renoviert ist, kann er abends hier den letzten Schliff anbringen.«

»Wann ziehst du dann um?«

»Sobald Cliff die Überlassungsurkunde unterschrieben hat.«

»Und wo willst du hin?«

»Ich habe mir schon ein paar Häuser in Inglewood angeschaut.«

»In Inglewood?« Ruth schaute Kate an, als zweifle sie an ihrem Verstand. »Ich war in meinem Leben noch nicht in Inglewood, höchstens auf dem Weg zum Flughafen.«

Kate lächelte. »Ich habe in der letzten Woche fast alle Viertel abgeklappert. Tja, da wohnt man ein Leben lang in Los Angeles und kennt sich nur in einer winzigen Ecke aus.« Sie blickte zu Ruth. »Warst du jemals in Boyle Heights?«

Ruth schüttelte den Kopf. »Ich müßte auf dem Stadtplan nachschauen, wo das überhaupt liegt.«

»Wir leben so abgeschirmt von allem. Du wärst entsetzt, wenn du sehen würdest, wie die Menschen in unserer Stadt leben. Ganze Familien wohnen in Garagen, und die haben noch Glück im Vergleich zu denen, die im Kartons auf der Straße hausen oder in Abflußrohren im Park schlafen müssen. Was ist bloß aus diesem Land geworden?«

Ruth schüttelte den Kopf. »Tja, keine Ahnung. Ich weiß bloß, daß wir uns das nicht länger anschauen.« Dann erklärte sie Kate, warum sie hergekommen war. Freunde hatten ihr und Henry für eine Zeitlang eine Wohnung in Paris angeboten. Ob Kate in ihrem Haus wohnen wollte, bis es verkauft sei?

Kate fiel Ruth um den Hals. Sie hatte sich in der vergangenen Woche oft gewundert, wie gelassen sie ihrer ungewissen Zukunft gegenüberstand, daß sie sich einfach keine Sorgen darüber machte, wo sie wohnen würde, sobald die neuen Eigentümer ihr Haus in Besitz nahmen. Jetzt hatte sich das Vertrauen auf das Schicksal oder Gott

– oder vielleicht nur auf sich selbst – gelohnt. Kate mußte lachen, als Ruth sich bei ihr für den Gefallen bedankte. »Du hast gerade mein größtes Problem gelöst«, sagte Kate.

Als Ruth ihr nun die Wohnung in Paris beschrieb – der oberste Stock in einem Altbau auf der Ile de St. Louis mit einem Balkon auf die Seine hinaus –, fühlte Kate, wie es ihr die Kehle zuschnürte. Mit Cliff hatte sie immer davon geredet, wo sie überall leben würden, wenn Nina groß war und sie sich nicht mehr nach den Schulferien richten mußten. Und jetzt, wo sie ungebunden war, hatte er sie verlassen. Sie war noch nicht einmal im Urlaub in Paris gewesen. Sie konnte kaum hinhören, wie Ruth sich ihr zukünftiges Leben ausmalte: lange Spaziergänge durch schattige Kastanienalleen, dazwischen spontan einen Happen in einem kleinen Café oder ein improvisiertes Picknick in einem Park mit Sonnensprenkeln wie auf einem Impressionistengemälde.

»Meinst du, das Alleinsein im Haus macht dir etwas aus?« fragte Ruth.

»In deinem Haus lang nicht so wie in meinem«, erwiderte Kate, selbst überrascht von der festen Antwort. »Nicht daß ich in meinem Haus je allein wäre. Ich brauche nur eine Tür zuzumachen, und schon überfallen mich die Erinnerungen, was alles hätte werden können. Ich weiß wirklich nicht, was ich getan hätte, wenn Ford und seine Familie nicht aufgetaucht wären.«

»Ford leistet dir ja auch in meinem Haus tagsüber Gesellschaft. Es muß nämlich noch so viel gemacht werden«, sagte Ruth. »Weißt du, daß ich mein Backrohr seit über einem Jahr nicht mehr benutze? Seit eine Pizza drinnen Feuer gefangen hat und die Leitungen durchgebrannt sind. Ich dachte, ich bräuchte gleich einen neuen Herd, und das schien mir zu viel Aufwand. Gestern habe ich endlich einen Elektriker kommen lassen, der hat ein Stückchen Kabel ersetzt, fünfunddreißig Dollar berechnet, und jetzt ist der Backofen wie neu. Ich kam mir so dumm vor, daß ich das so lange habe schleifen lassen. Wieso bringen wir unser Haus erst in Schuß, wenn wir es verkaufen wollen? Was sagt das über uns aus – über den Wert, den wir uns selber beimessen –, daß einem ein Haus als Besitz mehr bedeutet denn als Wohnstatt? Ich freue mich zwar sehr auf Paris, aber trotzdem tut es mir fast leid, mein Haus ausgerechnet jetzt aufzugeben, wo ich durch jedes Zimmer gehen kann, ohne dieses nervtötende schlechte Gewissen zu kriegen, was alles eigentlich repariert werden müßte. Das ist wie mit einer Ehefrau, die sich gehen läßt, bis es zu spät ist. Die nie dazu kommt, eine Schlankheitskur zu machen oder sich die Haare zu färben, bis ihr Mann sich in eine andere Frau verliebt hat.« Ruth biß sich auf die Lippen. »Oh Gott, entschuldige, Kate. Das habe ich nicht so gemeint.«

Kate funkelte sie wütend an. »Warum entschuldigst du dich dann, wenn du nicht mich damit gemeint hast? Ich gebe mir nicht selbst die Schuld, daß ich allein bin. Ich finde nicht, daß ich eine Strafe dafür verdient habe, daß ich in den letzten fünfundzwanzig Jahren mehr an Cliff und seine Bedürfnisse gedacht habe als an meine eigenen. Wenn das unter die Rubrik ›sich gehen lassen‹ fällt, dann bekenne ich mich schuldig, aber ich glaube einfach nicht, daß Cliff deshalb das Recht hat, mich zu betrügen. Ich habe meine Ehe so ernst genommen wie jeder andere seine bezahlte Arbeit, und ich habe gedacht, ich hätte mir ein sicheres Alter verdient, zusammen mit dem Mann, den ich liebe.«

Ihre Wut verrauchte so plötzlich, wie sie ausgebrochen war. Kate ging auf Ruth zu und nahm ihre Hand. »Verzeih mir, Ruth. Du kannst ja nichts dafür. Ich wollte meine Wut auf Cliff nicht an dir auslassen.«

Ruth drückte ihre Hand. »Wenigstens schämst du dich

nicht für deine Wut und hast keine Angst, sie herauszulassen. Ich kann zu meiner nicht einmal stehen . . .«

Kate nahm ihre Handtasche. »Jedenfalls lassen wir nicht alles über uns ergehen. Wir bringen beide frischen Wind in unser Leben. Und jetzt fahren wir zu dir, damit du mir alles zeigen kannst, was ich wissen muß.«

Ford tapezierte gerade das Gästezimmer, als Ruth die Haustür aufsperrte und Kate den Schlüssel übergab. Ruth eröffnete ihm ihr Vorhaben. Nachdem Kate nun eingewilligt hatte, hier zu wohnen und eventuellen Käufer das Haus vorzuführen, eilte es nicht mit dem Verkauf. Im Gegenteil, Kate hatte ja sonst keine Bleibe.

»Ich kann hier nicht allein wohnen«, brach es aus Kate plötzlich heraus, »das geht einfach nicht.«

Ford stieg von der Leiter und machte einen Schritt auf sie zu. »Wenn Sie sich fürchten, Kate, dann kann ich . . .«

»Nein, ich fürchte mich nicht«, unterbrach sie ihn mitten im Satz. »Sondern ich finde es eine Verschwendung. Diese vielen Zimmer.« Sie trat an die Wand und strich über die Blumentapete, die Ford gerade angeklebt hatte. »Schaut doch nur dieses herrliche Gästezimmer an. Wer würde nicht gern in so einem Zimmer übernachten?«

Ruth seufzte. »Ich wollte es schon immer tapezieren lassen, aber Henry mochte einfach keine Gäste. Jetzt, wo ich weggehe, kriege ich das Gästezimmer, das ich schon immer wollte.« Sie stellte sich ans Fenster und blickte hinaus. »Ich hätte auch gern die Gäste dazu gehabt.«

»Ruth, ich kann nur unter einer Bedingung einziehen«, verkündete Kate entschlossen. Ford sah sie neugierig an, Ruth starrte weiter aus dem Fenster, ohne hinzuhören. »Wenn ich in diesem Haus wohnen soll – und sei es nur für ein paar Wochen –, dann muß ich Leute aufnehmen dürfen.«

»Aber natürlich.« Ruth drehte sich erleichtert zu ihr.

»Du sollst dich in meinem Haus wie daheim fühlen. Lade Gäste ein, soviel du möchtest.« Neugierig suchte sie nach einem Anhaltspunkt in Kates Miene. »Erwartest du jemand Bestimmten?«

»Nein«, erwiderte Kate fest und trat neben Ford, der sie schweigend beobachtete. »Ford wird mir helfen müssen, die Leute zu finden.«

»Wen denn?« Er kniff verwirrt die Augen zusammen.

»Menschen, die sonst keine Bleibe haben. Menschen, für die schon eine Nacht in einem sauberen, sicheren Haus mit fließendem Wasser und einem gefüllten Kühlschrank ein Wunder bedeutet – und ihnen vielleicht die Kraft zum Weiterleben gibt.«

Ruth sah Kate entsetzt an. »Du willst aus meinem Haus ein Obdachlosenasyl machen?«

Ford maß schweigend ein Stück Tapete ab und konzentrierte sich auf seine Arbeit, um dem Kreuzfeuer zu entgehen.

Kate schob die neuen Chintzvorhänge auf dem im selben Muster bezogenen Sessel beiseite und setzte sich. »Nein, ich bin nur ein einzelner Mensch, ich werde nicht das Unmögliche versuchen. Aber ich habe in der letzten Woche viel darüber nachgedacht, was ich mit meinem Leben noch anfangen kann – nicht nur wo, sondern wie ich leben will. Von jetzt an werde ich alles, was ich habe, mit mindestens einem anderen Menschen teilen.«

Sie wandte sich Ruth zu. »Deshalb habe ich mir Häuser in Inglewood, Boyle Heights und East Los Angeles angesehen. Wenn ich mein Haus verkaufe, kann ich dafür nämlich ein anderes kaufen, und zwar ein baufälliges, und während Ford und ich es renovieren, kann ich Menschen einquartieren, die schon für ein Dach über dem Kopf dankbar sind. Sobald das Haus dann wieder in Schuß ist, verkaufen wir es, erstehen mit dem Gewinn wieder eines und machen dasselbe. Und immer so weiter. Ich will nie wieder einen ständigen Wohnsitz haben – oder allein in einem Haus mit lauter leeren Zimmern wohnen.«

Ruth schüttelte den Kopf. »Du hast das Herz auf dem rechten Fleck, Kate, das hast du schon immer gehabt. Du bist der großzügigste Mensch, den ich kenne. Aber du hast den Verstand verloren. Diese Idee ist einfach verrückt. Du kannst nicht einfach wildfremde Menschen aufnehmen – Menschen, die auf der Straße gelebt haben. Denk an den Schmutz, die Krankheiten. Und was ist mit den Alkoholikern, den Drogensüchtigen und den geistig Behinderten? Du wüßtest nie, worauf du dich einläßt. Die meisten dieser Menschen sind doch nicht ohne Grund obdachlos – und sie brauchen die Hilfe eines Sozialarbeiters oder Psychologen, um ihr Leben wieder in den Griff zu bekommen. Der beste Wille der Welt kann daran nichts ändern. Und ich bin nicht nur wegen meinem Haus besorgt – obwohl mein Makler in Ohnmacht fallen würde, wenn er bei der Hausbesichtigung mit einem Interessenten an jeder Ecke über Obdachlose stolpern würde –, ich mache mir Sorgen um dich, um deine Sicherheit.«

»Wie kannst du in Fords Gegenwart so etwas sagen?« zischte Kate.

»Ford ist eine Ausnahme.«

»Nein, das bin ich nicht«, tönte es wie ein Richterspruch von der Leiter herunter.

»Der einzige Unterschied ist, daß er nur ein einzelner Mensch ist.« Kate warf ihm einen liebevollen Blick zu, und dann wallte plötzlich eine nie gekannte Leidenschaft in ihr auf. »Du siehst ihn als Einzelperson und nicht als Teil einer anonymen Horde. Genau das schwebt mir eben vor, Ruth. Ich suche mir noch einen Menschen, dem ich helfen kann, dann noch einen und dann einen dritten. Ich will nicht die ganze Welt bei mir aufnehmen. Und natürlich hole ich mir nicht wildfremde Menschen ins Wohnzimmer, ich weiß, wie gefährlich das wäre. Wenn Ford nicht ausgerechnet damals vor meiner Tür gestrandet wäre, dann hätte ich ihn nie hereingebeten. Und selbst da war mir klar, daß ich gegen alle Sicherheitsmaßregeln verstieß, aber es war mir einerlei. An Heiligabend war ich mit meinem Leben fertig, ich hätte meinetwegen auch sterben können. Aber jetzt freue ich mich, daß ich lebe. Und ich denke nicht daran, meine Zukunft aufs Spiel zu setzen, denn die ist mir inzwischen viel zu kostbar.«

»Ich weiß, diese Idee klingt verrückt und impulsiv, und ich kann dir nicht weismachen, ich hätte mir alles gut überlegt, denn das stimmt nicht. Ich lebe zur Zeit von einem Augenblick zum nächsten, aber es ist erstaunlich, was für Wunder geschehen, wenn man sich mit seiner ganzen Energie auf die unmittelbare Gegenwart konzentriert. Man sieht alles plötzlich mit Distanz und dadurch objektiv und klar. Das eigene Leben scheint einem zunächst wie ein Stückchen Faden, eine einzelne, einfarbige Faser, aber wenn man dann genauer hinschaut, gehört es zu einem riesigen, wunderschönen Muster.«

Der Blick, den Ford ihr zuwarf, schlug ein wie der Blitz. In diesem Augenblick verbanden sie sich durch das Bewußtsein eines gemeinsamen Ziels, das wichtiger und größer war als die aufregendste sexuelle Begegnung. Er stieg auf einmal von der Leiter und kam auf sie zu. Sie streckte ihm die Hand entgegen. »Helfen Sie mir, jemanden zu finden?«

Ruths Stimme hieb wie eine Axt dazwischen und trennte das Band. »Tut mir leid, Kate. Nicht hier und nicht jetzt. Ich bin vermutlich nicht so ein guter Mensch wie du. Ich beneide dich um deine Weltsicht, ganz ehrlich, aber ich bin wohl auf dem Pfad der Erleuchtung noch nicht so weit fortgeschritten. Dieses Haus ist alles, was Henry und ich an Sicherheiten haben. Ich muß an unsere Zukunft denken, und das bedeutet leider, daß ich deinen Plänen vorerst einen Dämpfer aufsetzen muß.«

Ford räumte langsam sein Werkzeug weg und ging wortlos hinaus.

Kate hörte, wie er den Motor anließ, und gab Ruth den Hausschlüssel zurück. »Du weißt, wo du mich findest, falls du es dir anders überlegst.«

25

Kate hatte keine Ahnung, wo sie eigentlich hinwollte, als sie sich ins Auto setzte. Aber am Steuer fühlte sie sich ruhiger, und alles schien kontrollierbar – nicht nur dieses Wunder der Technik namens Auto, sondern auch ihr eigenes Leben.

Im Gegensatz zu Cliff, im Gegensatz wohl zu den meisten Autofahrern, hatte Kate ihr Auto immer nur als bequemes Fortbewegungsmittel gesehen. Der Gedanke, sein Selbstbewußtsein aus einem Gebrauchsgegenstand zu ziehen, kam ihr absurd vor. In letzter Zeit hatte sie jedoch immer öfter Cliffs Jaguar genommen, als würde sie Anspruch auf das Gefühl der Macht und die Zielstrebigkeit erheben, die er daraus gezogen hatte.

Ziellos dahinzufahren kam Kate immer noch komisch vor. Bis vor ein paar Tagen war sie nie ins Auto gestiegen, ohne genau zu wissen, wo sie hinwollte. Aber in letzter Zeit war das Fahren immer mehr zum Selbstzweck geworden, und die Straßen, denen Kate folgte, schienen sie nicht nur in Stadtteile zu führen, deren Namen sie noch nie gehört hatte, sondern auch zu Abgründen menschlicher Not, die sie sich nie hätte vorstellen können.

Bisher hatten sie ihre Fahrten immer in die Randbezirke der ausufernden Metropolis geführt; noch ausgespart hatte sie die düstere Innenstadt, die für so viele Menschen die Endstation bedeutete. Dort stand auch die Unterkunft, in der Sunny mit den Kindern hatte hausen müssen.

Jetzt, auf der Flucht aus Ruths gepflegter, sicherer Wohngegend, steuerte Kate auf einmal unwillkürlich auf das Zentrum zu, als wollte sie sich zwingen, Farbe zu bekennen. Sie war fast ebenso überrascht wie Ruth von ihrer Bedingung für das Haushüten gewesen. Doch die Idee mußte irgendwie im Lauf der Woche in ihrem Hinterkopf Gestalt angenommen haben, als sie ein verfallenes Gebäude nach dem anderen gesehen hatte, und sie war zu wichtig, um beim ersten Anzeichen von Widerstand verworfen zu werden. Wenn Ruth es nicht ertragen konnte, daß notleidende Menschen ihr frisch tapeziertes Heim bewohnten, dann suchte Kate sich eben jemand anderen. Wozu war sie mit einem Regisseur verheiratet gewesen? In seinen Kreisen war man doch ständig unterwegs, entweder monatelang bei Dreharbeiten oder mit einem Theaterstück auf Tournee oder zum Ausruhen zwischendurch auf einer Urlaubsreise.

Zu jedem gegebenen Zeitpunkt stand allein aus diesem Kreis mindestens ein halbes Dutzend Häuser leer, während ihre Besitzer in Hotels, Ferienhäusern oder Zweitwohnungen in New York, England oder Südfrankreich weilten. Zweitwohnungen! Bis jetzt hatte Kate die Vorstellung immer extravagant, aber aufregend gefunden – daß man mit Hilfe des Raumes die Zeit austrickste und innerhalb der unbarmherzigen Frist einer Lebenszeit sich ein Doppelleben gönnte. Aber als sie jetzt auf die Innenstadt zufuhr, packte sie langsam eine namenlose Wut. Auf dem Straßenschild stand »No. Hope«. Das war natürlich die Abkürzung für den Nordteil der Hope-Street, aber Kate fand die Abkürzung »Keine Hoffnung« treffender. In ihrem Gewissen regte sich die Frage, wie der Ausdruck »Zweitwohnung« so problemlos in den allgemeinen Sprachgebrauch aufgenommen werden konnte. Es kam ihr vor wie ein Widerspruch in sich – in einer Welt, in der Kinder in Pappkartons schlafen mußten.

Ich werde ja langsam besessen, dachte Kate, während sie an mächtigen Bürogebäuden entlangfuhr. Die stehen nachts doch alle leer, kann man sie denn da nicht aufsperren und diesen ganzen teuren Luxus mit den übrigen Bewohnern der City von Los Angeles teilen – den Ausgeschlossenen von dieser Überflußgesellschaft?

Sie fröstelte. Es war aber nicht nur die bittere Kälte, die ihre Hände zittern ließ. Vor ihr ging auf dem Gehsteig ein Mann entlang, der eine Decke um die Schultern festgeklammert hielt. Sie flatterte hinter ihm wie eine zerlumpte Schleppe, so daß er aussah wie ein gestürzter Kaiser, den Unglück und Verrat in den Wahnsinn getrieben hatten.

Kate packte das Steuer fester und bog um die Ecke. Es war unfaßbar, was sich da draußen abspielte. Am hellichten Tag wurden auf offener Straße Drogen verkauft. Schmutzige, verzweifelte Gesichter starrten sie unverschämt an und bedeuteten ihr drohend, ja nicht wegzuschauen.

Plötzlich ergriff sie blanke Panik. Sie war wohl nicht bei Trost, daß sie mit dem Jaguar in dieses Stadtviertel gefahren war. Sie spürte, wie die Feindseligkeit dem Auto entgegenschlug und es umwerfen wollte wie ein heißer Wüstenwindstoß.

An einer roten Ampel preßte eine Bande von kleinen Jungs – höchstens um die zehn Jahre alt – die Nasen an die Autoscheiben und streckte bettelnd die Hände aus. Kate mied den Blickkontakt und sah starr geradeaus. Einer der Burschen trat wütend gegen ihre Reifen. Unter dem anfeuernden Gejohle seiner Freunde kletterte er plötzlich auf die Kühlerhaube und baute sich herausfordernd vor ihr auf. Während sie betete, daß die Ampel endlich umspringen möge, mußte sie versteinert vor Entsetzen zusehen, wie er langsam den Reißverschluß seiner zerlumpten Jeans aufzog und auf ihre Windschutzscheibe pinkelte.

Die ganze Wut, die Kate zugunsten der Opfer von Armut und Ungerechtigkeit empfunden hatte, richtete sich nun plötzlich gegen diese Menschen. »Gehst du da runter, du Rotzbengel«, schrie sie, als die Ampel auf Grün schaltete. Das Auto machte einen Satz nach vorn, so daß der Junge auf den Bürgersteig fiel.

Irgendwie fand der Wagen den Weg zurück zur Stadtautobahn und dann über den Coldwater Canyon in die tröstliche Hügellandschaft der Santa-Monica-Berge. Kate konnte sich nicht erinnern, wie sie dorthin gelangt war. Ihre Hand zitterte immer noch, als sie die Fernbedienung für das Garagentor von der Konsole nahm. Sie ließ den Kopf aufs Steuer sinken und fing an zu schluchzen. Was für eine Angeberin sie doch war – mit ihrem Engagement aus sicherer Entfernung. Ruth war wenigstens ehrlich. Kates hochfliegende Pläne dagegen waren bei der ersten Konfrontation mit der Wirklichkeit ins Wanken geraten.

Als Kate sich wieder gefaßt hatte, stieg sie aus dem Auto und ging schnell ins Haus. Es war erst früh am Nachmittag, aber sie wollte einfach schlafen, um ihr wahres Ich aus dem Kopf zu bringen, das sich als nicht sehr liebenswert entpuppt hatte.

Sie ließ sich auf die Couch im Arbeitszimmer fallen und zog den handgewebten Poncho, der zusammengefaltet am Fußende lag, über die Schultern. Die Glieder taten ihr weh, so hatte sie die Verzweiflung erschöpft. Sie konnte es nicht mit den Problemen aufnehmen, die sich im ganzen Land zusammenbrauten – das ging über ihre Kräfte. Jemand anders würde sich überlegen müssen, was man für die Obdachlosen tun könnte. Sie war nur eine einzelne Frau, allein und ohne eigenes Einkommen, von ihrem Mann verlassen und für ihre Tochter nicht mehr vonnöten. Wenn sie lernte, nach so vielen Jahren der Abhängigkeit mit ihrem Leben allein zurechtzukommen, dann wäre das schon eine Leistung.

Feindselige Gesichter bevölkerten ihre Träume. Wo sie auch hinging, wurde sie von unrasierten Männern in Lumpen verfolgt, von ausgemergelten Frauen, die mit der einen Hand ein Baby an der Brust hielten und die andere zum Betteln ausstreckten, und von halbnackten Kindern, die in der Gosse ihre Notdurft verrichteten. Und sie saß nicht mehr in ihrem Auto, hatte keinen Panzer aus Blech und Glas mehr um sich, der sie von den beleidigenden Äußerungen der Wut und dem ekelerregenden Gestank der Armut abschirmte. Sie sollten sie in Frieden lassen, schrie sie, während sie durch die fremden Straßen rannte, verzweifelt auf der Suche nach einem Versteck. Hände rissen an ihrem Rock, und jedesmal wenn sie um eine Ecke bog, kamen neue Gesichter auf sie zu.

Schließlich fand sie ihr Haus, aber das Herz hämmerte ihr noch immer bis zum Hals, und im selben dumpfen Rhythmus klopfte es unablässig an die Fenster und Türen. Sie sah, daß die Menschenmenge ihr gefolgt war und nun ihr Haus belagerte. Sie rannte an die Tür und hängte mit zitternden Fingern die Kette vor. Den anklagenden Blicken wich sie aus, doch als sie sich umdrehte, sah sie Unmengen von Händen, die durchs Fenster greifen wollten.

Dann gab das Türschloß nach, und nur die Kette hielt die Meute noch davon ab, ins Zimmer zu strömen. Kate stemmte sich gegen die Tür, doch schon fuhren Hände durch den Spalt und griffen nach ihr. »Ihr seid zu viele«, schrie sie verzweifelt. »Ich weiß nicht, was ich tun soll.« Eine Hand rüttelte sie wach. »Kate«, sagte eine heisere Stimme. »Sie müssen mit mir kommen.«

Blitzschnell geweckt von dem vertrauten Klang, schlug Kate die Augen auf und sah Ford über sich. »Wie spät ist es?« fragte sie.

»Vier vorbei. Gottseidank sind Sie da.«

Kate sprang auf. Der Traum war ihr noch lebhaft in Erinnerung. Erst als sie durchs Wohnzimmerfenster die friedliche Straße draußen liegen sah, glaubte sie, daß ihr

Haus nicht von einer aufgebrachten Meute von Obdachlosen belagert wurde.

Dann bemerkte sie Fords Blick. »Was ist denn los?« Als er nach Worten rang, lief sie bereits zur Hintertür. »Wo sind die Kinder?« rief sie außer sich vor Angst und hetzte durch den Garten zum Swimmingpool. Die Oberfläche lag glatt und ruhig im schwindenden Licht des Januarnachmittages.

»Es geht nicht um die Kinder«, sagte Ford, als er sie eingeholt hatte. »Jedenfalls nicht um Joe Wayne und Marvella.« Er stockte. Kate sah, wie er schlucken mußte. »Die beiden sitzen oben in der Wohnung vor dem kleinen Fernseher, den Sie Joe Wayne geschenkt haben.«

»Da wäre Sunny aber nicht begeistert, wenn sie nachmittags fernsehen«, murmelte Kate. »Vor allem, wenn sie ihre Hausaufgaben noch nicht gemacht haben. Ich hole sie zu mir ins Haus und behalte sie da, bis Sunny von der Arbeit kommt.«

Sie wollte schon los, aber Ford hielt sie mit einer Handbewegung auf. »Sunny ist oben bei ihnen.«

»Ach so.«

»Sie hat sich im Bad eingesperrt und sagt nichts. Ich habe Angst, daß sie wieder bewußtlos geworden ist.« Ford keuchte die Sätze hervor.

»Wieder? Wie lang ist sie denn schon drin? Warum ist sie schon so früh zu Hause?«

»Ihr Chef hat angerufen. Gottseidank war ich schon da. Ich habe heute gleich nachdem ich von Ruth kam, das vordere Türschloß repariert, das immer klemmt.«

»Und? Was hat er gesagt?« fragte Kate. Ford war vollkommen durcheinander. Kate nahm seine Hand. »Sunnys Chef – was hat er am Telefon gesagt?«

»Sie war in der Mittagspause lange weg und kam dann kreidebleich zurück. Er wollte, daß sie sich kurz hinlegt, aber sie hat gesagt, arbeiten sei das einzige, was sie ablenkt. Sie hat sich an die Kasse gestellt, und nach dem ersten Kunden sind ihr die Knie weggesackt. Fast wäre sie mit dem Kopf noch an die Theke geschlagen, aber es war auch so schon schlimm genug, und der Chef hatte Angst, sie hat Gehirnerschütterung. Deshalb hat er mich angerufen, daß ich sie abhole.«

»Warum haben Sie mir das nicht gesagt?«

»Ihr Auto war nicht in der Garage, als ich mit Sunny ankam. Ich wußte nicht, wo Sie sind.«

Kate preßte die Hände an die pochenden Schläfen. »Ich weiß selber nicht, wo ich war.« Sie versuchte die Bilder abzuschütteln, während sie hinter Ford auf die Wohnung zu ging. »Soll man sie nicht lieber ins Krankenhaus bringen?« flüsterte Kate. »Ich meine, nach so einem Sturz, und wo sie doch . . .«

Ford unterbrach sie schnell. »Sie hat gesagt, daß ihr nichts fehlt, sie sei einfach ein bißchen schwach. Sie wollte nur eines, nämlich sich in dieses Bett legen und auf den Himmel schauen.«

»Wenn ich mich doch auch irgendwo so sicher fühlen würde wie Sunny in diesem Bett«, sagte Kate mit einem Seufzer.

»Ich bin dann los, um die Kinder abzuholen, und da hat sie geschlafen«, sagte Ford. »Aber als wir vorhin zurückkamen, hatte sie sich im Bad eingesperrt, und wenn ich geklopft habe, hat sie mich nur angeschrieen, ich soll sie in Ruhe lassen. Ich wollte nicht weiterklopfen – wegen der Kinder.«

Plötzlich kamen ihnen Marvella und Joe Wayne entgegengerannt. Marvella wimmerte leise. »Was ist denn, mein Herz?« Ford hob sie hoch.

»Mami weint im Bad, aber sie macht die Tür nicht auf.«

»Ich habe sie gefragt, was los ist« – Joe Wayne versuchte, sich seine Angst nicht anmerken zu lassen –, »aber sie hat nur gesagt, sie hätte ganz viel brechen müssen, und jetzt muß sie es erst aufwischen, vorher kann sie nicht rauskommen.« Er zog angewidert die Nase kraus. »Ich kann es nicht ausstehen, wenn jemand brechen muß. Da wird mir ganz anders.«

Kate legte den Arm um ihn. »Weißt du was? Ihr beiden geht jetzt am besten mit Homer in den Garten und spielt mit ihm. Er vermißt euch, wenn ihr den ganzen Tag in der Schule seid.«

»Aber zieht euch die warmen Jacken an«, mahnte Ford, als sich Marvella von ihm loswand. »Letzte Nacht ist es kalt geworden. Wenn es in Kalifornien erst mal Winter wird, dann kann es ziemlich ungemütlich werden.«

Als die Kinder draußen waren, wandte sich Kate an Ford. »Am besten reden Sie zuerst mit ihr. Ich bringe inzwischen das Bett in Ordnung. Da sollte sie nämlich schnellstens wieder hin.«

Während Ford durch die verschlossene Tür beruhigend auf Sunny einredete, ging Kate ins Schlafzimmer. Als sie die Decke zurückschlug, sah sie, daß die Laken blutverschmiert waren. Sie stürzte in das andere Zimmer zurück. Die Badtür stand offen, und Sunny kauerte am Boden, die Arme um die Knie geschlungen. Ford kniete neben ihr. »Mach dir doch keine Vorwürfe. Du kannst nichts dafür, wenn dir schlecht wird.«

Von der Tür aus starrte Kate Sunny an und sagte dann leise: »Sie haben es also getan.«

Zur Antwort stöhnte Sunny nur auf. Ford schlang die Arme um sie und half ihr auf die Beine. Das Stöhnen wurde lauter und verwandelte sich in ein klagendes Wehgeheul. Ford blickte verwirrt von Sunny zu Kate, aber keine der beiden sah ihn an. »Du mußt in ein warmes Bett, unter die Decke«, sagte er zärtlich. »Du brauchst jetzt nichts zu sagen.« Aber als er sie in Richtung Schlafzimmer führte, riß sie sich los, warf sich auf die Couch und drehte sich zur Wand.

Kate holte die Decke aus dem Schlafzimmer und breitete sie über die zitternde Sunny.

Ford sah hilflos zu. »Möchtest du etwas trinken?« fragte er schließlich. Sunny machte die Augen zu, als hätte sie das nicht gehört.

»Ich mache einen Tee«, erbot sich Kate.

Als sie wiederkam, saß Ford an der Couch, strich Sunny übers Haar und redete begütigend auf sie ein, als wäre sie ein verängstigtes Tier, das nur die Berührung mit der Hand und den Klang einer Stimme verstand. »Du mußt mir nichts erzählen«, sagte er immer wieder. »Ich liebe dich, was auch passiert sein mag.«

Als Kate sah, wie er sie tröstete, stiegen ihr die Tränen in die Augen. Sie goß eine Tasse ein und reichte sie Sunny. Der heiße Tee schien Sunny die Kraft zu geben, sich dem zu stellen, wovor sie sich zuvor versteckt hatte. »Ich habe es verloren.«

»Was?« Ford begriff nicht ganz.

»Das Baby.«

»Warst du deshalb in der Mittagspause so lang weg? Um es loszuwerden? Wie kannst du sagen, du hättest es verloren, wenn du es absichtlich getan hast?« Er trat ans Fenster. Der Anblick seiner beiden Kinder, die mit Homer zwischen den blühenden Obstbäumen herumtobten, beruhigte ihn, und er sah ihnen schweigend zu, bis Sunny wieder etwas sagte.

»Es stimmt, daß ich in die Klinik gegangen bin.« Sie drehte sich zu Kate. »Was Sie mir gestern abend gesagt haben, hat mir geholfen, mir selber klar zu werden.«

Ford wirbelte herum und starrte Kate an. »Was Sie gesagt haben? Was hat das mit Ihnen zu tun?«

Kate verbiß sich die Tränen. »Das verstehe ich nicht. Ich habe doch gesagt, ich nehme das Kind, kümmere mich darum . . .«

»Unser Baby nehmen?« Hilflos und außer sich ballte Ford die Faust.

»Nicht, um es zu behalten. Ich wollte Sunny doch nur einen Teil der Last abnehmen. Man kann sich nicht um ein Baby kümmern, wenn man seine Stelle behalten will. Ich dachte, wenn ich helfe, dann hätte Sunny nicht soviel Angst davor, es zu kriegen. Ich wußte, wie sehr Sie es sich gewünscht haben.«

Niedergeschlagen sank Ford in einen Sessel. »Ich weiß doch auch, daß wir nicht noch einen Esser brauchen können. Aber was bin ich für ein Mann, daß meine Frau so wenig Vertrauen in die Zukunft setzen kann?« Er verbarg das Gesicht in den Händen.

Sunny ließ langsam die Beine am Couchrand heruntergleiten, stellte die nackten Füße auf den Boden und ging zu dem Sessel hinüber. Wie ein Kind setzte sie sich auf Fords Schoß, schlang ihm die Arme um den Hals und schmiegte den Kopf an seine Brust. »Nimm es nicht so schwer«, murmelte sie. »Das hat nichts damit zu tun, was du für ein Mann bist.«

»Ich sehe nach Joe Wayne und Marvella.« Kate machte Anstalten hinunterzugehen. »Eigentlich könnte ich sie mit zu mir nehmen und ihnen Abendessen machen. Ihr beiden müßt jetzt mal allein sein.«

»Nein«, rief Sunny, fuhr hoch und trat auf Kate zu, »ich bin noch nicht fertig.« Kate legte ihr den Arm um die Schultern und setzte sich mit ihr auf die Couch. »Ich bin also wie gesagt in der Mittagspause zur Klinik gegangen« fuhr Sunny fort. »Nach unserem Gespräch gestern abend mußte ich die ganze Zeit an die Frau in der Unterkunft denken. Die in dem Zimmer gegenüber mit dem Baby, das immer geschrieen hat.«

»Teresa«, murmelte Ford ernst. »Ihr Mann hat sie im Stich gelassen, bevor das Kind auf der Welt war. Dieser Schuft.«

»Es gibt Hunderte solcher Frauen, die ihre Babies nicht satt kriegen.« Sunny starrte Kate durchdringend an. »Wenn Sie ein Kind aufziehen wollen, dann suchen Sie sich eines, das schon geboren ist. Helfen Sie einer Frau, die keinen Mann hat. Ich habe schließlich Ford.« Sie lächelte ihn liebevoll an – aber dann füllten sich ihre Augen wieder mit Tränen. »Ich wollte es für dich tun, Ford. Versteh das doch. Du hast genug mit uns zu tun, mit Joe Wayne, Marvella und mir. Noch ein Kind wäre vielleicht über deine Kräfte gegangen – und auf alle Fälle hätte es uns beide auseinandergebracht. Ich habe die ganze Nacht hin und her überlegt, und heute früh war ich dann entschlossen. Aber vor der Klinik standen diese ganzen Demonstranten mit Bibeln und Photos von toten Babies, und als ich an ihnen vorbei wollte, haben sie mich angeschrieen und eine Mörderin geschimpft. Ich hatte solche Angst.« Sunny schluchzte inzwischen hysterisch. »Sie haben mich angerempelt und herumgeschubst und behauptet, ich müßte in der Hölle für meine Sünden büßen . . .«

Kate nahm Sunny in die Arme. »Was fällt denen ein, Ihnen so Angst zu machen? Die sollen sich doch lieber um die halbverhungerten, obdachlosen Babys kümmern, die schon auf der Welt sind, statt Frauen unter Druck zu setzen, daß sie Kinder kriegen, die sie nicht ernähren können. Diese Leute sind die wirklichen Verbrecher, nicht Sic, Sunny.«

»Aber die tun so, als ob sie Gott auf ihrer Seite hätten«, schluchzte Sunny. »Ich habe mich so schämen müssen.«

»Ich war noch nie in meinem Leben so wütend«, zischte Kate. »Ich fand schon immer, daß eine Frau über ihr Schicksal selbst zu bestimmen hat, aber da ich selber keine Kinder bekommen kann, war es für mich schwer vorstellbar, schwanger zu sein und das Baby nicht zu wollen. Deshalb habe ich Sie gestern abend gefragt, ob ich Ihnen mit ihrem Kind helfen kann. Aber das war bereits falsch.

Kein Mensch – weder ich noch diese verrückten Demonstranten vor der Klinik noch Ford, so sehr er Sie auch liebt – hat das Recht, Ihnen ein Kind aufzuzwingen, das Sie nicht möchten. Das ist Ihre Entscheidung. Ganz allein Ihre.«

»Ich habe es nicht fertiggebracht«, sagte Sunny. »Ich hatte zu viel Angst. Ich bin in den Laden zurückgerannt. Aber dann habe ich es trotzdem umgebracht.«

Sie verbarg den Kopf in Kates Schoß, aber ihre Schultern bebten.

»Es war ein Unfall«, sagte Kate und tätschelte ihr beruhigend den Rücken. »Der Sturz hat vermutlich die Blutung ausgelöst. Aber selbst wenn es kein Unfall gewesen wäre, selbst wenn Sie in der Klinik geblieben wären, dann hätten Sie nichts Unrechtes getan.«

»Vorhin lag ich im Bett und habe geschlafen, aber diese ganzen Leute mit ihren haßerfüllten Gesichtern haben mich verfolgt, und dann habe ich plötzlich gespürt, wie das ganze Blut kam.« Sunny schluchzte wieder hemmungslos. »Mein armes Kleines!« weinte sie.

»Nicht, mein Schatz«, Ford nahm sie in die Arme. »So darfst du nicht denken.«

»Ich habe natürlich nicht das Recht, um mein Kind zu trauern, weil ich es ja loswerden wollte – aber ich kann nicht anders. Ich habe das alles nicht gewollt. Ich wollte es nicht bekommen, aber ich wollte es auch nicht verlieren. Vor allem nicht auf diese Weise. Ich fühle mich innerlich so leer.«

»Sie haben viel Blut verloren«, sagte Kate. »Ich rufe meine Ärztin an, sie soll kommen und einen Blick auf Sie werfen.«

»Danke, Kate.« Ford half Sunny aufstehen. »Komm, Liebes, du mußt jetzt wieder ins Bett.«

»Ich beziehe es schnell frisch.« Kate lief ins Schlafzimmer, zog das Laken mit den Blutflecken ab und bezog alles mit frischem, gebügeltem Bettzeug. »Jetzt ruhen Sie sich mal aus«, sagte sie, während sie Sunny hineinhalf. »Sie haben heute viel durchgemacht, aber dafür weiß ich nun morgen, wofür ich aufstehe. Wenn Ford mit mir kommt, dann fahren wir in die Unterkunft und holen Teresa mit ihrem Baby.« Sie tätschelte Sunnys Hand. »Sie haben heute kein Kind getötet – sondern einem das Leben gerettet.«

26

Am nächsten Morgen wurde Kate von einem Anruf ihres Maklers geweckt. Die Käufer würden unruhig, sie bräuchten langsam das Haus, und es fehle doch nur noch die Unterschrift ihres Mannes, aber von dem habe er noch nichts gehört – ob es Probleme gebe?

Kate umklammerte den Stift bei der Einkaufsliste neben dem Telefon. ›Nein‹ schrieb sie immer wieder unter die Wörter ›Milch‹ und ›Eier‹. Das konnte Cliff ihr nicht antun – das ließ sie sich nicht gefallen.

Kate beteuerte dem Makler, ihr Mann wolle das Haus unbedingt verkaufen. Die unterschriebenen Papiere seien gewiß schon unterwegs, aber sie würde ihn zur Sicherheit gleich heute abend anrufen. Sie drückte mit dem Stift so fest auf, daß die Mine abbrach, als Ford hereinkam.

Kate berichtete ihm von dem Anruf, versprach aber gleichzeitig, daß das nichts an ihren Plänen für den Tag ändern würde. Sie wollten auf alle Fälle ins Zentrum fahren, um Teresa und das Baby aufzuspüren.

Mit Ford an der Seite kam Kate die Innenstadt nicht ganz so bedrohlich vor wie am Vortag. Sie ergriff seine Hand, als sie um einen Ecke bogen und er vor einem ehemals eleganten, jetzt vollkommen verwahrlosten Hotel anhielt. »Ist das die Unterkunft?«

»Laßt uns vorbei, Kumpels.« Ford hielt Kate die Tür auf und scheuchte zwei Obdachlose mit einer Handbewegung weg. »Ihr seht doch an dieser Rostlaube, daß es mir nicht besser geht als euch.«

»Du hast wenigstens ein Gefährt und kannst hier weg«,

knurrte einer von ihnen. »Wer kann das schon von sich sagen?«

Ford griff plötzlich in die Tasche und zog eine Handvoll Kleingeld heraus. »Wenn ich hier weg kann, dann schafft ihr es auch«, sagte er heiser, während er die Münzen unter den beiden aufteilte. »Man darf die Hoffnung nie aufgeben.«

Als die Männer sich bei Ford bedankten, entdeckte Kate in ihren Gesichtern das Leid hinter den feindseligen Masken, die sie bis in den Schlaf verfolgt hatten. Sie wollte schon ihre Handtasche aufmachen, doch Ford legte ihr beschützend den Arm um die Schultern und schob sie in das Gebäude.

In der einstigen Lobby, die inzwischen mehr einer Gefängnispforte glich, schlug Kate ein Schwall von Gestank nach Abfall, Erbrochenem und Urin entgegen. Sie mußte würgen, doch dann riß sie sich zusammen und holte ruhig und tief Luft.

»Wie halten das die Leute hier bloß aus?« platzte sie heraus, schämte sich aber sofort, daß sie ihre Gedanken laut ausgesprochen hatte. »Entschuldigung. Das war nicht so gemeint.«

»Doch«, sagte Ford. »Das geht jedem so, der hier reinkommt. Auch denen, die hier wohnen.« Er geleitete Kate zum Lift und drückte auf den Knopf. »Wir haben Glück«, sagte er, als die Tür quietschend aufging.

»Glück?« Kate blickte sich um.

»Der Aufzug war die ganze Zeit kaputt, als Sunny und die Kinder hier leben mußten. Und Teresa wohnt auch im obersten Stock. Ich bete nur, daß sie noch hier ist.«

»Ich auch«, flüsterte Kate heiser. »Wenn ich mir vorstelle, daß sie mit einem Neugeborenen in diesem Dreck leben muß . . .« Der Lift hielt an, und sie traten in ein feuchtes, schimmelig riechendes Treppenhaus.

Babygeschrei führte sie zu einer übel zugerichteten,

verschmierten Tür. Kate klopfte schüchtern, und Ford rief: »Teresa, ich bin's – Ford. Weißt du noch, Sunny von gegenüber und Joe Wayne und Marvella?«

Die Tür ging zögernd auf, und eine schlanke junge Frau mit langem, dunklen Haar und dunkelbraunen Augen starrte sie an. Sie hatte ein winziges Baby auf dem Arm, das nach ihrer halb aufgeknöpften Bluse grabschte.

Als die Frau Ford sah, leuchteten ihre Augen auf. Kate streckte instinktiv die Hände nach dem Baby aus. »So ein hübsches Baby! Das ist bestimmt ein Junge, was?« Kate schaute in das faltige Gesichtchen, das unter einem widerspenstigen, dicken schwarzen Haarschopf fast verschwand. Mit einem hilfesuchenden Blick zu Ford gab die Frau widerwillig Kate das Baby. »Schon gut, Teresa«, sagte er sanft. »Wir sind hergekommen, um dir zu helfen.«

Sie verständigten sich notdürftig in Teresas gebrochenem Englisch und den paar Brocken, die Kate von ihrem Highschool-Spanisch noch behalten hatte, aber was Kate wirklich für das Mädchen tun wollte, war auf diese Weise nicht zu vermitteln. Schließlich klopfte Teresa in ihrer Verzweiflung an die Tür gegenüber. Aus der Einzimmerwohnung, in der Sunny und die Kinder früher gewohnt hatten, erschien eine kräftige junge Frau mit einem offenen, sommersprossigen Gesicht und einem dicken, rotblonden, langen Zopf auf dem Rücken. Zwei wilde kleine Buben, Zwillinge, kamen hinter ihr hergetobt.

Irgend etwas an ihr kam Kate bekannt vor, doch woher bloß? Der Name sagte ihr nämlich nichts. Teresa sprudelte auf Spanisch los, deutete immer wieder erregt auf Kate, die das Baby auf dem Arm hatte und zärtlich auf es einredete. Sharon, die junge Frau, hörte teilnehmend zu und stellte hin und wieder Zwischenfragen in einem für Kates Ohren fließenden Spanisch. Als schließlich Teresas Redeschwall verebbte, tätschelte sie ihr beruhigend die

Hand und wandte sich an Kate. »Sie hat Angst, daß Sie das Baby mitnehmen.«

Kate gab Teresa das Kind sofort zurück und legte ihr den Arm um die Schultern. »Nicht ohne Sie, Teresa«, sagte sie. »Ich möchte euch beiden ein Zuhause geben.« Dann erklärte sie mit Sharons Hilfe noch einmal, was sie vorhatte.

Als Teresa begriff, was ihr da angeboten wurde, fiel sie auf die Knie und bekreuzigte sich. »Sie sagt, Gott hat ihre Gebete erhört und Sie zu ihr geschickt«, dolmetschte Sharon. »Sie ist illegal aus Mexiko eingereist und hat furchtbare Angst, daß die Behörden ihr das Kind wegnehmen. Der Kleine ist alles, was sie hat, aber sie kann ihn nicht stillen. Sie hat selber seit drei Tagen nichts mehr gegessen, und jetzt hat sie keine Milch mehr. Der Bub schreit die ganze Zeit vor Hunger.«

»Warum habe ich bloß daran nicht gedacht?« flüsterte Kate Ford zu. »Wir hätten doch etwas mitbringen können.«

»Sie ißt bestimmt überall lieber als hier«, sagte Ford. »Wir können auf dem Rückweg ja bei McDonald's vorbei und ihr einen Hamburger und einen Milchshake kaufen.«

Bei dem Wort ›McDonald's‹ stürzten sich die Zwillinge auf Ford. »Hamburger!« plärrte der eine und umklammerte Fords Bein. »Milchshake!« krähte der andere und hängte sich an seinen Arm.

Verlegen griff sich Sharon die beiden. »Kommt, wir müssen jetzt gehen.« Die Buben brachen in lautes Protestgeheul aus.

Ford sah Kate fragend an. »Was meinen Sie? Haben noch drei mehr im Auto Platz?«

»Hören Sie, Sie brauchen kein Mitleid mit mir zu haben«, begann Sharon. »Ich kann für meine Kinder aufkommen. Ich kriege Lebensmittelmarken. Außerdem gehen wir heute von hier weg. Mein Mann hat mich zwar im Stich gelassen, aber seine Mutter schreibt mir noch. Sie vermißt die beiden, sagt sie. Mal sehen, wie weit die Sehnsucht reicht, wenn wir bei ihr vor der Tür stehen.«

»Können wir Sie mitnehmen?« erkundigte sich Kate.

»Sie lebt in Florida.«

»Wie kommen Sie dorthin?«

»Mit dem Bus.«

»Sollen wir Sie dann zum Busbahnhof bringen?«

»Ich verstehe nicht, warum Sie sich um mich kümmern wollen. Sie sind doch wegen Teresa gekommen, oder?«

»Ich habe irgendwie das Gefühl, ich kenne Sie«, sagte Kate, »und Sie sehen nicht so aus, als würden Sie in so ein Asyl gehören.«

Sharon lachte bitter. »Das lernt man als erstes im Obdachlosenheim: sich nicht zu wundern, wen man hier findet.«

Als sie dann ihre paar Habseligkeiten in zwei Plastiktüten stopfte, erzählte sie, daß ihr arbeitsloser Mann sie kurz nach der Geburt der Zwillinge verlassen hatte. Sie hatte drei verschiedene Jobs gleichzeitig gehabt, um über die Runden zu kommen. Um die Kinder hatte sich derweilen ihre Mutter gekümmert. Dann starb ihre Mutter urplötzlich, und Sharon erlitt einen Herzinfarkt. Die Krankheit fraß ihre gesamten Ersparnisse auf; schließlich wurde ihr Haus verpfändet. Der Arzt warnte sie davor, wieder zu arbeiten: Sie würde einen zweiten, womöglich tödlichen Herzinfarkt riskieren. Sie könne ihren Söhnen zwar kein Zuhause mehr bieten, sagte sie, aber wenigstens wollte sie ihnen die Mutter erhalten. Die beiden hätten ja sonst nichts.

»Wieso sprechen Sie eigentlich so gut Spanisch?« fragte Kate, während Sharon und die Zwillinge neben Teresa und dem Baby auf den Rücksitz kletterten.

»Mein Mann hatte früher mal in Mexiko zu tun«, erwiderte Sharon kurzangebunden. »Wir haben ein paar Monate dort gelebt. Wir sind überhaupt viel herumgekommen, bevor die Zwillinge geboren wurden. Damals haben sie ihm die tollsten Jobs angeboten. Aber als er dann eine Familie zu ernähren hatte und wirklich eine Arbeit brauchte, ergab sich nie etwas.«

»Mit einer Familie ändert sich für einen Mann das ganze Leben«, murmelte Ford, während er in den Busbahnhof einbog. Die Zwillinge waren halb eingeschlafen und protestierten lautstark, als Sharon sie weckte. »Ich trage sie rein.« Ford nahm je einen auf den Arm.

Teresa fing an zu weinen, als sie merkte, daß Sharon und die Zwillinge hier ausstiegen. Sharon beruhigte sie, jetzt werde alles gut.

Kate nahm zwanzig Dollar aus ihrer Handtasche und gab sie Sharon. »Ich würde gern mehr für Sie tun«, sagte sie. »Das ist nicht Ihre Aufgabe«, erwiderte Sharon, »aber trotzdem vielen Dank.« Dann steckte sie sich das Geld in die Jeans. An der Tür drehte sie sich noch einmal und winkte zum Abschied. »*Hasta la vista.*«

Zu Hause angekommen, gab Kate Teresa und dem Baby Ninas Zimmer und zeigte ihr alles, was sie brauchte. Das lenkte sie von ihrer Wut darüber ab, daß Cliff die Papiere immer noch nicht unterschrieben hatte. Was unterstand er sich, ihr solche Steine in den Weg zu legen?

Teresa wollte sich ein Weilchen ausruhen und legte sich mit dem Baby in Ninas Bett. Als Kate die Tür hinter sich schloß, erfüllte sie auf einmal tiefe Befriedigung. Sie war sich nicht sicher, ob Teresa verstanden hatte, daß man bald wieder umziehen würde, aber für den Moment nahm sie anscheinend gern in Anspruch, was Kate ihr bieten konnte. In der Zwischenzeit mußte Kate ihr Highschool-Spanisch auffrischen, sonst würde es Verständigungsprobleme geben. Wenn Sharon doch zum Dolmetschen da wäre!

Kate bekam das Bild dieses stolzen Gesichts mit dem trotzigen Ausdruck nicht aus dem Kopf. Sie erinnerte sich an eine jüngere Sharon. Aber wann und wo hatte man sich getroffen?

Nachdenklich stieg sie die Treppe hinunter und ging ins Arbeitszimmer. Es war der einzige Raum im Haus, der noch so aussah wie früher. Kate hatte Cliffs Sachen unberührt gelassen – sobald der Hausverkauf perfekt war, würde sie ihn anrufen müssen und fragen, was sie mit den ganzen Erinnerungen an seine Karriere anfangen sollte. Ihr Blick fiel auf ein Photo, das vor zehn Jahren in Mexiko geschossen worden war, als Cliff in der Nähe von Guadalajara einen Western gedreht hatte. Cliff saß lässig auf seinem Regiestuhl, umringt von Schauspielern, die sich lachend über ihn beugten. Kate hatte ihn damals mit Nina in den Osterferien dort besucht. Am Ende der Ferien wollte Cliff unbedingt, daß sie noch blieben, aber Nina war damals zwölf und bestand darauf, keinen Schultag zu versäumen, damit sie nicht den Anschluß verpaßte. Also fuhr Kate schweren Herzens mit ihr nach Los Angeles zurück.

Rückblickend überlegte sie jetzt, ob Mexico vielleicht ein Wendepunkt gewesen war. Er hatte sie so angefleht, bei ihm zu bleiben – einmal sollte ihr Mann den Vorrang vor dem Kind haben. Wenn Nina unbedingt nach Hause wollte, dann könnte Kate ihr doch ein Kindermädchen besorgen. Falls Kate ihr Kind nicht gern einer Fremden anvertraute, sollte Nina bei einer Freundin wohnen – bei einer mit langweiligen, normalen Eltern, die feste Jobs hatten und ein geregeltes Leben führten.

Müde vom vielen Grübeln legte sie sich auf die Couch, doch als sie die Augen zumachte, tauchten lauter Bilder aus der Vergangenheit auf. Um sie zu vertreiben, legte sie ein Video ein: den Film, den Cliff in Mexico gedreht hatte.

Sie sah nur halb hin, denn es war nicht einer seiner besten, als plötzlich eine junge Frau ins Bild kam, dem Helden einen Teller vorsetzte und wieder verschwand. Kate griff nach der Fernbedienung und spulte den Film ein Stück zurück. Dann schaute sie sich den Auftritt noch einmal an. Und noch einmal.

Das Bild der jungen, winkenden Frau am Busbahnhof überlagerte das auf dem Fernsehschirm. Jetzt begriff Kate, weshalb ihr Sharon bekannt vorgekommen war. Die Erinnerung wurde immer deutlicher. Sie war eigentlich keine Schauspielerin, aber ihr Mann hatte eine Nebenrolle, und sie wohnte mit ihm am Drehort. Cliff war von ihr ziemlich angetan gewesen und hatte ihr einen kurzen Statistenauftritt verschafft.

Kate fuhr der Schreck in die Glieder. Es kam wie ein Schock, daß eine Bekannte – genauso eine Ehefrau wie sie, die auf die Karriere ihres Mannes gebaut hatte –, daß so jemand heute in solch ausweglosen Verhältnissen leben mußte. Zum ersten Mal machte Kate sich bewußt, daß nur eine Krise zu kommen brauchte – ein Unfall oder eine schlimme Krankheit –, dann könnte auch sie von Obdachlosigkeit bedroht sein. Wenn Sharon so etwas zustoßen konnte, dann konnte es jedem zustoßen. Auch ihr selbst.

»Was tust du in meinem Arbeitszimmer?« Die Frage klang barsch und beleidigt. Kate schreckte aus dem Schlaf hoch und sah ihren Mann in der Tür stehen.

»Cliff! Du bist zu Hause!«

»Zu Hause? Du nennst das noch Zuhause? Obwohl du es mir unter dem Hintern weg verkaufen willst?«

»Für mich ist es immer noch mein Zuhause, obwohl du mich in dem Haus allein zurückgelassen hast. Ich habe dir ja gesagt, daß ich nicht hier wohnen bleibe. Hast du die Papiere dabei?«

Cliff faßte in die Brusttasche und hielt Kate einen dicken Umschlag hin. Als sie ihn nahm, legte Cliff plötzlich seine Hand auf die ihre.

»Es war ein schrecklicher Fehler, Kate.«

»Was?«

»Ich hätte dich an Weihnachten mit nach Kanada nehmen men sollen. Du wolltest ja, aber ich Esel habe dich zurückgelassen. Wenn du bei mir gewesen wärst, dann wäre vielleicht alles anders gekommen.« Er ließ ihre Hand los, trat ans Regal und betrachtete wehmütig die Erinnerungen an seine Karriere. Wortlos nahm er einen Preis in die Hand, den er vor Jahren für einen Fernsehfilm bekommen hatte. »Jetzt heißt es wieder Fernsehfilme für mich«, sagte er matt. »Ich kriege nie wieder einen Spielfilm angeboten.«

»Was ist los, Cliff? Warum bist du nach Hause gekommen?« Kate saß im Drehstuhl hinter dem mächtigen Schreibtisch, den sie inzwischen als ihr Eigentum betrachtete.

Was Cliff machte – egal ob früher, jetzt oder in der Zukunft –, konnte ihr nichts mehr anhaben. Der ungewohnt niedergeschlagene Unterton in seiner Stimme rührte sie, doch sie war entschlossen, sich nicht davon einlullen zu lassen.

»Der Film ist gestorben.« Er stand immer noch mit dem Rücken zu ihr vor dem Regal.

»Wie bitte? Wie gibt es denn das?«

»Unserem Hauptgeldgeber ist das Geld ausgegangen. Er mußte aussteigen, und wir konnten auf die schnelle keinen finden, der uns aus dem Sumpf zieht.«

»Dann ist der Film verschoben? Bis man das Geld von irgendwoher kriegt?« Kate hatte darauf gebaut, daß Cliff bis zum Sommer weg sei. Das einzige, womit sie bei ihrer ganzen Planung nicht gerechnet hatte, war, daß er sich wieder in Los Angeles einnisten wollte.

»Ich kann mir keine Warterei leisten«, sagte Cliff schroff. »Wir haben alle keinen Penny gesehen. Ich muß mir einen Job suchen.«

Kate zwang sich sitzenzubleiben. Der Magen krampfte sich ihr zusammen. »Wo willst du wohnen?« fragte sie bemüht gefaßt und kühl. Während sie auf die Antwort wartete, holte sie die Dokumente aus dem Umschlag. Die angezeichneten Stellen für seine Unterschrift waren leer. »Ich sitze in der Tinte, Kate. Ich brauche deine Hilfe.« Er kam an den Schreibtisch und sah ihr mit einem ebenso flehentlichen wie zärtlichen Blick in die Augen.

›Deine Hilfe!‹ Die Worte, denen keine Frau widerstehen kann. Sie hielt sich an den Armlehnen des Stuhles fest und blieb hinter dem Schreibtisch verschanzt. »Warum kommst du zu mir? Soweit ich mich entsinne, liebst du eine andere.«

Cliff sank ermattet auf die Couch, streckte die langen Beine aus und verschränkte die Arme hinter dem Kopf. Schutz- und wehrlos wirkte er am attraktivsten, und das wußte er. Wenn alle Stricke rissen, dann setzte er auf Ehrlichkeit. »Mir schwimmen die Felle davon, Kate.« Er seufzte bitter. »Nichts war so, wie es an Weihnachten aussah. Der Film taugte nicht viel. Ehrlich gesagt war ich fast froh, als das Geld ausging. Ich habe mir vorgemacht, daß er eine Aussage hätte und daß ein Mensch, der mich in meiner Jugend geliebt hat, mir helfen könnte, sie herauszuarbeiten. Aber das war alles Illusion. Leere Illusion.« Er schlug die Hände vors Gesicht.

»Also? Hat sie dich rausgeworfen, als der Film pleite ging?« fragte Kate eisig. Zum ersten Mal fiel ihr auf, wie sehr Cliff gealtert war. Oder verglich sie ihn nur mit Ford?

Er starrte sie an. »Du warst doch früher nicht so hart.«

»Ich will nicht noch einmal verletzt werden, Cliff. Als du mich an Weihnachten verlassen hast, habe ich dir gesagt, daß ich hier nicht allein wohnen bleibe. Du hast mir dieses Haus als Gegenleistung dafür geschenkt, daß ich dich ohne Schuldgefühle habe gehen lassen. Jetzt mußt du dein Versprechen halten.«

»Ich verstehe ja, daß du böse bist, Kate, aber ich kann sonst nirgends hin. Du mußt mir Zeit geben.«

»Die Zeit ist längst abgelaufen.« Trotz aller Beherrschung geriet sie jetzt in Panik. Ihre ganzen Pläne setzten doch voraus, daß sie auszog. In ihrer Zukunft war kein Platz für dieses Haus – und auch nicht für den Mann, mit dem sie früher hier gewohnt hatte. »Es tut mir leid, Cliff, aber die Entscheidung ist mir bereits aus der Hand genommen. Die Käufer sitzen im Hotel und wollen so schnell wie möglich einziehen. Der Makler hat mich schon gewarnt, daß bei einer weiteren Verzögerung der Verkauf womöglich platzt.«

»Bloß ein halbes Jahr, Kate. Wenn du im August dann immer noch verkaufen willst, soll es mir recht sein. Denk doch an all die Jahre, die wir in diese Ehe investiert haben. Habe ich da nicht noch eine Chance verdient?«

Nein, hätte Kate ihn am liebsten angebrüllt. Du hast dein Konto hoffnungslos überzogen, als du mich im Stich gelassen hast. Aber sie brachte keinen Ton heraus. So hilflos hatte sie ihren Mann noch nie erlebt. Ohne seine Arbeit als Schutzpanzer wirkte er so verloren wie ein ausgesetztes Kind.

Kate ärgerte sich maßlos über ihr Mitgefühl, aber er tat ihr eben leid, dagegen war nichts zu machen. In den einsamen Nächten in seinem Arbeitszimmer, in denen sie sich immer wieder seine alten Filme vorgespielt hatte, war sie Cliff nähergekommen – nicht dem Mann, der gemein und egoistisch sein konnte, sondern dem Künstler, der einen Stoff so gestalten konnte, daß man neue Einsichten für sein Leben gewann. In seiner Arbeit kamen seine Qualitäten zum Vorschein. Der Film, mit dem er in die obersten Ränge der Hollywoodregisseure aufsteigen würde, mußte allerdings erst noch gedreht werden. Und da im Filmgeschäft nur der Erfolg zählte, bekam er jetzt womöglich nie wieder die Chance dazu. Kein Wunder, daß er sich so an den Glauben geklammert hatte, er würde es mit diesem Projekt endlich schaffen – und daß er dafür alles opfern wollte, selbst seine Frau. »Du hast das nicht verdient, was sie mit dir machen, Cliff«, sagte Kate leise. »Ich habe mich ausgiebig mit dir beschäftigt, seit du weg bist.«

Er blickte sie verständnislos an, wartete aber die Erklärung ab.

»Ich schlafe jetzt in deinem Arbeitszimmer.«

»Was du nicht sagst«, erwiderte Cliff trocken. »Nina hat mir schon erzählt, daß es im ganzen Haus kein leeres Bett mehr gibt.«

Kate verschob das Thema der Zimmerbelegung auf später und brachte das Gespräch wieder auf Cliff. Sie erzählte ihm, wieviel sie über ihn erfahren hatte, was ihr zuvor nie bewußt gewesen war. In seiner Arbeit steckten eine Sensibilität und ein Einfühlungsvermögen, die er im Leben anscheinend nicht zeigen könne. »Als du mich verlassen hast, hätte ich dich am liebsten gehaßt«, gab sie zu. »Das hätte alles viel leichter gemacht. Aber als ich mich dann mit deinen Arbeiten beschäftigt habe, ist mir vieles klargeworden. Du brauchst mich nicht, Cliff. Du brauchst auch sonst keinen Menschen. Du brauchst nur eine Kamera und ein Drehbuch, dann bist du der glücklichste Mensch der Welt. Schreib doch selber mal ein Drehbuch. Du bist zu gut, um herumzusitzen und darauf zu warten, daß dich einer holt. Dein bester Film muß erst gedreht werden, den trägst du noch irgendwo mit dir herum.«

»Das sind ja ganz neue Töne, Kate. Ich habe immer gedacht, dich interessiert nur, was in diesem Haus abläuft – und unsere Ehe. Meine Arbeit hast du doch nur als Broterwerb betrachtet.«

»Seit ich mich ausgeschlossen fühlte, habe ich mich nicht mehr darum gekümmert, das stimmt«, gestand Kate. »Das war mein Fehler.«

»Tja, und was machen wir nun? Ob wir nochmal von

vorn anfangen können? Nina steht inzwischen auf eigenen Füßen, es wären also wieder nur wir zwei.«

Kate schüttelte den Kopf. »Nein, Cliff. Was zwischen uns war – und ich weiß nicht einmal, ob es je genügt hat –, ist vorbei. Ich könnte mich nie wieder damit zufrieden geben, die Augen vor dem Rest der Welt zu verschließen und mich hier mit dir zurückzuziehen.«

»Was soll das heißen?«

»Ich verlasse dich.«

»Und was wird aus dem Haus?«

»Ich kann es nicht gegen deinen Willen verkaufen. Wenn du weiter hier wohnen willst, kann ich dich nicht daran hindern.«

»Ich kann nicht ohne dich hier leben. Ich weiß nicht einmal, wie man die Spülmaschine einschaltet.«

»Wie romantisch!«

»Du weißt doch, wie ich das gemeint habe. Du gehörst hier dazu. Ohne dich ist das Haus bloß eine Ansammlung leerer Zimmer. Da werde ich verrückt.«

»Hm, eigentlich stehen hier im Moment gar nicht so viele Zimmer leer«, begann Kate zögernd, während ihr allmählich eine Idee kam.

»Also Moment mal, Kate. Ich mache hier keine Bahnhofsmission auf. Nina hat mir von der Familie erzählt, die du aufgenommen hast. Das ist alles sehr bewundernswert, aber bisher hast du mit meinem Geld bezahlt, und das muß aufhören. Ich bin arbeitslos, vergiß das nicht. Mit meinen Rücklagen auf der Bank kann ich gerade für meine eigene Familie sorgen, da kann ich mir nicht leisten, lauter Fremde durchzufüttern.«

»Um deine Familie brauchst du dich nicht zu kümmern. Nina hat ihr Stipendium, und ich werde schon für mich aufkommen – obwohl ich natürlich mit dem Geld aus dem Hausverkauf gerechnet habe. Du hast mir versprochen, du überläßt es mir ganz, aber selbst wenn du jetzt dein Wort brichst, gehört es mir von Rechts wegen immerhin zur Hälfte. Wenn du es nicht verkaufen willst, dann mußt du mir meinen Teil eben anders ausbezahlen.«

»Warst du bei einem Anwalt? Willst du dich scheiden lassen?«

»Nicht unbedingt. Ich habe nicht vor, noch einmal zu heiraten, aber ich verlange, was mir zusteht. Ich habe keine Karriere gemacht, aber die Hälfte dieses Hauses habe ich mir verdient.«

»Du hast das ganze Haus verdient, Kate. Das gebe ich sofort zu, aber die Frage stellt sich im Moment rein theoretisch, weil ich einfach nicht weiß, wo ich das Geld hernehmen soll.« Die Auseinandersetzung uferte aus. Cliff wußte kaum, wie er mit dieser veränderten Kate zurechtkommen sollte. Sie war so ruhig und selbstsicher. Ihm dagegen wurde der Boden unter den Füßen weggezogen. »Bis ich das Geld zusammenhabe, mußt du wohl oder übel hier wohnen.« Cliff schlug einen möglichst mitfühlenden Ton an, aber Kate sah es triumphierend in seinem Mundwinkel zucken. Er war sich sicher, daß er sie dort hatte, wo er sie haben wollte.

»Ich überlege mir, was man jetzt machen kann. Dazu muß ich ein paarmal telefonieren.«

Cliff ging zur Tür. »Ich bin zu müde zum Denken. Du brauchst bestimmt eine Zeitlang, bis du mir verzeihen kannst. Wir müssen auch nichts sofort entscheiden.«

Kate folgte ihm in die Diele. Seine Koffer standen an der Treppe. »Auspacken kannst du ja morgen früh«, sagte sie rasch. »Fürs erste mußt du wohl mit dem Zimmer neben der Küche vorlieb nehmen.«

»Die Personalkammer meinst du? Bist du verrückt?« Und mit je einem Koffer rechts und links lief er die Treppe hinauf. »Solang ich an diesem Haus abzahle, schlafe ich in meinem Bett, vielen Dank.« Er riß die Tür zum großen Schlafzimmer auf und starrte entsetzt in den leeren

Raum. »Was fällt dir ein? Was ist mit dem Zimmer passiert? Wo ist unser Bett?«

»Im Appartement über der Garage, wo Ford, Sunny und die Kinder jetzt wohnen.«

»Ich dachte, du willst dieses Haus verkaufen?«

»Die neuen Besitzer haben eingewilligt, daß sie dort wohnen bleiben, und zwar kostenlos als Gegenleistung dafür, daß sie sich ums Haus und um den Garten kümmern.«

»Wessen Idee war das?«

»Meine. Ich habe es zur Bedingung für den Verkauf gemacht. Wenn du dich entschließt, das Haus zu behalten, dann helfen Ford und Sunny sicher auch dir. Du wirst mich überhaupt nicht vermissen.«

Cliff lief im Zimmer auf und ab; er schwankte zwischen Fassungslosigkeit und Wut. »Ich weiß nicht, was in dich gefahren ist. Du bist nicht die Frau, die ich an Weihnachten hier zurückgelassen habe.«

»Sehr richtig. Die Frau, die ich jetzt bin, hättest du womöglich nie verlassen.« Kate genoß diesen Wortwechsel. Zum ersten Mal wurde ihr bewußt, welche Macht sie Cliff mit ihrer Angst, ihn zu verlieren, in früheren Auseinandersetzungen immer gegeben hatte.

»Das kannst du mir nicht antun.« Niedergeschlagen stolperte Cliff aus dem Zimmer und die Treppe hinunter.

»Ich könnte die Scheidung einklagen. Den Grund habe ich. Dann müßtest du das Haus verkaufen, um mir meinen Teil auszuzahlen. Dir zuliebe warte ich aber. Ich gebe dir das halbe Jahr, damit du entscheiden kannst, was du mit deinem Leben noch anfangen willst – auch wenn der Verkauf dadurch platzt.«

»Wenn du wartest, kriegst du nochmal eine Million«, murmelte Cliff.

»Vielleicht, vielleicht auch nicht. Das will ich riskieren, um dir zu helfen. Aber ich habe meine eigenen Pläne, und die werde ich auch verwirklichen. So oder so. Wenn du in diesem Haus wohnen willst, dann legst du mir besser keine Steine in den Weg.«

In diesem Augenblick klingelte das Telefon. Kate lief ins Arbeitszimmer, um den Anrufbeantworter einzuschalten. »Ich möchte mit niemandem sprechen«, knurrte Cliff und folgte ihr bis an die Tür.

»Ich auch nicht. Ich lasse immer den Anrufbeantworter abnehmen.«

Plötzlich hörte man ihre Stimme auf dem Band, die nur die Nummer angab und den Anrufer bat, den Namen und eine Nachricht zu hinterlassen.

»Du hast meine Ansage gelöscht!« Cliff funkelte sie an, als hätte sie eine Ungeheuerlichkeit begangen. »Wie kommst du dazu?«

»Weil sie klang, als ob keiner da wäre.« Kate äffte seine Stimme nach. »Hier ist Cliff Hart. Ich bin zur Zeit bei Dreharbeiten auswärts. Sie erreichen mich über meinen Agenten unter der folgenden Nummer.«

»Die Leute sollen wissen, daß ich arbeite. Das ist wichtig!« brüllte er.

»Die Leute sollen wissen, daß es mich gibt. Das ist wichtig!« brüllte Kate zurück. Sie war entschlossen, sich diesmal nicht niederschreien zu lassen.

Er riß den Hörer von der Gabel. »Hallo. Hier ist Cliff Hart.« Dann eine Pause. »Ach, hallo, Ruth. Nein, ich bin jetzt überhaupt wieder hier.« Wie jemand, der eine Zeitbombe loswerden will – bevor sie hochgeht, hielt er Kate den Hörer hin.

»Ruth, grüß dich!«

Sofort brach ein Redeschwall über sie herein. »Ach Kate, ich bin so froh, daß du noch mit mir redest. Ich würde mir solche Vorwürfe machen, wenn ich es mir mit dir verscherzt hätte.«

»Ist schon gut. Ehrlich. Ich wollte mich nicht zum Richter über dich aufspielen.«

»Es geht mir so zu Herzen, daß ich dich enttäuschen mußte. Aber jetzt, wo Cliff wieder zu Hause ist, hast du wohl sowieso keine Zeit, fremde Häuser zu hüten.«

Kate starrte Cliff nach, der brüsk die Tür hinter sich zumachte. »Es ist aus, Ruth. Cliff ist zwar nach Hause gekommen, aber ich werde nicht mehr mit ihm zusammenleben.«

»Was?«

»Er findet es genauso unfaßbar wie du«, sagte Kate lachend, »aber mir war noch nie so ernst mit etwas. Ändern wird sich dadurch nur eines: Wir verkaufen das Haus nicht – zumindest nicht im Moment. Ich habe keine Ahnung, wo ich hingehen soll. Aber wenn ich nach fünfundzwanzig Ehejahren für irgendeine Arbeit qualifizert bin, dann fürs Häuserhüten!«

Kate lachte; am anderen Ende blieb es jedoch still. Schließlich räusperte sich Ruth. »Das ist nicht fair, Kate. Man soll sich neben dir wohl richtig schlecht vorkommen, was? Aber ich sage dir eines, es ist mir immer noch wichtiger, was ich selber von mir halte, als das, was du von mir hältst. Ich bemühe mich wirklich, ein guter Mensch zu sein. Henry und ich unterstützen ein Pflegekind in Äthiopien und noch eines in den Appalachen. Gut, wir geben nicht ein Zehntel unseres Einkommens ab wie meine seligen Großeltern in Oklahoma, aber die Liste der wohltätigen Zwecke, für die wir spenden, wird jedes Jahr länger. Ich weiß, daß bei denen viel für die Organisation draufgeht, und das gefällt mir genauso wenig wie dir, aber . . .«

Sie geriet ins Stottern und wurde plötzlich wütend. »Verdammt, Kate, ich lasse mir von dir kein schlechtes Gewissen einreden. Du lebst doch in einer Traumwelt. Ist dir überhaupt klar, daß du die Ausgaben für Ford und seine Familie nicht einmal von der Steuer absetzen kannst? Nimm doch ein bißchen Vernunft an. Jetzt, wo Cliff wieder zu Hause ist, solltest du dir alles noch einmal gründlich durch den Kopf gehen lassen. Überleg dir, was du mit deinem eigenen Leben anfangen willst, bevor du dich bis zum Hals in das anderer Leute verstrickst. Du brauchst einfach mal eine Zeit für dich, an einem Ort, der nicht mit deiner Vergangenheit zusammenhängt. In meinem Haus zum Beispiel. Zugegeben, du würdest mir einen riesigen Gefallen tun, aber ich dir auch. Ich verlange nicht, daß du deine ganzen großen Ideale aufgibst, aber stell sie zurück, bis du wirklich weißt, was du willst. Du mußt dich zuerst um dich selbst kümmern, dann kannst du anfangen, die Welt zu retten. Du hast doch Zeit, Kate. Noch dein ganzes Leben lang.«

»Nein, Ruth. Die Zeit wird für uns alle knapp. Wenn ich etwas bewirken will, dann muß ich morgen damit anfangen. Mit deiner Hilfe oder ohne.«

»Dann heißt es für uns beide jetzt offenbar Lebwohl«, sagte Ruth in der Erwartung, daß Kate ihr widersprach.

»Lebwohl, Ruth. Bon voyage.«

»Dir auch bon voyage, Kate. Und viel Glück.«

27

Wie üblich wachte Kate von dem Motorengebrumm auf, als Ford mit den Kindern zur Schule losfuhr. Unten in der Küche stand dann Teresa am Herd, und Cliff saß am Küchentisch, das Baby linkisch auf dem Schoß balancierend. Der Anblick war so grotesk, daß Kate in schallendes Gelächter ausbrach.

»Hauptsache, du findest es komisch«, fauchte Cliff. »Ich komme mir vor wie ein Fremder im eigenen Haus. Man braucht ja ein Zimmerverzeichnis um rauszufinden, wer wo schläft.«

»Entschuldige«, sagte Kate und schenkte sich eine Tasse Kaffee ein. »Wir hatten gestern so viel anderes zu besprechen. Da habe ich vergessen, dir zu erzählen, daß Teresa und ihr Baby in Ninas Zimmer übernachten. Aber keine Bange, ich nehme die beiden heute mit.«

»Wo gehst du hin?«

»Ich habe gestern abend noch ein paar Stunden herumtelefoniert und alles organisiert. Spätestens am Mittag hast du das Haus für dich.«

»Wie oft soll ich dir noch sagen, daß ich das Haus nicht für mich haben will! Mir graut davor, hier allein zu wohnen.«

Vor Schreck fing das Baby an zu schreien. Kate stellte ihre Tasse hin und streckte die Hände aus, aber Teresa hob schnell den Kleinen mit einer Hand hoch und stellte mit der anderen Cliff einen Teller mit Rührei hin. Er lächelte sie dankbar an.

»Wovon willst du eigentlich leben, wenn du hier weggehst?« fragte er mit vollem Mund. »Du erwartest wohl nicht, daß ich dir Haushaltsgeld zahle, damit du woanders einen Haushalt führen kannst.«

»Ich habe dir doch schon gesagt, ich erwarte nur das, was mir gesetzlich zusteht, nämlich die Hälfte vom gegenwärtigen Marktwert dieses Hauses. Welcher sich zur Zeit nach vorsichtigster Schätzung auf zwei Millionen beläuft. Also steht mir eine Million zu. Nachdem ich einsehe, daß du so viel nicht aufbringen kannst, ohne das Haus zu verkaufen – was du nicht willst –, gebe ich mich fürs erste mit einer Anzahlung von zwanzigtausend zufrieden. Dann kriegst du ein halbes Jahr Bedenkzeit, wo du den Rest hernehmen willst. Wenn du das Haus behältst, mußt du wohl eine Hypothek aufnehmen, um mir meinen Anteil auszuzahlen. Aber diese Entscheidung liegt bei dir, darüber kann ich mir keine grauen Haare wachsen lassen. Umgekehrt brauchst du dich nicht darum zu kümmern, wovon ich oder alle anderen, die ich mitnehme, lebe.«

Mit kaum verhohlener Wut über diese Tirade marschierte Cliff ans Spülbecken und stellte seinen Teller auf das Küchenbord. »Du bist kindisch, Kate«, sagte er. »Man kann nicht einfach in den Tag hineinleben. Man muß doch vorausplanen.«

Kate schaute in den Garten. Teresa saß an einen Baum gelehnt im Gras, stillte ihr Kind und sang ihm auf Spanisch ein Schlaflied vor. Cliff folgte ihrem Blick. »Weißt du«, sagte Kate und drehte sich mit einem unerwarteten Lächeln zu ihm, »du könntest doch eigentlich Teresa hier behalten – sie könnte dir ein bißchen helfen, dir das Frühstück machen und deine Wäsche waschen.«

Cliff schüttelte den Kopf. »Ich weiß nicht, was hier gespielt wird, aber ich mache jedenfalls nicht mit. Ich kann ja überhaupt kein Spanisch. Du hast keine Ahnung, was ich ausgestanden habe, um die paar Rühreier zum Frühstück zu kriegen.«

Kate holte die Kaffeekanne und schenkte sich nach.

Dann besann sie sich und goß Cliff noch eine Tasse ein. »Danke«, sagte er. Sie schaute ihn erstaunt an. »Ich weiß, ich hätte mich früher viel öfter bedanken sollen. Verzeih mir.«

Ohne die Entschuldigung zu beachten, stellte Kate die Kanne auf die Kaffeemaschine zurück. »Wo möchtest du eigentlich schlafen, wenn ich weg bin?«

»Ich kann wahrscheinlich gar nicht schlafen . . . Ich bin zu aufgewühlt.«

»Dann bestehst du nicht unbedingt auf dem großen Schlafzimmer?«

»Wo soll ich da schlafen? Auf dem Fußboden? Du hast mir ja praktisch keine Wahl gelassen. Das Arbeitszimmer ist der einzige Raum im ganzen Haus, den ich noch wiedererkenne.« Er stellte sich hinter sie und glitt mit den Händen um ihre Taille. »Warum gehen wir zwei jetzt nicht dorthin, und du zeigst mir, wie man die Couch in ein Bett verwandelt?« Seine Hände wanderten zu ihren Brüsten hinauf, und er flüsterte ihr ins Ohr: »Komm mit, Kate. Du weißt doch, daß du im Bett am besten bist, wenn du nicht mit mir redest.«

Kate wirbelte herum und schlug ihn ins Gesicht. »Du Mistkerl! Wieso habe ich es dir die ganzen Jahre bloß so leicht gemacht? Trotz allem, was passiert ist, meinst du immer noch, du kannst mich rumkriegen – ein bißchen Sex, ein bißchen Nettsein, ein Bitte hier, ein Danke dort, und dann soll ich über alles hinwegsehen, so wie früher. Aber mein Preis ist jetzt höher – und zwar verdammt viel höher –, seit du dich abgesetzt hast. So hoch, daß du dir mich nicht leisten kannst. Du kannst dir überhaupt niemanden leisten! Es ist doch der Gipfel, wie du vorhin einfach deinen Teller ans Spülbecken gestellt hast. Wer soll den bitte für dich abspülen? Ich? Teresa? Wenn du glaubst, ich lasse dir das Mädchen als Aschenputtel da, dann hast du dich getäuscht. Kommt einfach heim, nachdem er alles kaputtgemacht hat, und erwartet immer noch, daß jemand anders ihm den Dreck wegräumt. Du bist einfach bodenlos!« Und damit knallte sie die Tür hinter sich zu und flüchtete sich ins Arbeitszimmer.

Nie wieder wollte sie dieses Haus betreten, wenn es nicht unbedingt sein mußte. Cliff war ein hoffnungsloser Fall – selbstsüchtig und unmöglich bis zum Äußersten. Wieso zum Teufel mußte er ausgerechnet zurückkommen, als sie ihr Leben gerade ohne ihn einzurichten begann? Und wieso zum Teufel mußte er ihr die ganzen Träume verpatzen? Vor Wut mit den Tränen kämpfend, zerrte Kate ihre gepackten Koffer aus dem Schrank und warf die Deckel auf. Sie mußte sich vergewissern, ob sie auch alles hatte, was sie für ein halbes Jahr in fremder Leute Häuser brauchte. Das Geld für ein neues würde sie so schnell wohl nicht bekommen.

Dann ging sie in Ninas Zimmer hinauf, um Teresas Habseligkeiten zusammenzupacken. Je früher sie hier wegkam und ihr neues Leben begann, desto besser.

Ein gerahmtes Foto auf Ninas Regal stach ihr ins Auge. Kate konnte sich genau an den Tag erinnern, an dem es gemacht wurde. Nina lernte gerade laufen. Cliff hielt die eine Hand und Kate die andere, und Nina schaukelte mit einem verschmitzten Grinsen zwischen ihnen in der Luft, um die bedrohliche Verantwortung, auf eigenen Füßen zu stehen, so lang wie möglich hinauszuschieben. »Damals waren wir noch eine Familie. Weißt du denn nicht mehr, wie glücklich wir waren?« Cliff war ihr nachgekommen und säuselte vor Rührung angesichts der Erinnerung an die gemeinsamen Zeiten.

»Doch«, sagte sie. »Ich will nicht, daß wir uns verfeinden, Cliff. Wir können zwar nicht mehr so zusammenleben wie früher, aber ich möchte, daß wir Freunde bleiben.«

»Ich kann es nicht glauben, daß du diese Familie so

auseinanderbröckeln läßt«, jammerte Cliff. »Früher ist dir doch die Familie über alles gegangen.«

»Das tut sie immer noch«, versicherte ihm Kate. »Bloß fasse ich den Begriff ›Familie‹ neuerdings etwas weiter. Denkst du eigentlich manchmal an unseren Sohn, Cliff? Ich schon – die ganze Zeit sogar –, obwohl er nicht richtig verwandt mit uns ist und wir ihn wahrscheinlich nie wiedersehen. Er wird immer zu unserer Familie gehören. Und eine Tochter haben wir auch, selbst wenn ich sie nicht geboren habe. Ich weiß jetzt, daß sie mich genauso liebt wie dich, ihren Vater, und ich weiß auch, daß sie mich mehr liebt als ihre leibliche Mutter, die, wie sich jetzt herausstellt, niemanden so recht liebt, nicht einmal dich.«

Cliff drehte sich weg. »War ja klar, daß dieses Thema irgendwann auf den Tisch kommt. Das steckt doch eigentlich dahinter, daß du so gemein zu mir bist – oder etwa nicht?«

»Dann weißt du also, daß ich es weiß.«

»Nina ist letztes Wochenende von hier direkt nach Toronto geflogen.«

»Um ihre Mutter kennenzulernen?«

»Nein. Um mich zur Rede zu stellen. Nur ihretwegen habe ich mich getraut, nach Hause zu kommen. Ich wußte bereits, daß der Film pleite geht, und Wenda war mir schon davongelaufen. Ich war vollkommen ratlos. Nina hat mir dann Mut gemacht und gesagt, ich hätte vielleicht noch eine Chance bei dir. Kate, sie ist unsere Tochter. Von Wenda wollte sie überhaupt nichts hören. Du seist ihre Mutter, die einzige Mutter, die sie je gekannt hat, und die einzige Mutter, die sie will und braucht. Und du bist meine Frau, Kate, die einzige Frau, die ich will. Die einzige, die ich brauche.«

»Warum hast du mir damals nicht erzählt, daß Nina deine Tochter ist?«

Cliff trat an den Sessel am Fenster, auf dem sich noch

immer Ninas Stofftiere aus der Kindheit türmten, nahm einen abgewetzten Teddybären und krallte die Finger ins Fell, als sei er das letzte, was von seiner Familie noch übrig war. »Ich hatte Angst, du nimmst ihr das dann insgeheim übel.« Er hielt inne, aber Kate wandte ihm weiterhin schweigend den Rücken zu. »Wenn du dir nicht so verzweifelt ein Kind gewünscht hättest, wäre Nina überhaupt nicht zur Welt gekommen«, gestand er leise und blickte dabei aus dem Fenster. »Ihre Mutter wollte eigentlich kein Kind. Sie war gerade geschieden worden und hatte Angst, ihr Mann würde das Baby für seines halten und sie zwingen, zu ihm zurückzukommen. Der Gedanke an ein Familienleben ist für sie ein rotes Tuch. Nach wie vor. Vor al lem, wenn irgend etwas schiefgeht. Dann macht sie sich sofort aus dem Staub.«

Kate ging zu ihm und legte ihm die Hände auf die Schultern. »Ich werde dich immer lieben, Cliff – auch wenn wir wahrscheinlich nie wieder zusammenleben werden. Du gehörst einfach zu meiner Familie, genau wie der Kleine, den wir nie wiedersehen werden, und genau wie Nina, deren leibliche Mutter sich nicht für sie interessiert. Eine Familie ist heutzutage zu kompliziert, als daß sie unter ein Dach passen würde. Aber was zählt, ist, daß wir uns gegenseitig etwas bedeuten. Du hast immer noch eine Familie, Cliff, und du kannst sie sogar noch größer machen, wenn du bereit bist, in die leeren Zimmer in diesem Haus jemand aufzunehmen.«

Cliff lachte bitter. »Ich bin zwar arbeitslos, aber noch nicht so schlimm dran, daß ich mir Untermieter ins Haus holen muß.«

»Die Menschen, die ich im Sinn habe, werden dir nichts zahlen können – aber sie kosten dich auch nicht mehr als das Haushaltsgeld, das du mir jeden Monat gegeben hast.«

Cliff schleuderte den Teddy fort und marschierte energisch auf die Tür zu, um seine Rolle als Herr im Haus nach Möglichkeit noch zu retten. »Wenn es dich glücklich macht, dann darf die Frau mit dem Baby meinetwegen hierbleiben. Ich brauche sowieso jemanden in diesem Haus, der sich um mich kümmert.«

»Und sie braucht jemanden, der sich um sie kümmert«, bemerkte Kate entschlossen. »Ich würde sie nie im Leben hier mit dir allein lassen, damit du sie herumkommandieren kannst. Aber ich habe die Lösung – vorausgesetzt, du bist bereit, weiter im Arbeitszimmer zu schlafen.«

»Ich habe dir schon gesagt, daß ich ohne dich in dieses Schlafzimmer keinen Fuß mehr setze«, murmelte Cliff. »Aber ich will nicht lauter Fremde im Haus.«

»In der Unterkunft habe ich gestern eine Frau getroffen, die du kennst«, sagte Kate. »Sie war mit einem Schauspieler verheiratet, der damals bei deinem Film in Mexiko mitgespielt hat. Ein attraktives Mädchen namens Sharon – weißt du noch?«

»Sharon? Natürlich. Eine ganz außergewöhnliche Frau. Was hatte sie im Obdachlosenasyl verloren?«

»Ihr Mann hat sie verlassen, als sie Zwillinge bekommen hat vor drei Jahren. Erst hat ihr ihre Mutter geholfen, aber die ist dann gestorben. Sharon hat ein schwaches Herz, deshalb kann sie nicht mehr arbeiten. Ich hätte sie und ihre beiden Jungs am liebsten gleich mit nach Hause genommen. Aber sie waren auf dem Weg nach Florida, in der Hoffnung, daß die Schwiegermutter sie zu sich nimmt. Das nächste Mal, wenn ich jemanden mitnehmen möchte, tue ich es. Sharon kann ich nicht mehr helfen – aber es gibt noch viele Sharons. Und viele Teresas ebenfalls. Frauen mit Kindern, die allein dastehen. Weißt du überhaupt, was es für die bedeuten würde, in so einem Haus zu wohnen? Du fühlst dich jetzt vom Pech verfolgt, weil der Film nicht weitergedreht wird und deine Frauen dich im Stich lassen – oder was du dafür hältst. Aber trotz all dem hast du großes Glück. Ich übrigens auch. Wir hatten immer ein Haus und genügend zu essen. Und du hast ein Talent, mit dem du immer dein Geld verdienen kannst. Du kriegst schon wieder Arbeit, Cliff, das ist bloß eine Frage der Zeit. Und inzwischen kannst du zum Beispiel anfangen, dein eigenes Drehbuch zu schreiben. Wer weiß, vielleicht ergibt sich der Stoff ganz von allein: du als einziger Mann in einem Haus voller Frauen und Kinder. Erzähl mir nicht, daß du davon nicht schon immer geträumt hast.«

»Moment mal, Kate«, protestierte Cliff. »Noch habe ich zu keinem der Punkte ja gesagt.«

Draußen hupte es. »Das ist Ford«, sagte Kate ruhig. »Hilfst du mir die Koffer ins Auto tragen?«

»Fährt er mit dir weg?«

»Er bringt mich dorthin, wo ich für die nächsten drei Monate wohnen werde. In ein Haus mit fünf Zimmern in San Fernando Valley nämlich – und er hilft mir auch, es vollzukriegen.«

»Wessen Haus?«

»Kannst du dich noch an den Maskenbildner aus deinem letzten Film erinnern? Dessen Kinder sind jetzt erwachsen, so daß seine Frau mit zu den Dreharbeiten fahren kann. Bisher mußten sie jemanden dafür bezahlen, daß er jeden Tag die Post hereinholt und die Blumen gießt. Sie waren begeistert von meinem Angebot, dasselbe kostenlos zu erledigen.«

»Und sie hatten nichts dagegen, daß du einen Schwarm von Landstreichern mitbringst?«

»Ich habe ihnen erklärt, ein paar Freunde von mir würden auch gerade auf eine neue Wohnung warten, und da meinten sie, ich solle ruhig bringen, wen ich möchte. Ihr Haus hätte fünf Kinder überlebt, und sie würden sich freuen, wenn die vielen Zimmer endlich wieder genutzt würden.«

Kate stieg die Treppe hinunter. Ihre Koffer standen bereit. Sie nahm in jede Hand einen und ging auf die Haustür zu. Widerwillig nahm Cliff den dritten Koffer. »Ich tue das wirklich nicht gern, Kate«, sagte er, die Hand schon am Türknauf. »Bleib doch bei mir.«

Kate blickte ihm fest in die Augen. »Weißt du eigentlich, wieviele Häuser in Los Angeles zeitweise leerstehen? Gestern abend habe ich die Filmzeitschriften durchgeblättert, die du mitgebracht hast. Daher weiß ich auch, daß dein Maskenbildner heute abreist. Außerdem habe ich mir sechs weitere Namen rausgeschrieben – Produzenten in New York, Regisseure bei Außenaufnahmen, Schauspieler auf Tournee. Und alle lassen ein leeres Haus in Los Angeles zurück. Ich habe vor dem Schlafengehen noch alle, die ich kenne, angerufen und ihnen angeboten, jederzeit, wenn sie auf Reisen sind, ihre Blumen zu gießen, ihnen die Post nachzuschicken, ihre Haustiere zu pflegen – und zwar ohne Bezahlung, nur für das Recht, in den Zimmern jemanden unterzubringen. Ich möchte einfach kein eigenes Haus mehr. Die Zeiten sind für mich vorbei.«

Ruhig machte sie die Haustür auf und reichte Ford ihre Koffer. Die beiden Männer musterten sich schweigend. »Wenn du heute vormittag nichts vorhast, könntest du uns ja vielleicht helfen, Cliff«, schlug Kate plötzlich vor.

»Wie denn?«

»Ford nimmt den Kombi, ich fahre mit meinem Wagen hinterher, und du könntest mit dem Jaguar das Schlußlicht bilden.«

»Und wohin?« Cliff sah Ford fragend an, aber der wußte mit Kates geheimnisvollen Andeutungen auch nichts anzufangen.

»Zum Frauenasyl in der Innenstadt«, sagte sie. Sie war jetzt beseelt von ihrer Vision, jedes leerstehende Zimmer in dieser Stadt zu bevölkern. »Das Haus wird vorläufig nicht verkauft«, erklärte sie Ford. »Cliff möchte hierbleiben, aber er hat eingewilligt, daß ihr in dem Garagenappartement wohnt. Teresa und ihr Baby kriegen Ninas Zimmer, und da Cliff im Arbeitszimmer wohnen wird, suchen wir uns noch jemand fürs große Schlafzimmer, möglichst jemanden, der Spanisch kann und sich ein bißchen um Teresa kümmert.«

Ford streckte Cliff plötzlich die Hand hin. »Gott segne Sie. Sie haben ein genauso großes Herz wie Kate.«

Cliff schüttelte den Kopf. »Ich finde das Ganze entsetzlich, aber Kate läßt mir keine andere Wahl. Ich muß mitmachen, vorerst jedenfalls. Aber auf meinem Mist ist es nicht gewachsen, das können Sie mir glauben.«

Ford grinste verständnisvoll. »Was mir letztes Jahr alles passiert ist, hat mir auch nicht gerade gepaßt. Nur meine Zuversicht hat mir die Kraft zum Weitermachen gegeben. Und Kate.«

Cliff trat von einem Fuß auf den anderen. »Kate übernimmt anscheinend hier das Kommando.« Er starrte sie an. »Wieso brauchst du eigentlich mehr als ein Auto, um zu dem Asyl zu fahren?«

Kate drehte sich mit einem strahlenden Lächeln zu ihm um. »Dein Auto brauchen wir für die Menschen, die du abholst – du mußt doch das Schlafzimmer vollkriegen und das Zimmerchen neben der Küche dazu. Außerdem, nachdem Teresa jetzt hierbleibt, sind bei mir noch drei Zimmer frei. Und nächste Woche weiß ich von einem, der nach Rom fliegt ... Es wird überhaupt kein Problem, alle unterzubringen, die wir heute in unsere drei Autos laden können. Also – an die Arbeit, meine Herren.«

Als Kate diesmal auf die City zufuhr – mit Ford in seinem zerbeulten Kombi vor sich und einem zähneknirschenden Cliff im Jaguar hinter sich –, da lachte sie laut auf, als das Straßenschild »No. Hope« vor ihr auftauchte.

MADELEINE BRENT

10008

10483

10753

10943